EVA REICHL

Mühlviertler Blut

BLUT UND ABERGLAUBE Der Liebenauer Priester wird im ortseigenen Gotteshaus tot auf dem Altar gefunden. An seinem Hals befinden sich zwei Einstichmale. Boden, Altar und Soutane sind mit Blut besudelt. Als Chefinspektor Oskar Stern zum Tatort gerufen wird, hat sich die Kunde über einen Vampirmörder in Liebenau längst verbreitet. Beinahe zeitgleich wird in Linz ein Weinhändler ermordet. Die Taten tragen dieselbe Handschrift, doch die Kriminalbeamten können keine Verbindung zwischen den beiden Mordfällen erkennen. Erst als die Ermittler im Mund des Linzer Opfers und im Magen des Liebenauer Toten Verszeilen finden, ist klar, dass es einen Zusammenhang geben muss. Auf der Suche nach dem Täter stoßen Stern und seine junge Kollegin, Gruppeninspektorin Mara Grünbrecht, auf Vampirjäger, Knoblauchzöpfe, Schweinsbraten, Kalbslederschuhe, Beziehungsprobleme und einen vermeintlichen Werwolf im Tannermoor. Mit Knoblauch und Weihwasser bewaffnet, macht sich Oskar Stern daran, dem Vampirmörder das Handwerk zu legen.

Eva Reichl wurde in Kirchdorf an der Krems in Oberösterreich geboren und lebt mit ihrer Familie am Rande des Mühlviertels, wo auch ihre Krimi-Serie beheimatet ist. Zu ihrem Hauptberuf Controllerin bietet das Schreiben einen wunderbaren Ausgleich. Neben Kriminalromanen veröffentlicht Eva Reichl auch Kinderbücher.

EVA REICHL

Mühlviertler Blut

Kriminalroman

GMEINER

Immer informiert

Spannung pur – mit unserem Newsletter informieren wir Sie regelmäßig über Wissenswertes aus unserer Bücherwelt.

Gefällt mir!

Facebook: @Gmeiner.Verlag
Instagram: @gmeinerverlag
Twitter: @GmeinerVerlag

MIX
Papier aus verantwortungsvollen Quellen
FSC® C083411

Besuchen Sie uns im Internet:
www.gmeiner-verlag.de

Im Ehnried 5, 88605 Meßkirch
Telefon 07575/2095-0
info@gmeiner-verlag.de

7. Auflage 2021

Lektorat: Claudia Senghaas, Kirchardt
Herstellung: Mirjam Hecht
Umschlaggestaltung: U.O.R.G. Lutz Eberle, Stuttgart
unter Verwendung eines Fotos von: © Ernest/fotolia.com
Druck: CPI books GmbH, Leck
Printed in Germany
ISBN 978-3-8392-2238-6

Personen und Handlung sind frei erfunden.
Ähnlichkeiten mit lebenden oder toten Personen
sind rein zufällig und nicht beabsichtigt.

1. KAPITEL

»Liebenau? Noch nie etwas davon gehört.« Etwas unwillig saß Chefinspektor Oskar Stern auf dem Stuhl vor dem Schreibtisch seines Vorgesetzten am Landeskriminalamt in Linz. Heute begann die Fußballweltmeisterschaft. Da wollte er nicht weg! Er hatte sich schon auf einen gemütlichen Fernsehabend daheim in seiner Wohnung in der Herrenstraße gefreut. Und jetzt? Jetzt teilte ihm sein Chef mit, dass sie einen neuen Fall hatten. »Liebenau«, wiederholte er konsterniert. »Wo liegt das überhaupt?« Er bemühte sich auch gar nicht erst, seinen Unwillen zu verbergen. Ein unauffälliger Blick auf seine Armbanduhr ließ ihn wissen, dass es bereits früher Nachmittag und das fehlende Mittagessen wahrscheinlich mit ein Grund war, warum er so schlechte Laune versprühte. Seine Speiseröhre krochen Laute empor, die dem Brummen eines Bären ähnelten. Reflexartig zog er seinen fülligen Bauch ein, was an den Geräuschen jedoch nichts änderte.

»Liebenau ist eine Marktgemeinde im Bezirk Freistadt, nicht einmal 70 Kilometer von Linz entfernt, und hat im Moment wahrscheinlich mehr Fernsehgeräte als Einwohner«, antwortete Bormann in Hinblick auf die beginnende Fußballweltmeisterschaft. Scheinbar hoffte er, den Chefinspektor mit derartigen Aussichten etwas milder stimmen zu können.

Stern kramte in seinem Gehirn nach Erinnerungen. Er hatte das bestimmte Gefühl, als wenn er über dieses Liebenau schon einmal etwas gelesen hätte, dass es ein beschauliches Erholungsdorf sei oder Ähnliches. Na toll!

»Dort gibt es doch sicher nicht einmal Strom. Wie soll dann ein Fernseher funktionieren?«, nörgelte er weiter. Erinnerungen an einen Urlaub, der bereits mehrere Jahre zurücklag, wurden schlagartig wachgerufen. Damals hatte er mit seiner nunmehr geschiedenen Frau Franziska einen Urlaub auf einer steirischen Almhütte verbracht. Einer Almhütte ohne Strom und jeglichen Luxus für Menschen, die genau das wollten. Wie hätte er wissen sollen, dass er so etwas nicht wollte? Eine Woche lang ohne Strom zu sein hatte anfangs geklungen wie ein Abenteuer, ein Hindernisparcours, eine Herausforderung. Und obwohl er Herausforderungen dieser Art hasste, hatte er sich Franziska zuliebe auf eben diese eingelassen. Hätte er damals schon gewusst, dass dem Urlaub eine Scheidung folgte, wäre er zum Nordpol gefahren und hätte dem Weihnachtsmann beim Stricken der Norweger-Pullis geholfen.

»Sie werden überrascht sein, Stern, was die in Liebenau alles haben«, riss der Leiter des Landeskriminalamtes den Chefinspektor aus dessen Erinnerungen, stand auf und setzte sich vor ihm auf die Schreibtischkante. »Kolanski und Mirscher sind im Krankenstand. Kolanski wegen seines gebrochenen Beines, und Mirscher hat einen Magen-Darm-Infekt. Bis die beiden wieder fit sind, haben Sie den Fall längst aufgeklärt. Und sonst hab ich niemanden, den ich schicken kann. Aber ich habe Ihnen und Grünbrecht bereits im besten Gasthaus des Ortes ein Zimmer reservieren lassen.«

Stern brummte, was so viel hieß, dass Bormann ihn kreuzweise konnte. Dass die beiden Kollegen Mirscher und Kolanski zur selben Zeit ausfielen, war schon Pech. Er stemmte sich aus dem Stuhl und trottete wie einer, der zum Schafott geführt wurde, zur Tür.

»Ach, Stern …«, rief der Dienststellenleiter ihm hinterher.

»Ja?« Der Chefinspektor wandte sich noch einmal um.

»Vergessen Sie nicht, auch etwas Warmes einzupacken. Die Nächte im Mühlviertel können sogar im Juni noch rau sein.« Bormann grinste verhalten.

Stern murmelte etwas Unverständliches. Dann fiel die Tür hinter ihm ins Schloss.

Eineinhalb Stunden später fuhren er und Gruppeninspektorin Mara Grünbrecht in Sterns grauem Audi A6 auf der S10 in Richtung Freistadt, oder besser gesagt: sie krochen in Richtung der als Kultur- und Braustadt bekannten Mühlviertler Provinzmetropole. Sterns Fahrgeschwindigkeit glich nach Grünbrechts Dünken einer Schnecke beim Mittagsschlaf. Sie selbst liebte es, ein wenig rasanter durchs Leben zu fahren.

»Wenn Sie nicht ein bisschen aufs Gas steigen, fängt die Leiche noch an zu verwesen, bevor wir dort sind«, stichelte sie schon nach zehn Minuten Fahrzeit.

»Wieso haben Sie es denn so eilig?«, fragte Stern. Beim Autofahren gab es nichts, was ihn aus der Ruhe brachte. Außer Dominik Weber, dem Gerichtsmediziner, der aus jeder Fahrt zu einem Tatort ein Wettrennen veranstaltete. Aber selbst das war Stern heute egal. Er wollte die Fahrt ins Mühlviertel zumindest genießen, wenn er sie schon nicht hatte verhindern können.

»Von Eile kann ja wohl kaum die Rede sein«, antwortete Grünbrecht und blickte sehnsüchtig auf die Wagen, die links an ihnen vorüberzogen. Stern gewann den Eindruck, als wenn sie sogar in den Beifahrersitz sänke, um nicht von einem der vorbeirasenden Lenker erkannt zu werden.

»Dafür kommen wir sicher an unserem Ziel an«, rechtfertigte er sein Tempo und dachte, dass diese jungen Dinger es doch immer so eilig hatten. Mara Grünbrecht war gerade mal 36 Jahre alt. In diesem Alter war man noch ungestüm und wild, und das war auch gut so. Er hingegen war 59 und hatte die Sturm-und-Drang-Zeit längst hinter sich. »Und so schnell fängt eine Leiche nun auch wieder nicht zu verwesen an.«

Recht viel hatte der Dienststellenleiter Stern wegen des provinziellen Mordes nicht gesagt, außer, dass die Spurensicherung bereits zum Tatort unterwegs sei und er sich sputen müsse. Natürlich kannte auch der Dienststellenleiter Sterns Fahrweise, aber der eigentliche Grund, warum er ihn gedrängt hatte, war der hiesige Bestatter, der die Leiche so schnell wie möglich vor den Augen der Neugierigen verschwinden lassen wollte. Irgendetwas von *mysteriös* und *diabolisch* hatte er noch gemeint, dann aber gesagt, Stern solle sich am besten selber ein Bild machen.

In Freistadt fuhren sie von der S10 ab und nahmen die Böhmerwald Straße Richtung Sandl. Nach einer Dreiviertelstunde verließen sie die selbige in Schönberg nahe der Grenze zu Niederösterreich und bogen einem Schild folgend auf eine schmale Seitenstraße ab. »Liebenau, 9 Kilometer«, stand auf dem Wegweiser. Die Harrachstaler Bezirksstraße führte die Inspektoren durchs hügelige Mühlviertel. Sattgrün und sanft breiteten sich Wiesen, Felder und jede Menge Wald neben der Straße aus. Stern war von dem Anblick fasziniert, und seine Laune besserte sich von Kilometer zu Kilometer, den sie zurücklegten. Auch wenn er Linz mit allem, was dazugehörte, liebte, die Linzer Landstraße mit ihren unzähligen Geschäften, die Altstadt und ihre Lokalitäten, so wirkte der Anblick der hügeligen Landschaft auf eine bestimmte Art befreiend auf ihn.

»Kaum zu glauben, dass es bei uns so schön ist und alle immer nur im Süden Urlaub machen wollen«, kam auch Grünbrecht zu dem gleichen Ergebnis.

»Ich mach keinen Urlaub im Süden«, erwiderte Stern.

»Sie machen überhaupt keinen Urlaub, Chef. Weder im Süden noch im Norden und schon gar nicht im Westen oder im Osten.«

»Ich hab bald nur noch Urlaub, Grünbrecht.«

»Das nennt man Ruhestand, Chef.«

»Ist doch irgendwie dasselbe.«

»Spüre ich da etwa so etwas Ähnliches wie eine vorzeitige Altersdepression?«, fragte die Gruppeninspektorin.

Stern verdrehte die Augen. »Altersdepression? Wo haben Sie das denn her?«

»Ich meine ja nur«, verteidigte sich Grünbrecht, da sie keinen fundierten Beweis für ihre Behauptung vorweisen konnte. Aber gelesen hatte sie mal etwas darüber.

Stern, dem das Gespräch über seine Altersdepression unangenehm war – ob er nun eine hatte oder nicht –, sah endlich ein Ortsschild in Sichtweite rücken. Er blinzelte und kniff die Augen zusammen, um lesen zu können, was darauf geschrieben stand. Das war auch so eine Sache. Mit zunehmendem Alter wurde seine Sehkraft schwächer. In die Ferne und in der Nähe. Er würde sich eine Brille zulegen müssen. Wahrscheinlich, wenn er im Ruhestand war. Auf gar keinen Fall früher.

»Wir sind da«, offenbarte Grünbrecht ihrem Vorgesetzten. Jetzt war klar, was auf dem Schild stand, also brauchte er gar keine Brille.

»Liebenau«, brummte er zur Bestätigung. Seiner und Grünbrechts.

Rechts am Ortsbeginn stand ein Dreiseithof, der die Ankömmlinge willkommen zu heißen schien. Gerade wurden Rinder auf einen Viehtransporter verladen, und Stern bekam sofort Appetit auf einen saftigen Rinderbraten samt Kartoffeln und Semmelknödel. So ein deftiges Mahl wäre für ihn eine kleine Entschädigung für die Reise hierher ins hügelige Nirgendwo. Es war ja längst Nachmittag, und Stern hatte seit dem Frühstück nur eine Leberkässemmel gegessen. Wie es aussah, würde es aber noch eine Weile dauern, bis er etwas zwischen die Zähne bekam, denn da war ja noch die Leiche. Die stand zwischen ihm und einer deftigen Mahlzeit. Und Grünbrecht, die, ihrer Figur nach zu urteilen, keine Zeit mit Essen vergeudete. Wahrscheinlich aß sie pro Tag nicht mehr als ein paar Salatblätter und eine Tomate.

Stern kramte in der Mittelkonsole nach einer Packung Pfefferminzbonbons und sah gerade noch aus den Augenwinkeln, wie eine schwarze Katze von links aus der Wiese gelaufen kam, die Straße querte und unter dem Wagen verschwand. Erschrocken blickte er in den Rückspiegel.

»Hab ich sie erwischt?«

»Nein«, antwortete Grünbrecht sichtlich gelangweilt. »Dafür fahren Sie nicht schnell genug. Ich hab gesehen, wie die Katze auf der rechten Seite in die Wiese gesprungen ist und sich dort gemütlich ins Gras gelegt hat.«

Erleichtert atmete Stern auf. Nach altem Volksglauben brachte es Unglück, eine schwarze Katze zu überfahren, und auch wenn Stern nicht abergläubisch war, wollte er das Schicksal nicht herausfordern. Er drosselte die Geschwindigkeit auf Tempo 30 und verzichtete auf Blaulicht und Folgetonhorn. Das Opfer war ohnehin längst tot, der Leichenfund lag mehrere Stunden zurück. Da war keine Eile mehr geboten. Leichen liefen nicht weg.

Mit der linken Hand öffnete er den Bonbonbehälter und steckte sich drei der kleinen, weißen Dinger in den Mund. Dann hielt er die Packung Grünbrecht hin.

»Wollen Sie auch?«

»Nein, danke«, lehnte die Gruppeninspektorin ab.

Liebenau erinnerte Stern an eine Geisterstadt. Niemand überquerte die Straße, keiner putzte halsbrecherisch die Fenster, und es fehlten die Kinder, die Bälle über die Fahrbahn schossen, um anschließend anstatt ihres eigenen Lebens jenes des Balls vor dem heranrasenden Wagen zu retten. Der Ort war wie leergefegt. Kein gutes Zeichen, dachte Stern. Die schwarze Katze fiel ihm wieder ein.

»Sind Sie sicher, dass wir hier richtig sind?«, fragte nun auch Grünbrecht.

»Ich bin sicher«, brummte Stern, wenngleich er einen Anruf im Landeskriminalamt für einen Augenblick in Erwägung zog. Doch als sie den Ortsplatz von Liebenau erreichten, wusste er, warum sie zuvor niemanden gesehen hatten. Alles, was gehen oder sich auf andere Weise fortbewegen konnte, hatte sich vor der spätbarocken Kirche versammelt. Das Ganze hätte eine Erntedankprozession sein können, oder eine große Hochzeit, wie sie am Land üblich war und zu der man Gott und die Welt einlud. Dennoch wusste Stern, dass das Erscheinen der Menge und das Belagern des Platzes vorm und der Zugänge zum Gotteshaus einen ganz anderen Grund hatten. Einen weitaus weniger fröhlichen. Hinter einer Menschentraube erspähte er den Kleinbus der Spurensicherung und fragte sich, ob der Gerichtsmediziner auch schon da war? Webers Wagen war aber nirgendwo zu sehen, kein Wunder, bei dem hier stattfindenden Volksfest.

»Halleluja! Was ist denn hier los?«, stieß Grünbrecht aus.

»Nichts zieht die Menschen mehr an als ein Todesopfer.« Es war Stern anzusehen, was er davon hielt.

Im Schritttempo ließ er den Audi durch die Menge rollen. Die wich nur ungern zur Seite und tat ihren Unmut sogleich lautstark kund. Schließlich könnte man etwas verpassen, war man sich einig, während sich dieser Wichtigtuer mit Linzer Autonummer ganz nach vorne auf den besten Platz schob. Einer der Schaulustigen hieb sogar mit der Faust auf die Motorhaube von Sterns Wagen, was diesen das Fenster herunterlassen und ein deftiges Schimpfwort abfeuern ließ. Das wiederum brachte die Menge zum Brodeln. Jener Mann, der den tätlichen Angriff auf Sterns Wagen vollzogen hatte, griff durch das geöffnete Fenster und packte Stern am Hemd. Der zückte seinen Dienstausweis und hielt ihn dem Mann direkt vor die Nase.

»Landeskriminalamt Oberösterreich, Chefinspektor Oskar Stern«, sagte er ruhig, weil er die Stimmung nicht noch weiter anheizen wollte.

»Es … es tut mir leid«, stotterte der Mann und machte sofort einen Rückzieher. Die Menge teilte sich wie eine mit der Axt gespaltene Melone und ließ Stern und Grünbrecht bis zum Absperrband vor der Kirche vorfahren. Dort stellte Stern den Motor ab. Ein Polizist, der wie eine Bulldogge vor dem Kirchenportal diese vor Schaulustigen gerade noch zu verteidigen versucht hatte, kam schwitzend auf sie zu gerannt.

»He! Da können S' aber nicht stehen bleiben!«, rief er.

Grünbrecht reckte den Kopf aus dem Fenster und fragte: »Sehen Sie eine andere Parkmöglichkeit?« Dabei wies sie auf die Menschen, die den Platz vor der Kirche bevölkerten wie bei einem Open-Air-Konzert und nach vorne drängten, als gäbe es in dem Gotteshaus den Messwein gratis. Ungeachtet des Protestes des ländlichen Kollegen stieg Stern aus dem Wagen. Grünbrecht tat es ihm gleich.

»Sind Sie schwerhörig?«, fauchte der Polizist. »Da können S' nicht stehen bleiben, hab ich gesagt!« Er stellte sich Stern in den Weg, der gerade über das Absperrband hatte steigen wollen, und versuchte, ihn mit Körpereinsatz aufzuhalten. Trotz der Kühle an diesem Tag schwitzte der Kollege, und Stern war sich sicher, dass er einem nervlichen Zusammenbruch nahe war. Wahrscheinlich war es sein erster Mord, dachte der Chefinspektor und erinnerte sich, als er seine erste Leiche zu Gesicht bekommen hatte. Eine Wasserleiche war das damals gewesen. Die hatte mehrere Wochen im Pichlingersee mit einem Gewicht an den Füßen im Wasser gelegen und war von einem Hobbytaucher entdeckt worden. Das war kein schöner Anblick gewesen! Sofort verspürte Stern einen säuerlichen Geschmack im Mund. Er trat zurück an die Tür seines Audis, öffnete sie, sodass der ländliche Kollege sich bereits als Sieger wähnte und zurück zur Kirchenpforte eilte, fischte die Pfefferminzbonbons aus der Ablage in der Mittelkonsole und steckte sich gleich fünf davon in den Mund. Dann schlug er die Tür eine Spur zu heftig zu, was den Polizisten auf seinem Weg zur Kirche innehalten ließ, drückte auf die Fernbedienung in seiner Hand, was ein orangefarbenes Blinken am Audi auslöste und diesen absperrte.

»Hey …« Der Polizeibeamte kam mit hochrotem Kopf zurück und deutete auf den Wagen. Wahrscheinlich wollte er seine Forderung, dass Stern woanders parken solle, wiederholen, doch der Chefinspektor ließ ihn gar nicht erst zu Wort kommen. Er zog den Dienstausweis aus seiner Tasche und sagte: »Chefinspektor Oskar Stern. Das ist meine Kollegin Gruppeninspektorin Mara Grünbrecht. Wir sind vom Landeskriminalamt in Linz und übernehmen ab jetzt diesen Fall.« Wenn Stern mit einer unterwürfigen Reaktion gerechnet hatte, hatte er sich geirrt.

»Na endlich!«, schwenkte der Polizist von zuvor ungehalten auf jetzt erleichtert und ließ nichts von einer hierarchischen Dienstbeflissenheit erkennen. Viel eher klang sein nächster Satz wie ein Vorwurf. »Ich hab schon gedacht, dass die Leiche zu stinken anfängt, bevor sich die Kripo hier blicken lässt.«

Stern war verblüfft. So etwas Ähnliches hatte er heute schon mal gehört, und zwar von Grünbrecht.

»Na, so schnell geht das nun auch wieder nicht«, relativierte er den Tadel seines ländlichen Kollegen und warf Grünbrecht einen prüfenden Blick zu. Die Gruppeninspektorin trug ihre schulterlangen braunen Locken zu einem Zopf gebunden. Nur hin und wieder standen ein paar widerspenstige Haarsträhnen von ihrem Kopf ab und kräuselten sich in alle Richtungen. Als er merkte, dass sie verhalten grinste, steckte er den Dienstausweis ein, seufzte und sah sich um. Unverkennbar waren sie gleich im Zentrum des Geschehens gelandet. Der Platz vor der Kirche war der Mittelpunkt des hiesigen Lebens. Irgendwo im Ort musste dann der Brücklwirt sein. Dort würden er und Grünbrecht später Quartier beziehen und etwas Anständiges essen, hoffte er. Zuerst galt es aber, nach der Leiche zu sehen. Er wandte sich der Menschenansammlung zu und wusste, wohin er gehen musste, auch ohne dass ihm jemand den Weg wies. Aber dieser jemand ließ es sich nicht nehmen.

»Revierinspektor Josef Plattlbauer«, stellte der sich vor und fügte an: »Da lang, Herr Chefinspektor und Frau Gruppeninspektorin.« Plattlbauer deutete auf den Eingang der Kirche und redete weiter, während er für die Beamten der Kripo das Absperrband nach unten drückte. »Liebenau fällt in meinen Zuständigkeitsbereich. Ich stamme von hier, wohne auch da, aber arbeiten tue ich in Weitersfelden. Das liegt zehn Kilometer von hier entfernt. Liebenau selbst hat keine Polizeidienststelle mehr, die hat man vor Jahren wegen Sparmaßnahmen geschlossen, deshalb tun die Menschen hier, was sie wollen. Sehen Sie sich das Ganze nur mal an! Wie soll ich bei so einem Fall alleine zurechtkommen?« Plattlbauer schnaubte. Ob vor Entrüstung oder weil er überfordert war, konnte Stern nicht sagen. »Gott sei

Dank sind Ihre Kollegen von der Spurensicherung schon da! Die waren ein bisschen schneller als Sie und haben mir geholfen, den Tatort abzuriegeln, dass die ganzen Rindviecher da nicht hineintrampeln und alle Spuren vernichten. Weil wollen täten die schon, wissen S'!« Der Revierinspektor deutete in Richtung der neugierigen Menschen. Er wirkte heilfroh, die sensationslüsterne Menge nun nicht mehr allein unter Kontrolle halten zu müssen. Endlich hatte er Verstärkung an seiner Seite, noch dazu einen Chefinspektor und eine Gruppeninspektorin vom Landeskriminalamt Oberösterreich in Linz. Die hiesige Bevölkerung hatte sich zuvor nämlich die ganze Zeit über keinen Deut darum geschert, was er zu sagen hatte. Das würde sich jetzt aber gravierend ändern!

»Ist das Ihr erster Mord?«, fragte Stern.

»Ja, mein erster«, wiederholte Plattlbauer. Freudig erregt, wie Stern vorkam. Na gut, der erste Mord war immer etwas Besonderes, dachte er dann, also wollte er ein wenig nachsichtig mit dem Kollegen sein.

»Dann lassen Sie uns ans Werk schreiten«, sagte er und ging auf das Portal der Kirche zu. Die neugierigen Blicke der Liebenauer folgten ihm. Sie schienen sich zu fragen, was denn so Entsetzliches in ihrem Gotteshaus geschehen war, dass die Kripo aus Linz anrücken musste. Denn natürlich wusste man, dass jemand dahingeschieden war. So etwas ließ sich in so einem kleinen Ort nicht verheimlichen. Liebenau zählte gerade mal an die 1.600 Einwohner, je nachdem, wie viel gerade geboren und gestorben wurde. Aber wer das Zeitliche gesegnet hatte, und vor allem, warum er es getan hatte, wollte man halt auch erfahren.

»Um wen handelt es sich bei dem Toten?«, fragte Stern den Revierinspektor.

»Um den Pfarrer«, antwortete Plattlbauer diensteifrig.

»Den Pfarrer?« Grünbrecht blieb stehen und starrte den ländlichen Kollegen an. Mit allem hatte sie gerechnet, aber nicht damit, dass sie gleich die Leiche eines Priesters sehen würden.

»Äh … ja, der Pfarrer«, wiederholte Plattlbauer.

»Was kann ein Pfarrer denn schon angestellt haben, dass er Opfer eines Gewaltverbrechens wird?« Es war Grünbrecht anzusehen, dass ihr die Vorstellung, im Fall eines ermordeten Mannes Gottes zu ermitteln, nicht sonderlich behagte.

»Ein Pfarrer ist auch nur ein Mensch, Grünbrecht. Und alle Menschen sündigen. Die einen mehr, die anderen weniger«, erwiderte Stern und übertrat achtlos die Kirchenpforte, während Plattlbauer und Grünbrecht ihre Finger im Weihwasserbecken versenkten und sich bekreuzigten. Ein Blick nach vorne in den Altarraum ließ Stern jedoch wünschen, er hätte es ihnen gleichgetan. Ein Kreuzzeichen war hier mehr als angebracht. Jedoch helfen würde es auch nichts mehr.

»Um Gottes willen!« Dieser Ausruf sprang dem Chefinspektor wie ein Ziegenbock über die Lippen.

»Ich glaube kaum, dass das etwas mit dem Willen Gottes zu tun hat«, sagte Grünbrecht voller Abscheu.

Stern pflichtete ihr stumm bei, während sie das Kirchenschiff durchquerten und näher zum Altarraum vorrückten. Vor dem neuromanischen Hochaltar mit erhöhter Mitte im Rundbogenstil lag auf dem Tisch des Herrn eine Leiche – nach der Aussage des Revierinspektors der hiesige Pfarrer. Stern hatte schon allerlei gesehen, auch auf die brutalste Weise dahingemetzelte Menschen, die oftmals zerstückelt worden waren oder die unterschiedlichsten Verwesungsgrade aufwiesen. Aber eine derartige Inszenierung eines Leichnams war ihm, seit er bei der Kriminalpolizei beschäftigt war, nur selten untergekommen.

Der Mörder hatte den Pfarrer von den Füßen an bis zum Hals mit einem Seil eingewickelt. Stern schoss der Vergleich mit der Beute einer Spinne durch den Kopf, die ihre Opfer mit ihrem seidenen Faden umwickelte und auf diese Weise für später aufbewahrte. Ein absurder Vergleich zwar, der auch aus einem Film wie »Spiderman« oder »Die Mumie« stammen könnte, musste Stern zugeben, dennoch war auch der Pfarrer durch diese Darstellung zu jemandes Beute erklärt worden. Das Priestergewand hatte man der Leiche unter dem Seil um den Leib gewickelt, so als wäre der Mörder bemüht gewesen, den Priester nicht kompromittierend für die Augen Fremder zurückzulassen. Die Augen weit aufgerissen und ebenso den Mund, starrte der Tote ins Leere, dorthin, wo nur noch der Teufel und sein Gefolge zugegen waren. Eingetrocknetes Blut überdeckte Hals und Gesicht. Der Kollar, ansonsten strahlend weiß, war braun und fleckig. Im schwarzen Gewand des Priesters konnte Stern das Blut auf den ersten Blick hin nicht ausmachen, aber er war sich sicher, dass die Spurensicherung eine Menge fände. Die Beine des Priesters hingen auf der rechten Seite des Altars hinunter. Am Boden des Altarraums breitete sich unter dem Haupt eine große Blutlache aus, als hätte man den Priester hier abgelegt, um ihn ausbluten zu lassen. Ein Spritzmuster rund um den Altar ließ den Chefinspektor wissen, dass ihm die Verletzungen am Hals, die wahrscheinlich zum Tod geführt hatten, hier zugefügt worden waren, und die Fesselung dazu gedient hatte, dass sich das Opfer nicht hatte wehren können. Der Fundort war demnach auch der Tatort. Aber das mussten Weber und die Spurensicherung noch bestätigen.

»Schrecklich, nicht wahr?« Revierinspektor Plattlbauer riss den Chefinspektor aus dessen stillen Bestandsaufnahme.

»Das können Sie laut sagen.« Der, der dies von sich gab, war Dominik Weber, der Gerichtsmediziner, der eben durch das Kirchenschiff auf den Altarraum zusteuerte.

»Grüß dich, Weber«, sagte Stern erfreut, dass er und Grünbrecht vor dem Gerichtsmediziner am Tatort eingelangt waren.

»Grüß dich, Stern. Hast dich auch hierher in die Abgeschiedenheit getraut?« Dominik Weber wusste um Sterns Abneigung dem Ländlichen gegenüber Bescheid. Der Chefinspektor war ein richtiger Stadtmensch. Einer, dem die Betonbauten einer Stadt wie Linz gerade hoch genug waren. Einer, der die Aussicht lieber vom Linzer Power Tower genoss als von einem Berg. Mord und Totschlag waren nachgewiesen in den Städten viel höher als auf dem Land, demnach war er in Linz viel besser aufgehoben, war Sterns Meinung. Ein Blick auf die auf dem Altar liegende Leiche ließ ihn jedoch wissen, dass die Ländler gerade dabei waren, in dieser Statistik aufzuholen.

»Musste ja wohl sein«, brummte er und betrachtete die Wundmale am Hals der Leiche. Zwei Einstichlöcher. Kaum zu sehen, wäre nicht die ganze Sauerei rundum. »Weißt du schon, wann er gestorben ist?«

»Ich bin doch gerade erst gekommen, Stern!«, sagte Weber entrüstet, nahm ein Thermometer und ein Skalpell aus seiner Tasche und rammte ersteres durch einen kleinen Schnitt dem Opfer an jener Stelle in den Rumpf, wo Stern die Leber vermutete.

Im Kirchenschiff war ein Hüsteln zu hören. Revierinspektor Plattlbauer hatte sich abgewandt und blickte nun in Richtung der Brüstungsorgel, in deren Mitte die Figur der heiligen Cäcilia angebracht war. An seiner Haltung war zu erkennen, dass ihm die Behandlung der Leiche durch den Gerichtsmediziner nicht sonderlich gut bekam.

Weber zog das Thermometer aus der Leiche und besah sich das Ergebnis.

»Und? Wann ist er ermordet worden?« Sterns Ungeduld war allen bestens bekannt und auch, dass er und Weber des Öfteren Meinungsverschiedenheiten hatten.

»So gegen Mitternacht, würde ich meinen. Genaueres kann ich dir erst …«

»… nach der Obduktion sagen, ich weiß.« Stern brachte Webers Satz mit einem Schuss Zynismus zu Ende.

»Musst dich halt ein wenig gedulden. Hier ist es doch schön, in Liebenau. Kannst dich ein wenig entspannen oder wandern gehen im Tannermoor«, schlug der Gerichtsmediziner grinsend vor.

»Grünbrecht will so schnell wie möglich von hier weg«, sagte Stern und redete weiter, bevor seine junge Kollegin dagegen protestieren konnte. »Übrigens, was ist das hier?« Er deutete mit dem Finger auf die zwei Einstichwunden am Hals des Opfers.

»Sieht wie Bissmale eines Vampirs aus.«

Weber, Stern und Grünbrecht fuhren herum. Sie starrten den hinter ihnen stehenden Revierinspektor überrascht an. Der hatte bislang alles wortlos mitverfolgt, bis auf die kleine Übelkeitsattacke, als der Gerichtsmediziner dem Opfer das Thermometer in die Leber geschoben hatte.

»Bitte was?«, hakte Grünbrecht nach.

»Ein Vampir!«, wiederholte Plattlbauer. »Ganz klar. Das sieht man doch.«

»So ein Schwachsinn! Sie schauen wohl zu viel fern, Plattlbauer.« Stern schüttelte ob der abstrusen Behauptung des Revierinspektors den Kopf.

»Oh, das glaube ich nicht«, erwiderte der Angesprochene eingeschnappt, machte am Absatz kehrt und setzte sich in die vorderste Bank im Kirchenschiff, wo sonntags die

Kirchenbesucher fromm die Hände falteten. Er aber verschränkte schmollend die Arme vor der Brust und stierte auf die Kripobeamten, die neben der verschnürten Leiche standen und ihr auf den Hals starrten, als stünden dort die Antworten auf all ihre Fragen.

Die Aussage des Revierinspektors ignorierend unterhielten sich Stern, Grünbrecht und Weber über eine weitaus realistischere Todesursache. »Diese Male könnten von allem Möglichen verursacht worden sein, das circa zwei bis fünf Millimeter dick ist. Nagel, Stricknadel, halt alles, was in etwa diese Stärke aufweist. Die Schwellung zeigt, dass er noch gelebt hat, als man ihm in den Hals gestochen hat. Das umliegende Gewebe hat sofort reagiert. Während der erste Einstich für die Todesursache nicht relevant ist, hat der Täter mit dem zweiten Stich genau die Halsschlagader getroffen. Deshalb die ganze Sauerei hier.« Weber deutete auf den blutbesudelten Boden und den Altar, der durch das Blut wie ein abstraktes Kunstwerk eines österreichischen Künstlers aussah. »Es muss gespritzt haben. Der Mörder hat sicher ebenso eine Menge Blut abbekommen. Wenn das Herz noch pumpt und jemand diese Schleuse hier öffnet …« Weber wies auf den Hals des Opfers, um zu verdeutlichen, wovon er sprach, als im Kirchenschiff ein Würgen und Poltern zu vernehmen war. Der Gerichtsmediziner hielt inne und wandte sich um. Stern und Grünbrecht taten es ihm gleich. Die Inspektoren sahen gerade noch, wie sich Plattlbauer in der vordersten Sitzbankreihe übergab. Die Kriminalbeamten tauschten vielsagende Blicke aus.

»Sein erster Mord«, klärte Stern den Gerichtsmediziner auf und ging die zwei Stufen vom Altarraum hinab ins Kirchenschiff zu den Sitzbänken. Dort wartete er, bis der Revierinspektor zum Vorschein kam, sich mit dem Ärmel über den Mund wischte und ihn anschaute, als müsste er sich erneut übergeben. Die Farbe seines Gesichts unterschied sich nicht mehr von dem Weiß der gekalkten Kirchenwände.

»Na, geht's wieder?« Stern stellte sich vor Plattlbauer und verdeckte ihm mit seinem fülligen Körper die Sicht auf den ausgebluteten Pfarrer.

Der Revierinspektor nickte, zögernd, wie Stern vorkam, und vermied es, an ihm vorbeizuschauen. »Das ist nur, weil der so grausig dahergeredet hat«, versuchte er zu erklären.

»Am besten, Sie sorgen vor der Kirche für Ruhe und Ordnung. Hier brauchen wir Sie nicht. Die Kollegen der Spurensicherung machen das schon, aber draußen, da werden Sie dringend benötigt.« Stern klopfte dem Revierinspektor auf die Schulter. Der wirkte erleichtert und schob seinen Hintern die hölzerne Kirchenbank hinaus. Nicht zu schnell, damit sein Magen nicht noch einmal rebellierte. »Und Plattlbauer …« Stern wollte dem Revierinspektor etwas mit auf den Weg geben. Der blieb stehen und wandte sich langsam um. »Das mit den Vampiren will ich nicht noch einmal von Ihnen hören, verstehen Sie? Da werden die Leute hysterisch, wenn wir so etwas behaupten. Ich verlass mich da auf Sie!« Wie ein Hund, der eben Prügel bezogen hatte, verließ der Revierinspektor die Kirche.

Stern wandte sich seinen Kollegen und dem Opfer zu. Er musste zugeben, es war tatsächlich kein schöner Anblick, dazu noch die ausführlichen Schilderungen Webers – und der Albtraum eines jeden Menschen war fertig.

»Na, Weber, haben Sie noch etwas für uns?«, fragte Grünbrecht. Sie hielt Block und Stift für etwaige Notizen bereit.

»Dass der Pfarrer verblutet ist, brauche ich euch wohl nicht zu sagen. Die Menge des Blutes, die ihr hier seht, spricht für sich. Die Tatzeit – da wiederhole ich mich – ist so um Mitternacht, also die beste Stunde für Vampire.« Weber grinste.

»Fängst du auch noch damit an!«, fuhr Stern ihn an. Er hielt nämlich schlichtweg gar nichts von diesem Vampirhokuspokus. »Sonst noch was? Aber bitte etwas, das wir brauchen können.«

»Derweilen nicht«, antwortete Weber amüsiert, weil er mit seinem Kommentar über die beste Stunde für Vampire Stern auf die Palme gebracht hatte. Über dieses Ergebnis zufrieden, steckte er seine Gerätschaften zurück in die Tasche und schritt in Richtung Kirchenpforte davon. »Wenn ihr mit ihm fertig seid, schickt ihn mir bitte in die Gerichtsmedizin!« Mit diesen Worten an die Spurensicherer verließ Weber das Gotteshaus.

»Warum macht jemand so etwas ausgerechnet mit einem Pfarrer?«, fragte Grünbrecht, die Arme mit dem Notizblock verschränkt und den Blick auf den Leichnam gerichtet.

»Das kann ich Ihnen beim besten Willen nicht beantworten, Grünbrecht. Der Mensch ist von Natur aus böse, das müssten Sie als Inspektorin eigentlich am besten wissen. Und wenn jemand in den eigenen Augen einen Grund zum Töten hat, dann ist es ihm wahrscheinlich egal, ob das Opfer eine Soutane trägt.«

»Ein Eifersuchtsdrama können wir aber ausschließen.«

»Sagen Sie das nicht, Grünbrecht. Es gibt nichts, was es nicht gibt. Aber fragen Sie bei der Spurensicherung nach, ob die die Tatwaffe gefunden haben. So etwas Ähnliches, wie Weber es beschrieben hat, also Stricknadeln, Nägel oder dergleichen.«

»Hab ich schon. Während Sie mit Weber geredet haben.«

»Natürlich haben Sie das.« Stern wusste um die Dienstbeflissenheit seiner jungen Kollegin Bescheid. »Und? Spannen Sie mich nicht auf die Folter.«

»Sie sagen, dass sie noch nichts gefunden haben, was als Tatwaffe infrage kommt.«

»Gibt es Überwachungskameras?«

»Das hier ist eine Kirche, Chef!« Grünbrecht klang entrüstet und war sich sicher, dass eine Antwort aufgrund dessen, dass sie in einem Gotteshaus standen, überflüssig war.

»Gibt es draußen vor der Kirche vielleicht Kameras? Möglicherweise sehen wir ja, wie der Priester und der Mörder die Kirche betreten haben und nur der Mörder sie verlassen hat.« Stern wusste schon, während er sprach, dass sich sein Wunsch nicht erfüllen würde. Überwachungskameras passten genauso wenig zu einer Kirche wie Pommes frites und Burger zu einer Diät.

»Es würde mich wundern, wenn es in Liebenau auch nur eine einzige Überwachungskamera gibt«, antwortete Grünbrecht. »Ich kann mal nachfragen, aber zu viele Hoffnungen würde ich mir nicht machen.«

Der Chefinspektor brummte als Antwort. Er hatte das volle Ausmaß der Tragödie erkannt. Das hier war kein Fall, den man schnell im Vorbeigehen löste, weil die Fakten ohnehin klar am Tisch lagen und der Täter allen bestens bekannt war. Die Aufklärung dieses Falls nahm bestimmt mehrere Tage in Anspruch, wenn nicht sogar Wochen. Schließlich hatte sich der Täter die Mühe gemacht, den Leichnam theatergerecht zu inszenieren. Da hatte er sicher ebenso genügend Zeit dafür aufgewendet, alle Spuren zu beseitigen. Jetzt wusste Stern, warum der Dienststellenleiter etwas von *mysteriös* und *diabolisch* dahergeredet hatte.

»Na, dann«, sagte er und wandte sich von dem Toten ab.

»Dann jagen wir also einen Vampir«, sagte Grünbrecht lapidar, ohne zu ahnen, dass sie sich damit Sterns Unmut zuzog.

»Das ist doch lächerlich!«, fuhr der sie gleich an. Doch lächerlich hin oder her: Sie beide saßen solange in Liebenau fest, bis sie den Mörder überführt hatten. Wie lange das dauern würde, wusste Stern nicht. Er wusste auch nicht, ob es überhaupt einen Vernehmungsraum gab. Außerdem brauchten sie jemanden, der sie in das örtliche Geschehen einweihte, der ihnen verriet, wer es mit wem trieb und wer mit wem Streit hatte. Dinge, die nur ein Liebenauer wissen konnte – Plattlbauer! Der hatte doch eingangs erwähnt, dass er aus Liebenau stamme, demnach alles über die hiesige Bevölkerung wissen müsste oder zumindest in Erfahrung bringen konnte. Städtern, wie Stern und Grünbrecht es waren, würden die Menschen hier nichts erzählen, zumindest nichts, was sie ihnen nicht eigenhändig aus der Nase zogen. Stern hoffte nur, dass die schaurigen Schilderungen Webers keine langfristigen Schäden im Nervengerüst des Revierinspektors hinterlassen hatten.

»Wo zum Kuckuck steckt eigentlich Plattlbauer?«, fragte er Grünbrecht, als er in die leere erste Bankreihe blickte.

»Sie haben ihn doch selber nach draußen geschickt, nachdem er alles vollgekotzt hat«, erinnerte Grünbrecht ihn an den unschönen Abgang des Kollegen.

»Ja, Sie haben recht.«

»Ich habe immer recht«, sagte Grünbrecht selbstbewusst.

Der Chefinspektor wandte sich daraufhin seiner Kollegin zu. »Grünbrecht, wenn Sie das glauben, sind Sie ein Grünschnabel.« Das Wortspiel mit Grünbrechts Namen gefiel ihm und zauberte ein Lächeln in sein Gesicht. Dann wandte er sich ab und verließ die Kirche. Hier waren sie mit ihrer Arbeit fertig. Er deutete den Kollegen der Spurensicherung, dass Kirche und Pfarrer nun gänzlich ihnen gehörten.

Am Kirchenplatz war indessen Volksfeststimmung eingekehrt. Für Revierinspektor Plattlbauer war der zuvor erlittene Exkurs in die Anatomie des Menschen im Augenblick wohl das geringste seiner Probleme. Er war vollends damit beschäftigt, die ständig über die Absperrung tretenden Schaulustigen einzufangen, sie zu verwarnen und auf ihre Plätze zurück zu verfrachten. Er schwitzte, und seine Gesichtsfarbe hatte sich von dem innerkirchlichen Weiß in ein schweißtreibendes Rot gewandelt.

Hier am Land war tatsächlich alles anders, dachte Stern. Die Leute hatten keinerlei Respekt vor einer Uniform, weil deren Träger einer aus ihren Reihen war, mit dem man sich duzte und abends ein Bier trinken ging. Aber *er* war keiner von ihnen.

»Alles herhören!«, brüllte er, sich seiner Autorität als Chefinspektor der Linzer Kriminalpolizei sicher fühlend.

Niemand reagierte. Nicht ein Einziger nahm Notiz von ihm. Der Lärmpegel stieg sogar weiter an, als wollte man sein Geschrei übertönen. Da steckte Plattlbauer die Finger in den Mund und stieß wie beim Anpfiff des am Abend stattfindenden Eröffnungsspiels der Fußballweltmeisterschaft einen schrillen Pfiff aus. Das ließ ein Raunen wie eine La Ola durch die Menge schwellen, die schlussendlich doch verstummte. Erwartungsvoll richteten sich unzählige Augenpaare auf Stern, der ihnen scheinbar etwas zu sagen hatte. Hoffentlich etwas Spektakuläres über den Todesfall.

»Mein Name ist Oskar Stern. Ich bin Chefinspektor am Landeskriminalamt in Linz. Wie Sie wissen, hat man Ihren Pfarrer tot in der Kirche aufgefunden. Er ist ermordet worden. Wir werden unser Bestes tun, um den Täter so rasch wie möglich zu finden. Wer sachdienliche Hinweise hat, möge sich bitte bei mir melden. Wir werden …« Weiter kam Stern nicht. In einem aufwallenden Getöse aus Rufen und Geschrei gingen seine letzten Worte völlig unter. Plötzlich hatte jeder etwas zur Aufklärung des Falls beizutragen.

Die Menschen schrien durcheinander und wussten Dinge, die mit dem Fall zu tun hatten – oder auch nicht. Stern war nicht in der Lage, wichtige Informationen von unwichtigen zu trennen. Er verstand lediglich Wortfetzen und konnte nicht herausfiltern, wer nun als Zeuge vernommen werden sollte und wer bloß Tratsch verbreitete. Na, das kann ja heiter werden, dachte er und verfluchte den Mörder, der sich ausgerechnet das tiefste Mühlviertel zum Töten ausgesucht hatte.

»Wir brauchen einen Vernehmungsraum! Wo können wir uns einquartieren, Plattlbauer?«, fauchte er missgelaunt.

»Bestimmt im Pfarramt«, fiel dem Revierinspektor auf Anhieb ein. »Ich bin mir sicher, dass der Pfarrer nichts mehr dagegen hat.« Plattlbauer grinste und suchte im Gesicht des Chefinspektors nach einer Reaktion, die unweigerlich diesem Scherz folgen müsste, doch die blieb aus. Schlimmer noch! Stern zog missbilligend die Augenbrauen hoch, machte am Absatz kehrt und verschwand in der schwatzenden Menge. Jedoch tauchte er von dort nach nur wenigen Augenblicken wieder auf, bahnte sich mittels Ellbogentechnik den Weg zurück und fragte: »Wo ist das Pfarramt?«

»Dort lang!« Plattlbauer deutete in die entgegengesetzte Richtung.

Ohne ein weiteres Wort zu sagen, marschierte der Chefinspektor an Plattlbauer und Grünbrecht vorbei, alles und jeden verfluchend, und ohne zu bemerken, dass ihm eine Schlange Auskunftswilliger wie bei einer Bierzeltpolonaise folgte.

2. KAPITEL

Vor dem Pfarramt holten Gruppeninspektorin Mara Grünbrecht und Revierinspektor Josef Plattlbauer den Chefinspektor endlich ein. Plattlbauer öffnete die Tür und hielt sie für die Kriminalbeamten auf. Stern schritt wortlos an ihm vorüber, doch Grünbrecht bedankte sich bei ihm mit einem Lächeln, worauf Plattlbauers Gesichtszüge sich freudig erhellten. Um davon abzulenken, wies er die Liebenauer, die ihnen bis hierher gefolgt waren, um eine Aussage zu machen, an, sie mögen doch bitte draußen warten, bis man sie riefe, und schob anschließend aus einer Abstellkammer einen Tisch und zwei Stühle in den Pfarrsaal. Das alles platzierte er in der Mitte im vorderen Bereich und sagte, als er sein Werk begutachtete: »Das muss als Provisorium für die Vernehmungen reichen.« Dabei schielte er zu Grünbrecht hinüber, deren dunkelbraune Locken im Nacken wie junge Kitze hin und her hüpften. Als ihre haselnussbraunen Augen sich mit den seinen trafen, wandte er den Blick ab und rückte noch einmal die Stühle zurecht, was aber völlig überflüssig war.

»Gut, Plattlbauer. Jetzt bringen Sie mir Papier und einen Stift, denn ein Aufnahmegerät wird es ja wohl nicht geben …«, unterbrach Stern, ohne es mitzubekommen, das Balzverhalten des ländlichen Kollegen, und setzte sich an den Tisch.

»Nein, aber auf der Dienststelle in Weitersfelden haben wir eines. Soll ich es herbringen lassen?«

»Ja, machen Sie das! Und dann bitten Sie einen nach dem anderen zu uns herein«, wies Stern ihn weiter an.

Während Plattlbauer der Anweisung Folge leistete, lehnte sich Grünbrecht hinter ihrem Chef nahe dem Fenster an die Wand und murmelte, als die erste Zeugin eintrat: »Jetzt bin ich aber gespannt.«

»Mein Name ist Herta Bachmeier. Ich bin … ich war die Pfarrersköchin«, stellte sich die etwa 1,50 Meter große Frau den Kriminalbeamten vor, die allein durch ihre Erscheinung Sterns Bild von bei der Kirche beschäftigten Personen gehörig durcheinanderwirbelte. Ihre kurzen, rot gefärbten Haare standen wirr vom Kopf ab und bildeten einen starken Kontrast zu ihrem blassen Teint. Ihr grell pink geschminkter Mund biss sich mit dem Orange ihres T-Shirts. Der Rest steckte in einem Jeansrock und rosa geblümten Leggings. Über dem Ganzen trug die Pfarrersköchin eine rote ärmellose Weste mit schwarzen Fransen am Saum. Der Chefinspektor hatte bislang gedacht, Pfarrersköchinnen wären graue alte Jungfern, gekleidet in schwarzen Röcken und beigen Blusen. Dass er mit diesem Vorurteil gewaltig irrte, zeugte die vor ihm sitzende, ungefähr 35 Lenze zählende Frau, die alles andere als langweilig zu sein schien. Zumindest nicht, was ihre Kleidung anbelangte.

»Frau Bachmeier, können Sie sich vorstellen, warum der Pfarrer, also Ihr Chef, ermordet worden ist?«, fragte Stern bemüht, sein Erstaunen wegen des schillernden Aussehens seines Gegenübers nicht durchscheinen zu lassen.

»Nicht im Geringsten. Der Pfarrer ist …« Die Frau brach ab und räusperte sich. »Er war ein herzensguter Mensch. Er hat keiner Fliege etwas zuleide getan, in seinem ganzen Leben nicht. So ein lieber Mensch, wissen S'? Wenn alle so wären, wie unser Herr Pfarrer es g'wesen ist, dann wäre die Welt eine viel bessere. Und glauben S' mir, die hat das auch dringend nötig bei dem, was man so alles im Fernsehen sieht!« Herta Bachmeier schüttelte den Kopf.

»Ja, ja, das Fernsehen. Man soll aber nicht alles glauben, was man im Fernsehen sieht, Frau … äh.«

»Bachmeier. Herta Bachmeier.«

»Ja, Frau Bachmeier. Kommen wir zurück zum Pfarrer: Hat er Feinde gehabt?«, versuchte Stern, etwas für den Fall Relevantes aus der Frau herauszubekommen, und fand, dass die Farbkombination Rosa mit Orange und Rot sogar seinen für Mode äußerst unausgeprägten Sinn störte.

»Nein, Herr Inspektor, er hat gewiss keine Feinde gehabt. Ich hab Ihnen doch schon gesagt, dass er ein ganz lieber Mann gewesen ist. So einer hat keine Feinde.«

Für Stern war die Sache klar: Entweder wollte die Frau nichts Schlechtes über ihren toten Chef sagen, oder sie empfand den Dahingeschiedenen als tatsächlich so, wie sie behauptete. Um sich ein Urteil über den Priester bilden zu können, war es aber zu früh. Schließlich standen sie noch ganz am Anfang mit ihren Vernehmungen.

»Gibt es sonst etwas, das Sie uns über den Pfarrer erzählen möchten?«, mischte sich Grünbrecht ein. Die dick mit Kajal umrandeten Augen der Pfarrersköchin wanderten in ihre Richtung und blieben an ihr haften.

»Ich hatte da so ein Gefühl …«, begann sie zu erzählen und tippte sich dabei auf die Brust. Schon allein, wie sie es sagte, verkrampfte sich Sterns Magen. Er hasste Gefühle in Mordfällen, er brauchte Fakten, Fakten und nochmals Fakten.

»Ein Gefühl?«, wiederholte er argwöhnisch.

»Ja, als hätte ich es gespürt, dass etwas Schlimmes passieren wird.«

»Spüren Sie so etwas denn öfter?«, hakte Grünbrecht nach, worauf ihr Stern einen finsteren Blick zuwarf. Die

Gruppeninspektorin wusste, was ihr Chef von Äußerungen über Gefühle hielt, und wollte schneller sein als er, bevor er die Vernehmung abbräche und die Zeugin hinausschicken konnte.

»Nun ja …« Die Frau suchte offenbar nach den richtigen Worten. »Ach, vergessen Sie's!«, sagte sie dann und stand auf.

»Aber bleiben Sie doch …«

»Danke, Frau Bachmeier«, fiel Stern Grünbrecht ins Wort. »Und wenn Sie rausgehen, schicken Sie uns bitte den Nächsten herein.« Stern war erleichtert, dass ihm die Gefühlsduselei der Frau erspart blieb.

»Also ich hätte schon gern gewusst, was sie uns zu sagen versucht hat«, meinte Grünbrecht, als die Frau den Pfarrsaal verlassen hatte.

»Sie haben doch gehört, dass sie selber gesagt hat, dass wir es vergessen sollen. Sie wollte halt nicht mehr darüber reden, warum auch immer.«

»Weil Sie gleich so abwehrend reagiert haben«, warf Grünbrecht ihrem Chef vor.

»Hab ich doch gar nicht! Aber wahrscheinlich hat die gute Frau selber erkannt, dass ihre Aussage für die Aufklärung des Falls nicht relevant ist. Wenn sie über Gefühle reden will, soll sie zu einem Psychiater gehen. Wir haben einen Mord aufzuklären.«

Die Tür ging auf und der nächste Zeuge marschierte herein, streckte dem Chefinspektor die Hand entgegen und tippte sich an Grünbrecht gewandt als Gruß an den Hut. Er trug eine Lederhose, ein rot-weiß kariertes Hemd und brachte mindestens 30 Kilo zu viel auf die Waage, die meisten davon vorne an seinem Bauch. Dennoch – oder vielleicht gerade deswegen – war er eine stattliche Erscheinung. Selbstbewusst setzte er sich auf den Stuhl, der unter seinem Gewicht ächzte, was jeder im Raum aber ignorierte.

»Ihr Name?«, fragte Stern.

»Siegfried Bauer.«

»Herr Bauer, was können Sie uns über den Pfarrer sagen?«

»Ja mei, recht viel net«, antwortete der Mann und steckte beide Daumen in den Bund der Lederhose. Die Hände ruhten dabei auf seinem Bauch wie bei einer Schwangeren.

»Aber Sie sind doch extra hergekommen, um auszusagen?« Stern war verwirrt.

»Ja, schon.« Der Mann hingegen war die Ruhe selbst. Sein Blick wanderte zwischen Stern und Grünbrecht hin und her, und es schien, als wartete er auf etwas.

»Und ... was bedeutet dann dieses *recht viel nicht*?« Nun begann dieses Aus-der-Nase-Ziehen, wenn es denn überhaupt etwas aus der Nase zu ziehen gab. Außerdem knurrte Sterns Magen. Die Geduld des Chefinspektors wurde hart auf die Probe gestellt.

»Ja mei, er war halt unser Pfarrer«, sagte der Zeuge gelassen.

»Aber wissen Sie auch, warum er sterben hat müssen, Ihr Herr Pfarrer? Haben Sie irgendeinen Hinweis für uns?«

»Ja mei, keine Ahnung. Dafür seid's doch ihr da, oder? Das ist ganz klar Aufgabe der Polizei!«

Stern stieß hörbar die Luft aus. Er musste sich zusammenreißen, um dem vor ihm sitzenden Mann nicht gehörig die Meinung zu sagen. Er befürchtete jedoch, dass der erst die Vorhut war und draußen vor der Tür noch viel Schlimmeres auf ihn wartete.

»Und warum sind Sie dann zur Vernehmung gekommen?«, fragte nun Grünbrecht, da sie spürte, dass Stern einen Augenblick benötigte, um sich zu sammeln.

»Ja, mei. Ich wollt mir das halt mal so ansehen, wie ihr das so macht. Sonst kennt man das ja nur aus dem Fernsehen, von den vielen Krimis. Und das mal live zu sehen, ist halt doch ganz etwas anderes.«

»Danke, der Nächste bitte!«, komplimentierte Stern den Mann hinaus. Siegfried Bauer erhob sich, straffte seine Lederhose mit einem gezielten Griff unter die Hosenträger und schlurfte aus dem Pfarrsaal. Stern starrte ihm verärgert hinterher und einer kleinen, alten Frau mit grünem Kopftuch entgegen.

»Rosa Hintersteiner«, stellte die sich vor.

»Sehr schön, Frau Hintersteiner. Was können Sie uns über den Pfarrer alles erzählen?«

»Pst!«, machte die Frau.

Stern war verblüfft. Schon wieder. »Was meinen Sie mit *Pst*?«, fragte er.

Die Frau lockte ihn mit ihrem knöchrigen Zeigefinger näher zu kommen wie einst die Hexe aus Hänsel und Gretel. Stern beschlich ein mulmiges Gefühl. Er fürchtete zwar nicht, in einen Käfig gesperrt zu werden, schließlich war er derjenige, der andere wegsperrte, aber das Verhalten der Frau war dennoch ein wenig unheimlich. Er beugte sich nach vorne, um zu verstehen, was die Frau gleich sagen würde, und auch Grünbrecht trat näher an den Tisch heran.

»Ich kann doch nicht in Gegenwart unseres Herrn schlecht über unseren Herrn Pfarrer reden«, flüsterte die Frau nahe Sterns Ohr. Anschließend deutete sie hinter Stern und Grünbrechts Rücken, wo an der Wand ein Kruzifix hing.

»Aber … aber das ist doch nur …« Der Chefinspektor brach ab, überlegte kurz und änderte die Taktik. »Sollen wir es abnehmen?«

Die Frau nickte, sagte aber kein Wort.

Grünbrecht ging zur Wand, nahm das Kreuz ab und legte es in die Kammer seitwärts des Pfarrsaals. Bestimmt kamen sie so schneller an ihr Ziel, dachte Stern und auch, dass es keinen Sinn machte, über Dinge wie Aberglaube zu diskutieren. Anschließend war die Frau tatsächlich bereit zu reden, und Stern und Grünbrecht waren überrascht, was sie zu hören bekamen.

»Also, der Herr Pfarrer ist ein ganz Schlimmer!«, begann Rosa Hintersteiner zu berichten. »Der hält sich selber nicht an die Zehn Gebote, obwohl predigen tut er sie jeden Sonntag, und das ganz eindringlich! Zehn Ave-Maria hab ich jedes Mal beten müssen, wenn ich zu ihm beichten gegangen bin. Und selber? Pah!« Die Frau verzog das Gesicht zu einer Grimasse, die verdeutlichte, was sie von dem Priester hielt.

»Von welchem der Zehn Gebote reden wir denn hier, Frau Hintersteiner?«, fragte Stern neugierig. Endlich schienen sie auf eine Spur gestoßen zu sein.

»Von allen, Herr Hauptkommissar! Von allen!«

»Chefinspektor«, korrigierte Stern die aufgebrachte Rosa Hintersteiner. »Kommissare gibt es nur in Deutschland. In Österreich sagen wir Inspektoren.«

»Das ist mir wurscht, Herr Hauptkommissar. Ich nenne Sie, wie S' wollen, meinetwillen auch Inspektor. Viel wichtiger ist, dass Sie endlich etwas gegen den Pfarrer unternehmen. Verhaften S' ihn! Das ist nämlich ganz ein Schlimmer, wissen S'!«

Stern zog die Augenbrauen hoch und überlegte, ob er die Frau tatsächlich richtig verstanden hatte. Sie verlangte doch allen Ernstes, dass er einen Toten verhaften solle!

»Aber der Pfarrer ist doch tot«, erwiderte er, während seine Verwirrung den Höhepunkt erreichte und jene der alten Frau sich in erkennbare Erleichterung verwandelte.

»Tot ist er, sagen S'? Na dann ist's ja gut. Jetzt hat er sich vor unserem Herrn zu verantworten.« Rosa Hintersteiner stand auf und wandte sich zum Gehen.

»Warten Sie! Was hat er denn so Schlimmes angestellt, der Herr Pfarrer, dass wir ihn hätten verhaften müssen?«, fragte Stern rasch.

»Über Tote soll man nicht schlecht reden, Wissen S' denn gar nichts?«, erwiderte die alte Dame und sah den Chefinspektor tadelnd an. Der war zu überrascht, als dass er darauf etwas hätte sagen können. Etwas Ordentliches und kein Fluchen. Bis er sich allerdings wieder gefangen hatte, war Rosa Hintersteiner zur Tür hinaus.

»Was war das denn eben?«, fragte Grünbrecht.

Stern schüttelte den Kopf. »Wenn das so weitergeht, können Sie mich am Ende der Vernehmungen in ein Irrenhaus bringen.«

»Dann sind wir mal gespannt, wer als Nächstes kommt.« Die Gruppeninspektorin holte einen Stuhl aus der Abstellkammer und setzte sich damit neben ihren Chef. Anscheinend dachte sie, dass er seelischen Beistand benötigte. Na gut, das tat er auch. Irgendwie. Er wusste nur noch nicht, ob seine Kollegin die Richtige dafür war.

Der nächste Auskunftswillige war der örtliche Bäcker. Er überraschte die Kriminalbeamten nicht nur mit mitgebrachten frischen Semmeln, welche er ihnen zu Beginn feierlich überreichte und deren Duft Stern sofort in die Nase kroch, dass sich der Speichel in seinem Mund nur so ansammelte, sondern auch mit einem Gerücht: »Man hört ja, dass ein Vampir der Täter g'wesen sein soll.«

»Ein Vampir?«, wiederholte Grünbrecht eine Spur zu laut und lachte, um zu verdeutlichen, wie absurd das war.

»Ja, wegen der Bissmale am Hals.« Der Bäcker deutete mit der Hand auf seinen eigenen Hals, wo er die Wundmale vermutete, und Stern wünschte den geschwätzigen Revierinspektor sonst wohin.

»Von wem haben Sie das denn, das mit den Bissmalen?«,

fragte er dennoch und legte die Semmel schweren Herzens auf den Tisch. Er würde sie später essen, jetzt musste er erst mal das mit den Vampiren, und dass Plattlbauer es überall herumerzählte, verdauen. Dann überlegte er, ob er das Kreuz, das Grünbrecht vorhin abgenommen hatte, zurück an die Wand hängen sollte. Sozusagen als Abwehr gegen Vampire und das abergläubische Volk.

»Der Plattlbauer hat es mir erzählt. Er hat die Leich ja g'sehen, wie sie da auf dem Altar g'legen ist«, bestätigte der Bäcker Sterns Vermutung. Er seufzte und nahm sich vor, sich den Revierinspektor gehörig zur Brust zu nehmen. Der konnte doch nicht einfach durch die Gegend laufen und Details vom Fall ausplaudern!

»Jetzt hören Sie mal, wir wissen noch nicht, womit der Pfarrer ermordet worden ist. Aber eines wissen wir genau, nämlich, dass es keine Vampire gibt, weder hier in Liebenau noch sonst wo. Außer Sie meinen jene, die sich neue Steuern einfallen lassen und damit den Leuten das Geld aus der Tasche ziehen. Das sind die echten Blutsauger, um die sollten Sie sich Gedanken machen, wenn Sie das nächste Mal zur Wahlurne pilgern.« Mit diesen Worten entließ Stern den Bäcker, nicht aber ohne sich vorher noch einmal für die frischen Semmeln zu bedanken.

Die Schlange der Redewilligen vor dem Pfarrhaus riss nicht ab. Liebenau schien ein gesprächiger Ort zu sein. Bis kurz vor 23:00 Uhr saßen Stern und Grünbrecht im provisorischen Vernehmungsraum im Pfarrsaal und hörten sich an, was die Liebenauer über ihren toten Pfarrer zu erzählen bereit waren. Resümierend konnte sich Stern kein zufriedenstellendes Urteil über den Priester bilden. Weder war er besonders beliebt gewesen, noch hatte man ihn gehasst. Er war kein Engel gewesen, aber auch keine Ausgeburt des Teufels. Ein Mensch mit Fehlern halt, so wie jeder andere auch, nur eben im Priestergewand. Also hatte Stern nichts außer der Gewissheit, dass die Küche beim Brücklwirt bestimmt schon geschlossen hatte und sein Magen vorsorglich zu revolutionieren begann. Die Semmeln des Bäckers hatten er und Grünbrecht bereits vor Stunden verzehrt.

Als die Kirchenuhr elfmal schlug, stieß Stern die Tür in die Gaststube des Brücklwirts auf. Rauch quoll ihnen entgegen, so dick, dass Stern im ersten Moment dachte, er müsste die Feuerwehr alarmieren. Von rauchfreien Zonen, wie sie in der Stadt längst üblich waren, hatte man in Liebenau wohl noch nie etwas gehört. Kurz kam es ihm in den Sinn, die Kollegen der Gewerbebehörde zu informieren, wollte aber, wenn sie doch etwas zu essen bekämen, über diesen Verstoß hinwegsehen. Außerdem hing an der Wand ein großer Flachbildfernseher. Bestimmt hatten die Fußballbegeisterten das Eröffnungsspiel der Weltmeisterschaft angesehen. Nun aber war es vorbei, und es liefen Nachrichten, die niemanden zu interessieren schienen. Der Ton war sogar so weit zurückgedreht, dass man nur die sich bewegenden Münder der Sprecher sah und Lippen lesen können müsste, um zu verstehen, was sie sagten.

»Na, der Herr Hauptkommissar und seine Kollegin«, begrüßte ihn die Wirtin, als wären er und Grünbrecht tagtäglich hier. Die Frau hatte ausladende Hüften und in ein Dirndl eingequetschte Brüste, die aus ihrer Bluse zu springen drohten. Sie stand hinter dem Tresen und zapfte mehrere Halbe.

»Chefinspektor«, korrigierte Stern zum wiederholten Mal. Diese ganzen deutschen Krimi-Fernsehserien waren schuld daran, dass alle ihn mit Kommissar ansprachen.

»Na, wenn S' meinen«, sagte die Wirtin gelassen. Die Liebenauer schienen sich für korrekte Berufsbezeichnungen nicht zu interessieren. Kommissar oder Inspektor?

Was machte das schon für einen Unterschied, dachten sie bestimmt, Hauptsache, er fand den Mörder ihres Pfarrers. Die Wirtin nahm zwei Schlüssel vom Haken und überreichte einen Stern. Den anderen hielt sie Grünbrecht hin. »Ihre Zimmer!« Anschließend stellte sie eine frisch gezapfte Halbe vor Stern am Tresen ab und fragte Grünbrecht: »Wollen S' ein Glaserl Veltliner haben?«

»Ich hab doch noch gar nichts bestellt«, wies Stern die Frau auf diesen Umstand hin und deutete auf das Glas vor ihm, gefüllt mit goldgelbem Weizen. Anscheinend konnte die Frau bis in seine Seele blicken, dachte er.

»Sie beide sehen aber aus, als könnten S' das jetzt gebrauchen. Geht aufs Haus. Übrigens, ich bin die Miezi Brückl. Haben S' denn kein Gepäck?«

»Oskar Stern, und das ist meine Kollegin …« Der Chefinspektor deutete auf Grünbrecht, die sich selber vorstellte und der Wirtin die Hand reichte.

»Mara Grünbrecht.«

»Das Gepäck ist noch im Wagen. Wir wollten zuerst mal sehen, ob Sie überhaupt zwei Zimmer für uns haben.«

»Aber natürlich«, verkündete die Wirtin. Ihre Augen blitzten vergnügt, und Stern fragte sich, wie man um diese Uhrzeit bloß so gute Laune versprühen konnte. »Einer Ihrer Kollegen aus Linz hat das schon arrangiert, als wir noch gar nicht g'wusst haben, was überhaupt los ist.« Die Brücklwirtin füllte ein Glas mit Veltliner und stellte es vor Grünbrecht auf den Tresen.

»Oh, nein danke! Wenn ich den jetzt trinke, dann …« Grünbrecht machte eine Handbewegung, die verdeutlichte, dass sie auf leeren Magen keinen Alkohol vertrug.

Stern hingegen griff nach dem Bier, das verführerisch golden im Schein der Barbeleuchtung leuchtete. Er nahm einen Schluck und blickte sich in der Gaststube um. Hier war es eigentlich ganz gemütlich, vom Zigarettenqualm mal abgesehen. Am Stammtisch saß eine Runde hiesigen Urgesteins. Stern prostete den Männern zu, da die ihn und Grünbrecht von ihren Plätzen aus wie bei einer bäuerlichen Tierbeschau das Vieh musterten.

»Wollen S' was essen? Einen Schweinsbraten hätt ich noch!«, fragte die Wirtin. »Rein in die Mikrowelle, und schon ist er dampfend heiß.«

»Nein danke, um diese Zeit nicht mehr«, wehrte Grünbrecht ab und sagte zu ihrem Chef. »Wenn Sie jetzt etwas essen, legt sich jedes Gramm doppelt an.«

Stern hatte ein paar Kilos zu viel um die Hüften, das wusste er. Aber dass Grünbrecht ihm gleich das Essen verbot, ging nun doch zu weit. Natürlich hatte sie recht, obwohl so ein Schweinsbraten sehr verlockend war, musste er zugeben und sich zusammenreißen, um nicht doch noch schwach zu werden. Das Gebrumme in seinem Magen war dabei nicht sonderlich hilfreich, dieser Versuchung zu widerstehen.

»Ich geh jetzt ins Bett«, verkündete Grünbrecht.

»Ja, machen Sie nur.« Stern nahm einen kräftigen Schluck, der auch den Magen füllte, so hoffte er.

»Ich brauche die Autoschlüssel, um das Gepäck zu holen.« Grünbrecht hielt Stern die offene Hand hin. Der suchte in seinen Taschen nach dem Schlüssel und überreichte ihn ihr.

»Ich stelle Ihr Gepäck vor die Tür der Gaststube«, sagte Grünbrecht.

»Ist gut. Ich trinke rasch mein Bier aus.« Stern deutete auf das Glas, das vor ihm stand, und überlegte immer noch, ob er nicht doch das Angebot wegen des Schweinsbratens annehmen sollte.

»Gute Nacht, Chef!« Grünbrecht wandte sich ab und verließ die Gaststube.

»Gute Nacht«, brummte Stern und nahm einen weiteren Schluck. Er hatte gar nicht bemerkt, dass er so durstig war. Langsam beruhigte sich sein Magen. Scheinbar war der froh, zu dieser späten Stunde überhaupt noch etwas zu kriegen. Mit dem Handrücken wischte er den Schaum über seiner Oberlippe weg.

»Haben S' schon was rausg'funden?«, rief einer der Männer vom Stammtisch zu Stern herüber. Ein langer, grau melierter Bart und eine grüne Jacke ließen den Mann aussehen wie einen Förster aus einem Heimatfilm.

»Wer will das wissen?«, fragte Stern eine Spur zu provokant, packte dennoch seine Halbe und ging zu dem Stammtisch hinüber. Er konnte sich nicht erinnern, einen der hier sitzenden Männer im Pfarrsaal bei den Vernehmungen gesehen zu haben. Dabei wusste Stern, dass der Tratsch im Wirtshaus ausführlicher lief als jener auf der Straße. Da gab es ausnahmsweise keinen Unterschied zwischen Stadt und Land. Das war überall gleich.

»Der Hartmeier Georg will das wiss'n«, kam es postwendend zurück.

»Nun, Hartmeier Georg, ich weiß genug, um mir ein Bild über den Pfarrer zu machen«, log Stern. »Wer ihn gemocht hat und wer nicht, wer was von ihm gehalten und wer ihn verteufelt hat. Wie steht es da mit Ihnen?« Stern blieb vor der Stammtischrunde stehen und blickte die Männer der Reihe nach an.

»Mit mir? Ich hab ihn gar nicht richtig g'kannt«, sagte Hartmeier und grinste.

»Sie müss'n wissen, Herr Chefinspektor, dass sich der Hartmeier kein einziges Mal in der Kirche hat blicken lassen«, erklärte ein anderer aus der geselligen Runde. »Nicht einmal beim Begräbnis seiner Mutter ist er dort g'wesen, und das will was heißen!« Der Mann hob sein Glas und prostete zuerst dem Hartmeier Georg und dann dem Chefinspektor zu. Die anderen taten es ihm gleich. Daraufhin setzte Stille ein, da alle aus ihren Gläsern tranken.

»Und warum nicht, wenn ich fragen darf?«, hakte Stern nach, als alle ihre Biergläser auf den Tisch gestellt hatten.

»Das erzähl ich Ihnen, wenn Sie sich zu uns setzen«, schlug Hartmeier vor. »Einen Chefinspektor von der Kripo hab'n wir schließlich nicht alle Tage bei uns.«

Die Männer rückten zusammen und machten für den Chefinspektor Platz. Der schob seinen Hintern auf die Bank und wartete auf die Fortsetzung der Hartmeier-Kirchengeschichte.

»Das ganze heilige Zeug ist nix für mich. Aber ich glaub, der Pfarrer ist trotzdem kein schlechter Kerl g'wesen.« Hartmeier war plötzlich ernst geworden. Die anderen Männer nickten zustimmend.

»Und er hat gar nicht so übel Karten g'spielt!«, meinte ein anderer.

»Ja, er hat auch ganz schön was vertragen, sag ich Ihnen. Schnaps, meine ich.« Wieder nickten alle.

»Wer könnte Ihrer Meinung nach einen Grund gehabt haben, den Pfarrer zu ermorden?«, wollte Stern wissen. Wie es aussah, erfuhr er von dieser gesprächigen Runde in fünf Minuten mehr als vom restlichen Dorf die halbe Nacht über, und das auch noch mit einem Glas Bier in der Hand. Doch auf seine zuletzt gestellte Frage antworteten die Männer mit ratlosem Blick.

»Wenn Sie so frag'n: keiner«, behauptete Hartmeier. »Unser Pfarrer hat die Frömmigkeit ja regelrecht im Blut g'habt. So einen ermordet man nicht, nur weil einem grad danach ist. Da muss was ganz Schlimmes vorgefall'n sein.«

»Was könnte das denn gewesen sein?«, bohrte Stern nach.

»Um was geht es denn immer? Um Geld, oder?« Der Mann, der dies sagte, schlug mit der Faust auf den Tisch.

»Und wer sind Sie, wenn ich fragen darf?«

»Der Biermann Karl«, antwortete der Faustschläger und erklärte, dass sich sein Bruder eben von seiner Frau hatte scheiden lassen und dabei nicht nur Haus, sondern auch jeden Cent verloren hatte. Eine Blutsaugerin sei seine Schwägerin gewesen, meinte er, genauso wie der Mörder des Pfarrers, der dem armen Gottesmann laut dem Bericht des Revierinspektors jeden einzelnen Tropfen Blut ausgesaugt hatte. Und sein Bruder hätte wegen der ganzen Schweinerei wieder bei null anfangen müssen, oder bei weniger als null, wobei die Stammtischrunde sich nicht ganz einig war, wo die Skala dafür anzusetzen war. Daraufhin genehmigte sich der Biermann Karl mehrere kräftige Züge des herben Gebräus, als wären es sein Haus und sein Geld gewesen, das bei der Scheidung flöten gegangen war. Als er das Glas geleert hatte, winkte er die Wirtin herbei, um nachzutanken.

»Aber so ein Pfarrer hat doch gar kein Geld«, mutmaßte ein anderer. »Also kann es nicht ums Geld gegangen sein.«

»Vielleicht ist er ja wegen einer Frau um'bracht worden?«, stellte ein anderer diese These in den Raum. Daraufhin brach schallendes Gelächter aus. »Was? Habt ihr noch nie was davon g'hört, dass auch Priester nur Männer sind und ihre Liebschaften pflegen? Ist doch nicht einmal so selten!«

»Aber doch nicht unser Pfarrer«, entgegnete Hartmeier entschieden.

»Warum denn nicht? Stille Wässer sind bekanntlich tief, sicher auch so ein Weihwasser wie der Pfarrer.«

Daraufhin herrschte für einen Augenblick Schweigen. Die Biertischrunde schien sich die Möglichkeit, dass ihr Pfarrer eine Geliebte gehabt haben könnte, durch den Kopf gehen zu lassen. Man las ja viel in den Zeitungen, dass die Kirchenleute gar nicht so fromm waren, wie sie behaupteten, und dass einige von ihnen ein aufregenderes Sexleben führten als so mancher brave Familienvater. Aber der Liebenauer Pfarrer?

»Nein, das kann ich mir beim besten Willen nicht vorstellen«, beendete Biermann seine Überlegungen und begoss diese Erkenntnis mit einem kräftigen Schluck aus seinem Glas. Danach wischte er mit dem Ärmel über seinen Mund und erhob sich mit den Worten: »Für heut' hab ich genug!« Er legte einen 20-Euro-Schein auf den Tisch und verließ das Gasthaus.

»Wenn es nicht ums Geld geht und auch nicht um die Liebe, dann geht es um Macht«, ließ Hartmeier aufhorchen.

»Wie meinen Sie das? Welche Macht soll ein Pfarrer denn haben?« Stern wartete gespannt auf die Antwort des Hartmeiers.

»Unterschätzen S' das nicht, Herr Chefinspektor. So ein Pfarrer kennt alle Sünden von den Leuten. Schließlich rennen auch alle zu ihm beichten wie die Viecher zum Futtertrog. Da ist sicher das eine oder andere dabei, aus dem man Kapital schlagen könnte. Natürlich nur, wenn man das auch will! Aber funktionieren täte das schon, da bin ich mir ganz sicher.«

»Spielen Sie auf etwas Bestimmtes an?« Stern hoffte, endlich auf einen konkreten Hinweis zu stoßen. Dieses an den Haaren herbeigezogene Verdächtigen des Nachbarn, weil der einem nicht zum Gesicht stand und man ihm endlich eins auswischen konnte, oder das von Rache geprägte Denunzieren der Nachbarin, weil die am Sonntagvormittag lieber in die Rostbar pilgerte als in die Kirche, hatte er sich schon den ganzen Nachmittag über anhören müssen. Davon hatte er genug.

»Nein, nichts Bestimmtes. Ich sitze ja nicht im Beichtstuhl auf dem Schoß vom Pfarrer.« Georg Hartmeier grinste. »Aber interessant wär's schon. Da würden wir gern ein Mäuschen sein wollen, gell?«

»Also nichts Bestimmtes«, wiederholte Stern enttäuscht.

»Fragen S' doch mal die Herta, die Pfarrersköchin«, schlug Hartmeier noch immer grinsend vor.

»Die Herta Bachmeier? Etwa die mit den roten Haaren?«

»Ja, genau die meine ich. Die Frau ist ein Unikat.«

»Wohl eher ein Ungeheuer!«, schrie einer der Männer grölend heraus.

»Mit der hab ich schon gesprochen.« Stern erinnerte sich genau an das Gespräch, welches ihm aber auch nicht weitergeholfen hatte.

»Und? Was hat sie g'sagt, die Herta?«

»Dass der Pfarrer ein lieber Mensch gewesen ist und sie keine Ahnung hat, wer ihm das angetan haben könnte.«

»Sonst nix?« Hartmeier blieb hartnäckig.

»Nein, sonst nichts.«

»Da müssen S' aber noch mal ran, Herr Chefinspektor. Die Herta Bachmeier weiß alles, was es in Liebenau zu wissen gibt, auch, welche Unterwäsche Sie gerade tragen.« Da waren sich die Männer ausnahmsweise mal einig und nickten zustimmend.

»Na, dann werde ich das morgen noch mal tun«, sagte Stern, bedankte sich für den Tipp mit der Pfarrersköchin, trank sein Bier aus und verabschiedete sich von der geselligen Runde. Es war ein langer Tag gewesen, und er war hundemüde.

Grünbrecht hatte seine Reisetasche vor der Tür der Gaststube abgestellt. Er hatte nur wenige Sachen eingepackt, da er ja gehofft hatte, dass sie in ein paar Tagen den Fall aufgeklärt hätten. Wenn er sich da nur mal nicht täuschte! Die Liebenauer schienen zwar ein geselliges Völkchen zu sein, aber wenn es um einen aus ihren Reihen ging, hielten sie zusammen wie Pech und Schwefel.

Stern nahm die Reisetasche und machte sich damit auf die Suche nach seinem Zimmer. Die Treppe hinauf und dann links, hatte die Wirtin gesagt und auch, dass er und Grünbrecht die schönsten Gästezimmer bekommen hätten. Zwischen den Zeilen glaubte Stern herausgehört zu haben, dass das Gasthaus nicht voll belegt war, da das im Ort befindliche Hotel dem Brücklwirt gehörig Konkurrenz machte und immer wieder Gäste wegschnappte. Gerade im Sommer kamen viele Touristen nach Liebenau, um in einer völlig intakten Natur zu wandern und die Ruhe und die gute Luft zu genießen. Das Ortszentrum war das höchstgelegene in ganz Oberösterreich, und mit seinen 76 Quadratkilometern war Liebenau die größte Gemeinde im Mühlviertel. Doch der wahre Anziehungsmagnet für die Menschen stellte das Tannermoor dar, welches zu den größten Latschenhochmooren Österreichs zählte und mit einem Reichtum an seltenen Pflanzen und Tieren aufwarten konnte. Das alles hatte Stern aus den Zeugenaussagen im Pfarrsaal erfahren, nur nicht, wer den Priester ermordet haben könnte.

Vor der Tür mit der Nummer Sieben angelangt steckte er den Schlüssel ins Schloss, drückte die Klinke nach unten und betrat das Zimmer. Möbel aus hellem Holz empfingen ihn sowie ein mindestens 43 Zoll großer Flachbildfernseher. Da hatte der Dienststellenleiter ausnahmsweise einmal recht gehabt, als er Stern prophezeit hatte, dass es ihm in Liebenau nicht an Fernsehgeräten mangeln würde. Den Boden zierte ein roter Teppich, und ebenso farbige Vorhänge säumten seitwärts das Fenster, das einen Blick hinaus auf Liebenau gewährte. Das Zimmer strahlte Gemütlichkeit aus, fand Stern, und wäre nicht der Mord an dem Pfarrer, so könnte er sich hier durchaus wohlfühlen. Er warf rasch einen Blick in das Badezimmer, welches weiß gefliest war und ziemlich neu aussah. Dicke rote Handtücher lagen in einem schmalen Regal, und ein frischer Duft drang aus einem unter dem Spiegel stehenden Potpourri aus getrockneten Obstschalen und Blütenblättern.

Stern stellte die Reisetasche neben dem Bett ab. Indem er mit dem jeweils anderen Fuß auf seine Fersen stieg, schlüpfte er aus den Schuhen und ließ sich rücklings in das Bett fallen. Die Decke raschelte und würde es ihm schwermachen einzuschlafen. Am Nachttisch lag eine Bibel. Dieser ungewollte Fingerzeig auf den Mord am Pfarrer entlockte Stern einen tiefen Seufzer. Am Kopfpolster war mittig eine Schokoladenpraline platziert, ein gern gesehener Willkommensgruß, gerade heute, wo Sterns Magen lediglich mit Bier gefüllt war und er noch immer Hunger verspürte. Er nahm die Schokolade und löste sie aus dem Papier. Dann steckte er sie in den Mund und ließ sie auf der Zunge zergehen. Grünbrechts Aussage, dass sich zu dieser Zeit jedes Gramm, das man verzehrte, doppelt um die Hüften anlegte, fiel ihm wieder ein. Aber wie viel wog schon so eine Praline? Zwei Gramm. Oder waren es fünf? Bestimmt war ihr Gewicht kaum der Rede wert.

Nachdem die süße Verführung Sterns Gaumen passiert und die Speiseröhre hinuntergerutscht war, kreisten seine Gedanken wieder um den Mord. Es quälte ihn, dass sie noch keine handfesten Hinweise hatten. Es schien, als säßen er und Grünbrecht für längere Zeit in Liebenau fest, wenn nicht etwas Unvorhersehbares geschah. Dass dieses Unvorhersehbare längst geschehen war, wusste er natürlich nicht.

3. KAPITEL

Am nächsten Morgen saßen Stern und Grünbrecht in der Gaststube des Brücklwirts und frühstückten. Während Stern drei Semmeln mit Butter und Marmelade auf seinen Teller lud, pickte Grünbrecht, wie erwartet, ein paar Körner aus einer Müslischüssel. Der Chefinspektor hatte schlecht geschlafen. Ihm hatte der Straßenlärm, der ihn in seiner Wohnung in der Linzer Herrenstraße jede Nacht sanft in den Schlaf lullte, gefehlt. Hier war es in der Nacht mucksmäuschenstill. Kein einziger Laut war zu hören gewesen, außer dem Knistern des Bettzeugs. Nun saß er übelgelaunt am Frühstückstisch, woran auch die zweite Tasse Kaffee nichts ändern konnte, während Grünbrecht heiter an ihrem Kräutertee nippte. In solchen Situationen spürte er, dass der Zahn des Alterns an ihm nagte und er nicht mehr ganz so fit und belastbar war wie früher.

»Wir müssen noch mal mit der Pfarrersköchin reden«, sagte er mit vollem Mund.

»Mit dieser Herta Bachmeier?« Grünbrecht blickte kurz von ihrem Haferflockengemisch auf.

Stern nickte, ließ aber keine weitere Erklärung folgen.

»Wollen Sie jetzt doch wissen, welche Gefühle sie gehabt hat, die sie uns eventuell hätte erzählen wollen«, stichelte Grünbrecht und nahm einen weiteren Schluck von ihrem Tee.

»Die Männer von der Stammtischrunde haben gestern gemeint, dass sie alles wüsste, was es in Liebenau zu wissen gibt«, erklärte Stern seine Absichten, ohne auf die Anspielung von Grünbrecht wegen der Gefühle der Pfarrerskö-chin einzugehen. »Das impliziert auch Fakten rund um den Tod des Pfarrers.«

»Sie haben sich also mit der hiesigen Stammtischrunde angefreundet«, schlussfolgerte Grünbrecht.

»Angefreundet ist zu viel gesagt, aber man kann ja nie wissen, für was das gut ist, wenn man Kontakte in der Bevölkerung knüpft.« Stern biss in die Semmel, die dick mit Butter und Marmelade bestrichen war, und genoss die Süße des Aufstriches. Das üppige Frühstück entschädigte ihn für den schlechten Schlaf.

»Dann holen wir die Bachmeier halt noch einmal zur Vernehmung her.« Grünbrecht trank den Rest ihres Tees aus und stellte die Tasse zurück auf den Tisch. Dann zog sie ihr Handy aus der Tasche und wählte die Nummer des Revierinspektors.

»Plattlbauer!«, meldete der sich nach dem ersten Läuten.

»Guten Morgen, Herr Kollege, hier ist Mara Grünbrecht. Bitte bringen Sie uns doch die Pfarrersköchin zur Verneh-mung ins Pfarramt, sagen wir in zehn Minuten?«

Stern bekam große Augen. Eine Semmel lag noch unbe-rührt auf seinem Teller, und er beabsichtigte, sie auf jeden Fall zu verspeisen. Was wusste er schon, wann er das nächste Mal etwas zu essen bekäme? Aber ob er das in der kurzen Zeit schaffte und dann schon im Pfarramt anwesend war, wenn die Bachmeier eintraf, konnte er nicht sagen.

»Gut, dann bis nachher.« Die Gruppeninspektorin been-dete das Telefonat und sah Stern an.

»Was?«, fragte er. Ihm war zwar Grünbrechts durchdrin-gender Blick aufgefallen, dennoch wollte er sein Frühstück nicht halb aufgegessen zurücklassen.

»Wir müssen gehen«, erinnerte Grünbrecht ihn an das eben geführte Telefonat mit dem Revierinspektor.

»Ich bin auch gleich fertig.« Stern schob die letzten Reste der zweiten Semmel in seinen Mund.

»Wir haben keine Zeit mehr, Chef. Plattlbauer bringt die Pfarrersköchin in zehn Minuten ins Pfarramt. Außerdem haben Sie eh schon zwei von denen verdrückt.« Grünbrecht deutete auf das letzte verbliebene Gebäck auf Sterns Teller. In ihrer Stimme lag Tadel. Sie stand vom Tisch auf und blieb daneben stehen. Hastig schnitt Stern die Semmel in der Mitte auf, klatschte Butter und Marmelade hinein, trank nebenbei seinen Kaffee aus und legte dann das Oberteil des Gebäcks auf das Unterteil. Wenn dieser Fall in Liebenau noch länger dauerte und er mit Grünbrecht hier zusammen festsaß, würde er bald ein paar Kilos weniger auf den Rippen haben, dachte er wehmütig, wenngleich das seiner Figur nicht schaden würde. Er griff nach der Semmel und verzehrte sie auf dem Weg ins Pfarrhaus.

Als sie durch Liebenau gingen, fiel ihm die Ruhe auf, die heute herrschte. Der Trubel vom Vortag hatte sich aufgelöst. Ein paar Liebenauer standen am Straßenrand und unterhielten sich, wahrscheinlich über den Mord an dem Pfarrer. Stern hatte nicht den Eindruck, dass sie anschließend gestresst weiterhetzen würden, wie es in der Stadt oftmals der Fall war, da man noch rasch dieses und jenes zu erledigen hatte. Die Menschen hier nahmen sich Zeit, um miteinander zu plaudern, auch wenn sie nur den neuesten Tratsch verbreiteten. Desgleichen rollten die Autos gemächlich durch den Ort, als käme niemand zu spät zur Arbeit. Keiner hupte, keine Reifen quietschten. Alle waren freundlich und grüßten einander. Nicht so wie in der Stadt, wo jeder den Kopf wie eine Galapagos-Schildkröte einzog, um vorzugaukeln, man hätte den jeweils anderen nicht gesehen. Manch einer wechselte sogar die Straßenseite, um sicherzugehen, dass auch der andere einen nicht bemerkte. Nicht aber so in Liebenau. Das hier war ein gemütlicher Ort, und die Liebenauer waren scheinbar gemütliche Leute.

»Kommen Sie nun?«, riss Grünbrecht Stern aus seinen Beobachtungen. Er war stehen geblieben, ohne dass es ihm aufgefallen war. Grünbrecht hingegen legte wie gewohnt die typische Umtriebigkeit eines Kriminalbeamten an den Tag, dachte er und ließ den Rest der Frühstückssemmel in seinem Mund verschwinden. Dann folgte er seiner Kollegin.

»Guten Morgen, Herr Chefinspektor!« Dieser freundliche Gruß wurde ihm von einem ihm unbekannten Mann mit Hut und Trachtenhemd mitten auf der Straße entgegengebracht. Auch das war am Land anders. In der Stadt käme niemand auf die Idee, einen völlig fremden Menschen, der einem auf der Linzer Landstraße, Linz' größter Einkaufsmeile, zufällig über den Weg lief, zu grüßen.

Stern erwiderte den Gruß, was der Mann zum Anlass nahm, ihm auch noch seine von der Arbeit raue Hand entgegenzustrecken und zu fragen, ob es denn schon etwas Neues im Fall des ermordeten Priesters gäbe. Stern ließ sich seine Überraschung nicht anmerken.

»Nein, aber die Ermittlungen haben ja gerade erst begonnen«, antwortete er zurückhaltend. »Darf ich fragen, wer Sie sind?«

»Natürlich, entschuldigen Sie. Ich bin der Ecklbauer. Mir gehört eine Landwirtschaft in Liebenau, gleich dort hinten.« Der Mann deutete Richtung Süden.

»In welcher Beziehung standen Sie zum Pfarrer?«

»Ich bin in die Kirch g'angen, wenn S' das meinen.«

»Näher kannten Sie den Pfarrer nicht?«

»Bei der Taufe unserer Kinder – da ist er natürlich auch dabei g'wesen.«

»Wann ist das gewesen?« Stern zog seinen Notizblock heraus, um die Fakten aufzuschreiben, die er erwartete, gleich zu hören.

»Vor zehn und zwölf Jahren.«

Stern starrte den Mann einen Augenblick an. »Ist das alles?«

Der Mann nickte. Stern steckte den Block unbeschrieben weg.

»Nach der Kirche am Sonntag, da hört man so einiges. Da reden die Leut miteinander. Fragen S' mal den Fleischer! Der kann Ihnen vielleicht weiterhelfen.« Der Mann tippte sich zum Abschied an die Hutkrempe und schlenderte weiter.

»Der Fleischer … hm.« Stern zog seinen Notizblock erneut aus der Tasche und schrieb Fleischer darauf, damit dort zumindest irgendetwas stand. Und Ecklbauer schrieb er auch. Ein übrigens sonderbarer Mann, der ihn angesprochen hatte, um einen anderen Spieler auf dem Brett zu positionieren. Aber wahrscheinlich war auch das, wie das ganze andere Zeug, das die Liebenauer bis jetzt zu Protokoll gegeben hatten, für den Fall bedeutungslos.

Stern blickte dem Ecklbauer hinterher und ging dann weiter zum Pfarramt, wo Grünbrecht vor der Tür auf ihn wartete. Gemeinsam betraten sie den provisorischen Vernehmungsraum, wo Revierinspektor Plattlbauer hinter dem Schreibtisch Platz genommen hatte und aufsprang, als er die Kriminalbeamten eintreten sah. Vor dem Tisch auf einem Stuhl saß die Pfarrersköchin. Sie präsentierte sich heute in einem weiteren schrillen Outfit. Ihre Beine steckten in einer giftgrünen Hose, darüber schlapperte eine mindestens um drei Nummern zu große lilafarbene Weste. Darunter trug sie ein rotes T-Shirt mit einer schwarzen Katze auf der Brust. Die Frau passte so überhaupt nicht in diese ländliche Gegend, dachte Stern, und sie passte auch nicht in sein

Bild einer Pfarrersköchin. In der Stadt, da fände sie schon ihresgleichen. Aber hier in Liebenau erregte sie bestimmt mehr Aufsehen, als so manchem lieb sein dürfte.

»Guten Morgen«, sagte der Chefinspektor und nahm auf dem Stuhl Platz, auf dem zuvor der Revierinspektor gesessen hatte. Die Sitzfläche war sogar noch warm, fiel ihm auf, und er warf dem ländlichen Kollegen einen maßregelnden Blick zu. Der stellte sich sogleich neben Grünbrecht, als wollte er salutieren, und verschränkte im Rücken die Hände.

»Frau Bachmeier«, begann Stern mit der Befragung. »Sie sind ja die Pfarrersköchin.«

»Ich *war* die Pfarrersköchin«, stellte Herta Bachmeier richtig. »Wie es aussieht, bin ich jetzt nur noch Köchin.« Ein gequältes Lächeln umrahmte ihre leuchtend rot geschminkten Lippen.

»Sie haben mir bei unserem ersten Treffen nicht alles gesagt«, kam Stern gleich zur Sache.

»Wahrscheinlich haben Sie mir nicht die richtigen Fragen gestellt«, konterte die Frau. Ihre stark mit schwarzem Kajal umrandeten Augen blickten Stern herausfordernd an. Anscheinend wirkte seine ansonsten bei Otto Normalverbraucher oftmals Angst einflößende Erscheinung bei ihr nicht. Stern nahm sich vor, diese Frau genauer zu durchleuchten. Hatte sie ihn bei ihrem ersten Zusammentreffen noch glauben lassen, dass sie die naive Köchin des Pfarrers wäre, so hatte die Stammtischrunde behauptet, dass sie alles wüsste, was es in Liebenau zu wissen gab. Demnach standen die Chancen gut, dass sie auch die Geheimnisse ihres Chefs kannte. Und unter diesem schrillen Outfit könnte ja durchaus eine Mörderin stecken, fand Stern, dem ohnehin alles von der Norm Abweichende suspekt war.

»Dann stelle ich heute hoffentlich die richtigen Fragen«, sagte er schroff.

»Was wollen S' denn wissen?«, fragte die Bachmeier kokett. Sie ließ sich nicht aus der Ruhe bringen.

»Alles, was erwähnenswert ist. Aber vor allem, ob Ihnen jemand einfällt, der dem Pfarrer das angetan haben könnte.«

Herta Bachmeier blickte auf ihre knallrot lackierten Fingernägel und schien zu überlegen, was sie den Inspektoren anvertrauen wollte.

»Hören Sie, wir werden hier nicht eher rausgehen, bevor Sie nicht meine Fragen beantwortet haben«, stellte Stern klar. »Hatte der Pfarrer irgendwelche Feinde?«

»Also, wenn Sie mich fragen, sollten Sie im Wirtshaus nach dem Täter suchen.«

»Beim Brücklwirt?« Stern war über diese Antwort überrascht. Ein interessanter Schlagabtausch zwischen der Stammtischrunde und der Pfarrersköchin schien sich anzubahnen.

»Ja, beim Brücklwirt.«

»Warum?«

»Alle Mannsbilder gehen doch ins Wirtshaus, so auch der Pfarrer. Und seit einem halben Jahr ist er sogar mehr, als für ihn gut gewesen ist, dorthin gegangen, mindestens jeden zweiten Tag, manches Mal sogar jeden Tag.« Auf der Stirn der Pfarrersköchin bildeten sich missbilligende Falten.

»Was hat er dort gemacht? Hat er sich mit jemandem getroffen?«

Die Frau überlegte kurz, bevor sie antwortete: »Warum geht man denn in ein Wirtshaus? Natürlich, um sich mit jemandem zu treffen. Sich bloß ansaufen könnte man daheim auch.«

»Ich hab gemeint, ob der Pfarrer sich mit jemand Bestimmtem getroffen hat?«, führte Stern näher aus.

»Das weiß ich doch nicht! Ich hab ihn nicht g'fragt.«

»Aber gefallen hat es Ihnen auch nicht.«

»Ein Pfarrer, der ständig im Wirtshaus sitzt … Wem gefällt so etwas schon? Mir nicht, das können S' mir glauben.«

»Und wie ist der Pfarrer so als Chef gewesen?«, mischte sich Grünbrecht in die Befragung ein. Sie hatte sich dezent im Hintergrund gehalten, wollte aber auch diese Seite der Pfarrer- und Pfarrersköchin-Beziehung durchleuchten.

»Ganz okay, würde ich meinen.«

»Und mit Ihrem … Erscheinungsbild …«, Stern deutete auf die bunten Klamotten der Frau, »hat er kein Problem gehabt?«

»Nein, das ist ihm egal gewesen. Für die Leute, die anders sind und anders denken, hat er schon immer ein offenes Ohr gehabt.« Die Frau strich eine Falte in ihrer Weste gerade und lächelte. Wahrscheinlich dachte sie an so manche Begebenheiten mit dem Pfarrer in dieser Angelegenheit.

»Sein offenes Ohr für solche Dinge hat ihm doch sicher ein paar Kritiker eingebracht.«

Das Lächeln aus dem Gesicht der Pfarrersköchin verschwand. »Davon weiß ich nichts. Mir gegenüber hat er nie etwas erwähnt, dass irgendjemandem das nicht gepasst hätte.«

»Hat der Pfarrer möglicherweise ein Alkoholproblem gehabt?«, fragte Grünbrecht.

»Ist doch irgendwie naheliegend, oder? Wenn einer plötzlich ständig ins Wirtshaus pilgert.« Die Pfarrersköchin redete nicht weiter, aber es war ihr anzusehen, was sie davon hielt.

In diesem Augenblick läutete Sterns Handy. Normalerweise schaltete er es während einer Vernehmung ab, aber hier in Liebenau hatte er nicht damit gerechnet, dass ihn überhaupt ein Anruf erreichen würde, wegen möglicherweise fehlender Handymasten.

»Entschuldigen Sie bitte«, sagte er und blickte auf das Handy. Dominik Weber, der Gerichtsmediziner. Da musste er rangehen. Er stand auf und wischte gleichzeitig über das Display.

»Grüß dich, Weber. Was gibt's?« Er stellte sich ein wenig abseits, um ungestört telefonieren zu können.

»Grüß dich, Stern. Recht viel Neues gibt es nicht, aber der Pfarrer ist tatsächlich verblutet, so wie ich es dir schon gesagt habe, und zwar durch die Ruptur seiner Halsschlagader. Ein Einstich mit einem spitzen Gegenstand hat sie perforiert, sodass es eine Weile gedauert hat, bis es zum tödlichen Blutverlust gekommen ist. Die beiden Einstiche liegen circa dreieinhalb Zentimeter auseinander, aber nur einer hat die Schlagader erwischt. Der Mörder hat sein Opfer vorher betäubt und demnach ein leichtes Spiel gehabt. Außerdem hat dadurch das Herz weiterhin geschlagen, und das Blut wurde bis zum Exitus aus der Wunde gepumpt, deshalb auch die ganze Schweinerei am Tatort. Der Verlust von eineinhalb Litern Blut führt zu Durst- und Schwächegefühl, die Atmung beschleunigt sich, der Betroffene verspürt Angst. Ich kann nicht sagen, ob unser Opfer davon etwas mitbekommen hat, wir haben Ketamin in seinem Körper gefunden, und das nicht zu wenig. Mit zwei Litern Blutverlust fühlt man sich dann schon verwirrt, schwindelig und verliert schließlich das Bewusstsein. Wenn zu jener Zeit keine Hilfe kommt, erfolgt der Zusammenbruch des Blutkreislaufes.«

»Und die Tatwaffe?«

»Ein langer, spitzer Gegenstand wie eine dünne Stricknadel, ein Stichel, Schraubenzieher, eine Kanüle, etwas in der Art.«

»Stricknadeln und Schraubenzieher gibt es doch in jedem Haushalt. Das schränkt den Täterkreis nicht besonders ein.«

»Nein, da hast du recht. Aber es könnte auch ein Vampir gewesen sein.« Der Gerichtsmediziner lachte am anderen Ende der Leitung.

Stern verdrehte die Augen. »Danke dir trotzdem, Weber.« Dann legte er auf.

»Ich besitze keinen Schraubenzieher, nur Stricknadeln«, sagte Herta Bachmeier wie beiläufig. Sie hatte jedes Wort mitgehört, obwohl Stern während des Telefonats ein paar Schritte zur Seite getreten war. »Aber ich bin mir sicher, dass irgendwo im Pfarrhaus auch ein Schraubenzieher zu finden sein wird. Vielleicht sogar zwei.«

»Dann können wir Sie als Täterin leider nicht ausschließen«, antwortete Stern und wartete gespannt auf die Reaktion der Pfarrersköchin. Die hielt ihm die Hände entgegen und sagte: »Dann sperren S' mich halt ein! Und Sie kommen gleich mit, weil S' das Kreuz gestohlen haben.«

»Welches Kreuz?« Stern war verwirrt und sah zuerst die Bachmeier und dann Grünbrecht an. Die zuckte mit den Schultern. Und Plattlbauer hatte sowieso keine Ahnung, was gerade los war.

»Na, das einmal dort hinten an der Wand gehangen hat!« Herta Bachmeier deutete auf die Mauer hinter den Kripobeamten, wo ein heller Fleck in Form eines Kreuzes zu sehen war. Anscheinend hatte das Kreuz viele Jahre dort gehangen, ohne dass es jemand abgenommen hatte. Zumindest, bis sie hier aufgetaucht waren.

»Warum denken Sie, dass wir das Kreuz gestohlen haben?«, hakte Grünbrecht nach.

»Das hat mir die Hintersteinerin erzählt«, kicherte die Bachmeier. »Und Sie wissen schon, dass das unser Herr Jesus Christus ist, Sie Atheisten, Sie! Den kann man nicht einfach verschwinden lassen, nur weil er nicht mehr an der Wand hinter einem hängt. Der sieht dich überall, ganz egal, wo man selber steckt und wo man das Kruzifix hinlegt. Wissen S' denn gar nichts? Wie wollen S' dann bloß diesen schlimmen Mord aufklären?« Ratlos blickte Herta Bachmeier unter ihren stark getuschten Wimpern von Stern zu Grünbrecht. Beinahe sah es aus, als hätte sie Mitleid mit den Kripobeamten, die offenbar glaubten, wenn man das Kreuz von der Wand nahm, verschwände auch Jesus. »Wissen S' was, ich helfe Ihnen!«

Wieder läutete Sterns Handy.

»Wie es aussieht, schaffen S' das alleine ja sowieso nicht. Außerdem brauchen S' eine Sekretärin, sonst bringen S' außer ständig zu telefonieren und Kreuze abzunehmen gar nix zustande«, meckerte die Bachmeier, bevor Stern das Gespräch annehmen konnte. Er starrte auf den hellen Fleck an der Wand und hoffte, dass, wenn es einen Gott gab, ihn der von dieser Frau, die sich gerade zu einer Nervensäge entwickelte, befreien würde.

»Stern!«, brüllte er in das Handy, als träge der Anrufer die Schuld an seiner schlechten Laune.

»Bormann hier. Warum brüllen Sie denn so, Stern?« Der Dienststellenleiter dachte bestimmt, dass Stern noch immer sauer auf ihn war, weil er ihn ins tiefste Mühlviertel geschickt hatte. Jedoch hatte sich der Ärger des Chefinspektors beim Anblick der Leiche auf dem Altar in Luft aufgelöst, da er erkannt hatte, dass hier tatsächlich seine Anwesenheit vonnöten war. Grünbrecht hätte den Fall allein niemals übernehmen können, dafür war sie noch nicht lange genug beim LKA, und außerdem konnte er sich die Fußballspiele der Weltmeisterschaft auch später in der Mediathek des österreichischen Fernsehens ansehen.

»Ach, Sie sind es, Chef. Was gibt es denn?« Stern wusste nicht, ob er sich über den Anruf des Dienststellenleiters freuen sollte oder nicht. Einerseits musste er sich für ein paar Augenblicke nicht mit der Pfarrersköchin abgeben, das machte jetzt Grünbrecht, andererseits bedeutete es nichts Gutes, wenn Bormann persönlich anrief. Bestimmt erkundigte er sich nicht nach seinem Wohlbefinden. Stern sah erneut Unheil am Horizont heraufziehen.

»Wir haben einen zweiten Mord«, ließ Bormann auch schon die Bombe platzen.

»Einen zweiten Mord?«, wiederholte Stern unwillkürlich. Grünbrecht und Herta Bachmeier verstummten. Beide spitzten die Ohren wie Deutsche Schäferhunde. Der Chefinspektor war sich dessen bewusst und verließ den Pfarrsaal. Grünbrecht eilte ihm hinterher. Auf dem Weg zur Tür fragte er: »Wo?«

»Hier in Linz, genauer gesagt im Bergschlösslpark.«

»Gut, wir kommen!«

»Und Stern!«

»Ja?«

»Der Tote ist ein angesehener Weinhändler aus Linz. Er versorgt viele namhafte Restaurants in der Hauptstadt, und hochgestellte Persönlichkeiten aus der hiesigen High Society kaufen bei ihm ihre Weine.«

Die unterschwellige Botschaft des Dienststellenleiters, den Fall diskret zu behandeln, war bei Stern angekommen. »Okay.«

»Da ist noch etwas.« Bormanns Stimme am anderen Ende der Leitung wurde leiser, kam Stern vor.

»Was?«, hakte er nach.

»Er ist auf ähnliche Weise ermordet worden wie der Pfarrer.«

»Wie der Pfarrer in Liebenau?«, wiederholte Stern ungläubig, da er sich nicht vorstellen konnte, wie ein Mord in der provinziellen Abgeschiedenheit mit einem in der Stadt zusammenhängen konnte.

»Natürlich der Pfarrer in Liebenau, Stern. So viele tote Priester haben wir im Augenblick nicht im Angebot.«

»Gibt es konkrete Hinweise, dass die Morde zusammenhängen?«, hakte Stern nach.

»Sie meinen, außer der Todesart? Noch zu früh, um das zu sagen. Aber möglich wäre es schon.«

»Gut, wir sind unterwegs.« Stern beendete das Telefonat und ging zurück in den Pfarrsaal. Er würde Grünbrecht später instruieren. Jetzt war Eile geboten. Wenn es um eine höhergestellte Persönlichkeit ging, kannte sein Chef kein Pardon. Da musste alles wie am Schnürchen laufen.

»Das mit der Sekretärin hab ich durchaus ernst gemeint, Herr Chefinspektor. Und ich … ich wäre jetzt ja frei. Eine Pfarrersköchin ist ohne einen Pfarrer wohl überflüssig. Und Sie sehen aus, als wenn Sie ein wenig Unterstützung brauchen könnten.« Die Stimme der Bachmeier war plötzlich ganz anders als vorhin, so nett und hilfsbereit, was natürlich Sterns Misstrauen weckte.

»Dann halten Sie die Ohren offen, solange wir weg sind. Wir müssen nämlich nach Linz«, sagte er dennoch.

»Noch eine Leiche. Ich hab ja mitgehört.«

Stern nickte. Zu leugnen hatte ohnedies keinen Sinn.

»Bevor S' aber gehen, geben S' mir unseren Herrn Jesus Christus zurück. Als gute Christin kann ich den ja wohl nicht in Ihren Händen lassen. Am Ende wird der auch noch in den Mordfall hineingezogen.« Die Pfarrersköchin zwinkerte Stern und Grünbrecht zu. Plattlbauer stand daneben und grinste.

»Dieser Mord geschah vor 2.000 Jahren. Den müssen wir nicht mehr aufklären«, konterte Stern nun seinerseits geschickt, was die Pfarrersköchin zwar respektvoll nicken, aber keinesfalls verstummen ließ.

»Den Mörder hat man zwar gekannt, aber hinter Gitter hat der nie müssen. So etwas soll uns in Liebenau nicht passieren.« Herta Bachmeier stand auf und raffte die Weste vor ihren Brüsten zusammen.

»Glauben Sie mir. Wir werden unser Bestes tun, damit genau das nicht geschieht. Wo waren Sie eigentlich in der Mordnacht?«, fragte Stern nach dem Alibi der Pfarrersköchin, was die jedoch nicht aus der Fassung brachte. Sie schien die Vernehmung sogar zu genießen, als dass sie dadurch Angst bekäme. Wahrscheinlich lag das daran, dass sonst nicht recht viel los war in Liebenau, und nur für den Pfarrer zu kochen und ihm den Haushalt zu führen war halt auch nicht sonderlich herausfordernd für eine Frau wie die Herta Bachmeier, dachte Stern.

»Ich? Na, wo ich immer bin: zu Hause auf meiner Couch. Alleine, wenn Sie es genau wissen wollen, weil die Liebenauer lauter Schlappschwänze sind. An mich traut sich keiner ran. Ich bräuchte einen feschen Städter, so wie Sie einer sind.« Herta Bachmeier klimperte mit ihren langen Wimpern, wandte sich ab und tänzelte Po wackelnd aus dem Pfarrsaal.

Grünbrecht sah Stern belustigt an. »Die flirtet mit Ihnen, Chef.«

»Ach was«, winkte Stern ab. »Für so etwas habe ich nichts übrig. Ich könnte ihr Vater sein.« Stern deutete zur Tür, durch die Herta Bachmeier eben entschwunden war. Doch das war nicht der wahre Grund, warum Stern nichts davon hören wollte, dass die Pfarrersköchin mit ihm geflirtet haben sollte. Sie erinnerte ihn durch ihren blassen Teint, die grelle Schminke und die bunten Klamotten doch sehr an eine Hexe. Vampire und Hexen in Liebenau! Er schüttelte ob dieses Gedankens amüsiert den Kopf und steckte seinen Notizblock ein, auf dem immer noch nicht viel geschrieben stand. Aber er war gespannt, welche Fabelwesen ihn in Linz erwarteten.

»Plattlbauer! Sie halten hier die Stellung!«

4. KAPITEL

Die Kriminalbeamten rollten mit dem Audi die Mühlviertler Hügel hinauf und hinab, während Stern seine Kollegin über den neuen Mord in Linz in Kenntnis setzte. Erst als sie auf die S10 auffuhren, drückte Stern den Fuß ein wenig mehr auf das Gaspedal, sodass es nach Grünbrechts Dünken nicht mehr lächerlich aussah, wenn er das Blaulicht auf das Dach klemmte und es einschaltete. Zuvor hatte Grünbrecht es ihm untersagt mit der Begründung, dass sie sich schämen würde, wenn sie mit der Geschwindigkeit von Touristen, die zu recht die wunderbare Landschaft des hügeligen Mühlviertels bestaunten, mit Folgetonhorn und Blaulicht unterwegs wären.

»Und sonst hat Bormann nichts gesagt?«, hakte Grünbrecht nach, erleichtert, dass es nun schneller voranging.

»Nein, nur dass der Mord im Bergschlösslpark stattgefunden hat und das Opfer auf ähnliche Weise wie der Pfarrer in Liebenau getötet worden ist.«

»Haben wir es mit einem Serientäter zu tun?«

»Um das sagen zu können, ist es noch zu früh.«

Den Rest der Strecke fuhren die Beamten schweigend. Jeder hing seinen Gedanken nach. In der Landeshauptstadt nahm Stern die Abfahrt ins Zentrum und steuerte die Waldeggstraße entlang bis zur Abzweigung in die Ziegeleistraße. Als der Audi die sanfte Ansteigung erklomm, sah Stern rechts vor dem Park ein blaublinkendes Lichtermeer von Einsatzfahrzeugen. Polizei, Rettung und Feuerwehr. Sie alle waren gekommen, um dem Spektakel beizuwohnen.

Der Chefinspektor lenkte den Audi über den Randstein und hielt vor dem Absperrband an. Die uniformierten Kollegen hatten den Park bereits gesichert. Grünbrecht stieg aus und wartete vor dem Wagen auf ihn. Stern schob noch rasch zwei Pfefferminzbonbons in den Mund, klappte die Ablage der Mittelkonsole zu und folgte Grünbrecht.

»Da lang!«, sagte ein Uniformierter, der Stern sofort erkannt hatte. Nicht so wie in Liebenau, wo er sich jedem als Chefinspektor erst hatte ausweisen müssen.

Die Kriminalbeamten stiegen über das Absperrband hinweg und querten den Park, der rund drei Hektar groß war und seit etwa 300 Jahren existierte. Zuvor als private Gartenanlage angelegt, errichteten die Jesuiten im 18. Jahrhundert den ersten botanischen-ökonomischen Garten von Linz. Angeblich beinhaltete sein Baumbestand über 50 verschiedene Baumarten, an denen die Inspektoren jetzt aber vorüberschritten, ohne ihre Vielfalt bewusst wahrzunehmen. Hingegen bemerkte Stern die Gruppe Feuerwehrleute rechts am gekiesten Weg, die sich zuerst angeregt unterhielt, aber verstummte, als sie etwa auf gleicher Höhe angelangt waren. Stern fragte sich, wer sie wohl alarmiert hatte und vor allem, warum? Einen Brand hatte es offensichtlich nicht gegeben.

»Wussten Sie, dass das Bergschlössl im Jahr 1718 für den kaiserlichen Rat Johann Jakob Mäderer von Ehrenreichscron als dessen Residenz erbaut worden ist?«, überraschte Grünbrecht Stern mit ihrem Wissen über das Bergschlössl, das gerade vor ihnen zwischen hohen Parkbäumen in Sichtweite rückte.

»Nein, ich weiß nur, dass es jetzt ein Veranstaltungszentrum ist und man hier heiraten kann«, antwortete Stern mit Blick auf das barocke Gebäude. »Und man kann dort auch gut essen.«

»Aus dem wird heute leider nichts«, resümierte Grünbrecht, als sie eine Menschenansammlung weiter rechts in dem Park entdeckten und darauf zusteuerten. Kollegen der Spurensicherung waren damit beschäftigt, den Tatort zu untersuchen. Uniformierte Beamte durchkämmten jeden Quadratzentimeter des Parks nach etwaigen Spuren. Als Stern und Grünbrecht näherkamen, offenbarte sich ihnen der Grund des Großaufgebotes an Einsatzkräften. Dicht an dem mächtigen Stamm einer alten Esche stand ein Mann, den Kopf nach vorne gebeugt und mit hängenden Schultern. Aus der Entfernung könnte man meinen, er hätte sich nur mal angelehnt, um über das Leben zu sinnieren. Doch je näher die Kriminalbeamten traten, umso klarer wurde, dass der Mann diesen Platz nie mehr verlassen würde. Etwas hielt ihn fest, als verbände ihn mehr mit der Esche als bloß der Tod. Als stützte ihn der Baum, damit er nicht fiel. Jedoch waren weder Ketten noch Seile zu erkennen. Und auch sonst nichts, was den Mann in dieser aufrechten Position sicherte. Stern umrundete das seltsame Konstrukt aus Mensch und Baum, das wie eine moderne, jedoch befremdliche Installation wirkte.

»Wow!«, kommentierte Grünbrecht das Gesehene.

»Wie heißt der Tote?«, fragte Stern den neben der Leiche Dienst tuenden Polizisten. Gleichzeitig sah er sich nach Weber um, ob der Gerichtsmediziner schon da war. Als er ihn nirgendwo entdeckte, überlegte er, ob es denn möglich war, dass Weber schon wieder weg war? Na gut, die Fahrt von Liebenau nach Linz hatte gut eine Stunde gedauert. Möglich wäre es demnach. Na toll, wenn Weber seine Untersuchung tatsächlich schon abgeschlossen hatte, würde er Stern bis in alle Ewigkeiten damit aufziehen, dass er seine Arbeit an einem Tatort erledigt hatte, bevor er, Stern, überhaupt aufgekreuzt war. Der Chefinspektor seufzte und dachte, dass er Grünbrecht hätte fahren lassen sollen.

»Richard Köhlinger«, antwortete der Polizist mit einem Blick auf einen Zettel.

»Der Weinhändler.« Stern erinnerte sich an die Worte seines Vorgesetzten. »Der Linz mit den erlesensten Weinen versorgt.«

»Versorgt hat«, korrigierte Grünbrecht ihn und schrieb den Namen des Opfers auf ihren Notizblock.

Stern antwortete nicht. Er hatte eben entdeckt, was das Unmögliche möglich machte. Was den Toten neben dem Baum aussehen ließ, als schwebte er. Etwas Hölzernes ragte aus seiner Brust, versteckt in einer Hemdfalte. Der Mörder hatte sein Opfer also an den Baum gepfählt. Da aber kein Blut auf dem Hemd und auch nicht am Boden zu sehen war, nahm Stern an, dass der Täter den Pfahl erst durch die Brust seines Opfers gerammt hatte, als es bereits tot gewesen war. Und zu jenem Zweck, um es hier theatralisch zur Schau zu stellen.

Einem Instinkt folgend drehte Stern den Kopf des Opfers ein wenig zur Seite und entdeckte am Hals zwei Einstichmale wie beim Liebenauer Pfarrer. Jedoch gab es einen wesentlichen Unterschied. Während der Pfarrer an Ort und Stelle ausgeblutet war und das Blut sich über den Altar und den Boden ergossen hatte, waren sowohl die Wunden am Hals als auch jene in der Brust des Weinhändlers feinsäuberlich abgewischt worden. Stern glaubte sogar, dass dem Opfer nach der Tat ein frisches Hemd übergestreift worden sein musste, da das Kleidungsstück aussah, als käme es frisch vom Bügeltisch.

»Das hier ist nicht der Tatort. Hier hat man das Opfer lediglich publikumswirksam inszeniert. Sucht die Umgebung nach Blutspuren ab«, wies Stern die uniformierten Kollegen an. »Und noch etwas …« Stern stellte sich ganz dicht an einen Polizisten und fragte ihn mit gedämpfter Stimme: »Ist Weber schon hier gewesen?«

»Der ist unterwegs«, antwortete der Beamte, dem die Aufgabe zukam, die Leiche nicht aus den Augen zu lassen. In einem öffentlichen Park musste man besondere Vorsicht walten lassen, um Leichenfledderern keine Chance zu bieten, auch wenn der Tatort längst abgeriegelt war.

Stern war über diese Antwort mehr als zufrieden und wandte sich wieder der Leiche zu. Solange Weber nicht hier war, mussten sie selber ran.

»Denken Sie auch, dass diese Einstichmale die Todesursache sind?«, fragte Grünbrecht und deutete, nach vorne gebeugt und mit dem Gesicht nur wenige Zentimeter vom Hals des Opfers entfernt, auf die beiden Wundmale, die nicht größer waren als ein entzündeter Insektenstich.

»Der Pfahl hat ihn nicht getötet. Sonst wäre am Hemd rund um die Wunde zumindest ein wenig Blut zu sehen«, erwiderte Stern. Und zu den Kollegen der Spurensicherung sagte er: »Sucht nach etwas Langem, Dünnem, das diese Einstiche am Hals verursacht haben könnte.« Er erinnerte sich an die Worte des Gerichtsmediziners, als sie die Leiche des Pfarrers in Liebenau begutachtet hatten. »Kleine Schraubenzieher, dünne Stricknadeln, Sticheln. Irgendetwas in der Art. Vielleicht haben wir Glück, und der Täter hat die Tatwaffe achtlos ins Gebüsch geworfen.«

»Das könnte doch glatt aus meinem Mund stammen«, ertönte es hinter Sterns Rücken. Dominik Weber kam eben auf sie zu und streifte sich im Gehen ein Paar Plastikhandschuhe über. Den Koffer stellte er vor der Leiche ab und holte ein langes Thermometer heraus. »Wie ich dich kenne, willst du bestimmt gleich wissen, wann er gestorben ist.«

»Wo zum Henker hast du gesteckt?«, ließ Stern keinen Augenblick verstreichen, um dem Gerichtsmediziner dessen Schmach, dass er vor ihm am Tatort gewesen war – übrigens schon wieder – vor Augen zu führen. Dabei schmuggelte sich ein Schuss Schadenfreude in seine Stimme.

»Im Stau. Auf der A7. Genauer gesagt im Bindermichl-Tunnel, weil so ein Brummifahrer ein Auto zur Seite geschoben hat«, rechtfertigte sich Weber verärgert, wahrscheinlich, weil Stern ihn an den Unfall und den damit verbundenen Zeitverlust erinnert hatte. »Und du weißt ja, was dann los ist. Dann geht gar nichts mehr.« Er holte ein Skalpell aus dem Koffer und schnitt eine drei Zentimeter große Öffnung in den Rumpf. Dort schob er das Thermometer in die Leber der Leiche, als wäre sie schuld an seiner Verspätung.

Stern verdrehte die Augen. »Das ist die lausigste Ausrede, die ich je gehört habe. Ich bin von Liebenau hierhergefahren und war trotzdem schneller als du. Du weißt, was das heißt?«

»Dass Grünbrecht gefahren ist?«, witzelte Weber.

»Ah geh!« Nun war Stern es, der genervt abwinkte.

»Wenn ich mich nicht irre, ist das ein Weißdornpfahl«, wechselte Weber das Thema und deutete auf den Holzpfahl in der Brust des Opfers.

Stern sah ihn überrascht an. »Du kennst dich mit Holzarten aus?«

Weber lachte. »Nein! Aber Weißdorn ist dafür bekannt, dass man damit einen Vampir töten kann.«

»Du fängst schon wieder damit an!«, brauste Stern auf.

»Sieh ihn dir doch mal genauer an«, verlangte Weber vom Chefinspektor und deutete auf die beiden Wundmale am Hals des Toten. »Genau wie beim Pfarrer! Was, wenn wir es hier mit einem ganz speziellen Fall zu tun haben? Einem Irren, der denkt, dass er ein Vampir ist?«

»Aber ist es denn nicht eher so, dass man die Vampire mit so einem Weißdornpfahl tötet und nicht der Vampir sein Opfer? Ich sage dir, das hat überhaupt nichts mit Vampiren zu tun. Da macht sich einer lustig über uns«, schnaubte Stern, weil immer wieder diese abstruse Vampirsache auftauchte, und weil es Weber gefiel, ihn damit aufzuziehen.

»Oder der Täter will uns etwas sagen«, zeigte Weber diese Möglichkeit auf.

»Was denn? Dass es Vampire gibt? Du glaubst doch nicht etwa auch an solche Märchen?« Stern sah den Gerichtsmediziner erwartungsvoll an.

»Märchen sind etwas ganz anderes, Stern. Darin kommen Hexen und Feen vor«, erwiderte Weber. Bei der Erwähnung von Hexen musste Stern unweigerlich an Herta Bachmeier, die Pfarrersköchin aus Liebenau, denken. Ihre bunte Erscheinung erinnerte ihn doch sehr an diese Fabelwesen, mit denen man den Kindern aus den unterschiedlichsten Gründen Angst einjagen wollte.

»Das weiß ich schon«, brummte er, »aber ich glaube nicht, dass ich von dir eine Unterweisung in Sachen Literatur brauche, was alles in das Genre Märchen fällt und was nicht. Das ist aus meiner Sicht ohnehin mehr, als du dir vorstellen kannst. Da denk ich doch nur mal an so manche Zeugenaussage, die ich mir in meinem Leben schon habe anhören müssen. Da glaube ich eher an die Existenz deiner Hexen, Feen und Vampire, Weber, als an das, was Zeugen mir manchmal alles weismachen wollen.«

»Ich wollte halt darauf hinweisen, dass uns der Mörder mit der Zurschaustellung des Weinhändlers möglicherweise sagen will, dass er vielleicht ein Blutsauger gewesen ist. Ein Kotzbrocken. Ein Arschloch, auf gut oberösterreichisch«, stellte Weber diese weitere Variante in den Raum.

»Möglich wäre es«, überlegte Stern laut. »Hatte er denn Familie?«

»Eine Frau und einen erwachsenen Sohn«, las Grünbrecht von ihrem Notizblock ab. Diese Information hatte sie von einem der uniformierten Polizisten. »Aber nehmen wir mal an, dass es eine Familientragödie gewesen ist. Wieso sollten die auch den Liebenauer Pfarrer umgebracht haben?«

»Womit wir wieder beim Blutsauger wären«, zeigte Weber auf, dass seine These die wahrscheinlichere war.

»Die Sache hat trotzdem einen Haken«, rüttelte Stern kräftig an Webers Vermutung. »Denn wie passt unser Liebenauer Pfarrer da hinein? Ist der etwa auch ein Blutsauger gewesen? Der hat doch gar nicht die Möglichkeit als Geistlicher in der römisch-katholischen Kirche gehabt, als Blutsauger tätig zu sein. Oder hat er etwa den Opferstock geplündert?«

»Kirche und Geld schließen einander nicht aus«, brachte Weber als Argument vor. »Mancherorts gehen sie sogar Hand in Hand. Da hat es in Deutschland doch mal diesen Bischof gegeben, der gar nicht genug vom Reichtum hat kriegen können und sich eine Luxuswohnung um mehrere Millionen hat errichten lassen. Und denkt an das Mittelalter«, redete sich Weber in Fahrt. »Was die Kirche da an Geldern und Kunstwerken zusammengekarrt hat, ist nicht von schlechten Eltern, sag ich euch!« Mit ausgestrecktem Zeigefinger fuchtelte Weber dozierend in der Luft herum.

»Vielleicht stehen die Toten aber für etwas ganz anderes als den schnöden Mammon«, warf Grünbrecht ein.

»Ich sag's ja: Vampire!« Weber grinste und zog das Thermometer aus der Leber der Leiche heraus. Noch immer schmunzelnd warf er einen prüfenden Blick auf die Anzeige.

»Keine Vampire!«, sagte Stern eindringlich.

»Was dann?«, fragte der Gerichtsmediziner provokant, und Grünbrecht verdrehte die Augen. Das ständige Hickhack zwischen ihrem Chef und Weber ging ihr langsam auf die Nerven.

»Wenn wir das herausgefunden haben, erfährst du es als Erster, Weber. Zuerst möchte ich von dir wissen, wann unser Toter das Zeitliche gesegnet hat?«, fragte Stern wieder auf die Leiche konzentriert.

»Ich würde sagen, sein Tod liegt mindestens 24 Stunden zurück. Wenn man berücksichtigt, dass es in der letzten Nacht ziemlich abgekühlt hat, vielleicht auch länger. Die Ausprägungen der Totenflecken sprechen dafür. Außerdem löst sich die Leichenstarre an vereinzelten Gliedmaßen.«

»Genauer geht es nicht?«

»Genaueres kann ich dir erst sagen, wenn ich die tatsächlichen Temperaturen, die wir in der vergangenen Nacht gehabt haben, kenne und ihn aufgeschnitten habe. Eines aber ist gewiss: Er ist keinesfalls hier gestorben. Dafür ist an diesem Ort zu wenig Blut. Und er wurde auf dieselbe Weise getötet wie der Pfarrer in Liebenau. Wahrscheinlich hat man ihn betäubt – das müssen wir erst aber noch nachweisen –, dann hat man ihn ausbluten lassen. Erst hernach wurde ihm dieser Dorn in die Brust gerammt, sozusagen als Zeichen einer Pfählung. Er muss gelegen haben, als das Blut aus seinem Körper geronnen ist. An seiner Kleidung ist nichts davon zu sehen.«

»Oder man hat ihm etwas Frisches angezogen«, stellte Grünbrecht diese Möglichkeit in den Raum.

»Auch das ist möglich. Aber wer macht das schon?«

»Jemand, der keine Spuren hinterlassen möchte«, sagte Stern. »Der Täter hat möglicherweise dazugelernt.«

»In der Kirche haben wir eine mordsmäßige Sauerei vorgefunden«, griff Weber Sterns Überlegungen auf. »Überall ist Blut gewesen. Auf dem Pfarrer, am Boden und sogar auf dem Altar. Ich bin mir sicher, dass der Mörder davon etwas abbekommen hat. Aber hier …«, Weber deutete auf die Kleidung des Opfers, »hier ist alles sauber! Ja, ich würde sagen, der Täter hat dazugelernt.«

Stern sah Weber von der Seite her an. Hatte der Gerichtsmediziner ihm eben tatsächlich zugestimmt? Das war ja mal ganz etwas Neues.

»Meint ihr, dass wir es mit einem Serienkiller zu tun haben?«, wiederholte Grünbrecht die Frage, die sie bei der Herfahrt ihrem Chef schon gestellt hatte. Währenddessen sah sie sich die Fingernägel des Opfers genau an, um nach möglichen Abwehrspuren zu suchen.

»Nach den Einstichwunden am Hals zu urteilen kann das leicht möglich sein«, sagte Stern aber dieses Mal.

»Seht euch das hier an!« Grünbrechts Aufmerksamkeit galt nun dem Mund des Opfers. Sie war vor dem Weinhändler in die Knie gesunken und starrte aus dieser Position auf dessen Haupt, welches schlaff nach unten hing. »Ich glaube, da steckt etwas drinnen.«

»Lassen Sie mich mal ran«, forderte der Gerichtsmediziner und drängte die Beamtin zur Seite. Mit einer Pinzette holte er besagtes Etwas aus der Mundhöhle der Leiche. Es war ein zusammengefaltetes Blatt Papier. Mit seinen behandschuhten Händen faltete er es auseinander.

»Was steht drauf?«, verlangte Stern zu erfahren.

Weber las vor: »*Der wahre Erbe der Sünde hüllt sich in den Mantel der undurchdringbaren Zeit.*«

»Was zum Kuckuck soll das bedeuten?« Stern blickte fragend in die Runde.

»Keine Ahnung. Ich hab den Sinn von diesem Text nicht wirklich verstanden«, gab Grünbrecht zu.

»Ein Rätsel!«, rief Weber begeistert. »Der Mörder hat Humor.« Aus seinem Koffer holte er eine Plastiktüte, steckte den Zettel hinein und betrachtete ihn von allen Seiten.

»Beim Pfarrer in Liebenau haben wir keine solche Nachricht gefunden, oder?«, wollte Grünbrecht wissen.

»Offenbar ist der Täter da noch nicht so weit gewesen, um uns eine schriftliche Botschaft zu schicken«, schlussfolgerte Stern und nahm Weber die Plastiktüte aus der Hand. »Wie er auch noch nicht so weit gewesen ist, einen sauberen Mord zu begehen. Ich frage mich, was der mit all dem Blut macht, das er seinen Opfern abzapft?«

»Der ist krank, Chef«, war Grünbrecht sich sicher. »Wir sollten ein psychologisches Gutachten anfertigen lassen.«

»Was immer ihr macht, wenn ihr mit dem da fertig seid, schickt ihn mir bitte in die Gerichtsmedizin.« Weber deutete auf den gepfählten Leichnam, ließ seinen Koffer zuschnappen und verabschiedete sich.

»Machen wir, Weber. Pfiat dich!« Stern hob zum Abschied die Hand.

»Was sagen wir der Presse?«, fragte indessen Grünbrecht. Sie blickte Weber nach, wie er den Bergschlösslpark durchquerte und auf das blaublinkende Licht der Einsatzwagen zusteuerte. »Vor dem Park lauern überall Reporter und warten, dass wir ihnen sagen, was hier los ist.«

»Noch sagen wir denen gar nichts«, antwortete Stern. »Das soll Bormann übernehmen, ist schließlich sein Job. Wir müssen den Tatort finden. Am besten, wir durchsuchen die Weinhandlung vom … wie hieß er gleich noch mal?«

Mara Grünbrecht blickte auf ihren Notizblock, wo sie sich den Namen des Opfers vorsorglich notiert hatte, und las ab: »Richard Köhlinger.«

»Also, wir durchsuchen Köhlingers Weinhandlung, seine Wohnung, das Lager und was ihm sonst noch alles gehört hat. Ich will wissen, wo er gestorben ist, und zwar schnell.«

Stern schob das eingetütete Stück Papier aus dem Mund des Opfers in seine Brusttasche.

»Und wer redet mit seiner Frau?« Grünbrecht sah wie beiläufig ihren Vorgesetzten an. Das Überbringen von Todesnachrichten wollte niemand übernehmen, denn das Leid der Hinterbliebenen fing im Gegensatz zu jenem der Toten genau erst zu diesem Zeitpunkt an.

Stern seufzte. »Das mache ich. Haben Sie die Adresse?«

»Nein, aber ich frage mal bei den Kollegen nach, die ihn identifiziert haben«, erwiderte Grünbrecht sichtlich erleichtert und ging zu den Polizeibeamten, die als Erste am Tatort gewesen waren.

Indessen nutzte der Chefinspektor die Gelegenheit, sich alles noch einmal durch den Kopf gehen zu lassen. Was hatten sie alles: Einen ermordeten Pfarrer in Liebenau und einen toten Weinhändler mitten in Linz, beide auf ähnliche Weise dahingerafft, wenn man einmal davon absah, dass es in Liebenau eine Mordssauerei am Tatort gegeben hatte und hier der Fundort der Leiche erstens nicht der Tatort und zweitens dieser sauber war.

»Er wohnt in der Ziegeleistraße, nur ein paar Häuser weiter vorne. Es ist ein weißes Gebäude, welches erst vor ein paar Jahren renoviert worden ist«, meldete sich Grünbrecht zurück.

»In die Richtung?«, fragte Stern überrascht.

»Ja, die Kollegen sollen gleich die Wegstrecke bis zu seinem Haus absuchen. Vielleicht finden sie etwas, das auf den eigentlichen Tatort Rückschlüsse ziehen lässt«, kam Grünbrecht ihrem Chef zuvor.

»Machen Sie das«, erwiderte Stern zufrieden. Seine junge Kollegin wusste manchmal schon im Voraus, was er sagen wollte. Das gefiel ihm. Er war froh, dass er sie vor noch nicht allzu langer Zeit ins Landeskriminalamt nach Linz geholt hatte. Er wandte sich ab und machte sich auf den Weg zum Ausgang des Bergschlösslparks.

»Viel Glück, Chef!«, rief Grünbrecht ihm hinterher.

Stern hob die Hand, erwiderte aber nichts. Mit Glück hatte das alles nichts zu tun, dachte er, sondern vielmehr mit Erfahrung und Routine, aber das musste seine junge Kollegin erst noch lernen. Als er die Straße beinahe erreicht hatte, wusste er aber, was Grünbrecht vorhin gemeint hatte. Die Presse! Sie hatte längst Wind von den Morden bekommen und stand versammelt hinter dem Absperrband der Polizei ganz in der Nähe seines Wagens. Es würde ein Spießrutenlauf werden, ihnen zu entwischen, oder vielleicht war es gar unmöglich. Motivierte Männer und Frauen von sämtlichen österreichischen Zeitungen und TV-Sendern warteten darauf, etwas über den Ermittlungsstand zu erfahren, das sie anschließend in ihren Medien berichten konnten. Doch Stern redete nicht gern mit Reportern. Seiner Meinung nach war das die Aufgabe der Pressestelle des Landeskriminalamtes. Um aber aus dem Park zu gelangen, musste er an den mit Mikrofonen und Aufnahmegeräten bewaffneten Journalisten vorbei. Er bog vor den letzten mächtigen Parkbäumen nach rechts ab und querte die Wiese in der Hoffnung, auf diese Weise unentdeckt aus dem Park zu gelangen. Musste er halt zu Fuß zum Haus des Opfers gehen. Aber das war immerhin besser, als die Fragen der Presseleute zu beantworten.

Eine der Journalistinnen sah ihn jedoch mehrere Meter weiter vorne über das Absperrband steigen. Sie kam auf ihn zu gerannt und hielt ihm ein Aufnahmegerät unter die Nase.

»Chefinspektor Stern! Stimmt es, dass es sich hierbei um einen weiteren Vampirmord handelt?«, fragte Eleonore Winkler, die Chefreporterin der OÖ. News. Geschickt heftete sie sich an Sterns Fersen, denn er hatte sich abgewandt und eilte die Ziegeleistraße hinan.

»Stern! Stimmt es, dass der Pfarrer im Mühlviertel in seiner eigenen Kirche auf dem Altar ermordet worden ist?«, rief die Reporterin nun lauter, um Sterns Aufmerksamkeit zu erlangen. Die erhielt sie auch, aber nicht nur seine, sondern auch die der am Absperrband verbliebenen Kollegen. Die reagierten prompt auf ihre Aussage wegen des ungewöhnlichen Orts, an dem der Pfarrer ermordet worden war. Einige von ihnen machten sich eifrig Notizen, andere sprachen in ihre Aufnahmegeräte. Ein paar folgten ihnen die Ziegeleistraße hoch. Es hatte den Anschein, als hatte sich die Art des Todes des Liebenauer Pfarrers doch noch nicht überall herumgesprochen, was Stern nach der Auskunftsfreudigkeit des hiesigen Revierinspektors schon ein wenig wunderte. Aber nun war die Katze wohl endgültig aus dem Sack, und er sah sich genötigt, ein gewichtiges Wort zu sprechen.

»Frau Winkler, Sie müssten es doch eigentlich besser wissen. Ich gebe zu laufenden Ermittlungen keine Kommentare ab, das habe ich noch nie getan und werde heute auch nicht damit anfangen.« Stern war bemüht, die Frau anzulächeln, wenngleich es ein wenig gekünstelt wirkte.

»Chefinspektor Stern, Sie könnten doch nur eine klitzekleine Andeutung machen.« Die Stimme der Frau veränderte sich von zuvor fordernd in zuckersüß. Anscheinend hatte sie ihre Strategie, wie sie am besten zu Informationen gelangen konnte, geändert. Das wiederum empfand Stern als amüsant.

»Nein, Frau Winkler. Wenden Sie sich an die Presseabteilung des Landeskriminalamtes. Das gilt übrigens für alle.« Er drehte sich um und wollte weitergehen, als ihm die Journalistin etwas hinterherrief, das ihn innehalten ließ.

»Wenn Sie mir ein kurzes Interview geben, verrate ich Ihnen etwas über den Pfarrer von Liebenau.«

Diese Nachricht ließ Stern augenblicklich erstarren. Er drehte sich um und fragte: »Was haben Sie da eben gesagt?«

»Sie haben schon richtig gehört! Wenn Sie mir helfen, helfe ich Ihnen. Eine Hand wäscht die andere, so heißt es doch?« Nun war es an Eleonore Winkler zu lächeln, was Stern sofort an eine Spinne denken ließ, die nach vollzogenem Akt das Männchen verspeiste. Andererseits musste er eingestehen, dass die Reporterin in ihrem Job wirklich gut war. In nur kürzester Zeit hatte sie die Zusammenhänge zwischen dem Mord in Liebenau und jenem hier im Bergschlösslpark hergestellt. Er selbst wusste gerade mal wenige Stunden davon.

»Sie wissen schon, dass es verboten ist, den Polizeifunk abzuhören«, schoss er ins Blaue und traf damit voll ins Schwarze.

Winklers Haltung änderte sich kaum. »Sie kennen doch den Spruch: Brave Mädchen kommen in den Himmel und die bösen überall hin.«

»Und Sie? Gehören Sie zu den Bösen?«

Eleonore Winkler zuckte mit den Schultern.

»Na gut, was wissen Sie?« Stern zog die Reporterin von den anderen Journalisten weg, damit sie ungestört reden konnten. Zwei uniformierte Beamte halfen ihm, genügend Abstand zwischen sich und die Reportermenge von Presse und Fernsehen zu bringen.

»Ihr toter Pfarrer hat Zoff mit dem Bischof gehabt«, offenbarte Winkler sichtlich erfreut, dieses innerkirchliche Geheimnis ausplaudern zu können.

»Woher wissen Sie das?«, wollte Stern erfahren.

»Ich hab da so meine Quellen, die ich nicht preisgeben darf, genauso wie Sie, Herr Chefinspektor.« Winkler lächelte Stern verführerisch an, sodass Stern dachte, dass er gerne wüsste, wie weit die Reporterin ginge, um an Informationen zu gelangen.

»Warum hat er Zoff gehabt?«, fragte er sie dann aber.

»Das weiß ich nicht. Angeblich gibt es eine Liste, auf der die Namen all jener stehen, die zum Rapport beim Bischof antreten müssen. Der Liebenauer Pfarrer ist einer von ihnen gewesen«, antwortete Winkler.

»Gut.« Stern überlegte, was er mit dieser Information anfangen konnte.

»Nun sind Sie an der Reihe«, wurde er jedoch aus seinen Überlegungen gerissen. »Hat man den Pfarrer tatsächlich auf dem Altar in der Kirche ermordet? Angeblich wurde ihm das Blut abgezapft.«

Der Chefinspektor nickte jedoch nur, was bei Winkler einen Seufzer provozierte, sie aber dennoch weitermachen ließ.

»Haben Sie schon eine Spur, wer der Täter sein könnte?«, stellte sie die nächste Frage.

Stern schüttelte den Kopf. Das Aufnahmegerät wanderte zurück vor Winklers Mund.

»Hängt der Mord im Bergschlösslpark mit jenem in Liebenau zusammen?«, sprach sie in das Mikro.

Der Chefinspektor zuckte als Antwort lediglich mit den Schultern.

»Ach Stern! Das ist doch kein Interview, wenn Sie stumm wie ein Fisch dastehen und ich Ihnen alles aus der Nase ziehen muss!«, fuhr die Reporterin ihn daraufhin an.

Der Chefinspektor grinste.

»Wen soll ich denn als Quelle angeben? Einen zuckenden Chefinspektor der Linzer Kriminalpolizei? Mein Chef zeigt mir den Vogel, wenn ich damit zu ihm komme. Der glaubt, Sie haben spastische Anfälle!«, regte sich die Reporterin weiter über Sterns Verhalten auf. Prompt wanderten die Köpfe der anderen Journalisten in ihre Richtung, und Stern dachte schon, dass sie die Absperrung der Uniformierten durchbrechen und auf sie zustürmen würden.

»Frau Winkler, Sie sind ja plötzlich so fantasielos. Lassen Sie sich etwas einfallen«, sagte er rasch und deutete einem Kollegen, er möge die Journalistin zurück zu ihren Pressefreunden bringen.

»Stern! Wenn ich etwas herausfinde, das Ihnen weiterhilft, die Fälle aufzuklären, geben Sie mir dann ein ordentliches Interview?«, rief ihm Eleonore Winkler, während sie mehr weggezerrt als geführt wurde, zu.

Stern drehte sich noch einmal um. »Wenn Sie wirklich etwas herausfinden, das mir weiterhilft, damit ich diese Mordfälle aufklären kann, dann bekommen Sie die Exklusiv-Story! Das verspreche ich Ihnen!«, rief er zurück. Irgendwie mochte er die Reporterin. Er mochte ihre Hartnäckigkeit und ihre Beständigkeit. Und eigentlich waren sich Kriminalbeamte und Journalisten gar nicht mal so unähnlich, dachte er und ging die Ziegeleistraße entlang in Richtung Linzer Stadion.

5. KAPITEL

Auf dem Weg zum Haus des Toten machte sich Stern Gedanken über das vor ihm liegende Gespräch. Todesnachrichten zu überbringen war etwas, an das er sich niemals gewöhnen würde können. Und es war etwas, das er, wenn er erst mal im Ruhestand war, auch nicht vermissen würde.

Die Hinterbliebenen reagierten oftmals ganz unterschiedlich. Während die einen unmittelbar nach der Überbringung der Nachricht in Tränen ausbrachen, zeigten andere sich gefasst und ließen ihre Trauer erst zu, wenn sie allein waren. Als er nach nur wenigen Minuten Fußmarsch vor dem schmucken Einfamilienhaus der Köhlingers anlangte, atmete er noch einmal tief ein und ging dann die mit Porphyr ausgelegte Einfahrt hoch. Auf die neben der modernen Haustür angebrachte Klingel ließ er seinen Finger mit Bedacht sinken. Nun gab es kein Zurück. Gleich würde er einer Frau sagen müssen, dass sie Witwe war. Es dauerte eine Weile, bis er im Inneren des Gebäudes Geräusche hörte. Dann ging die Tür auf. Eine Frau um die 60 stand vor ihm. Ihre Augen waren gerötet, ebenso die Wangen. Das Make-up war verschmiert. Wahrscheinlich hatte sie geweint, schloss Stern daraus und auch, dass die Kunde vom Tod ihres Mannes schneller gewesen war als er. Die Frau trug einen grauen Hausanzug, dazu ein weißes, langes T-Shirt mit einer lustigen Aufschrift vorne, die in dieser Situation jedoch fehl am Platz wirkte.

»Frau Köhlinger?«, fragte Stern der Sicherheit wegen, dass er nicht einer falschen Person die Todesnachricht überbrachte.

»Ja«, bestätigte die Frau.

»Mein Name ist Oskar Stern. Ich komme vom Landeskriminalamt Oberösterreich.« Stern hielt der Witwe seinen Dienstausweis hin. »Darf ich einen Augenblick reinkommen?«

Über das Gesicht der Frau huschte Überraschung. Ihre Augenbrauen wanderten nach oben, und die Tränen versiegten augenblicklich.

»Ist etwas geschehen?«, fragte sie.

»Äh … ja, Frau Köhlinger. Aber ich denke, das sollten wir lieber drinnen besprechen.« Stern wunderte sich über die Frage, hatte er doch angenommen, dass die Frau über den Tod ihres Mannes bereits Bescheid wusste und deshalb geweint hatte. Er fragte sich, wenn dem nicht so war, was dann der Grund für die Tränen war?

»Kommen Sie bitte rein.« Die Frau trat zur Seite und hielt Stern die Tür auf. Sie führte den Chefinspektor ins Wohnzimmer und bot ihm Platz auf einer braunen Ledercouch an. Seitwärts eines offenen Kamins befanden sich mehrere Bücherregale aus dunklem Holz, wahrscheinlich Mahagoni, die bis zur Decke hinaufreichten. Jeder Platz in den Regalen war ausgefüllt. Die Buchrücken ließen auf teils alte Sammlungen schließen. Irgendjemand in dem Haus mochte es wohl, von Geschichten und Gedichten umgeben zu sein. Ein Schreibtisch im Kolonialstil stand vor einem mindestens zwei Meter breiten Fenster, dessen Glas bis zum Boden reichte, sodass derjenige, der hinter dem Schreibtisch saß, hinaus in den Garten blicken konnte. Stern setzte sich auf die ihm angebotene Couch, Elvira Köhlinger nahm ihm gegenüber in einem Fauteuil Platz und faltete die Hände im

Schoß. Erwartungsvoll blickte sie Stern an. Und der hatte den Eindruck, dass die Frau jeden Augenblick zusammenbrechen könnte. Sie wirkte so zierlich und zerbrechlich. Ihre zarte Erscheinung löste das bei ihm aus, was Tränen im Allgemeinen bei einem Mann auslösten: den Beschützerinstinkt. Deshalb hielt er mit dem Überbringen der Todesnachricht hinterm Berg und fragte stattdessen: »Warum haben Sie geweint, Frau Köhlinger?«

Die Frau brauchte einen Augenblick, um zu reagieren. Wahrscheinlich hatte sie mit etwas ganz anderem gerechnet, als dass Stern sie nach dem Grund ihrer Tränen fragte. Sie senkte den Kopf, und Stern hatte den Eindruck, dass sie erneut weinte, ohne dass ein Laut ihrer Kehle entschlüpfte. Sie sagte auch kein Wort. Stern gab ihr Zeit, bis sie sich einigermaßen unter Kontrolle hatte.

»Das hat nichts mit Ihrem Erscheinen zu tun«, sagte sie mit leiser Stimme und besah sich ihre Hände, als prüfte sie, ob die Finger ordentlich gewachsen waren. Aber wahrscheinlich tat sie das nur, um Zeit zu gewinnen und sich zu sammeln.

»Geht es um Ihren Mann?«, hakte Stern nach.

Die Frau bekam zuerst große Augen, nickte dann aber und zog ein Taschentuch aus der Tasche ihrer Hose. Geräuschlos putzte sie sich die Nase.

»Er betrügt mich«, stieß sie verächtlich hervor. »Und ich erzähle es Ihnen, einem wildfremden Mann … Entschuldigen Sie!« Mit dem Taschentuch wischte sie die Tränen von ihren Wangen und ruinierte dabei das Make-up immer mehr.

»Sie brauchen sich nicht zu entschuldigen«, sagte Stern gefühlvoll, was ihm ein kurzes Lächeln seines Gegenübers einbrachte. Andererseits hatte er ein schlechtes Gewissen, da ihm die Frau gerade unwissentlich ein Motiv für den Mord an ihrem Mann geliefert hatte. Eifersucht!

Die Witwe, die aber scheinbar noch gar nicht wusste, dass sie verwitwet war, blickte auf und fragte nun nach dem Grund von Sterns Kommen. »Sie wollten mir doch etwas sagen. Oder sind Sie gekommen, um ihn zu verhaften, den Scheißkerl? Das würde mich natürlich freuen, muss ich zugeben.«

Stern fiel es nicht leicht, das nun Folgende auszusprechen. Da die Frau nach all den Jahren bitterlich weinte, weil sie sich von ihrem Mann betrogen fühlte, musste sie ihn noch immer lieben. »Frau Köhlinger, ich muss Ihnen leider mitteilen, dass Ihr Mann letzte Nacht ermordet worden ist. Mein aufrichtiges Beileid.«

Im Gesicht der Frau wechselten Überraschung und Abscheu einander ab. Dann ertränkte ein neuer Schwall Tränen ihre langen Wimpern und setzte jede Menge Wimperntusche frei, die sich wie ein dunkler schwammiger Schatten unter ihren Augen zu verteilen begann. Da half auch das ganze Wischen mit dem Taschentuch nichts mehr. Überhaupt, dachte Stern, dass die Frau für ihr Alter stark geschminkt war, aber das würde sich nach dieser Flut an Tränen wohl ändern. Der Körper der Frau wurde von Weinkrämpfen durchgeschüttelt, und plötzlich drang ein hysterisches Krächzen aus ihrer Kehle. Stern war über den heftigen Gefühlsausbruch überrascht, lag aber, was die ungebrochene Liebe der Frau zu ihrem Mann anbelangte, anscheinend richtig. Vom geliebten Partner betrogen zu werden war etwas ganz anderes, als ihn für immer zu verlieren.

»Dieses … Arschloch … lässt mich … mit der ganzen Scheiße auch noch … alleine«, stieß sie unter heftigem Schluchzen aus und fasste sich an die Brust. Ihre Augen weiteten sich und richteten sich starr gen Himmel. Stern sprang auf und griff mit der einen Hand unter ihre Achseln und mit der anderen unter ihre Beine. Er hievte sie aus dem Fauteuil und trug sie hinüber zur Couch. Angst überfiel ihn, dass sie einen Herzinfarkt erleiden könnte. Umgehend zog er das Handy aus der Tasche und wählte den Notruf, während die Witwe sich wie ein Wurm auf der Couch wand. Sie warf sich von einer Seite auf die andere, und er versuchte, sie festzuhalten. Doch da begann Köhlinger auf ihn einzuschlagen, als wäre er dieser Dämon, der ihr all das antat. Es dauerte eine Weile, bis sie sich endlich beruhigte. Dann legte sie den Kopf an seine Brust und sagte kein Wort, auch weinte sie nicht mehr. Offenbar hatte sich ihr Geist an einen anderen Ort geflüchtet. Egal, welche Frage Stern ihr jetzt stellte, sie reagierte nicht.

Als er die Sinnlosigkeit seines Unterfangens erkannte, wiegte er sie schweigend in den Armen. Solange, bis er die Sirene des nahenden Rettungswagens hörte. Er stand auf und wollte zur Tür gehen, um die Einsatzkräfte einzulassen, doch Köhlinger klammerte sich wie eine Ertrinkende an ihn. Er zog sie hoch, und es kam ihm vor, als führte er eine alte, gebrechliche Frau zur Haustür.

Stern schaute zu, wie die Männer vom Roten Kreuz Elvira Köhlinger auf eine Trage legten und diese anschließend in den Fond des Rettungswagens schoben. Er dachte, dass Köhlinger ja noch nicht einmal wusste, wie ihr Mann gestorben war. Diese Nachricht würde ihr bestimmt den nächsten Keulenschlag versetzen. Aber ein anderes Mal. Nicht heute.

6. KAPITEL

»Grünbrecht, Stern hier! Ich bin gerade bei der Frau des Weinhändlers gewesen und hab mich im Haus umgesehen. Der Köhlinger ist dort nicht ermordet worden«, sprach Stern in sein Smartphone.

»Wie hat sie reagiert?«, wollte Grünbrecht wissen.

»Sie ist geschockt! Ich hab sie mit der Rettung wegbringen lassen müssen.«

»Scheiße!«

»Ich fahre jetzt nach Liebenau. Ich muss noch einmal mit der Wirtin reden.«

»Können Sie nicht anrufen?« Es war Grünbrecht anzuhören, dass sie nicht sonderlich erfreut war, dass ihr Chef sich vom Acker machte, während in Linz wegen des zweiten Mordfalls die Hölle los war.

»Ich will ihr Gesicht sehen, wenn ich mit ihr rede, Grünbrecht. Nur so kann ich erkennen, wie sie auf meine Fragen tatsächlich reagiert und ob sie mir die Wahrheit sagt. Ich glaube nämlich, dass sie uns einiges verschwiegen hat, wie zum Beispiel, dass der Pfarrer regelmäßig das Wirtshaus besucht hat und angeblich ein guter Gast gewesen ist«, unterrichtete er seine Kollegin.

»Und jetzt fragen Sie sich, warum sie uns das verschwiegen hat?«, fragte Grünbrecht, obwohl sie genau wusste, dass das der Grund für die neuerliche Befragung war. Etwas zu verschweigen wog bei der Aufklärung eines Mordes genauso schwer wie zu lügen.

»Ja, das tue ich. Außerdem will ich wissen, ob der Köhlinger auch sie mit Weinen beliefert hat, denn dann hätten wir eine Verbindung zwischen den beiden Mordfällen. Habt ihr inzwischen den Tatort gefunden, an dem der Köhlinger ermordet worden ist?«

»Nein. Ich bin gerade mit ein paar Kollegen in der Vinothek. Wir stellen hier alles auf den Kopf, aber bislang sind wir auf nichts Brauchbares gestoßen. Anschließend fahren wir ins Lager. Köhlingers Angestellte hat uns gesagt, dass ihr Chef oft bis spät in die Nacht gearbeitet hat. Er habe Lieferungen entgegengenommen und eingelagert, aber das sei nichts Ungewöhnliches gewesen, hat sie gemeint. Wie es scheint, hat er das immer erst nach Ladenschluss gemacht.«

»Das deckt sich mit der Aussage von Köhlingers Frau. Die hat nämlich gedacht, dass ihr Mann sie betrügen würde. Anscheinend ist er immer erst spät am Abend nach Hause gekommen.«

»Wenn dem so gewesen ist, hat man leicht den Eindruck gewinnen können, dass er eine Geliebte gehabt hat«, resümierte Grünbrecht. »Oder er hatte tatsächlich eine. Er wäre nicht der erste Mann, der fremdgeht.« In Grünbrechts Stimme schwang ein gefährlicher Unterton mit, den Stern zwar bemerkte, aber ignorierte. Dennoch fragte er sich, ob die attraktive Gruppeninspektorin schon einmal Erfahrungen mit einem sie betrügenden Mann gemacht hatte so wie auch er, der von seinem Eheweib für einen anderen, viel Jüngeren verlassen worden war.

»Versuchen Sie herauszufinden, was wirklich dahintersteckt, Grünbrecht. Und wenn was ist, ich bin am Handy erreichbar.« Stern beendete das Telefonat und ging die Ziegeleistraße zurück zum Bergschlösslpark, wo sein Audi parkte. Die Einsatzkräfte waren noch vor Ort und sicherten weiterhin das Gelände, damit keine Spuren durch unbedarfte Parkbesucher vernichtet wurden. Ebenso harrten die Journalisten vor der Absperrzone aus, um sensationelle Bilder oder Informationen zu erhaschen. Stern wechselte die Straßenseite, um unerkannt an der Presse vorbei zu gelangen. Als er den Wagen tatsächlich unbehelligt erreichte, ließ er sich erleichtert in den Fahrersitz fallen, startete den Motor und schob rückwärts vom Gehsteig hinunter. Nach wenigen Augenblicken ließ er das blaue Blinklichtgewitter hinter sich.

Während Stern den Audi durch Linz lenkte, überlegte er, dass er dieses Mal nicht in Liebenau über Nacht bleiben konnte und auch nicht wollte, da sich die Situation durch den zweiten Mord in Linz drastisch geändert hatte. Außerdem konnte er nicht bei jeder Frage, die auftauchte, nach Liebenau fahren. Ab nun würde er parallel ermitteln und sich ständig mit Grünbrecht austauschen müssen. Er war froh, wenn Kolanski und Mirscher aus dem Krankenstand zurückkamen, denn bei zwei Mordfällen waren sie zu zweit eindeutig unterbesetzt. Auf der anderen Seite fühlte er sich durch ihre Abwesenheit nützlich. Jetzt wurde er gebraucht und zählte nicht zu denjenigen, die ohnehin bald von der Bildfläche verschwanden, weil sie in den Ruhestand gingen.

Der Audi A6 schraubte sich die Mühlviertler Hügel hinan und rollte in die Täler hinab. Was für einen Außenstehenden aussah wie eine vergnügliche Spazierfahrt, war für Stern Stress und Hetzerei. Deshalb sah er nicht, dass sich das Grün der Landschaft auf den Feldern langsam in ein goldgelbes Braun verwandelte. Die Ähren vom Getreide trockneten, das Korn reifte heran. Dieses jährlich wiederkehrende Naturschauspiel läutete ein Treiben ein, das in dem hügeligen Mühlviertel nicht bunter hätte sein können und wie ein mit Liebe gewebter Fleckerlteppich aussah.

Die Sonne stand bereits tief. Ein paar Stunden noch, und sie würde der Schwärze der Nacht Platz machen.

Wieder fiel Stern die Brücklwirtin ein. Sie gefiel ihm, musste er zugeben, und sie stand allein in der Gaststube. Von einem Ehemann war weit und breit nichts zu sehen gewesen. Ob sie mit ein Grund war, warum er nach Liebenau fuhr und nicht Grünbrecht geschickt hatte? Und hatte er in seinem Job überhaupt ein Recht auf ein spätes Glück? Seine erste Ehe war zum Teil wegen seiner Arbeit zerbrochen, hatte seine Ex ihm an den Kopf geworfen, als sie ausgezogen und nach Graz abgehauen war. Und wusste er überhaupt noch, wie das alles ging? Wie man sich an eine Frau ranmachte? Und funktionierte untenrum noch alles, wie es sollte? Dieser Gedanke erschreckte Stern. Aber was würde seine Tochter Barbara dazu sagen, wenn er ihr offenbarte, dass er sich für eine Frau interessierte? Ach was, jetzt wurde er auch noch sentimental! Denn eigentlich ging es Barbara gar nichts an, was er so machte und für wen er schwärmte. Wie es aussah, galoppierten seine Gefühle mit ihm über Berg und Tal wie ein Pferd über die Hügel des buckeligen Mühlviertels. Er schob die Gedanken beiseite und nahm sich vor, die Sachen, die er heute Morgen durch ihr abruptes Aufbrechen nach dem Telefonat mit Bormann in seinem Zimmer beim Brücklwirt zurückgelassen hatte, später mitzunehmen. Natürlich auch die von Grünbrecht. Zuvor aber wollte er mit der Wirtin sprechen und wissen, warum sie ihm verschwiegen hatte, dass der Pfarrer regelmäßiger Gast in ihrem Lokal gewesen war. Dabei wollte er auch ein Auge auf ihre rechte Hand werfen, ob sich dort vielleicht ein Ehering befand. Und natürlich hoffte er, dass er etwas Ordentliches zu essen bekam. In den letzten Tagen ließ die Regelmäßigkeit seiner Essenszeiten ohnehin mehr als zu wünschen übrig.

Nach zehn Minuten rückte die Ortstafel von Liebenau endlich in Sichtweite, was aber nicht hieß, dass Stern den Ortsnamen dieses Mal auch wirklich lesen konnte. Wer jedoch auf einen Flirt aus war, konnte keine Brille gebrauchen, selbst in seinem Alter nicht. Ohne einen weiteren Gedanken an einen nötigen Sehbehelf zu verschwenden, passierte er die Ortstafel und parkte den Audi auf dem Parkplatz vor dem Brücklwirt. Augenblicklich fing sein Magen zu knurren an, als wüsste er, wo sie sich befanden. Stern aber dachte, dass es kein Wunder war, da es bereits nach 17:00 Uhr war und er seit dem Frühstück nichts mehr gegessen hatte. Und auch da hatte er sich beeilen müssen.

Hungrig betrat Stern den Brücklwirt. Er war überrascht, die letztens so gut besuchte Gaststube beinahe menschenleer vorzufinden. Nur die Wirtin war anwesend und hantierte geschäftig hinter der Theke. Für die Mittagsgäste war es wohl schon zu spät und für den Stammtisch noch zu früh. Demnach eine gute Gelegenheit, mit der Wirtin zu sprechen. Maria Brückl kontrollierte gerade die Sauberkeit der Gläser, indem sie sie gegen das Licht hielt und hie und da einen auf dem Glas verbliebenen Tropfen mit einem Tuch wegpolierte.

»Ah, der Herr Chefinspektor! Grüß Gott!«, begrüßte sie den Eintretenden und ließ klirrend ein Weinglas im Regal verschwinden.

»Grüß Gott, Frau Brückl. Haben Sie um diese Zeit noch etwas zu essen für mich?«

»Für Sie doch immer, Herr Chefinspektor.« Maria Brückl griff nach einer Speisekarte und reichte sie ihrem Gast. »Was wollen S' denn trinken?«

»Ein Bier, bitte«, antwortete Stern, obwohl er im Dienst war. »Und die Speisekarte brauche ich nicht. Ich hätte gerne einen Schweinsbraten, wenn noch einer da ist. Und dann möchte ich mit Ihnen sprechen, Frau Brückl.«

»Gut! Ich bin gleich wieder da. Ich sag nur schnell in der Küche Bescheid.« Die Wirtin kehrte kurz darauf mit einer Halben Bier zurück und setzte sich dem Chefinspektor gegenüber. »Sie wollen sicher wissen, wer den Pfarrer am G'wissen hat, aber da kann ich Ihnen nicht weiterhelfen, Herr Chefinspektor.«

»Stimmt es, dass der Pfarrer abends häufig bei Ihnen zu Gast gewesen ist?«, fragte Stern wie beiläufig, als erkundigte er sich nach dem Wetter.

»Wer sagt denn so was?« Die Wirtin schaute ihn überrascht an.

»Die Pfarrersköchin«, erwiderte Stern, obwohl er ansonsten seine Quellen nicht so schnell preisgab. Aber die Anwesenheit der Brücklwirtin brachte ihn etwas durcheinander.

»Die Bachmeier. Ich hab's doch g'wusst!« Die Wirtin schnaubte. »Was sagt sie denn noch, die aufgetakelte Tratsche?«

»Sie meint, dass der Pfarrer seit einem halben Jahr abends regelmäßig zu Ihnen ins Lokal gekommen ist, und das hat ihr halt nicht sonderlich gefallen«, brachte Stern vor und beobachtete dabei sein Gegenüber. Er wollte sehen, wie es darauf reagierte.

»Der ist doch kein einziges Mal bei mir gewesen, außer wir haben eine Taufe gehabt!«, rief die Frau echauffiert. »Und natürlich ist er bei jeder Beerdigung mit dabei, und da isst er dann sein Rindfleisch mit Semmelkren. Denn Hochzeiten gibt's ja eh keine mehr. Jetzt heiratet man nicht mehr, wissen S', jetzt lebt man zusammen. Der neueste Trend, und der kommt aus der Stadt.« Mit auf ihn gerichtetem Zeigefinger ließ sie Stern wissen, dass *er* und *die Stadt* für sie augenblicklich eins waren. Deshalb war er in ihren Augen auch für das wilde Zusammenleben der jungen Leute mitverantwortlich, obwohl er sich keineswegs mitverantwortlich fühlte.

Mit gerötetem Kopf stand die Brücklwirtin auf und stapfte in die Küche. Minuten später kam sie mit einem dampfenden Schweinsbraten zurück und platzierte ihn etwas zu heftig vor dem Chefinspektor, dem trotz der im Moment hochwogenden Emotionen das Wasser im Mund zusammenlief. Außerdem hatte er gesehen, als die Wirtin auf ihn gedeutet hatte, dass sie keinen Ehering am rechten Ringfinger angesteckt hatte. Da schmeckte ihm der Schweinsbraten gleich noch viel besser. »Aber eines schwör ich Ihnen«, redete die Brücklwirtin weiter. »Wenn die Bachmeier sagt, dass der Pfarrer des Öfteren zu mir ins Wirtshaus her'gangen ist, dann lügt die!«

»Weshalb sollte sie das tun?«, fragte Stern und legte sich die Serviette auf den Schoß. Dann nahm er Messer und Gabel und überlegte, ob es unhöflich war, noch während des Gesprächs mit dem Essen zu beginnen, kam aber zu dem Schluss, dass es schon nichts ausmachen würde.

»Was weiß ich denn? Keine Ahnung. Finden S' das raus! Sie sind doch der Bulle.« Maria Brückl lehnte sich zurück. Ihre Wangen überzog ein zartes Rot, weil sie sich so aufregte, das ihr aber ausgesprochen gut stand, fand Stern.

»Wo könnte Ihrer Meinung nach der Pfarrer sonst hingegangen sein, wenn er nicht zu Ihnen ins Wirtshaus ist? So viele Möglichkeiten gibt es in Liebenau ja wohl nicht, sich abends die Zeit zu vertreiben, oder?« Stern schnitt ein saftiges Stück Braten ab und steckte es in den Mund. Das zarte Fleisch ließ sich am Gaumen zerdrücken. Rasch schob er einen Semmelknödel hinterher, der das Geschmackserlebnis vollendete. Stern kam zu dem Ergebnis, dass der Schweinsbraten der Brücklwirtin der beste war, den er jemals gegessen hatte.

»Mei, was weiß ich denn schon? Der kann überall hingegangen sein. Vielleicht in die Kirche!«

»In die Kirche? Was sollte er zu so später Stunde dort gemacht haben?«

»Vielleicht hat er sich mit jemandem getroffen?«

Vermutungen, nichts als Vermutungen, dachte Stern, sagte aber: »Mit wem denn? Und das jeden zweiten Tag, wenn man der Pfarrersköchin Glauben schenken darf.«

»Was? So oft? Na, bei mir ist der gewiss nicht gewesen, das steht fest. Und in die Kirche – nein, da haben S' recht, da ist er bestimmt auch nicht jeden zweiten Abend hingegangen. Der hat ja ein Büro gehabt, im Pfarrhaus, wo man ihn ebenso hätte aufsuchen können, wenn man gewollt hätte.«

»Außer derjenige hat nicht gesehen werden wollen«, warf Stern mit vollem Mund ein.

»Ja, aber wer denn bloß? Jetzt wissen wir genauso wenig wie vorhin, als Sie meine Schwelle überschritten haben.« Die Wirtin starrte grübelnd ins Leere. Stern schmunzelte ob ihres Eifers, Licht ins Dunkel bringen zu wollen beziehungsweise dahinterzukommen, wohin sich der Pfarrer des Nachts heimlich verdrückt hatte. Wahrscheinlich wollte sie sich von den Anschuldigungen der Pfarrersköchin lossagen. Mit einer Kartoffel tunkte er den Rest des Bratensaftes auf.

»Wir haben einen toten Pfarrer, der am Abend irgendwohin verschwindet. Wohin, weiß keiner, auch nicht die Pfarrersköchin«, fasste er schmatzend zusammen. »Keiner will etwas von ihm gewusst haben. Alle sagen, dass er ein lieber Mensch gewesen ist, ein Priester halt im Dienste des Glaubens. Dennoch ist er ermordet worden, Ihr werter Herr Pfarrer. Können Sie mir das erklären?« Mit der Serviette wischte Stern seinen Mund ab, faltete sie zusammen und legte sie ordentlich auf den Teller. Mit einem Rülpser verabschiedete er das Mahl, was ihm in Anwesenheit der Wirtin aber peinlich war. Doch die schien nichts davon mitbekommen zu haben. Ratlos schüttelte sie ob der an sie gerichteten Frage den Kopf.

»Ich fahre heute nach Linz zurück und hole gleich meine Sachen vom Zimmer. Machen Sie mir bitte die Rechnung fertig. Und stellen Sie sie aufs Landeskriminalamt aus. Und könnten Sie mir bitte auch die Sachen meiner Kollegin zusammenpacken? Sie wissen schon, so von Frau zu Frau. Ich will da nicht …« Stern verstummte und deutete umständlich herum.

»Aber Sie haben den Mörder doch noch gar nicht gefasst!«, begehrte die Wirtin auf, ohne darauf einzugehen. »Da können S' doch nicht schon wieder fahren, schließlich läuft in Liebenau ein Mörder frei herum!«

»Doch, ich kann und muss sogar. Wir haben nämlich ein weiteres Opfer«, gab Stern unabsichtlich bekannt.

»Mein Gott! Wieder so …?« Die Wirtin deutete mit den Fingern auf besagte Stelle am Hals, wo sich die Wundmale an der Leiche des Pfarrers befanden, um es nicht laut aussprechen zu müssen. Der Informationsaustausch auf dem Land funktionierte offenbar besser als jener in der Stadt, wo sich die Nachricht vom Tod des Weinhändlers nicht einmal vom Anfang der Ziegeleistraße bis zu deren Ende herumgesprochen hatte, trotz des Großaufgebots an Einsatzfahrzeugen und blau blinkenden Lichtermeers. Hier in Liebenau interessierten sich die Menschen noch füreinander, dachte Stern und nickte der Wirtin zu, sagte aber nichts. Das musste als Bestätigung für die Todesart der zweiten Leiche genügen.

Um in dem Liebenauer Mordfall weiterzukommen, brauchte Stern, wie es aussah, wohl eine Audienz beim Bischof. Er musste unbedingt wissen, warum der Name des Liebenauer Pfarrers auf der Blacklist des Bischofs stand, so wie Eleonore Winkler, die Journalistin der OÖ. News, behauptet hatte. Außerdem wollte er in Erfahrung bringen, welche Namen noch alle gelistet waren und warum eine solche Liste überhaupt existierte.

»Eine Frage habe ich noch, Frau Brückl. Von wem bekommen Sie eigentlich Ihre Weine geliefert?«, fragte Stern, um eine mögliche Verbindung zwischen dem Tod des Liebenauer Pfarrers und des Linzer Weinhändlers herzustellen.

»Schmeckt er Ihnen leicht, unser Grüner Veltliner?«, antwortete die Wirtin mit einer Gegenfrage und lächelte endlich wieder.

»Nein, deswegen frage ich nicht. Ich bin ja Biertrinker, wie Sie wissen.« Stern deutete auf sein beinahe leeres Glas.

»Warten S', ich bringe Ihnen noch eine Halbe«, sagte die Wirtin und wollte aufstehen, als Stern sie am Arm zurückhielt.

»Nein danke, reicht schon«, sagte er. »Ich bin ja im Dienst. Also, wer ist nun Ihr Weinlieferant?«

»Das Weingut Kolkmann aus Fels am Wagram. Er kommt alle zwei Wochen mit seinem Lieferwagen hierher und liefert die Weine aus, die ich bestellt hab«, erklärte die Brücklwirtin.

»Sonst niemand?«

Maria Brückl schüttelte den Kopf.

»Kennen Sie einen Richard Köhlinger?«

Wieder erfolgte ein verneinendes Kopfschütteln. »Wer soll das denn sein?«

»Ein Linzer Weinhändler – und das zweite Opfer.« Stern blickte die Frau aufmerksam an.

»Tut mir leid, den kenne ich nicht«, sagte sie mit einer Gewissheit, der Stern nur allzu gern geneigt war zu glauben.

7. KAPITEL

Am nächsten Morgen wurde Stern ganz früh vom Läuten seiner Türglocke aus dem Schlaf gerissen. Er brauchte eine Weile, bis er es aus dem Bett schaffte und zur Wohnungstür schlurfte. Dort angekommen, gähnte er herzhaft. Dann erst öffnete er die Tür.

»Wo steckst du die ganze Zeit?« Diese Worte hallten ihm vorwurfsvoll entgegen, und zwar von seiner Tochter Barbara, die mit ihren beiden Kindern im Stiegenhaus stand und sich nun an ihm vorbei in die Wohnung drängte. Tobias, sein neunjähriger Enkel, und seine um drei Jahre ältere Schwester Melanie folgten Barbara wie Gänseküken ihrer Mutter.

»Ich wünsche euch auch einen schönen guten Morgen«, murmelte Stern ihnen wenig begeistert hinterher. Schließlich stand er in Unterhosen und mit nacktem Oberkörper in der Wohnungstür. Außerdem hätte er gern noch ein halbes Stündlein geschlafen, gestern war es wegen der unerfreulichen Sache mit den zwei Mordfällen spät geworden. Erst kurz vor Mitternacht war er mit seinem Audi von Liebenau nach Linz zurückgefahren, ohne bei der Wirtin etwas erreicht zu haben. Weder was den Mord am Liebenauer Pfarrer anbelangte, noch was Sterns persönliches Interesse an ihr betraf. Maria Brückl hatte sich derart über Herta Bachmeier, die Pfarrersköchin, echauffiert, dass an einen Flirt nicht zu denken gewesen war. Trotzdem war Stern geblieben. Die Hoffnung starb bekanntlich zuletzt. Erst als die Kirchenuhr elfmal geschlagen hatte, hatte er die Sinnlosigkeit seines Ansinnens erkannt, als hätte ihm der himmlische Vater ein Zeichen gesandt. Anschließend war er bei völliger Dunkelheit nach Hause gefahren, was seiner Fahrgeschwindigkeit nicht wirklich zuträglich gewesen war. Bei Dunkelheit vermindert sich Sterns Sehvermögen nämlich noch weiter.

»Ich habe gestern dreimal versucht, dich zu erreichen. Warum gehst du nicht ans Telefon?«, fragte Barbara ihren Vater. Indessen zog Tobias eine Spielekonsole aus der Tasche und hockte sich damit in der Küche auf einen Stuhl. Melanie ließ sich im Wohnzimmer auf die Couch fallen.

Stern schloss hinter ihnen die Wohnungstür. Dann warf er rasch einen Blick auf seinen Anrufbeantworter, dessen rotes Lämpchen wie wild blinkte. Er hatte gestern, nachdem er nach Hause gekommen war, tatsächlich vergessen, seine Anrufe abzuhören. Die Mobilbox seines Handys quoll ebenfalls über. Zu sehr war er in Gedanken versunken gewesen. Einerseits wegen der Mordfälle, andererseits wegen der Brücklwirtin. Mist!

»Ist das der Grund, warum du heute in aller Herrgottsfrüh bei mir auftauchst und mich mit deiner Anwesenheit beehrst? Hast du dir Sorgen um mich gemacht?« Stern stand kurz davor, gerührt zu sein.

»Nein, du hast etwas vergessen«, erwiderte Barbara. Und in der Art, wie sie es sagte, vermutete Stern, dass es etwas Wichtiges gewesen sein musste, das er angeblich vergessen haben sollte. Doch solange er nicht wusste, um was es sich handelte, entschloss er sich, den Unwissenden zu mimen.

»Ich? Vergessen? Was habe ich denn vergessen?« Stern suchte hektisch seine Gehirnwindungen nach dem angeblich Vergessenen ab. Dabei fuhr er Tobias durch seine kurzen, braunen Locken und versuchte so nebenbei, seine zwölfjährige Enkelin an sich zu drücken. Melanie entwand sich aber der großväterlichen Umarmung und blieb mit einem Schmollmund auf der Couch sitzen. Wie es aussah, war sie nicht ganz freiwillig mitgekommen.

»Wir frühstücken heute bei dir, klar?«, übernahm Barbara das Wort und wie selbstverständlich das Kommando in Sterns mittlerweile eingefleischtem Singlehaushalt. Er wusste gar nicht, ob er für ein vernünftiges Frühstück für die Kinder überhaupt etwas zu Hause hatte. Er selbst trank morgens lediglich eine Tasse Kaffee, stark und schwarz, manchmal auch zwei. Aber die Kinder brauchten Haferflocken oder Müsli, damit sie in der Schule nicht schlappmachten. Seit er geschieden war und von der gemeinsamen Wohnung hatte ausziehen müssen, hatte keine Frau mehr in seiner Küche gestanden. Außer Barbara natürlich. Aber das zählte nicht. Oftmals wünschte sich Stern, dass es anders wäre.

»Klar«, antwortete er. »Lass mich nur schnell etwas anziehen.« Mit diesen Worten entschwand er ins Schlafzimmer. Er wusste, dass jede Widerrede ohnehin zwecklos war, so gut kannte er seine Tochter. Der Apfel fiel bekanntlich nicht weit vom Stamm. Er hoffte nur, dass sie aus den spärlichen Sachen in seinem Kühlschrank ein ordentliches Frühstück für die Kinder zaubern konnte. Er knöpfte sich das Hemd zu und schlüpfte in seine Hose. Als er sich die Socken überstreifte, war ihm jedoch immer noch nicht eingefallen, was er denn vergessen haben sollte. Deshalb bat er Barbara, als er in die Küche zurückgekehrt war, sie möge doch seinem Gedächtnis auf die Sprünge helfen.

»Du wolltest Tobias mit einem Polizeiwagen zur Schule fahren«, erinnerte Barbara ihn an sein Versprechen.

Stern durchfuhr es wie ein Blitz. Natürlich, das hatte er tatsächlich versprochen! Und er hatte es glatt vergessen.

»Ja, mit Blaulicht und Sirene!«, sagte Tobias nun endlich auch etwas, ohne aber von seiner Spielekonsole aufzublicken, die nervige Geräusche von sich gab.

»Ich muss dich leider wieder enttäuschen«, begann Stern, seinem Enkel erneut das kindliche Herz zu brechen und die Aussicht, mit Aufsehen erregendem Blaulicht und Folgetonhorn in die Schule gefahren zu werden, um bei den Mitschülern ordentlich zu punkten, wie eine Seifenblase zerplatzen zu lassen. »Heute geht es leider nicht. Ich hab gleich nachher einen Termin beim Bischof.« Er wusste, dass er sein Versprechen auch zu einem anderen Zeitpunkt nicht würde halten können, solange sich dieser Vampir-Mörder, wie ihn die Presse bereits nannte, auf freiem Fuß befand. Erst wenn sie den Täter gefasst hatten und er hinter Gittern saß, standen die Chancen auf eine rasante Polizeifahrt – wobei rasant für jeden etwas anderes darstellte und Stern hoffte, dass seine Fahrkünste für Tobias ausreichend waren – gut für seinen Enkel.

»Was ist ein Bischof?«, fragte Tobias mit vollem Mund. Seine Mutter hatte doch glatt ein Glas Honig in Sterns Küche gefunden und die goldgelbe klebrige Masse auf eine Scheibe Brot geschmiert. Tobias ließ während des Frühstückens die Spielekonsole jedoch nicht aus den Augen, drückte auf deren Tasten und aß gleichzeitig das Honigbrot. Stern war überrascht, wie der Neunjährige es schaffte, schon so früh am Morgen sich parallel auf drei Dinge zu konzentrieren – zu frühstücken, auf der Spielekonsole zu tippen und das Gespräch der Erwachsenen zu belauschen – und fand, dass es auf gar keinen Fall gut für ihn war. Er nahm ihm die Konsole ab und erklärte in vereinfachter Weise: »Der Bischof ist der Chef von mehreren Pfarrern.« Gleichzeitig überlegte er, ob das wirklich die richtige Erklärung für einen Neunjährigen war, und setzte sich zu ihm an den

Küchentisch. Melanie hockte noch immer schmollend auf der Couch, die Füße angezogen und den Blick nicht mehr auf ihn, den uncoolen Polizisten-Opa, sondern auf das Display ihres Smartphones gerichtet.

»Ich dachte, der liebe Gott ist der Chef von den Pfarrern«, warf Tobias mit arglosem Gemüt ein. Dabei hefteten sich seine braunen Rehaugen auf seinen Opa.

»Das ist er auch, aber er braucht ebenso einen Vertreter auf der Erde, der genau das tut, was er will. Und dieser Vertreter muss das den Pfarrern mitteilen.«

»Wie wissen die Vertreter von Gott denn, was er genau will?«, hakte Tobias nach und trank seinen Kakao leer.

Stern überlegte sich seine nächste Antwort ganz genau. Er spürte, dass sein Enkel ihm eine Falle stellte. »Was glaubst du denn?«, antwortete er deshalb mit einer Gegenfrage und hoffte, dadurch dem kindlichen Fangstrick entronnen zu sein.

»Keine Ahnung, aber ich denke nicht, dass der liebe Gott nur mit den Bischöfen redet, sondern genauso mit den Pfarrern.«

»Also reden tut er wahrscheinlich mit niemandem. Weißt du, das ist nur bildlich gemeint.«

»Ach ja? Dann braucht Gott die Bischöfe ja gar nicht.« Tobias schob den Rest seines Honigbrotes wie ein Auto in die Garage in seinen dafür viel zu kleinen Mund. Beidseitig tropfte Honig auf sein T-Shirt und schimmerte dort wie klebrige Bernsteintropfen.

»Gott braucht die Bischöfe vielleicht nicht, aber die Menschen tun es.« Stern nahm eine Serviette und wischte die Honigtropfen vom T-Shirt seines Enkels mit mehr oder weniger gutem Ergebnis weg. Die klebrige Fläche war nur noch größer geworden.

»Warum?«, fragte Tobias und steckte den Stoff seines T-Shirts in den Mund, um den Honig abzulecken.

»Keine Ahnung«, antwortete Stern wahrheitsgemäß. Auch als Erwachsener musste man nicht auf alles eine Antwort haben. Außerdem war es ihm egal, wie die Kirche hierarchisch organisiert war, und wer mit wem redete und wer das Sagen hatte, interessierte ihn auch nicht, solange keiner von denen aus den Reihen tanzte und in eine Straftat verwickelt war. Dann nämlich rückte die Kripo an, die in diesem Fall er verkörperte. Aus leidiger Erfahrung wusste er, dass es mitunter äußerst mühsam war, in Kirchenkreisen zu ermitteln. Eine Mauer des Schweigens breitete sich dort so rasend schnell aus wie andernorts eine Seuche. Oftmals hatte es den Anschein, als hätten alle, die in eine Soutane gekleidet waren, ein Schweigegelübde abgelegt oder litten zumindest zeitgleich unter einer flächendeckend auftretenden Amnesie.

»Warum musst du überhaupt zum Bischof?«, bohrte Tobias weiter nach.

»Ich muss ihn befragen«, antwortete Stern zurückhaltend. Er wusste, dass Barbara es nicht mochte, wenn er Details zu seinen Fällen vor den Kindern ausbreitete. Für Mord und Totschlag waren sie zu jung, fand sie.

»Und warum musst du ihn befragen? Hat er etwas angestellt?« Tobias ließ nicht locker.

»Nein, der Bischof hat nichts angestellt.«

»Hat der liebe Gott etwas angestellt? Der Bischof ist ja sein Vertreter, hast du vorhin gesagt.«

Stern lachte. »Nein, auch der liebe Gott hat nichts angestellt. Zumindest weiß ich nichts davon. Es ist wegen eines … Falls.«

»Welcher Fall denn?« Tobias saugte noch immer an dem Stoff seines T-Shirts, um die Reste des süßen Honigs auf seiner Zunge zu spüren.

»Tobias!«, wies Barbara ihren Sohn zurecht. »Frag Opa

nicht ein Loch in den Bauch und lass ihn frühstücken.« Sie stellte eine Tasse Kaffee vor ihrem Vater ab und platzierte ein weiteres Honigbrot auf einem Teller, welches wohl für Melanie gedacht war.

»Aber ich wollte doch nur wissen, an welchem Fall er gerade arbeitet«, verteidigte sich der Neunjährige.

»Wahrscheinlich an irgendwelchen Toten, die irgendwie grausam zu Tode gekommen sind«, platzte Melanie heraus. Obwohl sie bislang konzentriert auf das Display ihres Handys gestarrt und irgendwelche Nachrichten getippt hatte, hatte sie einen Teil des Gesprächs mitbekommen, was Stern wunderte. Er selbst schaffte es gerade mal eine Nachricht zu schreiben, die nicht zu viele Fehler beinhaltete, da sein Smartphone scheinbar ein Eigenleben führte und viele seiner eingetippten Wörter korrigierte, ohne dass er das wollte. Melanie stand von der Couch auf und kam zu ihnen an den Tisch. Um ihren Einwurf auch bildlich darzustellen, machte sie gruselige Geräusche und verzog das Gesicht zu einer Grimasse, was ihrem Bruder wohl Angst einjagen sollte. Danach pflanzte sie ihren in engen Jeans steckenden Hintern auf einen Stuhl und nahm einen Schluck aus einer Tasse mit warmer Milch. Sonst frühstückte die Zwölfjährige nichts. Das Honigbrot, welches Barbara ihr hingestellt hatte, schob sie ihrem Bruder zu. Kein Wunder, dass sie so dünn war.

»Ach Melanie, erschreck deinen Bruder nicht!« Die Mutter kniff die Tochter in die Wange.

»Wenn er aber so eine Nervensäge ist!« Melanie wickelte eine Strähne ihrer langen blonden Haare um den Zeigefinger ihrer rechten Hand. Für ihr Alter war die Zwölfjährige schon weit entwickelt, fand Stern und nahm sich vor, in einem geeigneten Moment mit Barbara darüber zu sprechen, ob sie ihr nicht verbieten sollte, so enge Hosen und kurze T-Shirts zu tragen.

»Selber Nervensäge!« Tobias sah seine Schwester herausfordernd an. Die streckte, als sie sicher war, dass die Mutter es nicht bemerkte, die Zunge heraus.

»Mama! Melanie hat mir die Zunge gezeigt!«, beschwerte sich der Neunjährige sogleich.

Melanie verdrehte genervt die Augen. »Petze!«

»Kinder, streitet nicht. Macht euch lieber für die Schule fertig. Ich fahre euch«, trieb Barbara ihre Sprösslinge zur Eile an, nicht ohne einen bestimmten Unterton in der Stimme, der Stern ein schlechtes Gewissen machen sollte. Als der nicht reagierte, machte sie diesen Unterton für ihn hörbar, indem sie sagte: »Euer Opa hat ja mal wieder keine Zeit.«

»Warum hat er keine Zeit?«, fragte Melanie interessiert und nippte an ihrer Milch. Das ließ Stern erkennen, dass sie doch nicht das ganze Gespräch mitgekommen hatte.

»Der fährt zum Bischof!«, antwortete Tobias stolz, weil er endlich einmal etwas wusste, von dem seine Schwester keine Ahnung hatte.

»Du fährst zum Bischof? Das ist ja mal etwas ganz Neues. Und ich dachte, du jagst Vampiren hinterher«, entschlüpfte es der Zwölfjährigen mit einem Glitzern in den Augen.

»Wie bitte?« Stern traute seinen Ohren nicht. Was wusste seine Enkelin über die Ermittlungen in Sachen Vampirmorde? Auch Barbara hielt inne und wartete auf eine Erklärung ihrer Tochter, welche die Zwölfjährige gleich ablieferte.

»Ist doch voll cool, Opa! Der Vampirmörder ist in der Schule im Augenblick das Thema Nummer eins.«

»Bei uns redet niemand darüber«, bemerkte Tobias enttäuscht.

»Weil ihr noch Hosenscheißer seid, deshalb«, antwortete Melanie und zerraufte Tobias' Haare.

»Sind wir nicht!«, begehrte dieser sogleich auf und fuhr

sich mit den Händen über den Kopf, um seinen braunen Wuschelkopf zu glätten.

»Wo habt ihr das mit den … Vampiren überhaupt her?«, stellte Stern die Frage an seine Enkelin und tat, als wäre diese Information nur am Rande von Bedeutung. Er musste behutsam vorgehen, denn wenn er mit der Tür ins Haus fiel und ein falsches Wort sagte, würde die pubertierende Melanie dichtmachen und dieses Geheimnis auf ewig hüten wie ein Grab.

»Alle, die ›Twilight‹ gelesen haben, wissen davon, Opa. Das müsste dir als Kriminalbeamter doch klar sein!« Melanie tat übertrieben entrüstet und streckte die rechte Hand von sich, um zu verdeutlichen, wie unpassend sie die Wissenslücke ihres Großvaters fand. »Das ist ja superpeinlich!«

»Dann hilf mir, die Peinlichkeit deines Opas zu beseitigen. Sonst versetze ich den Bischof und fahr dich in die Schule, um dort mit deinen Freundinnen zu reden. Vielleicht sind die ja ein bisschen gesprächiger als du.«

»Menno!«, entfuhr es Tobias. »Sie fährst du und mich nicht! Das ist ja mal wieder voll gemein!« Tobias bekam feuchte Augen, und Melanies weiteten sich vor Schrecken. Nichts war für ein zwölfjähriges Mädchen peinlicher, als von ihrem Großvater direkt vor der Schultür abgesetzt zu werden. Wenn es blöd kam, geleitete er sie Händchen haltend ins Klassenzimmer, das traute sie ihrem Großvater durchaus zu. Deshalb entschied sie, lieber auszupacken. Das aber tat sie auf ihre Weise.

»Facebook«, war das einzige Wort, das sie ihrem Blutsverwandten auf den Tisch knallte, als ihre Mutter in der Küche laut mit dem Geschirr hantierte.

»Facebook, hm.« Stern überlegte. »Und weiter?«

»Nichts weiter. Dort steht alles, was du wissen musst.«

Melanie war anzumerken, dass sie nicht wollte, dass ihre Mutter etwas von diesem Gespräch mitbekam. Hastig griff sie nach ihrem Schulrucksack und ging damit in den Flur. Für sie war die Sache erledigt.

»Kommt, Kinder! Wir müssen los«, gemahnte Barbara im selben Augenblick die Kinder zum Aufbruch. Sie steckte rasch ein Jausenbrot in die Schultasche ihres Sohnes und wartete, bis er die Tasche entgegennahm und schulterte.

»Mama, was ist ›Twilight‹?«, fragte er, während Barbara ihn und seine Schwester den Flur entlang zur Wohnungstür scheuchte, um rechtzeitig zur Schule zu gelangen. Stern hörte noch, wie seine Tochter versuchte, seinem Enkel den bereits abklingenden Hype um die bekannte Vampirsaga zu erklären. Keine leichte Aufgabe, dachte er, wenn man die Leidenschaft, mit der Tobias alles zu hinterfragen pflegte, kannte. Dann fiel die Tür hinter ihnen ins Schloss und Stern war allein. Er ließ das eben Gehörte durch seinen Kopf wandern. Die Vampirmorde. Die sozialen Netzwerke. Mit den heutigen technischen Möglichkeiten verbreiteten sich Nachrichten rund um den Globus in nur wenigen Stunden. Demnach war es nur eine Frage der Zeit gewesen, bis die hiesigen Medien die Vampirmorde ausschlachten und sie auf Facebook, Twitter und Co posteten, dass auch der letzte Bürger im Land davon erfuhr. Desgleichen eine Zwölfjährige wie seine Enkelin. Wenn Stern an den Tatort in Liebenau dachte, den blutbesudelten Altar und den zu einem Kokon verschnürten Pfarrer, dann hoffte er, dass keine Bilder ins Internet gelangt waren. Das würde ihm noch fehlen! Dann könnte er sich von Barbara etwas anhören, die natürlich ihn dafür verantwortlich machen würde, wenn Melanie einen psychischen Schaden davon bekäme.

Er griff nach seinem Smartphone und wählte die Nummer von Gruppeninspektorin Mara Grünbrecht.

»Guten Morgen, Chef!«, meldete die sich nach dem zweiten Mal Läuten.

»Guten Morgen. Grünbrecht, Sie kennen sich doch bestimmt mit Facebook aus.«

»Klar«, antwortete Grünbrecht. »Soll ich Ihnen eine Freundschaftsanfrage schicken?«

»Nein, ich bin nicht auf Facebook«, stellte Stern klar. »Aber meine Enkelin behauptet, dass dort über unsere Fälle diskutiert wird, und zwar im Zusammenhang mit Vampiren.«

»Nicht nur dort, Chef«, unterbrach Grünbrecht ihren Vorgesetzten. »Sie haben wohl heute noch nicht die Zeitung gelesen?«

»Nein«, antwortete Stern und befürchtete Schlimmes. »Was steht denn drinnen?«

»Die OÖ. News reden von einem Vampirmord und berufen sich auf eine Quelle im Landeskriminalamt.«

»Scheiße!«, fluchte Stern.

»Das können Sie laut sagen. In der Pfennig Zeitung steht im Grunde dasselbe, nur ein wenig bluttriefender. Die wissen erstaunliche Details darüber, wie der Pfarrer aufgefunden worden ist. Irgendwer hat da wohl geplaudert.«

Stern schwieg. Sein Gehirn raste. Er überlegte, ob die undichte Stelle im Landeskriminalamt vielleicht er gewesen sein könnte, weil er mit Eleonore Winkler geredet hatte. Andererseits wusste in Liebenau der ganze Ort über den Tod des Pfarrers Bescheid, und solche Nachrichten verbreiteten sich bestimmt rascher als das jährlich auftretende Grippevirus.

»Das ist ohnehin nicht mehr aufzuhalten. Ich habe in einer halben Stunde einen Termin beim Bischof, danach treffen wir uns auf der Dienststelle. Dort bereden wir alles.«

»Okay, Chef. Bis dann!«

»Ja, bis dann.« Stern wischte über das Display und beendete das Telefonat. Er nahm einen letzten Schluck Kaffee und ging anschließend in den Flur. Dort fiel sein Blick auf seine neuen Kalbslederschuhe, die er sich erst vor einer Woche gekauft hatte. Nicht bloß gekauft, dachte er, sondern er hatte sich die Schuhe gegönnt. Erst nach mehrmaligem Tragen wurde ihr Leder weich und schmiegte sich an den Fuß wie eine zweite Haut – das zumindest hatte der Verkäufer so behauptet, was Stern ihm glauben wollte. Bislang hatte er nicht den richtigen Anlass gefunden, die Schuhe anzuziehen, aber der Besuch beim Bischof schien ihm die passende Gelegenheit zu sein. So ein Bischof hatte bestimmt einen Blick fürs Wesentliche. Stern schlüpfte in das Kalbslederkunstwerk und machte sich zu Fuß auf den Weg zum Bischof, nicht ohne jeden einzelnen Schritt in seinen sündhaft teuren Schuhen zu genießen. Als die Glocke des nahegelegenen Neuen Linzer Doms ihren ersten Schlag vom Acht-Uhr-Geläut erklingen ließ, passierte Stern das prächtige Eingangstor des alten Linzer Gebäudes, und als der letzte Schlag ertönte, betrat er etwas außer Atem das Empfangszimmer von Bischof Dominik Moser im dritten Stock.

»Grüß Gott, Herr Stern!« Der Bischof kam hinter seinem Schreibtisch hervor und streckte dem Chefinspektor die Hand zum Gruß entgegen.

Ein freundlicher Mann, dieser Bischof, dachte Stern. »Grüß Gott, Herr Bischof. Danke, dass Sie mich so kurzfristig empfangen.«

»Für die Polizei, unsere tapferen Freunde und Helfer, stehe ich immer zur Verfügung«, sagte der Bischof lächelnd und deutete auf eine übermäßig dick gepolsterte Sitzgruppe aus barocken Stühlen und einem dazu beinahe filigran wirkenden Tisch, der wohl das Gewissen anlässlich der übrigen kostbaren Ausstattung der Büroräumlichkeiten erleichtern sollte. »Was kann ich für Sie tun?«, erkundigte sich Bischof Moser nach Sterns Begehr.

»Wie Sie sicher wissen, ist Pfarrer Siebert aus Liebenau in seiner Kirche ermordet worden.«

»Oh ja! Eine schreckliche Sache! Wirklich schrecklich.« Der Bischof hob die Hände wie zum Gebet und schüttelte bedauernd den Kopf.

»Ja, das ist es. Mir ist zu Ohren gekommen, dass Pfarrer Siebert erst kürzlich bei Ihnen gewesen ist.«

»Ja?« Der Bischof zeigte sich hinsichtlich dieser Information überrascht. Wahrscheinlich, weil Stern überhaupt Kenntnis davon hatte.

»Was war der Grund für dieses Treffen?«, hakte Stern nach.

»Daran kann ich mich nicht erinnern. Wann soll das denn gewesen sein?«, wollte der Bischof wissen.

»Das kann ich Ihnen leider nicht sagen. Aber vielleicht sollten wir Ihren Sekretär bemühen, nach dem genauen Termin in Ihrem Terminkalender zu suchen?« Stern wollte schon aufstehen, als der Bischof eine scheinbar göttliche Eingebung hatte.

»Jetzt erinnere ich mich«, sagte er hastig, was Stern auf seinen Stuhl zurücksinken ließ. »Er ist tatsächlich hier gewesen, aber sein Kommen hatte lediglich private Gründe. Es tut mir leid, dass ich Ihnen nicht weiterhelfen kann.«

»Herr Bischof!«, unterbrach Stern sein Gegenüber scharf. »Ich ermittle hier in einem Mordfall. Da gibt es keine Privatangelegenheiten. Auch nicht in der Kirche und ebenso …«

»Die Beichte! Er ist bei mir zur Beichte gewesen«, rief Bischof Moser und wirkte erleichtert, dass ihm dieser Rettungsanker der kirchlichen Gemeinschaft, wo alles streng vertraulich behandelt werden musste, gerade noch rechtzeitig eingefallen war.

»Die Beichte also.« Sterns Ärger wuchs augenblicklich um ein Vielfaches an. »Sie wollen mir also nicht sagen, warum Sie den Pfarrer zu sich zitiert haben?«

»Ich kann Ihnen versichern, dass es nichts mit seinem Tod zu tun hat.«

»Sie sollten es mir überlassen zu entscheiden, was alles mit seinem Tod zu tun hat und was nicht«, erwiderte Stern genervt. Es war immer das Gleiche, wenn sie in Kirchenkreisen ermittelten. Die Redseligkeit der Priester und Ordensleute ließ mehr als zu wünschen übrig.

»Es tut mir leid.« Der Bischof hob entschuldigend die Hände und tat, als stünde er auf der Kanzel und predigte zu seiner Herde. Vor ihm stand jedoch nur ein einziges Schaf, welches von Augenblick zu Augenblick bockiger wurde und dem aufgefallen war, dass die Information, die er dem Geistlichen mit seiner Aussage bewusst hatte zukommen lassen, nämlich, dass er ganz genau wusste, dass der Liebenauer Pfarrer nicht freiwillig zu seinem Chef gepilgert, sondern einem Befehl gefolgt war, diesen kaum merklich hatte zusammenzucken lassen. Diesen Umstand nutzte er und legte noch ein Schäufelchen nach.

»Sollte sich herausstellen, dass Sie mir Informationen, die für den Fall dienlich sind, vorenthalten, kann ich ganz schön ungemütlich werden, auch wenn Sie glauben, im Dienste der Kirche zu handeln. Und sollte ich herausfinden, was es mit dieser ominösen Liste auf sich hat, auf der ebenso der Name von Pfarrer Siebert steht, und diese Liste etwas mit den Todesfällen zu tun hat, garantiere ich Ihnen, dann gehe ich bis zum Papst und reiße Ihnen anschließend den Allerwertesten auf!« Stern stand auf, zupfte sein Jackett zurecht und ließ den Bischof mit offenem Mund auf seinem gepolsterten Stuhl sitzend zurück. Beim Rausgehen knallte er die Tür hinter sich zu.

8. KAPITEL

Mara Grünbrecht klemmte seit dem Telefonat mit Stern hinter ihrem Computer und durchforstete das Internet und sämtliche Social Medias auf Vampirgeschichten rund um die aktuellen Mordfälle in Liebenau und Linz. Sie wünschte sich, dass zumindest einer ihrer kranken Kollegen wieder so weit fit wäre, dass er ins Büro käme. Sie konnte Hilfe nämlich wirklich gut gebrauchen.

»Ihre Enkelin hat recht!«, begrüßte sie ihren Chef anstatt der üblichen Begrüßungsfloskeln, als dieser die Dienststelle des Landeskriminalamtes in der Nietzschestraße betrat.

»Ja? Womit denn? Sie ist zwölf. Im Augenblick hat sie mit allem recht«, erwiderte Stern zynisch.

»Auf Facebook ist nahezu ein Hype ausgebrochen. Die Gemeinde Liebenau hat mittlerweile an die 800.000 Likes. Wenn man bedenkt, dass bis vor wenigen Tagen kaum jemand etwas von Liebenau gehört hat, ist das schon bemerkenswert. Noch viel bemerkenswerter allerdings ist, dass man in Liebenau erstaunlich viel über Vampire zu wissen scheint. Wie sie leben, wo man sie am ehesten antreffen kann, aber auch, wie man sie tötet. Dazu wird beinahe minütlich etwas gepostet.« Grünbrecht las laut vor: »Weißdornpfähle, wie bei dem Opfer im Bergschlösslpark, mitten durchs Herz und angepfählt im Sarg, damit sie nicht wieder auferstehen können. Dann noch Silberkugeln …«

»Knoblauch und Kreuze helfen nicht. Die vertreiben die Vampire bloß, töten sie aber nicht«, wusste Hermann

Kolanski, Gruppeninspektor am Landeskriminalamt und bis gerade eben im Krankenstand, da er sich bei einem Radunfall das rechte Bein gebrochen hatte. Er humpelte zur Tür herein, was bei ihm aufgrund seiner großen schlanken Statur sogar irgendwie cool aussah, und hielt in seinen Händen ein Buch über Vampire, aus dem er eben zitiert hatte. Seine dunklen Haare waren nach Sterns Dünken im Krankenstand weiter gewachsen und für einen Polizeibeamten viel zu lang, doch der Chefinspektor wusste, dass Kolanski die Unordnung auf seinem Kopf hegte und pflegte wie andere ein sündhaft teures Paar Kalbslederschuhe. Deshalb sagte er nicht, dass er meinte, Kolanski würde dringend zu einem Friseur gehören.

»Wow! Wir jagen also tatsächlich einen Vampir«, sagte Stern spöttisch, aber auch erfreut, den Kollegen zu sehen. Aber nur Grünbrecht sprach aus, was scheinbar beide dachten.

»Schön, dich zu sehen. Wieso bist du schon hier?« Dabei deutete sie auf Kolanskis eingegipstes Bein.

»Ich hab von den Vampirmorden in den Nachrichten gehört und gelesen, und da dachte ich mir, dass ihr Hilfe sicher gut gebrauchen könnt, jetzt, wo Mirscher auch ausfällt. Und ständig nur vor der Glotze sitzen ist nicht so mein Ding. Im Augenblick übertragen sie im Fernsehen nur Fußball, Fußball, Fußball.« Im Gegensatz zu den meisten seiner männlichen Kollegen konnte ihn dieser Sport, bei dem 22 Männer einem Ball hinterherjagten, nicht sonderlich begeistern. »Hier kann ich euch zumindest vom Büro aus unterstützen.« Kolanski setzte sein unwiderstehlichstes Lächeln auf und entblößte dabei zwei perfekte Zahnreihen.

»Das kannst du in der Tat«, erwiderte Stern und klopfte ihm auf die Schulter.

»Wie lange wirst du dieses Ding denn noch haben?«, fragte Grünbrecht mit Blick auf das Gipsbein, auf dem unzählige Unterschriften verewigt standen.

»Drei Wochen, sagt der Arzt.«

»Drei Wochen noch?«, wiederholte Stern und überlegte im Geiste, wie er den Kollegen in diesen drei Wochen am besten würde einsetzen können. Mit so einem gebrochenen Bein waren die Möglichkeiten leider ziemlich eingeschränkt. »Los, setz dich! Wir bringen dich auf den neuesten Stand.« Stern und Grünbrecht erzählten dem Kollegen alles über die beiden Mordfälle in Liebenau und Linz. Sie berichteten über die Einvernahme der Liebenauer Bevölkerung und erwähnten auch die Reaktion von Köhlingers Witwe. Zuletzt besprachen sie, dass sowohl Revierinspektor Plattlbauer als auch der Gerichtsmediziner Dominik Weber etwas von Vampiren dahergeredet hatten und dies wohl der Grund dafür war, warum die Presse seither nur noch von Vampirmorden berichtete.

»Und die sozialen Netzwerke! Auch die sind voll von der Vampirtheorie«, erklärte Kolanski und auch, dass er zu Hause Zeit genug gehabt habe, sie zu studieren.

»Ja, das wissen wir. Sterns Enkelin hat uns darüber in Kenntnis gesetzt«, erzählte Grünbrecht.

»Deine Enkelin?« Kolanski zog die Augenbrauen überrascht hoch und Stern seufzte.

»Ja«, brummte er. »Aber ihr glaubt diesen Blödsinn doch nicht etwa?«

»Natürlich nicht!«, beeilte sich Kolanski mit einer Antwort. Dabei funkelten seine Augen und Stern fragte sich, ob er den Kollegen ernst nehmen konnte oder ob der versuchte, ihn aufs Glatteis zu führen. Deshalb entschied er, seine Antwort zu übergehen, und stellte sich hinter Grünbrecht, damit er einen Blick über ihre Schulter auf deren

Monitor werfen konnte. Dort rollte nämlich gerade die Facebook-Seite der Gemeinde Liebenau mit unzähligen Einträgen über Vampire herunter. Stern selbst hatte sich nie für Facebook interessiert und die Recherche in den sozialen Netzwerken immer seinen Kollegen überlassen. Die waren jünger und kannten sich mit solchen Dingen viel besser aus. Er hingegen interessierte sich nicht für Social Media, weder für Facebook noch für Twitter und schon gar nicht für Instagram. Wenn er etwas zu sagen hatte, dann wollte er das aussprechen und nicht irgendwo hineintippen. Doch dann schoss ihm ein ganz anderer Gedanke durch den Kopf.

»Geben Sie doch mal Melanie Berger ein«, bat er Grünbrecht, die vorerst nichts von ihrer Überraschung durchscheinen lassen wollte und tat, wonach ihr Chef sie gebeten hatte. Jedoch war die Seite von Sterns Enkelin nur für deren Freunde einsehbar.

»Sie spionieren Ihrer Enkelin doch nicht etwa hinterher?«, fragte sie dann aber doch.

»Spionieren würde ich das nicht gerade nennen. Ich sorge mich halt ein wenig um sie. Sie ist zwölf. Mein Gott, das ist ein kritisches Alter.«

»Das rechtfertigt noch lange nicht, dass Sie ihr hinterherschnüffeln«, verlautbarte Grünbrecht ihre Meinung. »Wenn sie da dahinterkommt, haben Sie ihr Vertrauen verspielt«, nahm sich die Gruppeninspektorin heraus anzufügen.

Hermann Kolanski grinste, weil er mitbekam, wie Stern schnaubte. Der Gruppeninspektor saß hinter seinem Schreibtisch und lagerte das rechte Bein auf einem Stuhl hoch. Mittlerweile hatte auch er die Facebook-Seite der Gemeinde Liebenau am Bildschirm aufgerufen.

»Kaum zu glauben, was die Leute so alles posten. Da sitze ich ja bis nächste Woche, um das alles durchzuackern«, warf er ein, damit die Situation wegen Sterns Enkelin nicht eskalierte.

»Posten? Was heißt hier posten?«, hakte Stern nach, ebenso froh, das Thema wegen seiner als übertrieben dargestellten Sorge wegen Melanies möglicherweise beginnenden pubertären Leichtsinns wechseln zu können.

»Posten heißt nichts anderes als schreiben«, erklärte Grünbrecht ihrem Chef.

»Dann sagen Sie halt auch schreiben«, keifte Stern. »Sonst versteht Sie ja keiner.«

»Alle verstehen das«, sagte Kolanski ungerührt.

»Kaum zu glauben, dass meine Enkelin da mitmacht«, brummte Stern halblaut, als er mehrere Einträge auf der Liebenauer Facebook-Seite über Grünbrechts Schulter hinweg gelesen hatte.

»So schlecht ist das nun auch nicht. Jetzt wissen wir wenigstens darüber Bescheid, was sich auf Facebook so alles tut, und wenn wir Glück haben, meldet sich der Mörder ebenfalls dort zu Wort. Das ist wie bei einem realen Tatort, wo manche Täter ebenso gerne zuschauen, wenn die Einsatzkräfte zu ermitteln beginnen«, zeigte Grünbrecht auf. »Also seien Sie nicht ganz so streng mit ihr. Sie kommt in ein Alter, in dem sie vieles selber ausprobieren und nicht fertig serviert vorgesetzt bekommen möchte.«

Stern brauchte eine Weile, um sich Grünbrechts Worte durch den Kopf gehen zu lassen. »Sie haben vielleicht recht«, pflichtete er ihr bei. Trotzdem nahm er sich vor, Melanie einen ergiebigen Vortrag über die Gefahren des Internets, vor allem über unüberlegte Einträge und deren Spätfolgen, zu halten. Aber das wollte er erst tun, wenn diese Fälle abgeschlossen waren, denn vielleicht brachte diese Facebook-Sache tatsächlich weitere sachdienliche Informationen ans Tageslicht. Und vielleicht hatte Grünbrecht auch dabei recht, dass sich der Täter dort höchstpersönlich zu Wort meldete, weil er sich angestachelt, nicht ernst genommen oder sonst irgendwie dazu motiviert fühlte. Was wusste er schon, was in so einem kranken Gehirn vorging, das zwei Menschen ausbluten ließ und schön drapiert für die Öffentlichkeit platzierte? »Haben wir den eigentlichen Tatort von dem Mord in Linz schon gefunden?«, fragte er stattdessen.

»Nein.« Grünbrecht schüttelte den Kopf. »Wir haben alle Gebäude, die infrage kommen, durchsucht – nichts!« Grünbrecht schloss den Browser und überließ es Kolanski, im Internet weiter nach brauchbaren Informationen zu suchen. Durch das Gipsbein konnte er ohnehin bei den Außeneinsätzen nicht mit. »Was ist mit dem Pfarrer aus Liebenau? Gibt es da etwas Neues?«

»Der ist angeblich wegen so einer Sache zum Bischof zitiert worden, über die der Bischof aber nicht reden will. Er beruft sich auf das Beichtgeheimnis«, berichtete Stern von seinem Besuch beim geistlichen Linzer Oberhaupt.

»Eh klar, was sonst.« Grünbrecht schüttelte den Kopf, als hatte sie nichts anderes erwartet.

»Außerdem behauptet die Pfarrersköchin, dass der Pfarrer mindestens jeden zweiten Tag ins örtliche Gasthaus gepilgert ist, aber die Wirtin will ihn dort nicht gesehen haben. Auch hat die Stammtischrunde diesbezüglich nichts erwähnt. Also, wohin ist der Pfarrer nachts verschwunden? Und weswegen hat er zum Rapport zum Bischof müssen?« Stern sah seine Kollegen erwartungsvoll an. Vielleicht hatten sie eine zündende Idee, die sie weiterbrachte.

»Das sind alles gute Fragen«, sagte Kolanski, während er mit einem Kugelschreiber in den Schaft seines Gipses fuhr und dort herumstocherte, um den Juckreiz zu lindern.

»Noch besser wären Antworten«, brummte Stern und verließ das Büro der Kollegen. In seinem eigenen ließ er sich in den Lederdrehstuhl fallen. Er brauchte unbedingt die Liste des Bischofs mit all den Namen jener, die zum Rapport gerufen worden waren oder noch wurden. Um die zu erhalten, würde er sich wohl in die Hände von Eleonore Winkler, der Reporterin der OÖ. News, begeben müssen, die hoffentlich im Besitz dieser Liste war. Die Information über deren Existenz stammte schließlich von ihr. Aber er würde ihr etwas anbieten müssen. Einfach so würde die Presse-Lady dieses bedeutungsvolle Schriftstück nicht herausrücken. Außerdem hoffte er, sie zu einer etwas zurückhaltenden Berichterstattung überreden zu können. Bormann, der Dienststellenleiter des Landeskriminalamtes Oberösterreich, würde ihn ansonsten für jede einzelne Zeile, die in einer Zeitung abgedruckt wurde und die die Mordfälle in Liebenau und Linz zum Thema hatte, verantwortlich machen, ob er es nun war oder nicht. In diesen Gedanken hinein läutete sein Handy.

»Stern!«

»Grüß dich! Weber hier«, erklang die Stimme des Gerichtsmediziners.

»Grüß dich, Weber. Was gibt es?«

»Ich hab einen vorläufigen Bericht fertig. Ich schicke ihn dir rüber, du bekommst ihn per Mail.«

»Du kannst ihn mir gerne vorbeibringen«, warf Stern ein in der Hoffnung, der Gerichtsmediziner würde die Aufforderung richtig verstehen. »Du bekommst auch einen Kaffee.«

»Dieses braune Gesöff bei euch auf der Dienststelle kannst du dir sonst wohin schütten, Stern. Damit kannst du niemanden locken und mich schon gar nicht. Ich schicke dir den Bericht mit einer Mail«, erwiderte Weber.

»Mit einer Mail«, wiederholte Stern und seufzte. Wollte denn gar keiner mehr vernünftig reden? Wie es aussah, konnte auch er sich den neuen Medien und Techniken nicht länger widersetzen. »Also gut, dann halt mit einer Mail. Hat sich am Inhalt denn etwas verändert?«

»Nein. Es ist alles so, wie ich es dir schon gesagt habe. Lediglich beim Todeszeitpunkt vom Opfer im Bergschlösslpark stehen noch Untersuchungen an. Du weißt schon, die nächtlichen Temperaturen und der hohe Blutverlust erschweren hier eine Feststellung. Aber wir sind dran.«

»Was gibt es sonst noch?«

»Beide Opfer sind mit Ketamin betäubt worden und anschließend verblutet, weil man ihre Halsschlagader perforiert hat. Opfer Nummer zwei wurde zusätzlich ein Weißdornpflock mitten ins Herz gerammt, aber post mortem. Diese Maßnahme hat nicht dem Tötungszweck gedient, hatte also andere Hintergründe so wie auch jene, dass Opfer Nummer eins mit Seilen umwickelt auf dem Altar abgelegt worden ist. Wenn du mich fragst, will man uns glauben lassen, dass das Ganze etwas mit Vampirismus zu tun hat.«

»Das scheint auch wunderbar zu klappen«, murmelte Stern und dachte an Kolanski, der mit einem Buch über Vampire heute zur Arbeit erschienen war. »Alle Welt redet bereits von den Vampirmorden. Hast du schon Zeitung gelesen?«

»Ja, aber von mir haben die das nicht«, wehrte sich Weber sofort gegen die Beschuldigungen, die Stern noch gar nicht ausgesprochen hatte, aber hätte tun wollen. Doch jetzt verkniff er sie sich.

»Das weiß ich doch, Weber. Danke für deinen Bericht, den ich dann also … per Mail bekomme.« Stern verdrehte die Augen.

»Und noch etwas.«

»Ja?« Stern hörte nur noch mit einem Ohr zu, da er seinen Computer einschaltete und sich Gedanken machte, wie er zu besagter Mail von Weber wohl käme. Niemand auf der Dienststelle schickte ihm Mails. Alle wussten, dass er Papier bevorzugte. Warum musste ausgerechnet Weber damit anfangen, wo er doch schon seinen Ruhestand vor Augen hatte? Oder war es vielleicht gar Webers Absicht, ihn vorzeitig in Rente zu drängen, weil er nicht mehr mitkonnte? Weil er es nicht mehr raffte? Nein, da hatte Weber die Rechnung ohne ihn gemacht. Er vollführte einen Doppelklick auf dem Desktop und schon sprang das Mailprogramm auf.

»Die Spusi hat angeblich einen Fingerabdruck gefunden«, redete Weber weiter und erlangte dadurch erneut die Aufmerksamkeit des Chefinspektors.

»Wo?«, wollte der sofort erfahren und fragte sich, warum er nichts davon wusste.

»Am Gürtel des Pfarrers«, offenbarte Weber gedehnt. Es schien, als würde er es genießen, dass er davon Kenntnis hatte und Stern nicht.

»Am Gürtel?«, wiederholte Stern überrascht.

»Ja, und zwar auf der Innenseite. Aber es ist nicht sein eigener, wie man vielleicht glauben könnte, sondern der von jemand Unbekanntem. Das hat mir alles Mirscher erzählt.« Stern spürte selbst durch die Telefonleitung, dass der Gerichtsmediziner grinste. Der Tonfall seiner Stimme lag eine Spur zu hoch.

»Mirscher, diese alte Tratschtante. Ich dachte, der ist krank«, schnaubte er verärgert.

»Wenn das kein Gespenst gewesen ist, das ich gesehen habe, dann ist er wieder da«, lachte Weber nun ganz offen.

»Danke dir trotzdem, Weber.« Stern wischte über das Display und beendete das Gespräch. Dann wählte er umgehend Mirschers Nummer. Gleichzeitig ertönte draußen im

Flur das Klingeln eines Handys. Edwin Mirschers Klingelton hallte durchs LKA.

»Wenn man vom Teufel spricht«, murmelte Stern und steckte sein Handy weg, bevor der Kollege rangegangen war. Er trat hinter dem Schreibtisch hervor und verließ das Büro. Draußen im Flur lief ihm Mirscher über den Weg, Unterlagen von der Spurensicherung unter die Achsel geklemmt und über das Display seines Handys wischend.

»Grüß dich, Mirscher. Ich dachte, du bist noch krank?«, sagte er.

»Magenverstimmung. Es geht schon wieder«, antwortete der Kollege und drückte als Untermauerung seiner Behauptung eine Tablette aus einer silbrigen Packung, die er aus der Brusttasche seines Hemdes zog. Die Kapsel steckte er in den Mund und schluckte sie, ohne mit Wasser nachzuspülen, hinunter.

»Und deine Erkrankung hat nichts mit der Fußballweltmeisterschaft zu tun?«, stichelte Stern.

»Spinnst du! Was unterstellst du mir da?«, reagierte Mirscher aggressiv, wandte sich ab und schritt seinem Chef voran in das Gemeinschafsbüro. Dort knallte er die Unterlagen der Spurensicherung auf seinen Schreibtisch.

»Nichts!«, erwiderte Stern rasch, da er merkte, dass seine lapidar geäußerte Anspielung auf Mirschers Fußballinteresse nicht gut angekommen war. Darüber erstaunt, da der Kollege ansonsten nicht so eingeschnappt reagierte, folgte er ihm ins Büro. »Bormann hat gemeint, du hättest eine Darmgrippe. Nicht, dass du uns jetzt alle damit ansteckst.« Dass die halbe Mannschaft wegen eines zu bald im Dienst erschienenen Kollegen erkrankte, konnte er nicht gebrauchen. Nicht jetzt, wo sie zwei Mordfälle aufzuklären hatten.

»Keine Angst, es ist keine Darmgrippe. Wie gesagt, Magenverstimmung.« Mirscher hielt die Tablettenverpackung als Beweis für seine Behauptung in die Höhe. Stern kniff die Augen zusammen, konnte aber nicht entziffern, was auf der Verpackung stand. Also entschloss er sich, dem Kollegen zu glauben.

»Hast etwas Falsches gegessen?«, hakte Kolanski indessen nach.

»Was soll das denn werden? Ein Verhör?«, brauste Mirscher unerwartet auf. »Lasst mich einfach in Ruhe! Sonst gehe ich zum Arzt und lass mich wieder krankschreiben.« Der Gruppeninspektor setzte sich hinter seinen Schreibtisch und kramte in den Unterlagen darauf herum.

Stern zog angesichts des überraschenden Gefühlsausbruchs Mirschers die Augenbrauen hoch und warf einen Blick hinüber zu Grünbrecht, die ihren Kopf zwischen den Seiten von Kolanskis Vampirbuch verschwinden ließ und sich nicht dazu äußerte, was Stern misstrauisch machte. Schließlich hatte er noch vor nicht allzu langer Zeit gedacht, sie und Mirscher wären ein Paar. Aber so, wie sie sich im Augenblick verhielt, waren sie das entweder nie gewesen, oder die Affäre hatte ein unglückliches Ende gefunden.

»Ich hab gehört, dass du etwas für mich hast«, wechselte Stern das Thema, was ihm im Augenblick klüger erschien.

»Wer war denn das alte Tratschweib?« Mirscher hatte sich wieder gefangen, reagierte aber dennoch zurückhaltend.

»Ich würde meinen, da haben sich die zwei Richtigen gefunden«, versuchte Stern sich erneut im Scherzen, wohl wissend, damit dünnes Eis zu betreten. Denn wenn Mirscher bereits explodiert war, als er versucht hatte, zwischen seiner plötzlichen Erkrankung und dem Beginn der Fußballmeisterschaft eine Verbindung herzustellen, wie würde er reagieren, wenn er ihn nun als Tratschweib bezeichnete?

Aber der Kollege nahm es unerwartet gelassen und riet: »Weber, stimmt's?«

Stern nickte. »Von wem ist der ominöse Fingerabdruck auf der Innenseite des Gürtels?«

»Das wissen wir nicht. Die Person ist nicht in unserer Datenbank. Aber wenn du mich fragst: Ich tippe auf eine Frau.« Mirscher reichte Stern die Unterlagen der Spurensicherung.

»Warum? Weil er auf der Innenseite des Gürtels ist?«, fragte Grünbrecht, ohne den Blick aus dem Buch zu nehmen. Ihre Frage hatte scharf geklungen. Schärfer, als Stern es von ihr gewohnt war.

»Aber nein, das habe ich nicht gemeint. Sondern weil es ein eher zierlicher Fingerabdruck ist, deswegen.« Mirscher antwortete bemüht locker, sah Grünbrecht dabei aber nicht an.

»Sonst noch etwas?« Der Chefinspektor spürte, dass die Spannung anstieg, und war um ein versöhnliches Gesprächsklima bemüht. Es würde sie nicht weiterbringen, wenn sich die Kollegen zerstritten. Das wäre nur hinderlich bei der Aufklärung der Mordfälle. Aber eines war für ihn klar: Er würde Grünbrecht und Mirscher auf gar keinen Fall gemeinsam losschicken können, um in diesen Mordfällen zu ermitteln. Die beiden waren ein Pulverfass, das jederzeit hochgehen könnte. Zu gerne wüsste er, was zwischen ihnen vorgefallen war. Ob er das Gespräch mit ihnen suchen sollte?

»Die Spurensicherung hat ein langes brünettes Haar am Hemd des Pfarrers gefunden«, redete Mirscher weiter.

»Können Sie daraus die DNA extrahieren?«, fragte Stern.

»Ja.«

»Perfekt!« Das waren schon mal gute Neuigkeiten. Stern freute sich darüber.

»Dann, Leute, legen wir los! Mirscher, du rekonstruierst den letzten Tag von Richard Köhlinger und schnappst dir ein paar uniformierte Kollegen, mit denen du alles absuchst, wo Köhlinger an seinem letzten Tag überall gewesen ist. Vielleicht finden wir auf diese Weise den Ort, an dem man ihn ermordet hat. Grünbrecht, wir beide fahren nach Liebenau und versuchen herauszufinden, wer dem Pfarrer in die Innenseite des Gürtels gegriffen und gleichzeitig lange brünette Haare hat.«

»Wer suchet, der findet«, zitierte Kolanski den bekannten Bibelvers, legte sein Gipsbein hoch und grinste. »Viel Vergnügen!«

»Danke!«, antwortete Stern.

Grünbrecht und Mirscher schwiegen.

9. KAPITEL

Eine halbe Stunde später fuhren Chefinspektor Oskar Stern und Gruppeninspektorin Mara Grünbrecht ins Mühlviertel, dieses Mal in einem etwas zügigeren Tempo, da Grünbrecht hinterm Steuer saß. Stern hatte nichts einzuwenden gehabt, als Grünbrecht ihn gebeten hatte, sie mögen doch mit ihrem Wagen nach Liebenau fahren. Nach dem ungeplanten Zusammentreffen von ihr und Mirscher auf der Dienststelle brauchte sie diese Ablenkung wohl, um sich abzureagieren, dachte Stern. Außerdem nahm er sich vor, in den persönlichen Sachen des Pfarrers nach Hinweisen zu suchen, die bei der Aufklärung des Falls hilfreich sein könnten. Als sie das erste Mal in Liebenau gewesen waren, waren sie aufgrund des zweiten Mordfalls an dem Linzer Weinhändler überstürzt abgereist und hatten diese notwendige Untersuchung unterlassen. Bei seinem gestrigen Aufenthalt in Liebenau hatte er um die Gunst der Brückwirtin gebuhlt und es schlicht und einfach vergessen. Es war höchste Zeit, dieses Versäumnis nachzuholen.

Als der BMW die Ortseinfahrt passierte, stellte er erstaunt fest, dass sie für die gesamte Wegstrecke Linz – Liebenau gerade mal die Hälfte der Zeit benötigt hatten, als er dafür am Vortag gebraucht hatte. Ein weiteres Mal staunte er, als sie den Ortsplatz erreichten.

»Was ist denn hier los?« Seit seinem letzten Besuch – und der lag gerade mal einen Tag zurück – hatte sich in Liebenau einiges verändert. Menschentrauben standen vor der Kirche, dem Gemeindeamt und dem Bankgebäude. Der Parkplatz vor dem Brücklwirt war gerammelt voll, sodass Grünbrecht nur übrigblieb, den Wagen direkt vor dem Pfarrhaus abzustellen. Als sie ausstiegen, kam ihnen Revierinspektor Plattlbauer gestikulierend entgegen.

»Was ist denn los, Plattlbauer?«, fragte Stern und deutete auf die Menschenansammlungen.

»Kommen S', Herr Chefinspektor. Die sind wie die Geier!« Plattlbauer wies mit dem Kinn in Richtung der Leute, die sich lautstark unterhielten.

»Wer sind die?«, hakte der Chefinspektor nach.

»Journalisten! Von überall her! Österreich, Deutschland und der Schweiz. Manche sind sogar aus Italien angereist.« Es war Plattlbauer anzusehen, dass ihm nicht wohl in seiner Haut war.

»Aber woher …?«

»Internet, Chef, das liebe Internet«, kommentierte Grünbrecht den Grund für die Anhäufung so vieler Menschen an dem sonst so friedlichen Ort. »Übers Internet verbreitet sich so eine Story rasend schnell, so schnell können Sie gar nicht schauen.«

»Los! Weg hier, bevor die mitkriegen, wer Sie sind!«, drängte Plattlbauer die Kripobeamten. Doch da war es schon zu spät. Die Ankunft des BMW mit Linzer Kennzeichen vor dem Pfarrhaus hatte die Aufmerksamkeit der Journalisten erregt genauso wie Plattlbauers Gezeter. Die Menge setzte sich wie eine Walze in Richtung Pfarrhaus in Bewegung. Plattlbauer fing umgehend zu rennen an und zog Stern hinter sich her. Grünbrecht folgte ihnen. Am Pfarrhaus angekommen, stieß der Revierinspektor die Tür auf und versperrte sie von innen, als die Kriminalbeamten aus Linz die Schwelle übertreten hatten.

»Scheiße!«, keuchte Stern. »Was war das denn gerade?«

»Journalisten! Sie alle wollen etwas über den Vampirmörder wissen und befragen jeden, der sich auf der Straße blicken lässt.«

»Aber wir können doch nicht einfach vor denen davonlaufen, Plattlbauer! Wie sieht das denn aus?« Stern brauchte einen Augenblick, um zu verschnaufen.

»Als ob wir mit denen nicht reden wollen?«, antwortete der Revierinspektor mit dem Naheliegendsten.

»Schon, aber das können wir denen doch sagen.«

»Ja, mei! Das habe ich mehrmals versucht. Aber Sie haben ja keine Ahnung, wie hartnäckig die sind. Die haben auch die …« Plattlbauer verstummte.

»Ja? Was haben die?«, hakte Stern nach, da er spürte, dass das längst nicht alles gewesen war.

Statt einer Antwort deutete der Revierinspektor den Kriminalbeamten, sie mögen ihm doch lieber in den Pfarrsaal, den provisorisch eingerichteten Vernehmungsraum, folgen. Dort saß auf einem Stuhl Herta Bachmeier, die Wimperntusche völlig verschmiert, da sie anscheinend geweint hatte. Heute trug sie ein knielanges rosa Kleid mit grünen und roten Blumen darauf, das bis zur Hälfte ihrer Oberschenkel hochgerutscht war und einen Blick auf ihre strammen Beine gewährte. Stern musste zuerst seine Augen von diesem ungewöhnlichen Anblick loseisen und fragte dann völlig überflüssig: »Ihnen haben wir den ganzen Rummel also zu verdanken?«

Die Pfarrersköchin nickte und schnäuzte sich geräuschvoll. Als sie etwas sagen wollte, kam nur ein unzusammenhängendes Gestotter heraus. Plattlbauer eilte ihr sofort wie ein edler Prinz zur Hilfe.

»Sie hat nicht gemerkt, als sie von einer Frau auf der Straße angesprochen worden ist, dass es sich dabei um eine

Journalistin gehandelt hat. Deshalb hat sie ihr alles bereitwillig erzählt, brühwarm, wie man bei uns so schön sagt. Man will ja schließlich nicht unhöflich sein, auch nicht zu Fremden.«

»Das hat sie gesagt?«, fragte Stern, der kaum glauben konnte, dass dies die korrekte Übersetzung von Herta Bachmeiers Gefasel gewesen war, das kein Mensch hatte verstehen können. Gewiss auch nicht der Revierinspektor.

»So in etwa«, bestätigte Plattlbauer im Brustton der Überzeugung.

»Und auf Facebook? Wer hat die Facebook-Seite von Liebenau mit all diesem Vampir-Zeug gefüllt?«, wollte Stern nun auch in diese Sache Licht ins Dunkel bringen.

»Das ist der Bürgermeister gewesen. Der hat den ganzen Tamtam halt nutzen wollen, um Liebenau bekannter zu machen und Touristen zu uns ins schöne Mühlviertel zu locken. Aber ich habe ihm eh schon gesagt, dass er das so nicht machen kann, sondern nur allgemeine Dinge posten darf und keinesfalls etwas im Zusammenhang mit diesen schlimmen Mordfällen.«

»Posten«, wiederholte Stern, weil er dieses Wort bereits zum zweiten Mal hörte.

»Na, reinschreiben halt«, fühlte sich Plattlbauer bemüßigt zu erklären.

»Ich weiß, was posten heißt«, brummte Stern, was ein verräterisches Zucken um Grünbrechts Mundwinkeln auslöste.

»Aber die Bachmeier hat keine bösen Absichten gehegt«, kam Plattlbauer zur eigentlichen Sache zurück.

»Das sagen alle«, meinte Grünbrecht und stellte sich mit verschränkten Armen vor die Pfarrersköchin, um sie genauer anzusehen. Wie ein Häufchen Elend saß sie dort und sagte kein Wort. Wer wusste, wie lange Plattlbauer sie bereits hier festhielt.

»Zu ihrem eigenen Schutz«, erklärte der dann auch schon.

»Schon gut«, winkte Stern ab. Sie konnten ohnedies nichts mehr unternehmen, um den Schaden in der Öffentlichkeit zu begrenzen. All jene, die scharf auf Vampirgeschichten waren, würden ab nun an in den Ort einfallen wie Heuschrecken in ein Maisfeld. Aber das war nicht seine Angelegenheit. Damit musste die Liebenauer Bevölkerung klarkommen. Er und seine Kollegen hatten zwei Mordfälle aufzuklären.

»Frau Bachmeier, lassen Sie uns bitte für einen Augenblick allein«, komplimentierte er die Pfarrersköchin vor die Tür. »Aber nicht weggehen, wir brauchen Sie noch.« Herta Bachmeier stand auf und verließ den Pfarrsaal mit hängenden Schultern. Nicht einmal ihre bunte Kleidung vermochte heute Fröhlichkeit auszustrahlen. Grünbrecht schloss hinter ihr die Tür.

»Plattlbauer, was wir Ihnen jetzt sagen, ist noch ganz geheim und darf unter keinen Umständen diesen Raum verlassen«, richtete Stern das Wort an den Revierinspektor. Er hoffte, dass er es eindringlich genug verkündet hatte, denn eine weitere Panne mit den Medien durfte ihnen nicht passieren.

Plattlbauer nickte aufgeregt.

»Wir suchen eine Frau. Beim toten Pfarrer hat die Spurensicherung einen Fingerabdruck und ein langes, brünettes Haar gefunden. Bringen Sie uns bitte eine Einwohnerliste von Liebenau«, verlangte Stern.

»Ja wie denn? In Liebenau wohnen an die 1.600 Leute! Wir werden doch nicht alle …«

»Und wie viele davon sind Frauen?«, unterbrach Grünbrecht das entflammte Aufbegehren des Revierinspektors. Dieser geriet dadurch ins Stottern.

»Vielleicht die Hälfte?«, riet er.

»Und wie viele davon sind brünett?« Grünbrecht nahm eine Strähne ihrer eigenen dunkelbraunen Locken und tat, als könnte sie von ihnen die richtige Zahl ablesen.

»Vielleicht ein Drittel?«

»Und wie viele davon sind in etwa so alt wie der Pfarrer?«

»Da gibt's nimmer so viele.«

»Sehen Sie, und genau die brauchen wir.« Grünbrecht tippte mit ihrem Zeigefinger gegen Plattlbauers Brust und lächelte ihn an. Der schmolz dahin wie das Wachs einer Kerze unter einer Flamme.

»Ich rede währenddessen noch einmal mit der Frau Bachmeier«, schaltete sich Stern wieder ein. Er war sich sicher, dass der Revierinspektor nun alles tat, was Grünbrecht von ihm verlangte, auch wenn das wäre, sich vor den nächsten Zug zu werfen. Ihre Wirkung auf Männer war Stern nach wie vor ein Rätsel, obwohl er bereits einige Zeit mit ihr zusammenarbeitete. Die frechen Locken und ihre haselnussbraunen Augen brachten jeden Mann ins Schwärmen, wenn Grünbrecht es wollte. Und manchmal wollte sie es, so wie gerade eben, als sie Plattlbauer den Kopf verdreht hatte. Er dachte an Edwin Mirscher und dass er geglaubt hatte, die beiden hätten ein Verhältnis. Wie es aussah, war an der Sache nichts dran.

»Gut, aber seien S' vorsichtig. Die Frau hat Haare auf den Zähnen«, sagte Plattlbauer zu Stern, bevor er in Richtung Gemeindeamt das Pfarrhaus verließ. Aus dem Fenster sah Stern, wie Plattlbauer auf der Straße sofort von Reportern mit Fragen bombardiert wurde. Seine Proteste, die Meute solle sich doch zum Teufel scheren oder sonst wohin, gingen im Trubel unter.

»Holen Sie mir die Pfarrersköchin herein«, bat Stern seine Kollegin. Die kam der Aufforderung nach und begleitete die Frau in den Pfarrsaal. Herta Bachmeier war mit den Nerven völlig am Ende. Ihre Augen waren gerötet, das Make-up verschmiert, die Hände zitterten, und die rot gefärbten Haare standen noch wirrer vom Kopf ab als sonst.

»Frau Bachmeier, erzählen Sie uns, wie das passiert ist, das mit der Reporterin«, forderte Stern die Frau auf, als sie ihm gegenüber auf dem Stuhl Platz genommen hatte. Aus seiner Sicht war es nämlich durchaus ein grobes Vergehen, Details von einem Mordfall an die Öffentlichkeit preiszugeben, auch wenn man meinte, man verbreite bloß Klatsch und Tratsch. Aber da müsste man wahrscheinlich den ganzen Ort verhaften, dachte er dann, denn getratscht wurde in Liebenau jeden Tag und jede Stunde. Bestimmt auch in diesem Augenblick. Also beschloss er, nachsichtiger mit der Frau zu sein.

Grünbrecht setzte sich auf die Kante des Tisches und verschränkte die Arme vor der Brust. Anscheinend war sie bereit, den bösen Cop zu spielen, sollte es notwendig werden.

»Was soll ich sagen? Ich bin halt ein Depp!«, ging Herta Bachmeier gleich selbst streng mit sich ins Gericht. »Aber die Frau hat so vertrauenswürdig ausgesehen, wissen S'? Ich dachte, die wäre vom Nachbarort, eine, die ich halt noch nicht kenne. Und da hab ich ihr alles erzählt, was ich g'wusst hab. Es reden ja eh schon alle darüber, hier bei uns in Liebenau, was da Schlimmes passiert ist.«

»Die Frau, mit der Sie geredet haben, wie sah die denn aus? Können Sie sie uns beschreiben?«

»Ja, mei. Dunkelhaarig ist sie halt gewesen, klein und zierlich. Hübsch war sie auch, und ein Kostüm hat sie angehabt, ein graues. Fesch halt.« Die Pfarrersköchin warf einen Blick auf Grünbrecht. »So wie sie!«

»Eleonore Winkler«, brummte Stern.

»Sie kennen die Frau?« Herta Bachmeier blickte überrascht auf.

»Ja.«

»Na, dann ist's ja gut.«

»Nix ist gut! Diese Frau macht aus einer Mücke einen Elefanten. Aus jeder Mücke, verstehen Sie?«, schoss es aus Grünbrecht heraus, sodass die Bachmeier ob der Heftigkeit zusammenzuckte.

»Oje, es tut mir ja so leid«, wisperte sie und war schon wieder den Tränen nahe.

»Schon gut«, schaltete sich Stern wieder ein, um Grünbrecht zu bremsen. Den bösen Cop brauchten sie hier nicht. Die Frau hatte ihnen alles erzählt, was sie hatten wissen wollen. Und er hatte irgendwie Mitleid mit ihr und wollte nicht, dass sie noch einmal zu heulen anfing. »Aber ab jetzt, Frau Bachmeier, keine Gespräche mehr über den Mord mit Leuten, die Sie nicht kennen. Verstanden?«

Herta Bachmeier nickte eifrig. »Wissen S', ich hab das alles ja irgendwie gespürt.« Dabei klopfte sie mehrmals gegen ihre Brust.

»Wie gespürt?«, hakte Grünbrecht nach.

»Da drinnen. Als hätte mir der Teufel die Seele höchstpersönlich herausziehen wollen, als es passiert ist«, redete die Bachmeier weiter.

»Was passiert ist?« Grünbrecht wollte, dass die Frau ihre Aussage präzisierte.

»Na, als der Pfarrer ermordet worden ist. Und auch schon zuvor hab ich es gespürt, dass so etwas kommen wird. Es war so ein seltsames Gefühl, als hätte …«

»Frau Bachmeier, das hatten wir doch schon«, unterbrach Stern die Pfarrersköchin genervt.

»Aber Ihr Chef will mir ja nicht glauben«, sagte die Pfarrersköchin an Grünbrecht gewandt, stand auf und ging zur

Tür. Auf halbem Weg blieb sie stehen und drehte sich um. »Wollen S' einen Kaffee haben?«

»Da sage ich nicht Nein«, antwortete Stern ein wenig versöhnt. Aber das Gefasel der Pfarrersköchin über ihre Gefühle im Zusammenhang mit dem Mord an dem Pfarrer konnte er nicht mehr hören.

»Sie hab ich nicht gemeint«, erwiderte die Bachmeier patzig.

Grünbrecht nickte und sagte: »Ja, bitte.« Dann schielte sie zu ihrem Chef hinüber. Der war von der Antwort der Bachmeier derart überrascht, dass er nichts erwiderte. Er starrte ihr hinterher, wie sie den Vernehmungsraum verließ, ohne dass er wusste, ob er nun einen Kaffee bekäme oder nicht. Währenddessen stürmte Revierinspektor Plattlbauer zur Tür herein. Beinahe stieß er mit Herta Bachmeier zusammen.

»Da draußen geht es zu wie auf einem Volksfest«, japste er. Offenbar war er die Strecke vom Gemeindeamt bis ins Pfarrhaus gelaufen. In Händen hielt er eine lange Liste mit den Einwohnern von Liebenau. Die legte er vor dem Chefinspektor auf den Tisch.

»Was ist das?«, fragte Stern erstaunt.

»Na, die Liste, die Ihre Kollegin haben wollte.«

Stern blätterte die Seiten durch. »Aber da stehen ja alle Namen drauf! Alle 1.633 Einwohner von Liebenau!«

»Anders geht das bei uns nicht. Wir sind schließlich nicht die Kripo.« Plattlbauer war nun eingeschnappt, hatte er doch unter Einsatz seines Lebens diese wichtige Liste besorgt, die in den Augen des Chefinspektors aber nur Schrott zu sein schien.

Mara Grünbrecht zückte ihr Handy und wählte Hermann Kolanskis Nummer.

»Grüß dich, Kolanski. Kannst du mir eine Einwohnerliste von Liebenau besorgen? – Ja, filtere sie bitte mit folgenden Kriterien: weiblich und im Alter des ermordeten Pfarrers – wie alt ist der eigentlich gewesen?«

»So zwischen 40 und 50, würde ich meinen«, sagte Plattlbauer.

»Um die 45«, ermittelte Grünbrecht das Mittelmaß. »Und wenn du die Liste hast, fax sie mir bitte ins Pfarrhaus.«

»Das Pfarrhaus hat kein Fax«, offenbarte die Pfarrersköchin. Sie kam gerade mit zwei Tassen Kaffee herein. Stern bekam demnach auch eine, was ihn freute.

»Mail?« Grünbrecht blickte die Frau neugierig an. Die aber schüttelte verneinend den Kopf.

»Nur der Herr Pfarrer hat eine Mail-Adresse gehabt, aber die kenne ich nicht.«

»Was sonst? Eine Brieftaube etwa?«, fragte Grünbrecht zynisch, da ihr langsam die Möglichkeiten ausgingen. Währenddessen nahm Stern seinen Kaffee dankend entgegen, den ihm die Pfarrersköchin mit einem finsteren Blick reichte. Scheinbar war sie noch immer eingeschnappt.

»Nehmen S' die Mailadresse von der Gemeinde«, schlug indessen Revierinspektor Plattlbauer vor. »Ich hol mir die Liste dann von dort ab.« Er straffte die Schultern und machte sich bereit, einen neuerlichen Parcours durch die Reportermenge anzutreten. Aber um vor den Linzer Kollegen, allen voran vor Gruppeninspektorin Mara Grünbrecht, gut dazustehen, nahm er dies gern – oder beinahe gern – in Kauf.

Grünbrecht gab die Information telefonisch an Hermann Kolanski weiter, der zeitgleich die geforderte Liste erstellte und an das Gemeindeamt in Liebenau mailte. Anschließend warteten die Kripobeamten, bis Plattlbauer mit der Liste vom Gemeindeamt zurückkehrte, was keine zehn Minuten dauerte. Auf der Liste, die er mitbrachte, standen 87 Namen von Frauen, die dem Profil entsprachen. Zwei davon schieden schon mal aus, weil sie seit längerer Zeit nicht mehr in Liebenau lebten, jedoch immer noch hier gemeldet waren. So viel wusste Plattlbauer, weil er die beiden Damen kannte. Zu den anderen konnte er nicht viel sagen.

»Ich schlage vor, wir reden mit der Wirtin. Die kennt im Ort alle am besten. Der Brücklwirt ist ja so etwas wie der zentrale Treffpunkt bei euch, sonst gibt's ja nicht viel, wo man hingehen könnte. Sie kann uns bestimmt mehr über diese Frauen sagen. Außerdem hab ich einen Mordshunger.« Stern freute sich auf einen saftigen Schweinsbraten, obwohl er sicher war, dass Grünbrecht ihm mit einem Salat ein schlechtes Gewissen bereiten würde. Aber dem würde er sich entziehen können – hoffte er.

Die drei Inspektoren öffneten die Tür des Pfarrhauses und prallten gegen eine Wand aus Mikrofonen, Aufnahmegeräten und Kameras, alles entgegengestreckt von Reportern und Vampirjägern, die Liebenau für diesen Augenblick in eine Kleinstadt verwandelten.

»Herr Chefinspektor! Können Sie uns schon sagen, wie …«

»Stern! Wer ist der Vampirmörder und …«

»Warum tut die Polizei nichts gegen …«

»Was gedenken Sie für den Schutz …«

Stern hob beschwichtigend die Hände, um die Masse zum Schweigen zu bringen. Grünbrecht und Plattlbauer positionierten sich beidseitig neben ihm, als müssten sie ihm beistehen, was in gewisser Weise auch zutraf. Mit so einem Überaufgebot an Journalisten und Schaulustigen war der Chefinspektor selten konfrontiert.

»Meine Damen und Herren«, begann Stern laut zu sprechen, damit auch die ganz hinten Stehenden ihn verstehen konnten. »Ich muss mich über Sie wundern. Sie alle kennen das Prozedere bei einem Gewaltverbrechen. Ich kann und darf Ihnen keine Details über laufende Ermittlungen geben. Dafür haben wir die Presseabteilung im Landeskriminalamt in Linz, die gerne Ihre Fragen beantworten wird. Bitte lassen Sie uns jetzt durch!«

»Aber Herr Stern! Wie soll sich die Bevölkerung denn nun schützen? Es hat doch bereits zwei Morde gegeben! Haben wir es mit einem Serienkiller zu tun?« Der Reporter, der das wissen wollte, war von einer regionalen Wochenzeitung.

»Lassen Sie uns unsere Arbeit machen, dann können wir Ihnen das bald beantworten«, erwiderte Stern kühl und begann sich durch die Menge zu schieben, die nur ungern zurückwich. Nach ein paar Metern und Sterns beharrlichem Schweigen gaben die Reporter schließlich auf und griffen zu ihren Handys, um das Spärliche, das sie zu wissen glaubten, an ihre Redaktionen durchzugeben. Der Chefinspektor und seine rechte und linke Hand hier in Liebenau, Gruppeninspektorin Grünbrecht und Revierinspektor Plattlbauer, konnten nun endlich ins Wirtshaus gehen.

»Grüß dich, Miezi!«, rief Plattlbauer beim Betreten der Gaststube.

»Grüß dich, Plattlbauer. Bringst mir wieder den Herrn Chefinspektor mit, was? Auf einen Schweinsbraten, gell?« Die Brücklwirtin lächelte hinter der Theke und zapfte sogleich zwei Halbe Bier. »Oh, und seine Begleitung ist auch da …« Für die Gruppeninspektorin goss sie Mineralwasser in ein Glas.

»Ein Schweinsbraten wäre schon toll«, antwortete Stern, dem sofort auffiel, dass der Wirtin der Schweiß auf der Stirn stand und sich unter ihren Achseln dunkle Ränder gebildet hatten. Kein Wunder, die Gaststube war gerammelt voll.

Eine weitere Folge der Vampirmorde, die sich wie ein Lauffeuer über das ganze Land – und wie Stern nun wusste: auch über die Landesgrenzen hinaus – verbreiteten.

»Die Miezi schwitzt wie der Teufel und ist trotzdem nett zu den Gästen. Das gibt's bei euch in der Stadt gewiss nicht, gell? Da werden die Kellnerinnen grantig, wenn es so zugeht wie jetzt hier bei uns«, sagte Plattlbauer und suchte nach einem freien Platz. Ganz im letzten Winkel, gleich neben der Tür zu den Toiletten, war noch ein Tisch für zwei Personen frei. Den teilten sie sich zu dritt.

»Da haben Sie recht«, pflichtete Stern Plattlbauer bei. Auch er hatte schon so seine Erfahrungen mit unfreundlichem Personal im Gastgewerbe gemacht. Ein weiterer Grund, warum er das Landleben augenblicklich als gar nicht mehr so schlimm empfand. Vielleicht würde er sich sogar daran gewöhnen und im Ruhestand aufs Land ziehen, wo er dann die Freundlichkeit der Menschen genießen konnte – und den Schweinsbraten der Brücklwirtin.

Als die Wirtin endlich Zeit für ihre neuen Gäste fand und eine Kellnerin zwei Schweinsbraten und – wie Stern zuvor richtig vermutet hatte – einen Salat für Grünbrecht auf ihrem Tisch servierte, zeigte Stern der Wirtin die Liste mit den Namen der zwischen 40 und 50 Jahre alten Liebenauerinnen. Dabei störte es ihn nicht, dass sich die Hüften der Wirtin an seine pressten, weil es auf dem Zweiertisch zu viert wirklich etwas eng war.

»Was können Sie uns über diese Frauen denn sagen, Frau Brückl?«, fragte er ohne Umschweife.

»Sind S' leicht auf Brautschau, Herr Chefinspektor?«, lachte die Wirtin und warf einen Seitenblick auf Grünbrecht, da diese Stichelei eigentlich ihr gegolten hatte. Offenbar nahm sie an, sie wäre nicht nur Sterns Kollegin, sondern auch seine Freundin. »Die sind ja alle im besten Alter«, ergänzte sie, weil sie der Gruppeninspektorin zuvor keine Reaktion hatte entreißen können.

»Nein, das ist lediglich für den Fall«, erklärte Stern etwas enttäuscht, weil ihm die Neckerei der Wirtin gut gefallen hatte, er den Verlauf des Gesprächs durch den Hinweis auf den Mordfall aber in eine andere Richtung lenken musste.

»Nur für den Fall? Na dann.« Maria Brückl warf erneut einen Blick auf die Liste, überlegte eine Weile und sagte: »Diese beiden sind längst nicht mehr in Liebenau. Die Marianne ist nach Amerika ausgewandert, so viel ich weiß, und die Anna lebt schon seit Jahren in Wien.« Es waren genau dieselben Frauen, die auch Plattlbauer ausgeschlossen hatte. »Die hier, die ist mit dem Brunnerbauer Martin verheiratet. Eine unglückliche Ehe, Wenn S' mich fragen. Und die, die arbeitet bei mir in der Küche, die können S' gleich selber fragen.« In dieser Manier ging es solange weiter, bis sie alle Namen auf der Liste durch hatten. Zu jeder wusste die Wirtin einmal mehr, ein anderes Mal weniger zu berichten. Aber eines war den Ermittlern klar: Es würde bis spät in die Nacht hinein dauern, bis sie die Frauen ins Pfarramt beordert und ihnen die Fingerabdrücke, damit sie sie mit jenem auf der Innenseite des Gürtels vom Pfarrer abgleichen konnten, und eine DNA-Probe abgenommen hatten. Die Ermittlung der DNA von dem brünetten Haar, welches sie ebenso beim Priester sichergestellt hatten, würde im Labor eine Weile in Anspruch nehmen, aber vielleicht hatten sie bis dahin die Person mittels der guten, alten Fingerabdruckmethode längst ausfindig machen können. Stern und Grünbrecht mussten demnach ein weiteres Mal in Liebenau übernachten, ob sie das nun wollten oder nicht. Doch so unangenehm wie beim ersten Mal war Stern das gar nicht, gerade jetzt, wo die Brücklwirtin sich neben ihn auf die Bank gequetscht hatte und gemeinsam mit ihnen die Liste mit den verdächtigen Frauen durchgegangen war.

»Wir brauchen für heute Nacht zwei Zimmer, Frau Brückl«, informierte Stern die Wirtin. Gleichzeitig tunkte er mit dem Semmelknödel den verbliebenen Bratensaft am Teller auf und steckte sich das triefende Stück in den Mund.

»Ich bin völlig ausgebucht«, erwiderte Maria Brückl verlegen und für Stern überraschend, da er und Grünbrecht vor zwei Tagen die einzigen Gäste im Haus gewesen waren. Aber auch die Wirtin konnte diesen Umstand kaum fassen: Dass all ihre Zimmer schon einmal belegt gewesen waren, daran konnte sie sich nämlich nicht erinnern, selbst nicht, wenn die Touristen im Sommer das Mühlviertel besuchten, um durchs Tannermoor zu wandern. »Die Journalisten, wissen S'! So viel ich weiß, ist auch das Hotel voll belegt. Aber probieren S' es im Pfarrhaus. Da wäre jetzt ja ein Bett frei … Und wenn S' Glück haben, vielleicht sogar noch ein zweites.«

»Im Pfarrhaus?«, wiederholte Grünbrecht entrüstet. Das konnte doch unmöglich der Ernst der Wirtin sein, dass sie sich ins Bett des toten Pfarrers legen sollten? Offenbar war die Frau nicht ganz bei Trost!

»Schon gut«, winkte Stern ab. Er verstand das Entsetzen seiner Kollegin. Er selbst würde sich ebenso wenig in das Bett des Pfarrers legen, ob der nun noch unter den Lebenden weilte oder nicht. Das wäre bestimmt ein schlechtes Omen und bedeutete wahrscheinlich, dass man daraufhin nie wieder Geschlechtsverkehr hatte. Was bei ihm keinen Unterschied machen würde. Er konnte sich ja kaum erinnern, wie das gewesen war, so lange lag das schon zurück. Aber jetzt, wo er nicht wusste, wie sich das mit der Brücklwirtin entwickelte, musste er vorsichtig sein. Obwohl, wenn man den Gerüchten Glauben schenken durfte, lebte der Klerus keineswegs so zölibatär, wie eigentlich von der Kirche verlangt wurde. Dennoch fühlte sich Stern besser, wenn sie beide in Grünbrechts Wagen schliefen.

»Wir werden schon etwas finden«, meinte er zu seiner Kollegin, und zu Plattlbauer sagte er: »Schaffen Sie die Frauen von dieser Liste ins Pfarramt zur Vernehmung. Und erwähnen Sie nicht, dass wir deren Fingerabdrücke haben wollen. Ich fang dann mal mit jener an, die hier in der Küche arbeitet.« Stern wischte sich mit einer Serviette den Mund ab, und Plattlbauer hielt der Wirtin einen 20-Euro-Schein hin. Nachdem er die Zeche bezahlt hatte, verließ er das Gasthaus.

Grünbrecht und Stern blieben noch am Tisch sitzen. Ein Schweigen begann die Stimmung einzutrüben, wobei Stern nicht sagen konnte, woher dieser Stimmungseinbruch rührte. So ersuchte er die Wirtin, jene Frau, die bei ihr in der Küche arbeitete und deren Name auf der Liste stand, zu ihnen an den Tisch zu bitten. Danach fragte er Grünbrecht nach ihrem Befinden.

»Alles okay?«

»Jaja, alles okay«, erwiderte Grünbrecht, ohne ihren Chef dabei anzusehen. Doch Stern spürte, dass dem keinesfalls so war. Er wusste nur nicht, wie er die Sache angehen sollte. Über Gefühle zu reden war nicht sein Ding. Das war etwas für Frauen. Stern befürchtete schon, dass er Grünbrecht ein Angebot, über ihr Seelenheil zu reden, machen müsste. Dem Himmel sei Dank verhinderte das Erscheinen einer ländlichen Schönheit ein Fortsetzen des Gespräches. Lange, brünette Haare, welche salopp zu einem Pferdeschwanz hochgebunden waren, blaue Augen und volle, geschwungene Lippen näherten sich von der Küche her ihrem Tisch. Selbst ohne dem ganzen Make-up-Firlefanz, den Stern ohnedies nie verstand und Grünbrecht dezent aufzutragen pflegte, und der Bekleidung, wie sie in einer Küche üblich war, sah die Frau aus, als entspränge sie gerade einem Hochglanzmagazin. Das brachte mit sich, dass sich Grünbrechts Laune nicht gerade besserte.

»Grüß Gott, Sie wollen mit mir reden?«, fragte die Brünette und unterbrach damit nicht nur Sterns Musterung, sondern auch die sämtlicher anwesenden männlichen Gäste, und das waren im Augenblick einige. Der Großteil von ihnen fragte sich jetzt bestimmt, was unter der Kochschürze zu finden war, würde man nachsehen, was aber natürlich keiner wagte, befanden sie sich doch in einem prall gefüllten Gasthaus. Aber ein paar Pfiffe und blöde Ausrufe gab es allemal.

»Ähm … ja, das will ich. Wie heißen Sie?« Stern deutete der Frau, sie möge sich neben ihn quetschen. Was ihr unangenehm zu sein schien, ihm aber nicht.

»Veronika Maber.«

»Wir ermitteln im Mordfall Pfarrer Siebert.« Stern beobachtete die Frau, da er jede ihrer Reaktionen mitbekommen wollte. Selbst die kleinste verräterische Geste konnte bei der Überführung einer verdächtigen Person dienlich sein.

»Ich weiß«, antwortete Veronika Maber.

»In welcher Beziehung standen Sie zu dem Opfer?«, schaltete sich Grünbrecht in die Befragung ein.

»In welcher Beziehung?« Veronika Maber war über diese Frage überrascht. »In welcher Beziehung steht man denn zu einem Pfarrer? Ich würde sagen, in keiner. Ich habe nie ein Wort mit ihm gewechselt.«

»Sie waren nie bei ihm zur Beichte?«

Die blauen Augen wurden schmal. Sie fixierten ihr braunhaariges Gegenüber wie eine Nadel einen Zettel auf einer

Pinnwand. »Das geht Sie ja wohl nichts an!«, fauchte die Brünette.

»Wir wissen, das Beichtgeheimnis«, übernahm Stern die Befragung, weil er die Antipathie zwischen den Frauen spürte und in der voll besetzten Gaststube keinen Zickenkrieg haben wollte. »Wenn ich Sie richtig verstanden habe, dann behaupten Sie, den Pfarrer außerhalb der Kirche weder gesprochen zu haben noch sonst in irgendeinem Naheverhältnis zu ihm gestanden zu sein?«

Veronika Maber nickte.

»Kennen Sie jemanden, der das nicht so gehalten hat?«

Die Frau schüttelte den Kopf und bekräftigte: »Nein, das tue ich nicht.«

»Gut, das war es fürs Erste. Ach so, wir brauchen noch Ihre Fingerabdrücke. Würden Sie uns bitte ins Pfarramt begleiten?«

Veronika Maber warf einen Blick hinüber zu ihrer Chefin, der Brücklwirtin, die nickte, da sie jedes Wort mitgehört hatte. Anschließend folgte die Frau den Kriminalbeamten ins Pfarramt.

»Sie können gerne bei mir übernachten«, säuselte die Brünette während ihres Gangs über den Ortsplatz dem Chefinspektor leise ins Ohr, damit Grünbrecht sie nicht hören konnte, aber sehr wohl mitbekam, dass sie tuschelten. Die Gruppeninspektorin ging ein paar Schritte vor ihnen.

»Danke, aber wir finden schon etwas«, antwortete Stern und betonte das *Wir* ganz besonders. Außerdem wunderte er sich über das Angebot der Frau. Er war gut 20 Jahre älter als sie. Oder hatte sie es nur gesagt, um Grünbrecht zu ärgern?

Der Ortsplatz war mittlerweile nicht mehr ganz so stark bevölkert wie noch vor einer Stunde. Die Reporter und Vampirjäger stärkten sich wahrscheinlich beim Brücklwirt und in den umliegenden Gasthäusern, und die Liebenauer Schaulustigen, die sich trotz der vielen Fremden auf die Straße getraut hatten, waren nach Hause gegangen, um ihre mitgebrachten Trophäen in Form von neuen Gerüchten am reichlich gedeckten Abendbrottisch zu präsentieren.

Plötzlich blieb Grünbrecht stehen. Stern, der nicht damit gerechnet hatte, prallte gegen ihren Rücken.

»Wer ist das?«, fragte sie und deutete auf eine Person mit pechschwarzen Haaren und einem weiten, wallenden Umhang um die Schultern. Ein ebenso farbiger Lippenstift sprang Stern sofort ins Auge wie auch das bleiche Gesicht. Sofort musste Stern an die Vampirgerüchte denken.

»Das ist wieder so ein Anhänger der Gothic-Kultur, einer, der sich gerne als Vampir verkleidet. Von denen gibt es mehr als man denkt. Ganz Liebenau verkommt langsam zu einer Gruft, finden Sie nicht auch? Diese Wesen kommen aus ihren Löchern gekrochen und treiben sich hier herum, als ob sie uns Angst machen wollen«, sagte Veronika Maber und lachte dabei übertrieben laut, damit die seltsame Erscheinung das mitbekam.

»Soll ich ihn mir schnappen?«, fragte Grünbrecht ihren Chef.

»Wenn Sie das tun, kriechen aus sämtlichen Ecken und Winkeln weitere solche Gestalten. Sehen Sie …« Veronika Maber deutete in verschiedene Richtungen, wo, wenn man genau hinsah, überall solche schwarz gekleidete Menschen zu sehen waren. Irgendwie schienen sie sich an die Umgebung anzupassen und traten nur dann in Erscheinung, wenn man das Auge für ihre Anwesenheit schärfte.

»Lassen Sie es gut sein, Grünbrecht. Wir müssen zuerst das hier erledigen«, antwortete Stern und dachte an all die Frauen, denen sie noch die Fingerabdrücke abnehmen und die sie zudem einer Befragung unterziehen mussten. Alle

Frauen, auch die blonden und schwarzhaarigen. Denn natürlich konnte sich diejenige, deren Haar sie beim Pfarrer gefunden hatten, seither die Haare gefärbt haben, wenn sie etwas mit seinem Tod zu tun hatte. Er hielt den beiden Frauen die Tür ins Pfarramt auf und warf dann einen Blick zurück auf den Ortsplatz, wo die schwarzen Gestalten kaum noch auszumachen waren. Sie wurden von der Dunkelheit verschluckt. Schon irgendwie seltsam, dachte Stern und betrat hinter Grünbrecht und Veronika Maber das Pfarramt, froh, die Tür hinter ihnen nicht nur schließen, sondern auch versperren zu können.

10. KAPITEL

Es dauerte bis kurz vor Mitternacht, bis Plattlbauer alle Liebenauerinnen von der Liste nach Hause geschickt und sich selbst ebenso gähnend verabschiedet hatte. Stern hatte ihm aufgetragen, gleich am nächsten Morgen die Daten von der Dienststelle in Weitersfelden, dem Nachbarort, auf den Server des Landeskriminalamtes hochzuladen, damit dort jemand die Fingerabdrücke durch den Computer jagen konnte. Das Ganze dürfte wohl rasch zu einem Ergebnis führen und die Person, die den Fingerabdruck auf der Innenseite des Gürtels des Pfarrers hinterlassen hatte, identifiziert sein. Nun aber hieß es für Stern und Grünbrecht eine Bleibe für die Nacht zu suchen.

»Wir können doch genauso gut hier übernachten«, schlug Stern seiner Kollegin vor und deutete um sich. Sie standen mitten im Pfarrsaal, wo außer einem Tisch und drei Stühlen nichts weiter war, auf das man sein Haupt hätte betten können.

»Hier? Das ist nicht Ihr Ernst!« Grünbrecht sah ihren Chef entsetzt an.

»Wo kriegen wir sonst um diese Zeit ein Zimmer her?«, fragte der Chefinspektor achselzuckend. »Ist ja alles ausgebucht.«

»Ich hasse diese Einöde!«, stieß Grünbrecht aus.

»Ich schlafe hier, und Sie dort drüben.« Stern teilte den Pfarrsaal in zwei Schlafhälften.

»Da schlaf ich doch lieber im Wagen!« Grünbrecht machte am Absatz kehrt und steuerte auf die Tür zu.

»Na, dann gute Nacht!«, rief Stern ihr hinterher, was jedoch ohne Antwort blieb. Lediglich ein lautes Türknallen zerriss die Stille der Nacht, gefolgt von einem immer leiser werdenden Schuhklappern draußen am Asphalt.

Stern war allein. Er hatte sich das Übernachten in Liebenau ganz anders vorgestellt. Zumindest hatte er mit einem Bett gerechnet, in dem er entweder allein oder aber zu zweit hätte liegen können. Bei ihrer ersten Ankunft in Liebenau hatte er das Zimmer beim Brücklwirt als einfach ausgestattet angesehen, nun aber erschien es ihm als eine Luxusschlafstätte, denn der nackte Fußboden wirkte auf ihn nicht besonders einladend. So schnell änderte sich die Sichtweise, gestand er sich ein und seufzte. Dann machte er sich auf die Suche nach etwas, mit dem er den Boden auslegen konnte. In einer Abstellkammer fand er mehrere Sitzpolster für jene Stühle, die man bei öffentlichen Veranstaltungen im Pfarrsaal fürs Publikum Reihe für Reihe aufstellte, wobei nur die vordersten mit eben diesen Polstern ausgestattet wurden, damit die eingeladenen VIPs es schön bequem hatten. Stern wunderte sich jedes Mal über diese zelebrierten gesellschaftlichen Unterschiede, schufen sie doch beabsichtigt, aber dennoch völlig überflüssig eine Zweiklassengesellschaft. Ohne schlechtem Gewissen warf er die Polster auf den Boden und reihte sie aneinander, bis ihre Summe in etwa die Größe einer Matratze erlangte. Dieses Lager würde für diese eine Nacht wohl ausreichen müssen, dachte er und auch, dass er ja nicht vorhatte, länger zu bleiben. Außerdem würde es Grünbrecht in ihrem Wagen auch nicht bequemer haben, und eine andere Schlafmöglichkeit gab es nicht.

Ächzend ließ er sich auf die von ihm errichtete Schlafstätte nieder und kam dennoch nicht zur Ruhe. In seinem Kopf durchlief er zum wahrscheinlich hundertsten

Mal den Mord an dem Liebenauer Pfarrer. Dazu gesellte sich der Tod des Linzer Weinhändlers. Wo lag die Verbindung zwischen den beiden Mordfällen? Und suchten sie tatsächlich einen eiskalten Killer, der zuerst den Mord in Liebenau ausgeführt, sich dann in ein Auto gesetzt und die Strecke nach Linz zurückgelegt hatte, um dort sein nächstes Opfer grausam dahinzumetzeln? Und was hatte der Liebenauer Pfarrer mit dem Linzer Weinhändler zu tun? Oder waren die Opfer zufällig gewählt, weil der Mörder aus purer Lust tötete? Oder möglicherweise suchten sie doch einen Vampir …

»Unsinn!«, schalt er sich selbst einen Narren. Einen solchen Humbug auch nur in Erwägung zu ziehen, grenzte an ausgesprochener Dummheit! Dennoch dachte er an die vielen schwarz gekleideten und seltsam geschminkten Gestalten, die urplötzlich diesen abgeschiedenen Ort bevölkerten, als wurden sie von einer unsichtbaren Kraft angezogen. Von etwas Mystischem, Unbekanntem, Tödlichem … Verhöhnte der Mörder sie etwa? Und wenn ja, warum tat er das? Oder suchten sie gar nach einem Irren, einem Psychopathen? Und was hatte der ominöse Text auf dem Zettel, den sie im Mund des Weinhändlers gefunden hatten, für eine Bedeutung? Und warum hatten sie keinen beim Pfarrer gefunden? Fragen über Fragen quälten ihn.

Plötzlich knarrte etwas in Sterns Überlegungen hinein. Der Chefinspektor blieb regungslos liegen und lauschte. Die Geräusche kamen aus dem Foyer des Pfarramts. Eine Tür wurde dort geöffnet. Schritte folgten. Jemand betrat den Pfarrsaal. Stern hörte, wie sich Schritte auf ihn zubewegten. Dennoch verharrte er weiterhin regungslos auf seiner Liegestätte, um die Gestalt nicht auf sich aufmerksam zu machen. Da er nahe der Wand sein Lager errichtet hatte, war er von der Tür her in der Dunkelheit nicht sofort auszumachen. Jedoch versperrten ihm der Tisch und die Stühle die Sicht auf den Eingang und somit auf die Gestalt, die immer näher zu kommen schien. Ebenso sah Stern kein Licht, das der Eindringling mitgebracht hätte, also tappte er in völliger Dunkelheit durch den Pfarrsaal, um was zu tun, fragte sich Stern.

Langsam legte er die Hand auf seine Dienstwaffe. Gott sei Dank hatte er sie nicht abgenommen, als er sich schlafen gelegt hatte. Er hatte es einfach vergessen. War das Vorahnung gewesen? Oder Schicksal?

Der Eindringling kam näher. Er erreichte den Tisch, auf dem Sterns Notizen lagen. Der Chefinspektor hörte ein Murmeln und glaubte einen Schatten wahrnehmen zu können. Der Schatten griff nach vorne, als stünde dort jemand, aber da war niemand.

»Was wollen Sie hier?«, fragte Stern in die Dunkelheit hinein, seine Glock auf den Eindringling gerichtet. Dieser fuhr herum und warf etwas zu Boden, direkt vor Sterns Gesicht. Ein ekelerregender Geruch kroch ihm in die Nase. Es stank nach Hölle!

»Hände hoch! Polizei!«, bellte der Chefinspektor und rappelte sich hoch.

»Es … es tut mir leid … ich wusste nicht …«, stotterte die Gestalt. Es war ganz klar eine Frauenstimme, erkannte Stern und auch, dass es sich um keine abgebrühte Verbrecherin handeln konnte.

»Bleiben Sie stehen und nehmen Sie die Hände hoch!«

»Aber ich hab sie doch schon oben«, rechtfertigte sich die Gestalt.

»Dann sehen Sie zu, dass das auch so bleibt.« Langsam bewegte sich Stern auf den Lichtschalter neben der Tür zu, die Waffe weiterhin auf den Eindringling gerichtet. Als es im Pfarrsaal hell wurde, staunte er nicht schlecht.

»Frau Bachmeier? Was machen Sie denn hier?« Dann fiel sein Blick auf die am Boden liegende Kette aus aufgefädelten Knoblauchzehen, die diesen diabolischen Gestank verbreitete.

»Ich vertreibe Vampire«, flüsterte die Frau. Sie sprach so leise, dass Stern sie kaum verstand. Außerdem war sie kreideweiß im Gesicht und hatte einen starren Blick, der auf den Chefinspektor gerichtet war, als wäre er der Grund allen Übels.

»Vampire? Jetzt fangen Sie nicht auch noch zu spinnen an, Frau Bachmeier! Es gibt keine Vampire! Wie oft soll ich das denn noch sagen?« Sterns Blutdruck schnellte augenblicklich in die Höhe. »Warum um Herrgotts willen reden alle von Vampiren? Solche Blutsauger gibt es höchstens in der Politik und Wirtschaft! Aber da sind weniger die mit den ausgeprägten Eckzähnen gemeint. Oder man liest von Vampiren in einem Buch, weil sie Fiktion sind. Aber hier in Liebenau – nein, Frau Bachmeier, da gibt es keine Vampire. Niemals!« Schnaubend ging Stern auf die Frau zu. Die aber wich angstvoll vor ihm zurück.

»Sie glauben doch nicht etwa, dass ich ein Vampir bin?«, fragte Stern ungläubig, da er die Reaktion der Frau bemerkte. Man konnte ihm alles Mögliche nachsagen, dass er grantig war, ein Pedant, ein schlechter Autofahrer – aber sicher niemals, dass er ein Vampir war. Obwohl so ein Blutrausch sich schon anzukündigen begann …

»Man kann nie wissen«, antwortete die Pfarrersköchin vorsichtig.

Stern griff nach dem Knoblauchzopf, der am Boden lag, hob ihn auf und biss in eine der Zehen hinein. Trotz fürchterlichem Geschmack kaute er solange darauf herum, bis er in der Lage war, den Brei in seinem Mund hinunterzuschlucken. Er unterdrückte den Drang, sich übergeben zu müssen, was keine sehr angenehme Vorstellung war. Tränen traten ihm in die Augen. Er blinzelte. Dann schaute er die Frau herausfordernd an.

»Und? Glauben Sie immer noch, dass ich ein Vampir bin?«

Die Frau schüttelte den Kopf.

»Jetzt Sie! Vielleicht sind Sie ja dieser Vampir, den hier alle Welt zu finden glaubt!« Stern hielt der Frau den Knoblauchzopf hin, mit einer gewissen Genugtuung, wie er feststellte.

»Ich? Niemals! Ich hasse Knoblauch. Aber sehen Sie das!« Herta Bachmeier eilte um den Tisch herum, griff nach dem Kreuz, das wieder an seinem alten Platz an der Wand hing, und küsste es. »Das würde ein Vampir niemals tun, demnach bin ich keiner.«

»Was? Das genügt? Und mich lassen Sie in diesen Knoblauchzopf beißen und ihn auch noch essen?« Sterns Ärger wuchs weiter an.

»Sie … ich …« Die Bachmeier stotterte herum, weil sie erkannte, dass der Chefinspektor kurz vorm Verdampfen stand.

Plötzlich überfiel Stern eine Erschöpfung, als wäre er gerade um sein Leben gelaufen. »Sie haben Glück, dass ich nicht auf Sie geschossen habe, so wie Sie da hereingeschlichen sind, in absoluter Finsternis, ganz ohne Taschenlampe.« Er ließ die Hand mit dem Knoblauchzopf sinken und sich selbst auf einen Stuhl fallen.

»Und was machen Sie hier zu so später Stunde? Wenn ich mich richtig entsinne, hab ich kein Licht im Pfarrsaal gesehen.« Die Pfarrersköchin wartete nun ihrerseits gespannt auf die chefinspektorliche Erläuterung, die etwas Licht in ihr eigenes Dunkel bringen sollte.

»Ich schlafe hier«, erwiderte Stern und deutete auf das behelfsmäßige Lager neben der Wand. »Im Gasthaus ist kein Zimmer mehr frei.«

»Und Ihre Kollegin? Wo ist die?« Die Pfarrersköchin sah sich sofort nach Mara Grünbrecht um.

»Die schläft im Wagen.«

»Ihr habt sie ja nicht mehr alle!«, entfuhr es Herta Bachmeier. »Wissen S' was, Sie kommen jetzt mit mir!« Energisch packte sie den Chefinspektor am Arm und zog ihn hinter sich her, den finsteren Weg hinaus auf den Parkplatz, wo sie kurz mal einen Blick in Grünbrechts BMW warfen und die Gruppeninspektorin gekrümmt am Vordersitz schlafen sahen, sich aber entschieden, sie nicht zu wecken, und dann weiter ins Pfarrhaus.

»Ich schlafe aber nicht im Bett des Pfarrers«, protestierte Stern halbherzig, denn um halb zwei Uhr morgens war ein weiches, warmes Bett schon sehr verführerisch, auch wenn es sich um die einstige Ruhestätte eines nunmehr Toten handelte.

»Sind Sie verrückt? Sie schlafen natürlich im Gästezimmer! Das hab ich auch schon ausgeräuchert und mit Knoblauch ausgelegt. Und ein geweihtes Kreuz hängt ebenso drinnen. Da passiert Ihnen nichts.«

Stern verzichtete auf eine Antwort, denn was sollte ihm hier schon Großartiges passieren, außer dass er von einer in der Dunkelheit umherschleichenden Pfarrersköchin mit Knoblauch angegriffen und erschreckt wurde? Sollte die Frau doch glauben, was sie wollte, seinetwegen auch an Vampire. Die würden sich ohnehin bei ihrem Anblick schleunigst verdrücken, dachte er und bestaunte wieder einmal die rote, stachelige Frisur der Frau. Ihre strammen Beine steckten heute in geblümten Leggings und der Rest von ihr in einer lila mit goldenen Rändern gesäumten Jacke. Die Frau, die vor ihm in zügigem Tempo durchs Pfarrhaus schritt, war ein wahrlich bunter Vogel.

Das Gästezimmer wirkte eigentlich ganz gemütlich. Zwar war der Geruch des Knoblauchs auch hier gegenwärtig, aber Sterns Gliedmaßen verlangten dermaßen nach Ruhe und Erholung, dass er sogar neben einer frisch umgerührten Jauchegrube eingeschlafen wäre. Nachdem ihn die Pfarrersköchin allein gelassen hatte, warf er Jacke und Hose über die Lehne eines Stuhls, der gleich neben dem einzigen Fenster des Raums stand, und behielt den Rest an. Er legte sich samt seiner Glock, die ihm heute Nacht schon einmal ihren Dienst erwiesen hatte, ins Bett und zog die Decke bis zum Kinn hoch. Es dauerte nicht lange und er schlief ein, ohne vorher noch einmal an Mara Grünbrecht gedacht oder ihr gegenüber gar ein schlechtes Gewissen zu haben.

11. KAPITEL

Am nächsten Morgen wurde Stern von einem Klopfen geweckt.

»Herr Stern?«, flüsterte eine Stimme durch die verschlossene Tür.

»Ja?« Der Chefinspektor fuhr hoch und saß augenblicklich kerzengerade im Bett. Er brauchte einen Moment der Orientierung, um zu wissen, wo er sich befand. Ach ja, im Pfarrhaus. »Ist etwas passiert?« Diese Befürchtung schlich sich lähmend in sein Gehirn. Möglicherweise hatte der Vampirmörder ein weiteres Mal zugeschlagen, demnach gäbe es ein drittes Opfer. Spielte nicht auch die Ziffer drei in so manchem Aberglauben eine Rolle? Mara Grünbrecht fiel ihm ein, und dass sie in ihrem Wagen übernachtet hatte. Konnte es sein, dass sie …?

»Nein, nichts ist passiert. Das Frühstück ist fertig«, antwortete Herta Bachmeier. Anschließend entfernten sich ihre Schritte.

Stern fühlte sich erleichtert, jedoch nur für kurze Zeit. Ein Blick auf die Armbanduhr ließ ihn nämlich wissen, dass er verschlafen hatte. Es war 20 Minuten nach acht. Wider Erwarten hatte er in dem fremden Bett wie ein Baby geschlummert. Grünbrecht war bestimmt stinksauer auf ihn, schließlich hatte sie im Wagen schlafen müssen. Wahrscheinlich war sie längst wach und suchte nach ihm. Im Pfarramt würde sie nur eine leere Lagerstätte vorfinden.

Rasch stieg er aus dem Bett und schlüpfte in seine Hose.

Als er mit dem Ankleiden fertig war, eilte er ins angrenzende Badezimmer, nur um festzustellen, dass er weder Zahnbürste noch sonst etwas bei sich hatte, das ihm bei der Morgentoilette hilfreich sein könnte. Die Zahnbürste, die in einem Becher auf der Ablage über dem Waschbecken steckte, benutzte er lieber nicht. Was wusste er schon, wer die bereits schon verwendet hatte? Der Geschmack in seinem Mund war scheußlich – das Ergebnis des nächtlichen Verzehrs von Knoblauch. Auch roch das ganze Zimmer nach diesem Lauchgewächs. Nach einem Blick in den Spiegel verfluchte er diesen Ort und sich selbst und folgte dem verführerischen Duft von frisch aufgebrühtem Kaffee und gebratenem Speck in die Küche.

»Guten Morgen!«, empfing ihn dort die Pfarrersköchin, heute in grün, blau und rosa gekleidet, sodass Stern zweimal hingucken musste, um das auffällige Farbenspektakel zur Gänze zu erfassen. Herta Bachmeier goss gerade für Mara Grünbrecht Kaffee in eine Tasse und platzierte sie auf dem Tisch gleich neben den weich gekochten Eiern, dem gebratenen Speck und den frischen Semmeln. Eine zweite Tasse stellte sie an einen freien Platz, der wohl für ihn bestimmt war. Kurz dachte Stern daran, dass er zu Hause lediglich Kaffee frühstückte, und bekam wegen des neuerlichen opulenten Frühstücks ein schlechtes Gewissen. Jedoch lief ihm bei diesem Anblick auch das Wasser im Mund zusammen, sodass er mühelos imstande war, das schlechte Gewissen zu verdrängen. Voller Vorfreude setzte er sich einen »Guten Morgen« murmelnd zu seiner Kollegin an den Tisch und verschlang alles bis auf den letzten Brösel. Erst dann läutete sein Handy, als hätte es gewartet, bis er mit dem frühmorgendlichen Schlemmen fertig war. Grünbrecht hatte, wie nicht anders erwartet, lediglich eine Viertelsemmel verspeist, zwar mit Butter, aber ohne Marmelade.

»Ja?«, meldete sich Stern bei dem Anrufer. Dabei unterdrückte er einen Rülpser und wischte sich mit einer Serviette den vom Fett des Specks glänzenden Mund ab.

»Guten Morgen, Chef, Kolanski hier. Ich habe die Fingerabdrücke gecheckt. Wir haben eine Übereinstimmung.«

»Wer ist es denn, Kolanski?«, fragte Stern.

»Der Name der Frau lautet Melanie Klotz«, drang es aus dem Handy.

»Danke dir, Kolanski. Grünbrecht und ich werden gleich mit der Dame reden.«

»Wir haben einen Treffer?«, fragte Grünbrecht, nachdem Stern das Telefonat beendet hatte.

»Ja. Plattlbauer soll die Dame zum Verhör ins Pfarramt bringen.«

»Wer ist es denn?«, wollte Herta Bachmeier wissen.

Der Chefinspektor grinste und sagte: »Das könnte Ihnen so passen, Frau Bachmeier. Wenn wir Ihnen das sagen, weiß es bald ganz Liebenau.«

»Das hat man nun davon, wenn man Ihnen hilft, Sie … Sie …« Herta Bachmeier suchte nach den richtigen Worten, wie sie Stern treffend benennen konnte.

»Nana, vorsichtig sein! Sonst muss ich Sie noch wegen Beamtenbeleidigung verhaften«, drohte Stern ihr mit erhobenem Zeigefinger, was die Bachmeier wütend schnauben ließ. Dann drehte sie sich um und räumte flugs den Tisch ab.

»Aber das Frühstück, Frau Bachmeier, das ist exzellent gewesen«, sagte der Chefinspektor nun wieder versöhnlich und machte damit bei der Pfarrersköchin ein wenig wieder gut. Deren Mundwinkel umzuckte sogar ein Lächeln. Und weil es gar so schön war, wollte sie es noch einmal hören.

»Meinen S' das auch wirklich ernst?«, fischte sie nach einem neuerlichen Kompliment.

»Aber natürlich, Frau Bachmeier. Würde ich das sonst sagen? Da können sich so manche Urlaubshotels eine dicke Scheibe von Ihrem kulinarischen Können abschneiden.« Mit dem Daumenhoch-Zeichen verabschiedete er sich und verließ die Küche mit Grünbrecht an seiner Seite.

Auf dem Weg in den Pfarrsaal rief er Revierinspektor Plattlbauer an und bat ihn, besagte Melanie Klotz zum Verhör ins Pfarramt zu bringen. Während sie auf die Dame warteten, fühlte er sich dann doch bemüßigt, die Sache wegen des nächtlichen Quartiers, also warum er in einem weichen, warmen Bett gelegen hatte, während seine Kollegin zusammengekrümmt im Auto hatte schlafen müssen, anzusprechen. Es quälte ihn wider Erwarten ein schlechtes Gewissen.

»Und? Wie haben Sie geschlafen?«, fragte er, um sich mal vorzutasten, wo der Stimmungsparameter seiner Kollegin gerade stand.

»Gut«, antwortete Grünbrecht eigentlich wie immer. Daraus war nicht abzuleiten, ob sie sauer auf ihn war oder nicht.

»Gut«, wiederholte Stern und dachte, dass dieses »Gut« auch bedeuten konnte, dass Grünbrecht bloß nicht mit ihm reden wollte. Also entschied er sich, auf volles Risiko zu gehen. »Es tut mir leid, dass ich in diesem Bett geschlafen habe, während Sie …«

»Das braucht Ihnen nicht leidzutun«, unterbrach Grünbrecht ihn.

»Nicht? Ich dachte …« Stern brach ab.

»Ja? Was dachten Sie denn?« Grünbrecht sah ihn mit ihren wachsamen Augen an.

»Dass ich Sie darin hätte schlafen lassen sollen.« Nun war es endlich ausgesprochen. Stern fühlte sich auf seltsame Weise erleichtert.

»Das ist lieb von Ihnen, Chef, aber ich hab doch schon gesagt, dass ich mich nicht in das Bett eines Toten lege«, erwiderte Grünbrecht.

»In das Bett eines Toten?« Sterns Stimme klang ungläubig.

»In das Bett eines Toten«, bestätigte Grünbrecht.

»Aber, aber die Bachmeier hat doch gesagt, dass das ein Gästezimmer ist …«

»Das hat sie doch nur gesagt, weil Sie sonst nicht mitgegangen wären«, erzählte Grünbrecht und grinste.

Stern fühlte sich, als hätte ihn ein Stier getreten. Es kam nicht oft vor, dass er sprachlos war, aber das jetzt war so ein Moment. Da hatte ihn doch tatsächlich diese kleine, giftgrüne und rosafarbene Pfarrersköchin hinters Licht geführt! Der Chefinspektor brauchte eine Weile, um das zu verdauen. Doch da ging schon die Tür auf, und Plattlbauer führte eine große, schlanke Frau herein.

»Melanie Klotz, Herr Chefinspektor«, stellte der Revierinspektor seine Begleitung vor.

»Nehmen Sie bitte Platz, Frau Klotz«, bot Stern ihr einen Stuhl an. Mit den langen, brünetten Haaren und höchstens 45 Jahren entsprach sie ganz dem Profil der gesuchten Person. Sie war attraktiv, musste Stern zugeben, und leger mit Jeans und T-Shirt gekleidet, das sie vorne in den Bund ihrer Hose gesteckt hatte. Melanie Klotz war der Typ Frau, auf den sogar ein Pfarrer abfahren könnte, dachte er.

»Frau Klotz, wissen Sie, warum Sie hier sind?«, fragte er, um zu sehen, wie sie auf Fragen reagierte. Das würde ihm später helfen, ihre Antworten besser einschätzen zu können, ob sie ihn anlog und wie abgebrüht sie war.

Die Frau nickte. »Wegen Pfarrer Siebert.«

»Genau. Sie hatten doch ein Verhältnis mit ihm. Erzählen Sie mir von Ihnen beiden.«

Melanie Klotz bekam große Augen. Anscheinend hatte

sie bis eben gedacht, dass dies eine ganz normale Vernehmung wäre, so wie sie viele Liebenauer bereits hinter sich gebracht hatten. Ohne jeglichen Verdacht, dass zwischen ihr und dem toten Pfarrer noch eine andere Verbindung existierte als die zwischen einem Pfarrer und einem Gemeindemitglied übliche. Pfarrer und Schäfchen. Pfarrer und Sünder. Pfarrer und … Geliebte? Beschämt senkte sie den Kopf. Dann begann sie zu weinen.

Stern und Grünbrecht sahen einander an, um abzuchecken, wie sie weiter vorgehen sollten. Mit Sterns stummer Zustimmung ergriff Grünbrecht die Initiative. Sie legte der Frau die Hand auf die Schulter, was umgehend einen tiefen Schluchzer auslöste, aber den Strom der Tränen für einen Augenblick zum Versiegen brachte.

»Erzählen Sie uns alles«, sagte Grünbrecht sanft. »Sie werden sehen, danach fühlen Sie sich besser.«

Stern lehnte sich in seinem Stuhl zurück. Er gewährte der Frau ein wenig Zeit, um den ersten Schock, dass ihr offenbar jemand auf die Schliche gekommen war, zu überwinden. Aber er wollte ihr nicht zu viel Zeit gönnen, denn in der könnte sich Melanie Klotz eine Strategie zurechtlegen, wie sie aus der Sache rauskäme, ohne verdächtig zu wirken, und das wollte Stern auf gar keinen Fall. Doch es bestand ja die Möglichkeit, dass sie unschuldig war, denn irgendwie sah Melanie Klotz nicht aus, als könnte sie zwei Menschen ausbluten lassen.

»Also, ich höre.« Der Chefinspektor begann gezielt Druck auszuüben. Grünbrecht zog sich zurück, stellte sich jedoch so, dass die Frau sie immer noch sehen konnte und der Blickkontakt nicht abriss.

»Ich hab ihn geliebt«, flüsterte Melanie Klotz. Dabei wischte sie ihre Tränen mit dem Handrücken von den Wangen. »Ich hab ihn nicht getötet, das müssen Sie mir glauben!« Ihre Augen wanderten angsterfüllt zwischen Stern und Grünbrecht hin und her.

»Seit wann sind Sie denn ein Liebespaar gewesen?«, hakte Stern nach.

»Seit ungefähr einem Jahr.«

»Und wie ist das abgelaufen, ich meine, wann und wo haben Sie sich gesehen? Und hat jemand über Ihre Affäre Bescheid gewusst, dem das ein Dorn im Auge gewesen sein könnte?«

»Ich denke nicht. Wir sind sehr diskret vorgegangen und haben uns nur heimlich getroffen.«

»Wo?«

»Meist bei mir zu Hause. Ich hab ein kleines Haus am Rande von Liebenau von meinen Eltern bekommen, und da wohne ich.«

»Und Ihre Eltern? Die haben doch bestimmt von Ihrer Beziehung gewusst.« Stern glaubte schon ein prächtiges Paar Verdächtige gefunden zu haben. Eltern, die nicht wollten, dass ihre Tochter ihr Leben an einen Priester vergeudete, da sie dann auch keine Enkelkinder haben würden und ihre Tochter sich zeitlebens verstecken müsste. Gerade am Land lehnte man solche Liaisons strikt ab.

»Meine Eltern sind tot«, antwortete Melanie Klotz und vernichtete damit Sterns Vorfreude, den Fall vielleicht schneller als vermutet gelöst zu haben.

»Das tut mir leid«, beeilte er sich zu sagen.

»Schon gut, es ist bereits eine Weile her.«

»Wie sind Ihre Eltern gestorben?«, wollte Grünbrecht wissen.

»Bei einem Autounfall, vor zwölf Jahren.« Nun war es fix. Sterns vermeintlich Verdächtige müssten schon von den Toten auferstanden sein, um sie mit den Mordfällen in Verbindung bringen zu können.

»Wann haben Sie und der Herr Pfarrer sich denn immer getroffen?«, wechselte er das Thema.

»Meistens abends.«

Stern wusste, was das bedeutete. Der Priester war demnach nicht ins Gasthaus gepilgert, so wie sie aufgrund der Aussage der Pfarrersköchin bislang angenommen hatten, sondern heimlich zu seiner Geliebten geschlichen. Deshalb hatte er von der Wirtin auch keine Bestätigung für die Anwesenheit des Pfarrers in deren Gaststube erhalten.

»Ist er in letzter Zeit anders gewesen als sonst? Hat er sich verändert oder ist irgendetwas vorgefallen, von dem Sie uns erzählen können?« Grünbrecht sagte dies so einfühlend, dass Stern sich wunderte, wie seine oftmals kratzbürstige Kollegin es schaffte, sich dermaßen zu verstellen.

»Ja, er hat sich in der Tat verändert. Er hat sich mit jemandem getroffen, der sich mit alten Zeiten, mit der Vergangenheit beschäftigt hat, hat er mir mal erzählt. Dieser Jemand hat ihm irgendetwas Schlimmes mitgeteilt. Daraufhin ist er nach Linz gefahren. Ich weiß nicht genau, wohin, aber als er wiedergekommen ist, ist er nicht mehr derselbe gewesen. Ich hab ihn mehrmals danach gefragt, aber er hat nicht darüber reden wollen. Das hat auch unsere Beziehung stark belastet, auch wenn er mir mehrmals versichert hat, dass das Ganze nichts mit uns zu tun hätte. Aber ich hab es gespürt, dass dem nicht so gewesen ist. Es hat sehr wohl etwas mit uns zu tun gehabt. Er hat sich immer weiter von mir entfernt.« Melanie Klotz starrte ins Leere und hing ihren Gedanken nach. Grünbrecht riss sie behutsam in die Gegenwart zurück, indem sie ihren Arm berührte.

»Frau Klotz, hat er denn nicht einmal eine Andeutung gemacht? Vielleicht in einem Zusammenhang, wo Sie nichts damit anfangen konnten, und erst jetzt, wenn Sie noch einmal darüber nachdenken, ergibt es doch einen Sinn?«

»Nein, er hat es mir nicht erzählen wollen. Er hat gemeint, er müsse es allein regeln. Er ist deswegen oft geistesabwesend gewesen, hat nur dagesessen und durch mich hindurchgestarrt, als gäbe es mich gar nicht. Das ist wirklich beängstigend gewesen. Aber was hätte ich denn tun sollen? Ihn verlassen? Ich hab ihn doch geliebt!« Melanie Klotz schnäuzte sich. »Irgendwann hat er mir mal gesagt, dass er wohl den falschen Beruf gewählt habe. Wenn er gekonnt hätte, wäre er mit mir fortgegangen, und wir hätten ein neues Leben angefangen. Aber er habe Verantwortung, hat er noch gesagt, und deshalb hat er nicht von hier weg können.«

»Verantwortung der Kirche gegenüber?«, hakte Grünbrecht nach.

»Ich weiß es nicht, aber es hat sich für mich so angehört, als wenn es um eine Person gegangen wäre und nicht um die Institution Kirche.«

»Jemand aus der Gemeinde?«

Melanie Klotz zuckte mit den Schultern.

»Kennen Sie den Namen der Person, mit der er sich in Linz getroffen hat?«

»Nein.«

»Sie haben gesagt, dass diese Person sich mit der Vergangenheit beschäftigt. Könnte es ein Ahnenforscher gewesen sein?«, fragte Grünbrecht weiter.

»Möglich wär's.«

»Wissen Sie, ob es ein Mann oder eine Frau gewesen ist?«

Melanie Klotz schüttelte den Kopf. »Es ist der Teufel gewesen, hat er mal gesagt.«

»Der Teufel?«, wiederholte Grünbrecht.

Die Frau nickte.

»Wissen Sie sonst noch etwas, das sich nicht ganz so theatralisch anhört, uns jedoch weiterhelfen könnte?«, schaltete sich Stern wieder in die Vernehmung ein.

»Ich glaube nicht.« Melanie Klotz sah erschöpft aus.

Doch Stern wollte sich damit nicht zufriedengeben. Irgendetwas mussten sie herausfinden! Zumindest einen kleinen Teil des Puzzles wollte er heute zusammenfügen.

»Hatte der Pfarrer Feinde?«

»Er ist Priester gewesen, Herr Chefinspektor. Welche Feinde sollte ein Mann Gottes Ihrer Meinung nach haben?« In Melanie Klotz' Stimme lag Verwunderung. »Er ist die Güte in Person gewesen. Er hat den Armen geholfen und die Kranken besucht. Nein, er hat keine Feinde gehabt, zumindest keine, von denen ich weiß. Wenn ihn jemand gequält hat, dann ist es dieser Dämon gewesen.«

»Wir suchen also einen Dämon«, fasste Stern etwas zynisch zusammen. »Andere behaupten, es wäre ein Vampir, hinter dem wir her sein sollten. Wo sind wir denn hier?« Stern hieb echauffiert mit der Hand auf den Tisch.

»Das herauszufinden ist Ihre Aufgabe«, gab Melanie Klotz nun feindselig zurück.

Daraufhin beugte sich Stern nach vorne und zischte: »Eines kann ich Ihnen versichern: Ihr Geliebter ist weder von einem Dämon noch von einem Vampir getötet worden, und es haben ihn auch sonst keine anderen Geisterwesen umgebracht. Er ist einem brutalen Mord zum Opfer gefallen, ausgeführt von einem ebenso brutalen Menschen, der irgendwo unter uns lebt und dem ich und meine Kollegen das Handwerk legen werden! Das verspreche ich Ihnen!« Sterns Kopf überzog eine Zornesröte, die es locker mit dem Antlitz des Teufels hätte aufnehmen können. Aber dieses ständige Gewäsch über Monster und Fabelwesen, die in diesem Fall ihre Finger im Spiel haben sollten, ging ihm gehörig auf die Nerven. Der Einzige, der hier wirklich seine Finger im Spiel hatte, war irgend so ein kranker Mensch, der seinesgleichen auf grausamste Weise dahinmetzelte. Alles andere gehörte ins Reich der Märchen und Fabeln!

»Dann ist es ja gut«, erwiderte Melanie Klotz gelassen. Stern kam es vor, je mehr er sich aufregte, umso ruhiger wurde sie. Die Tränen, welche sie zu Beginn des Verhörs so ergiebig vergossen hatte, waren ebenso versiegt, möglicherweise auch nur vorgetäuscht gewesen, schoss es ihm durch den Kopf. Als die Frau dann aber ihre silberne Halskette abnahm, sie ihm entgegenstreckte und sagte: »Nehmen Sie die zur Sicherheit. Sie ist geweiht und wird Sie beschützen«, zweifelte er an seiner zuvor aufgestellten Theorie, dass Melanie Klotz ihn hinters Licht führen wollte und möglicherweise nicht die Wahrheit sagte. Er blickte auf die Kette mit einem silbernen Kreuz.

»Was zum Henker …«

»Wenn Sie die Kette nicht brauchen, geben Sie sie mir am Ende zurück. Und wenn doch …« Melanie Klotz machte eine Pause, legte die Kette in Sterns Hand und schloss seine Finger, »möge Gott Ihnen beistehen.«

Stern war dermaßen verblüfft, dass er zuerst auf seine Hand, dann auf Grünbrecht und zuletzt auf Melanie Klotz blickte. Noch bevor er etwas erwidern konnte, fragte ihn die Freundin des ermordeten Pfarrers, ob sie nun gehen könne.

»Ja, das dürfen Sie«, antwortete Stern, obwohl ihm tausend Fragen auf der Zunge brannten. Doch irgendwie spürte er, dass diese Frau sie ihm nicht beantworten konnte. Also ließ er sie gehen.

»Glauben Sie ihr? Die hat doch einen Knall!«, sagte Grünbrecht, als Melanie Klotz das Pfarramt verlassen hatte, und deutete auf die Kette in Sterns Hand.

»Hier in Liebenau sind alle abergläubisch«, meinte Stern, stand auf und blickte aus dem Fenster. Die Szene, die er dort sah, hätte genauso gut aus einem Theaterstück einer Provinzbühne stammen können. Einheimische pilgerten mit Kreuzen und Knoblauch bewaffnet durch den Ort, um die vermeintlichen Vampire von Liebenau fernzuhalten. Journalisten von fast jeder Zeitung im Land beobachteten das Treiben und mischten die Morde mit den Vampiraustreibungen zu sensationellen Storys – geschüttelt und nicht gerührt. Dazwischen entdeckte Stern – er musste zweimal blinzeln, damit er es glaubte – Herta Bachmeier, die Pfarrersköchin.

Im selben Augenblick klingelte sein Handy.

»Stern!«

»Ich bin es, Mirscher. Wir haben den Tatort gefunden, an dem Richard Köhlinger ermordet worden ist.«

Endlich eine gute Nachricht! Stern war erleichtert und sagte: »Warte, ich schalte dich auf laut, damit Grünbrecht mithören kann.« Er legte das Smartphone auf den Tisch und wollte dann wissen: »Und? Wo ist der Tatort?«

»In einem alten, leerstehenden Gebäude, mitten in der Waldeggstraße. Dort hat der Mörder sein Opfer ausbluten lassen, wie es aussieht. Die Menge an Blut, die wir in dem Gebäude sichergestellt haben, lässt diesen Schluss durchaus zu. Das sagt zumindest Weber.«

»Und niemand hat ihn schreien hören? Kann eigentlich gar nicht sein, dass er völlig geräuschlos gestorben ist«, warf Grünbrecht ein.

»Wie es aussieht, schon. Zumindest haben wir noch keine Zeugen ausfindig machen können, die etwas gehört haben. Aber die Befragung in den angrenzenden Häusern läuft ja noch, obwohl ich mir nicht viel davon verspreche. Viele der Gebäude stehen seit Jahren leer und warten auf den Abriss. Außerdem sagt Weber, dass der Weinhändler vor dem Pfarrer ermordet worden ist. Demnach ist er das erste Opfer. Zwar liegen die Morde nur wenige Stunden auseinander, aber immerhin.«

»Was sind bei dir wenige Stunden?«

»Weber meint, es seien so an die 24 Stunden.«

»Unsere These, dass der Täter dazugelernt und der Mord an dem Weinhändler gezielter und sauberer durchgeführt wurde, stimmt demnach also gar nicht«, schlussfolgerte Stern.

»Es verhält sich genau umgekehrt. Beim Weinhändler hat er noch experimentiert und wahrscheinlich zugesehen, wie er verblutet ist. Den Pfarrer hat er seinem Schicksal überlassen mit der Gewissheit, dass er sterben wird. In der Kirche wäre es auch viel zu riskant gewesen, entdeckt zu werden.«

»Hat jemand den Weinhändler als vermisst gemeldet?«

»Soviel ich weiß, nicht.«

»Was ist mit der Ehefrau? Hast du schon mit ihr reden können? Als ich bei ihr gewesen bin, war sie ziemlich durch den Wind.« Stern stützte die Hände auf dem Tisch ab, um dem Mikrofon des Handys näher zu sein.

»Nein, aber wenn du herkommst, holen wir das nach. Angeblich ist sie vernehmungsfähig.«

»Was ist mit der Familie?«

»Die Köhlingers haben einen erwachsenen Sohn. Und etwas anderes habe ich auch noch läuten hören: Angeblich hat das Opfer am Tag vor seinem Tod einen handfesten Streit mit seinem Bruder gehabt. Wie es aussieht, ist es um irgendwelche Besitzstreitigkeiten gegangen.«

»Geld als Motiv muss man immer in Betracht ziehen«, murmelte Stern halblaut vor sich her.

»Und? Was gibt es bei euch in Liebenau Neues?«, wollte Mirscher wissen.

»Der Pfarrer hatte eine Geliebte, eine gewisse Melanie Klotz, von der auch der Fingerabdruck auf der Innenseite des Gürtels stammt. Aber sie ist es nicht gewesen«, berichtete Stern.

»Weißt du das, oder vermutest du es?« Ein wenig Skepsis lag in Mirschers Stimme.

»Beides«, antwortete Stern ausweichend, was Grünbrecht ein Augenrollen entlockte. Denn natürlich fehlte bislang der Beweis für die Unschuld der Frau, und solange der nicht gegeben war, galt sie als verdächtig. Durch den Fingerabdruck auf der Innenseite des Gürtels in Grünbrechts Augen sogar als Hauptverdächtige. »Aber ich kann mir unmöglich vorstellen, dass diese zierliche Frau einen 80 Kilo schweren Mann auf einen Altar legen kann.«

»Vielleicht hatte sie Hilfe?«, stellte Mirscher diese Möglichkeit in den Raum, und an seiner Stimme erkannte Stern, dass er sich ein Lachen verkneifen musste.

»Jetzt komm du mir nicht auch noch mit diesen dämlichen Blutsaugern!«, platzte Stern heraus. »Hier scheint ohnehin jedermann zu glauben, dass wir einen Vampir jagen. Ganz Liebenau ist auf den Beinen und verteilt Knoblauch und Kreuze an Schaulustige. Und die Presse heizt das Ganze auch noch an.« Stern machte eine Pause, um sich zu beruhigen. »Aber noch etwas anderes haben wir erfahren: Der Pfarrer hat vor seinem Tod Kontakt mit jemandem aus Linz gehabt, das wissen wir von seiner Geliebten. Dieses Treffen hat ihn aus der Fassung gebracht. Warum, hat uns die Frau nicht sagen können, aber sie meint, er hätte in Linz den Teufel höchstpersönlich getroffen, wenn ich das mal so theatralisch ausdrücken darf.«

»Das hört sich nach einer brauchbaren Spur an. Kennen wir den Namen dieses Jemands?« Mirscher war wieder ganz auf den Fall konzentriert.

»Nein, aber Grünbrecht und ich werden uns im Pfarrhaus umsehen, ob wir in den persönlichen Unterlagen des Pfarrers irgendetwas finden, das uns einen Hinweis auf die Identität dieser Person liefert.« Dieses Versäumnis, sich die Sachen des Priesters anzusehen, mussten sie jetzt dringend nachholen.

»Okay.«

»Danach kommen wir nach Linz und reden mal mit der Ehefrau und dem Bruder des Weinhändlers, mit dem er angeblich Zoff gehabt hat. Zuvor essen wir etwas Anständiges, ist schließlich längst Mittag.« Stern freute sich auf einen saftigen Schweinsbraten von der Brücklwirtin.

12. KAPITEL

Nach einem Salat für Grünbrecht, einem Schweinsbraten für Stern und einer erfolglosen Suche in Pfarrer Sieberts Unterlagen nach Hinweisen auf die mysteriöse Kontaktperson des Pfarrers in Linz fuhren die Ermittler weniger zufrieden, aber dennoch satt in die oberösterreichische Landeshauptstadt zurück. Wobei sich Stern nicht vorstellen konnte, dass Grünbrecht tatsächlich satt war. Vier Salatblätter und zwei Tomatenspalten reichten seiner Meinung nach gerade mal zum Appetitanregen aus und nicht, um den Magen zu füllen.

Das Fehlen jeglicher Hinweise in den persönlichen Sachen des Pfarrers auf die unbekannte Gestalt, die der Priester angeblich in Linz getroffen haben sollte, regte Stern zum Grübeln an, und so wurde nach ein paar vergeblichen Versuchen von Grünbrecht, ein Gespräch ins Laufen zu bringen, die Fahrt vom hügeligen Mühlviertel in die Landeshauptstadt eine schweigsame. Stern überlegte, dass der Dämon entweder einem Hirngespinst Melanie Klotz' entsprang, um von sich oder möglicherweise von jemand anderem abzulenken, oder es gab tatsächlich eine Person, die geschickt ihre Spuren zu verwischen verstand.

In der Ziegeleistraße in Linz erwartete Mirscher seine Kollegen vor dem Haus des ermordeten Weinhändlers. Er telefonierte, als Grünbrechts BMW direkt vor seinen Füßen zum Stillstand kam, und als er das Telefonat beendete, folgte ein Kurzbericht anstatt eines Grußes.

»Laut dem Arzt ist Frau Köhlinger vernehmungsfähig. Sie hat einen Schock erlitten, als du ihr die Nachricht vom Tod ihres Mannes überbracht hast, und die Nacht im Krankenhaus verbracht. Dort hat man sie heute Morgen entlassen. Seither hat sie das Haus nicht verlassen. Nachbarn waren hier und haben sie besucht, und auch ihr Schwager befindet sich seit gut zwei Stunden im Haus. Sonst ist nichts gewesen.«

»Das trifft sich gut, dann können wir gleich den Bruder wegen des Streits, den er mit Köhlinger gehabt hat, befragen. Lasst uns hören, was uns die beiden zu sagen haben.«

Die Kriminalbeamten schritten die Zufahrt zum Haus entlang. Seitwärts säumten verschiedene Stauden, deren Blüten in den unterschiedlichsten Rosa-, Rot- und Lilatönen gediehen, den Weg. Noch bevor die Inspektoren die Glocke betätigten, wurde ihnen die Tür geöffnet. Ein mittelgroßer Mann mit schwarzen, kurz geschorenen Haaren baute sich breitbeinig vor ihnen auf wie ein Bulldozer, der verhindern wollte, dass jemand unbefugt das Haus betrat.

»Ja?« Auf der Nase des Mannes thronte majestätisch eine Hornbrille, dazu trug er ein beigefarbenes Hemd, dessen oberste Knöpfe leger offenstanden, und Jeans. Stern wusste sofort, dass sie den Bruder des Toten vor sich hatten. Eine Ähnlichkeit war nicht zu übersehen.

»Chefinspektor Oskar Stern, und das hier sind meine Kollegen Gruppeninspektor Edwin Mirscher und Gruppeninspektorin Mara Grünbrecht. Wir wollen zu Frau Köhlinger.«

Der Mann rümpfte die Nase, als zöge er in Betracht, die Beamten nicht ins Haus einzulassen. Dann aber überlegte er es sich anders und trat zur Seite.

»Im Wohnzimmer, geradeaus und dann rechts«, sagte er bemüht, seine Verstimmung – aus welchem Grund auch immer – nicht an den Besuchern auszulassen. Aber es gelang ihm nicht zur Gänze, was Mirscher auf den Plan rief.

»Und wer sind Sie, wenn ich fragen darf?«, schoss es aus dem Gruppeninspektor heraus.

»Herbert Köhlinger, ich bin der Bruder.«

»Wir wollen auch mit Ihnen reden«, sagte Mirscher, und Stern registrierte, wie Herbert Köhlinger daraufhin erblasste. Im Wohnzimmer saß Elvira Köhlinger in eine Decke gehüllt auf der braunen Ledercouch. Als die Beamten eintraten, hob sie zwar den Kopf und blickte in ihre Richtung, aber sie sah durch sie hindurch.

Vor ihr auf dem Tisch lag ein Buch. Der Einband bestand aus Leder und war abgegriffen. Stern war die stolze Sammlung bereits aufgefallen, als er Elvira Köhlinger die Todesnachricht ihres Mannes überbracht hatte. Anscheinend hatte die Witwe versucht, sich mit Lesen von ihrer Trauer abzulenken.

»Grüß Gott, Frau Köhlinger.« Stern suchte im Antlitz der Frau nach einer Reaktion, sodass er wusste, dass sie ihn wahrnahm.

»Grüß Gott, Herr Chefinspektor.« Köhlingers Stimme war mehr ein Flüstern und klang zerbrechlich, wie auch ihre ganze Erscheinung äußerst labil wirkte.

»Das hier sind meine Kollegen Grünbrecht und Mirscher. Frau Köhlinger, wir müssen Ihnen ein paar Fragen stellen. Glauben Sie, dass Sie in der Lage sind, uns diese zu beantworten?«

Die Frau nickte.

»Gut.« Stern wählte seine Worte mit Bedacht. Er wollte der Frau nicht noch mehr Leid zufügen, als ihr durch den Tod ihres Mannes – aber vor allem durch das gemeinsame Leben – nicht ohnehin bereits geschehen war. Deshalb ließ er die Umstände, wie der Weinhändler gestorben war, vorerst weg und fragte: »Hatte Ihr Mann Feinde, Frau Köhlinger?«

»Wer hat die nicht? Und vor allem: Wer hat die nicht in dieser Branche?« Es war Herbert Köhlinger, der die Antwort statt seiner Schwägerin gab. Bislang hatte er hinter der Couch, auf der Elvira Köhlinger saß, gestanden und von dort aus die Szene im Wohnzimmer beobachtet.

»Wir würden mit Ihrer Schwägerin lieber allein sprechen. Ich denke, sie kann das gut ohne Ihre Hilfe bewältigen«, wies Stern den Bruder des Toten zurecht, der ihm nicht sonderlich sympathisch war, das musste er zugeben. »Wir rufen Sie, wenn wir Sie brauchen.«

»Aber ich …«

»Kein Aber!« Mirscher stellte sich vor den Mann und drängte ihn durch seine körperliche Präsenz zur Seite. Über diesen Rausschmiss verärgert verließ der Angesprochene das Wohnzimmer.

»Und halten Sie sich zu unserer Verfügung!«, rief Mirscher ihm hinterher. Als er merkte, dass Grünbrecht ihn beobachtete, mimte er wieder den ganz auf den Fall Konzentrierten.

»Beginnen wir von vorne, Frau Köhlinger. Hatte Ihr Mann Feinde?«, wiederholte Stern seine Frage.

»Wie mein Schwager schon sagte: Richard war ein bekannter Weinhändler nicht nur in Linz, sondern auch über die Stadtgrenze hinaus. Er belieferte viele Restaurants. Italiener, Griechen. Aber auch private Persönlichkeiten, vor allem welche aus Politik und Wirtschaft wie den Landeshauptmann, den Generaldirektor der Raiffeisenlandesbank oder den Arbeiterkammerpräsidenten. Sie alle kauften bei ihm ihre Weine. Da hat man nicht nur Freunde.«

»Außer den beruflichen Querelen – gab es noch etwas, das für den Fall relevant sein könnte?«

Elvira Köhlinger überlegte und sagte dann: »Nichts, von dem ich wüsste.«

»Hatte er jüngst mit jemandem Streit gehabt? Hat es eine Auseinandersetzung gegeben?«

Elvira Köhlinger zögerte, bevor sie antwortete und in Richtung der Tür deutete, durch die ihr Schwager vor wenigen Minuten verschwunden war: »Ja, mit Herbert.«

Mirscher hakte nach, um ganz sicher zu sein. »Mit Ihrem Schwager?«

Die Witwe nickte. Dann seufzte sie und erzählte: »Richard und Herbert haben von ihren Eltern ein Mietshaus in der Goethestraße geerbt. Herbert wollte es schon länger verkaufen, mein Mann aber nicht. Das ist der Grund, warum sie gestritten haben.«

»Wann ist das gewesen?«

»Vor etwa einer Woche.«

»Gibt es noch etwas, das Sie uns sagen möchten?«

»Wissen Sie, ich dachte ja, dass mein Mann mich betrügen würde. Als er nicht nach Hause gekommen ist, bin ich mir sicher gewesen, dass er bei einer anderen ist. Ich bin so wütend auf ihn gewesen, ich hätte mich vielleicht sogar von ihm scheiden lassen. Hätte ich geahnt, dass er da schon tot gewesen ist …« Elvira Köhlinger verstummte und tupfte mit einem Taschentuch Tränen von ihren Wangen.

»Hat Ihr Mann Sie denn schon einmal betrogen?«, fragte Stern, obwohl er wusste, dass viele Menschen darauf nicht ehrlich antworteten. Sie empfanden es als zu demütigend, die Frage zu bestätigen.

»Ich weiß es nicht. Er hat häufig abends gearbeitet, aber das ist nichts Ungewöhnliches gewesen. Ungewöhnlich wäre, wenn es nicht so gewesen wäre. Viele Kunden haben erst am Abend Zeit, um ihre Weinlieferungen entgegenzunehmen. Zudem hat eine Angestellte erst vor wenigen

Wochen gekündigt, und mein Mann hat ihre Arbeit übernehmen müssen, sodass die ganze Büroarbeit erst nach Ladenschluss erledigt werden konnte. Wir haben uns oft tagelang nicht gesehen, je nachdem, wer welche Termine gehabt hat. Wir haben getrennte Schlafzimmer, müssen Sie wissen. Deshalb habe ich ihn auch nicht als vermisst gemeldet. Aber irgendetwas ist anders gewesen als sonst. Ich weiß nicht genau, was es gewesen ist, aber glauben Sie mir, ich täusche mich nicht. Deshalb dachte ich wohl, dass er eine Geliebte hätte.«

»Danke, Frau Köhlinger. Wir müssen auch mit Ihrem Sohn reden. Wo finden wir ihn?«

»Wahrscheinlich in der Schule. Er ist Lehrer«, antwortete die Witwe.

»Gut, dann reden wir jetzt mit Ihrem Schwager.«

»Ich hoffe, Sie finden den Mörder«, flüsterte die Frau und zog die auf ihrem Schoß liegende Decke enger an ihren Körper heran, als könnte sie sich dadurch vor weiteren schlimmen Ereignissen schützen. Wie eine zweite Haut sozusagen. Oder wie jemand, der einen in den Arm nahm und in Sicherheit wiegte, wenn es denn sonst niemand tat.

Grünbrecht bat den Bruder des Toten ins Wohnzimmer. Dieser trat hoch erhobenen Hauptes ein, setzte sich auf das Sofa neben seine Schwägerin und starrte die Kriminalbeamten finster an.

»Herr Köhlinger, wie haben Sie sich mit Ihrem Bruder verstanden?«, wollte Stern gleich zu Beginn wissen.

»Wir haben ein ganz normales Verhältnis gehabt, wie es zwischen Brüdern üblich ist«, antwortete Herbert Köhlinger.

Stern fragte sich, welches Verhältnis zwischen Brüdern wohl als üblich galt, und bohrte weiter: »Wir haben gehört, dass Sie Streit mit ihm gehabt haben. Um was ist es dabei gegangen?«

Der Bruder des Toten atmete tief durch, als wäre er überrascht, dass die Inspektoren von dem Streit wussten. Dann warf er einen Blick hinüber zur Witwe, und als der nicht erwidert wurde, weil die Frau auf einen imaginären Punkt irgendwo im Raum starrte, sagte er: »Ach, diese Sache meinen Sie. Es ist um das Mietshaus in der Goethestraße gegangen, welches wir von unseren Eltern geerbt haben. Ich wollte es verkaufen, Richard aber nicht. Genügt Ihnen das?«

»Wer erbt Richards Anteil?«, wollte Grünbrecht wissen.

»Das werde dann wohl ich sein«, antwortete die Witwe, ohne den imaginären Punkt aus den Augen zu verlieren.

»Denken Sie ebenso wie Ihr Schwager an einen Verkauf der Immobilie?« Sterns Frage nach einem möglichen Motiv für den Mord löste den starren Blick der Frau.

»Darüber habe ich mir, ehrlich gesagt, noch keine Gedanken gemacht«, erklärte Elvira Köhlinger zögernd. Stern erkannte, dass diese Antwort gelogen war. Wahrscheinlich war Herbert Köhlinger genau deswegen hier, um seine Schwägerin zum Verkauf zu überreden, anstatt ihr in diesen schweren Stunden beizustehen. Oder hatten die beiden möglicherweise den Mord gemeinsam geplant? Vielleicht hatte der Bruder Geldsorgen und war auf den Verkauf des Mietshauses angewiesen? Vielleicht wollte auch die Ehefrau das Stadthaus zu Geld machen, und der Weinhändler hatte den Plänen der beiden im Weg gestanden? Doch wie passte der Mord am Liebenauer Pfarrer ins Bild? Ihnen fehlte noch immer die Verbindung.

»Warum hat Ihr Bruder nicht verkaufen wollen?«, richtete Stern die Frage an Herbert Köhlinger.

»Er hat das Geld nicht gebraucht«, stieß dieser wie eine Gift speiende Schlange aus. »Sehen Sie sich doch nur um! Die leben hier in Saus und Braus.«

»Ich habe wenige Jahre nach unserer Hochzeit eine

Erbschaft gemacht«, erklärte Elvira Köhlinger. »Wir sind daher in der glücklichen Situation gewesen, uns um Geld nie Gedanken machen zu müssen.«

Der Bruder des Toten schnaubte verächtlich und verschränkte die Arme vor der Brust. »Ich schon!«

»Neid ist schon immer dein Problem gewesen«, sagte die Frau an ihren Schwager gewandt.

»Und dein Problem war, dass Richard mit jeder X-beliebigen ins Bett gestiegen ist«, erwiderte Köhlinger erbost, stand auf und ging hinter der Ledercouch hin und her wie eine seit Jahren in einem Käfig eingesperrte Großkatze. »Sie müssen wissen, dass mein Bruder und meine Schwägerin alles andere als eine harmonische Beziehung geführt haben. Streit und Zank hat bei ihnen an der Tagesordnung gestanden wie andernorts das Zähneputzen!«, geiferte er weiter.

»Ach! Hör auf! Du bist ja bloß neidisch«, zischte Elvira Köhlinger aufgebracht.

»Ich? Niemals! Geld macht nicht glücklich, schon vergessen? Das trifft in deinem Fall wohl bestens zu.«

»Und du hast kein Geld und bist auch nicht glücklich. Was soll dieses dämliche Argument?« Elvira Köhlinger funkelte ihren Schwager giftig an.

»Weil Richard mir das, was mir zusteht, verwehrt hat. Dieser egoistische Scheißkerl!« Herbert Köhlinger lief wutentbrannt aus dem Wohnzimmer und griff im Flur nach seiner Jacke. Mirscher und Grünbrecht eilten ihm hinterher und hinderten ihn am Verlassen des Hauses.

»Herr Köhlinger, wo sind Sie vorgestern Nacht, so zwischen Mitternacht und drei Uhr morgens, gewesen?«, fragte Mara Grünbrecht nach dem Alibi des Mannes.

»Zu Hause, wo sonst? Sie können gerne mit meiner Frau reden.« Der Ärger über diese Frage war Herbert Köhlinger ins Gesicht geschrieben. »Hören Sie, es ist nicht so, wie es aussieht. Es stimmt schon, dass mein Bruder und ich des Öfteren Streit wegen Geld hatten. Es hätte ihm nicht wehgetan, mir ab und an etwas davon abzugeben. Aber nein, dafür war er sich zu gut, der noble Herr Weinhändler. Aber er war mein Bruder, und Brüder töten einander nicht!«

»Sie meinen, wie Kain und Abel? Der Brudermord ist so alt wie die Menschheit selbst«, dozierte Grünbrecht und reichte ihm ihre Visitenkarte. »Halten Sie sich zu unserer Verfügung. Sie dürfen Linz nicht verlassen, verstanden? Wir haben sicher noch Fragen an Sie. Und falls Ihnen etwas einfällt, das Sie nicht mehr verdächtig macht, dann rufen Sie uns an.«

Herbert Köhlinger griff nach der Visitenkarte und verließ das Haus. Die Inspektoren taten es ihm zehn Minuten später gleich. In der Einfahrt blieben sie stehen und resümierten das vorangegangene Gespräch.

»Dass Richard Köhlinger nicht verkaufen wollte, ist doch ein Mordmotiv. Sein Bruder tötet ihn und erhofft sich bei seiner Schwägerin ein leichteres Spiel, diese zum Verkauf des Mietshauses bewegen zu können. Dann wäre er endlich zu Geld gekommen, und seine Schwägerin hätte zu guter Letzt Ruhe von ihrem sie betrügenden Ehemann gehabt – Zack und peng!« Mirschers Kurzanalyse hörte sich plausibel an.

»Wo ist die Verbindung zum Pfarrer aus Liebenau? Vergiss nicht, dass die Männer auf gleiche, aber doch sehr ungewöhnliche Weise ermordet worden sind«, rief Stern ihnen ins Gedächtnis, dass sie nicht einen, sondern zwei Morde aufzuklären hatten, die dieselbe Handschrift trugen. Demnach suchten sie nach einem Mörder, der ein Motiv für beide Taten haben musste.

»Herbert Köhlinger liest von dem Mord an dem Liebenauer Pfarrer in der Zeitung. Da kommt ihm die Idee, den

Mord an seinem Bruder wie einen Serienmord aussehen zu lassen. Er nutzt diese Chance, um den Verdacht von sich zu lenken«, versuchte Mirscher zu erklären.

»Weber hat doch gesagt, dass der Weinhändler vor dem Pfarrer ermordet worden ist, auch wenn es nur 24 Stunden gewesen sind.« Grünbrecht warf dieses berechtigte Argument ein und zerstörte damit die These ihres Kollegen.

»Und die Zeitungen haben erst an jenem Tag über den Liebenauer Mord berichtet, an dem wir Richard Köhlinger tot im Bergschlösslpark aufgefunden haben«, erinnerte Stern an diesen Umstand. »Demnach kann Herbert Köhlinger auch nicht aus der Zeitung davon erfahren haben.«

»Hm …«

»Andere Theorie: Die beiden Männer, und zwar der Ehemann von der Geliebten des Weinhändlers …«

»Falls es denn eine gibt! Bislang haben wir nur den Verdacht von Elvira Köhlinger«, unterbrach Stern seinen Kollegen.

»… und der Ex der Melanie Klotz treffen zufällig im Internet aufeinander, sagen wir in einem Forum für gehörnte Ehemänner.« Mirscher hielt kurz inne und warf Grünbrecht einen Blick zu, der nach Sterns Geschmack zweideutig war.

»Gibt es so etwas überhaupt?«, fragte er, ohne die beiden aus den Augen zu lassen. Irgendetwas lief zwischen ihnen, da war er sich sicher. Er hatte nur nicht den blassesten Schimmer, was es war.

»Keine Ahnung, ich spinne das mal so zusammen. Überprüfen muss das Kolanski, ob er Spuren im Internet findet, die darauf hindeuten, dass es so gewesen sein könnte. Denn heute gibt es ja für fast alles ein Forum im Internet. Foren für Partnersuche. Foren, wie man sich umbringen kann. Foren, wie man Bomben baut. Foren für einfach alles.«

»Okay, weiter.« Stern wurde durch Mirschers Aufzählung erneut deutlich vor Augen geführt, dass er, was das Internet betraf, eine wesentliche Wissenslücke aufwies. Gott sei Dank interessierten sich die jungen Kollegen für den Fortschritt und das Treiben im weltweiten Netz viel mehr als er.

»Also, die beiden beschweren sich über ihre untreuen Frauen und beschließen, den vermeintlichen Grund ihrer Untreue zu beseitigen, nämlich die Liebhaber«, spann Mirscher seine Theorie weiter.

»Ein bisschen an den Haaren herbeigezogen, findest du nicht?« Grünbrecht verkniff sich ein Lachen. »Ein Internetforum für gehörnte Ehemänner – wo hast du nur so einen Blödsinn her?«

»Merk dir eins, meine Liebe: Auf diesem Planeten gibt es nichts, was es nicht gibt. Verstanden?« Mirscher hob dozierend den Zeigefinger und kam damit dicht an Grünbrechts Gesicht heran. Die Gruppeninspektorin verkniff sich einen Kommentar, lachte jedoch provozierend.

Stern, der darauf wartete, durch eine verräterische Aussage von einem der beiden nun endlich zu erfahren, was zwischen ihnen los war, wurde vom Klingeln seines Handys abgelenkt.

»Stern!«

»Wo steckst du?«

Stern erkannte die Stimme seiner Tochter und auch, dass in ihr ein gefährlicher Unterton mitschwang.

»Was gibt es denn?«

»Du hast mir versprochen, heute auf Tobias und Melanie aufzupassen, damit Stefan und ich essen gehen können«, drang es vorwurfsvoll aus dem Handy. »Und jetzt ist es bereits nach neun Uhr! Wir haben den Tisch aber für halb neun reserviert.«

Stern legte seine Hand auf die Stirn. Das hatte er in der Tat völlig vergessen.

»Es tut mir leid, Schatz«, sagte er reumütig. »Wo seid ihr denn?«

»Na, in unserer Wohnung, wo du auch sein solltest!«

»Ich bin in fünf Minuten bei euch. Nein, in zehn!«

»Sicher?«

»Versprochen!«

»Versprich nichts, was du nicht halten kannst, Papa.« Wie oft hatte Stern seine Tochter diesen Satz schon zu ihm sagen hören? Jedes Mal, wenn er mitten in einem Fall steckte, vergaß er alles rund um sich. Das musste sich ändern! Nicht erst, wenn er im Ruhestand war, sondern sofort.

»Ich komme gleich, Schatz«, sagte er voller Zuversicht und beendete das Gespräch mit seiner Tochter. Als er zu Grünbrecht und Mirscher hochblickte, hatte sich die Stimmung zwischen ihnen entspannt. Er würde also auf eine andere Gelegenheit warten müssen, um zu erfahren, was die beiden miteinander verband. Oder trennte, je nachdem.

»Es ist Zeit, nach Hause zu fahren«, sagte er und machte die Kollegen auf die vorgerückte Zeit aufmerksam. Zuvor fasste er die Ergebnisse des Gesprächs mit der Witwe zusammen. »Wenn du recht hast, Edwin, und der Weinhändler tatsächlich fremdgegangen ist, müssen wir nach seiner Geliebten suchen und nach deren Ehemann.«

»Vor allem nach deren Ehemann«, fühlte sich Mirscher bestätigt.

»Und nach dem Ex der Melanie Klotz«, ergänzte Stern.

»Zwei Männer töteten die Liebhaber ihrer Ehefrauen auf die gleiche Weise, aber ohne sich zu kennen – das ist doch absurd!«, warf Grünbrecht ein.

»Ich sagte doch schon: ein Forum für …«

»… gehörnte Ehemänner, wir haben es gehört. Aber so etwas gibt es nicht!« Grünbrecht war sich ganz sicher. »Kolanski lacht sich tot, wenn wir ihm sagen, dass er im Internet nach so einem Forum suchen soll.«

»Ist mir doch egal«, brauste Mirscher auf.

»Jetzt hört endlich auf zu zanken«, mischte sich Stern ein, bevor ein Streit vom Zaun brach. »Ihr seid wie meine Enkelkinder und streitet euch bei jeder Gelegenheit.« Sein Blick wanderte zwischen den Kollegen hin und her. Jetzt wäre der Augenblick gut, sie zu fragen, was los war. Aber nun hatte er keine Zeit mehr. Er musste zu seiner Tochter. »Es ist ein langer Tag gewesen, lasst uns nach Hause fahren und über alles schlafen. Fahren Sie mich ein Stück, Grünbrecht? Mein Wagen steht im Landeskriminalamt.«

»Natürlich, Chef!«

Stern stieg zu Mara Grünbrecht in den BMW. Die neuen Kalbslederschuhe drückten. So sehr, wie er sich gefreut hatte, die Schuhe anzuziehen, als er zum Bischof gegangen war, freute er sich, sie wieder ausziehen zu können. Dass dies nicht so schnell der Fall sein würde, wusste er natürlich nicht.

13. KAPITEL

»Sie können mich hier aussteigen lassen«, sagte Stern zu Grünbrecht, als sie in der Stockhofstraße anlangten. »Die letzten paar Meter laufe ich zu Fuß.«

»Wie Sie wollen, Chef.« Grünbrecht blinkte und lenkte den Wagen an den Straßenrand.

»Gute Nacht.« Stern warf hinter sich die Beifahrertür zu.

»Gute Nacht, Chef.« Mara Grünbrecht gab Gas und fuhr davon. Stern bog in die Auerspergstraße ein und verfluchte die neuen Kalbslederschuhe mittlerweile. Bestimmt hatte er schon daumengroße Blasen nicht nur an den Fersen, sondern auch an den Zehen. Jeder Schritt schmerzte ihn, und er hoffte, dass Barbara eine Wundsalbe in ihrer Wohnung hatte.

Ein rötlicher Schimmer über dem Mauracher Hotel, das immer mehr in Sichtweite rückte, lenkte Stern von seinen Schmerzen jedoch ab. Augenblicke später ertönten in der Ferne die Sirenen von Einsatzfahrzeugen, und aufgeregte Menschen liefen auf das Hotel zu. Auch Stern beschleunigte seinen Schritt. Dann sah er, dass im vorletzten Stockwerk des Mauracher Hotels Flammen aus den Fenstern loderten. Und war nicht in einem der Zimmer darüber eine Gestalt, die verzweifelt die Hände rang?

Stern begann zu laufen. Dabei ignorierte er die Schmerzen in seinen Füßen. Er rannte auf das brennende Inferno zu, kämpfte sich durch die gaffende Menge vor dem Hotel und wurde kurz darauf vom Hoteleingang verschluckt. Stock für

Stock eilte er nach oben, dorthin, wo er glaubte, jemanden gesehen zu haben, und bemerkte mal ausnahmsweise die Kilos, die er zu viel auf die Waage brachte, nicht.

Keuchend erreichte er das oberste Stockwerk. Er stieß die Tür des Stiegenhauses auf und trat in den Flur hinaus. Rauchschwaden zogen durch den Gang. Er hielt sich die Jacke vor Mund und Nase, um besser atmen zu können. Dann drückte er die Tür des ersten Hotelzimmers auf. Es war leer. Das zweite Zimmer. Wieder war niemand zugegen. Weiter hinten wurde der Rauch dichter. Stern hustete. Dann hörte er jemanden rufen.

»Hallo? Ist da jemand?« Stern lauschte. Die Schreie kamen von einem Hotelzimmer weiter hinten. Der Chefinspektor folgte seinem Instinkt und eilte in die Richtung, von der er dachte, dass die Laute kamen. Seine Augen und seine Lunge brannten. Er drückte die Klinke jener Tür nach unten, hinter der er glaubte, jemand säße fest. Die Tür sprang nicht auf. Stern pochte gegen das Holz.

»Hallo? Ist da jemand drinnen?«

»Hilfe!«

Ganz klar, da war einer! Stern ging ein paar Schritte zurück, nahm einen Anlauf und trat die Tür ein. Holz splitterte. Er spürte einen Schmerz im Knie, nahm sich aber nicht die Zeit nachzusehen, ob er verletzt war. Eine Frau und ein etwa gleichaltriges Mädchen wie sein Enkel Tobias drängten sich in die der Tür gegenüberliegende Ecke. Stern lief auf sie zu, packte das Kind an der Hand und zerrte es hinaus in den Flur.

»Mia! Mia!«, schrie die Mutter mehrmals den Namen ihrer Tochter, blieb aber stehen. Sie hatte panische Angst.

»Kommen Sie!«, rief Stern ihr zu. Doch die Frau rührte sich nicht. Furcht lähmte sie. Stern umklammerte das Mädchen mit seinem rechten Arm. Er konnte es nicht allein hierlassen. Was wusste er schon, was es dann tat? Weglaufen? Sich in dem Hotel verirren und verbrennen? Er hob es an und rannte mit ihm unterm Arm zurück. Dann ergriff er die Hand der Mutter und zerrte sie hinter sich her. Gemeinsam verließen sie das Zimmer, das sich zunehmend mit Rauch füllte. Stern hielt dem Mädchen seine Jacke vor Nase und Mund und selber die Luft an, so gut es ging. Jeder Atemzug schmerzte ihn. Seine Augen brannten. Das Wimmern des Mädchens schenkte ihm jedoch Kraft. Am Flur setzte er das Mädchen ab und dirigierte seine Schützlinge in Richtung Stiegenhaus. Die Frau lief auf den Lift zu und drückte den Knopf.

»Nein!«, schrie Stern und stieß die Frau vom Lifteingang weg. Gerade noch rechtzeitig, bevor sich die Türen öffneten. Eine Stichflamme schoss in den Flur heraus und hätte sie gegrillt, wäre sie dort stehen geblieben.

Zu dritt steuerten sie auf das grüne Schild zu, auf dem Notausgang stand. Stern lehnte sich mit seinem Gewicht gegen die Tür und drückte sie auf. Er spürte, dass seine Kräfte schwanden. Erschöpft ließ er Mutter und Tochter passieren und folgte ihnen. Einen Stock tiefer kamen ihnen die ersten Feuerwehrmänner entgegen. Stern war froh, sie zu sehen. Noch nie in seinem Leben war er so froh gewesen, jemanden zu sehen! Die Männer nahmen die Frau und das Kind in ihre Obhut, und einer von ihnen hielt ihm eine Sauerstoffmaske vors Gesicht, sodass er ein paar Züge frische Atemluft nehmen konnte. Dann ging es weiter nach unten, Stockwerk für Stockwerk. Je näher sie dem Erdgeschoss kamen, umso leichter fiel Stern das Atmen. In der Hotellobby hatte er das Gefühl, als legte ihm jemand die Hand auf die Schulter und versetzte ihm anschließend einen Tritt durch die gläserne Eingangstür des Hotels hinaus ins Freie. Erleichtert sog er frische Stadtluft ein.

Sofort wurde er von Sanitätern umringt und zu einem Rettungswagen gebracht.

»Wie geht es Ihnen?«, fragte einer der Rotkreuzhelfer, ein junger Bursche mit Bart und Brille, der aussah wie ein Holzfäller, dachte Stern.

»Danke, es geht schon«, winkte er ab. »Kümmern Sie sich um das Mädchen und die Mutter.«

»Das machen meine Kollegen. Hier, trinken Sie das!« Der Sanitäter reichte ihm einen Becher mit Wasser. Als Stern getrunken hatte, stülpte ihm der Holzfäller eine Sauerstoffmaske über Nase und Mund. »Nur für alle Fälle. Legen Sie sich auf die Trage. Wir nehmen Sie mit ins Krankenhaus.«

»Nein, das geht nicht«, begehrte Stern auf und zog die Sauerstoffmaske vom Kopf. »Ich muss zu meiner Tochter! Ich habe ihr versprochen, auf die Kinder aufzupassen.«

»Zuallererst müssen Sie auf sich selber achtgeben. Es hilft niemandem, wenn Sie vor Ihren Enkelkindern zusammenklappen. Sie haben vielleicht eine Rauchgasvergiftung, aber die bekommen wir in den Griff, wenn Sie die Sauerstoffmaske oben lassen.« Der Sanitäter legte Stern die Maske wieder an und drückte ihn auf die Trage. »Und Ihr Knie muss sich ein Arzt ansehen.«

»Was?« Stern richtete sich wieder auf und warf einen Blick zu seinen Beinen hinab. Aus seinem Knie ragte ein mindestens zehn Zentimeter langer Holzsplitter. Stern hatte die Wunde bislang gar nicht gespürt. Jetzt aber, wo er das Blut sah, fuhr ihm augenblicklich der Schmerz durch die Gliedmaßen. Ihm wurde schwindelig, und er ließ sich nun doch auf die Trage sinken.

»Chefinspektor Stern!«, rief jemand.

Stern hob den Kopf und hielt nach dem Rufer Ausschau. In der Menge der Schaulustigen hinter den Sanitätern erkannte er Eleonore Winkler, die Reporterin der OÖ. News, die zielstrebig auf den Rettungswagen zusteuerte.

»Wir beide haben wohl einen 24-Stunden-Job, was?«, sagte Winkler und lächelte. Das war nur das Vorspiel, das wusste Stern.

»Wie es aussieht.« Stern seufzte, sodass die Sauerstoffmaske innen beschlug. Aber er war auf der Hut, damit er der Reporterin gegenüber nichts Falsches sagte.

»Wie geht es Ihnen?«, fragte Winkler. Ob aus Mitgefühl, oder weil sie dahinter eine Schlagzeile vermutete, wusste er nicht.

Er hob die Sauerstoffmaske an und scherzte: »Ich lebe noch. Sie brauchen sich also keine Sorgen um Ihre Exklusivstory zu machen, vorausgesetzt …«

»Hängt der Brand mit den Mordfällen zusammen?«, wechselte Winkler vom höflichen Vorspiel zum Hauptakt über.

»Ich denke nicht«, antwortete Stern ehrlich. Ihm war tatsächlich nicht der Gedanke gekommen, dass es einen Zusammenhang geben könnte.

»Was haben Sie dann hier gemacht?«, hakte die Reporterin nach.

»Ich bin auf dem Weg zu meiner Tochter gewesen«, erklärte Stern in knappen Worten. Er war zu erschöpft, um eine ausführliche Konversation zu führen.

»Sie wollen mir also weismachen, dass das nur Zufall ist?« Winkler blickte den Chefinspektor mit leicht zur Seite geneigtem Kopf an.

»Nur Zufall«, brummte Stern, während ihn die Rotkreuzhelfer mit der Trage in den Rettungswagen schoben.

»Einen Augenblick noch!«, rief Eleonore Winkler ihnen hinterher. Die Sanitäter hielten inne, und Stern hob den Kopf.

»Ein Foto bitte noch!« Während Winkler das sagte, drückte sie auf den Auslöser ihrer Kamera. Dann wandte sie sich ab, bevor Stern protestieren konnte, und verschwand in der Menge, die vor dem Mauracher Hotel Stellung bezogen hatte und das brennende Inferno begaffte.

Die Sanitäter schlossen die hinteren Türen, und der Rettungswagen setzte sich in Bewegung. Stern war zu erschöpft, um über das Verhalten der Reporterin nachzugrübeln. Barbara fiel ihm ein. Seine Tochter wartete darauf, dass er auftauchen und für ein paar Stunden auf die Kinder achtgeben würde. Er fischte nach seinem Handy und rief sie an.

»Papa?« Barbara meldete sich gleich nach dem ersten Läuten.

Stern schob die Sauerstoffmaske von Nase und Mund und sagte: »Schatz, ich verspäte mich ein wenig …«

»Was heißt, du verspätest dich? Wo bist du?«

»Ich bin gleich bei dir.« Eigentlich war das gelogen, das wusste er. Deshalb stellte er es sofort richtig: »Nein, ich kann heute nicht kommen.«

»Was ist passiert?« In Barbaras Stimme schwang Angst mit. Als Polizistentochter war sie stets auf das Schlimmste gefasst.

»Das Mauracher Hotel brennt.«

Am anderen Ende der Leitung herrschte Stille.

»Ich bin dabei gewesen, drinnen meine ich.«

»Geht es dir gut?«

»Ja, es geht mir gut. Die wollen mich nur zur Sicherheit mitnehmen.«

»Wer sind die?«

»Die Jungs vom Roten Kreuz.«

»Soll ich kommen?«

»Nein, die machen nur einen kurzen Check, und dann

kann ich nach Hause gehen«, erklärte Stern seiner Tochter, weil er nicht wollte, dass sie sich Sorgen machte.

»In welches Krankenhaus bringen sie dich?«

»Ins Krankenhaus der Barmherzigen Nonnen. Da hätte ich auch zu Fuß hingehen können«, versuchte Stern locker zu klingen.

»Ich hab dich lieb, Papa.«

»Ich dich auch, Schatz.« Es war Stern peinlich, in Gegenwart der Sanitäter so vertraulich mit seiner Tochter zu reden. Das machte ihn verletzlich, angreifbar, und das durfte er als Chefinspektor der Mordgruppe vom Landeskriminalamt Oberösterreich auf gar keinen Fall sein.

14. KAPITEL

Zwei Stunden später verließ Stern das Krankenhaus. Man hatte ihm gesagt, weil er sich im Hotel zuvor die Jacke vor Mund und Nase und dann die Luft angehalten habe, habe er nur eine leichte Rauchgasvergiftung erlitten, aber bei Auftreten von Übelkeit, Kopfschmerzen, Erbrechen oder Schluckbeschwerden müsse er sofort wiederkommen. Den Holzschiefer in seinem Knie hatte man entfernt und die Wunde versorgt. Nun humpelte er barfuß und die Kalbslederschuhe in Händen tragend die Mozartstraße entlang in Richtung seiner Wohnung in der Herrenstraße. Er hätte sich auch ein Taxi nehmen können, aber aufgrund der Menge an ausgeschüttetem Adrenalin tat ihm der Fußmarsch bestimmt gut.

Für den Weg benötigte Stern die doppelte Zeit wie sonst. Es war längst nach Mitternacht, als er die Tür seiner Wohnung aufsperrte und sich Augenblicke später vollbekleidet und völlig erschöpft in sein Bett fallen ließ. Dennoch bekam er vorerst kein Auge zu. Seine Gedanken drehten sich im Kreis. Einmal dachte er an die Mordfälle, dann an seine Tochter Barbara, an den Brand in dem Hotel und an Maria Brückl. Erst gegen fünf Uhr morgens kam der ersehnte Schlaf endlich über ihn und dauerte bis zum Pochen an der Wohnungstür an.

»Barbara?«, fragte Stern verschlafen. Wahrscheinlich wollte seine Tochter sich erkundigen, wie es ihm ging. Er schlug die Bettdecke zur Seite und wollte aufstehen, als ihn ein stechender Schmerz im Knie zurückrudern ließ.

»Verdammt!«, fluchte er und blieb auf dem Bett sitzen. Er brauchte einen Augenblick, bis sein Körper einsatzfähig war. Dann stemmte er sich hoch und humpelte wie ein 80-Jähriger vom Schlafzimmer in den Flur. Ein Blick durch den Spion ließ ihn wissen, dass nicht seine Tochter Barbara samt Enkelkinder, sondern Mara Grünbrecht samt ungeduldigem Blick vor der Tür stand. Er drehte den Schlüssel und drückte die Klinke.

»Wie sehen Sie denn aus?«, entfuhr es Grünbrecht, als sie Stern vollbekleidet mit zerknittertem Hemd und völlig verrußt zuerst vor sich stehen und dann vor ihr in die Küche schlurfen sah.

»Als wäre ich im Fegefeuer gewesen«, brummte Stern.

»Ich schlage vor, Sie gehen rasch unter die Dusche, bevor wir nach Liebenau fahren. Sie hatten wohl eine anstrengende Nacht, was?« Grünbrecht hob die Zeitung auf, die durch den Türschlitz eingeworfen worden war und noch immer dort lag, wo sie gelandet war, nämlich am Boden. Der Chefinspektor war achtlos über sie hinweggestiegen.

»Das können Sie laut sagen.«

»Haben Sie schon gehört: Gleich um die Ecke hat es gebrannt. Hatten Sie damit etwas zu tun?«, zog Grünbrecht ihren Chef auf, nicht ahnend, wie nah sie der Wirklichkeit damit kam. In der Küche legte sie die neueste Ausgabe der OÖ. News auf den Tisch und sah sich um.

»So in etwa«, drang es dumpf aus dem Schlafzimmer zurück.

»Ich mach mal Kaffee, während Sie duschen.« Ohne eine Antwort abzuwarten füllte Mara Grünbrecht frisches Wasser in Sterns neue Espressomaschine. Den einzigen Luxus, den sich der Chefinspektor scheinbar gönnte. Der Rest war abgewohnt und in die Jahre gekommen, so wie sein Besitzer, dachte Grünbrecht. Die meisten Möbel stammten aus seiner Ehe, er hatte sie aus der alten Wohnung mitgenommen. Vor seiner Erfahrung hatte sie jedoch den allergrößten Respekt. Stern war ein richtiger Bluthund, der, wenn er sich mal wo festgebissen hatte, nicht mehr losließ. Seine Aufklärungsquote war die höchste im ganzen LKA und seine brummige Art legendär. Doch unter der rauen Schale verbarg sich ein weicher Kern. Grünbrecht wusste das, trotzdem ging sie nicht mit allem, was ihr Vorgesetzter sagte und tat, konform.

Als Stern frisch geduscht aus dem Badezimmer zurückkam, las Grünbrecht gerade in den OÖ. News und schlürfte eine Tasse Kaffee.

»Wollen Sie auch einen?«, fragte sie und drückte schon auf den Knopf der Espressomaschine. Deren Mahlwerk übertönte Sterns Antwort.

»Hier.« Grünbrecht schob ihm die Zeitung mit dem Bericht über den Brand im Mauracher Hotel über den Tisch zu. Ein defektes Kabel in einem der Zimmer war die Ursache des Infernos gewesen. Auf der Titelseite war ein Foto von ihm, wie er auf einer Trage mit der Sauerstoffmaske im Gesicht in den Rettungswagen geschoben wurde. Daneben ein Bild von einem kleinen Mädchen und dessen Mutter, deren Leben er wahrscheinlich gerettet hatte, wurde dort von der Reporterin behauptet.

»Sie sind ja ein richtiger Held«, sagte Grünbrecht anerkennend und stellte Stern eine Tasse mit frischem Kaffee hin. »Los, erzählen Sie! Ich will alles hören.«

»Da gibt es nicht viel zu erzählen. Im Mauracher Hotel hat es gebrannt, ich hab es gesehen, bin hingerannt und hab die beiden rausgeholt. Das war's auch schon. Jeder andere hätte dasselbe getan.« Stern nahm einen großen Schluck aus seiner Tasse. Diese Unterhaltung war ihm unangenehm. Er ging zum Küchentresen, trank noch einmal von seinem Kaffee, leerte den Rest in die Spüle und stellte die Tasse neben den Geschirrspüler, um sie später wegzuräumen.

»Und was ist mit Ihrem Knie passiert?«, fragte Grünbrecht, da sie Sterns hinkenden Gang bemerkte.

»Ich hab mir dabei einen Schiefer eingezogen«, sagte er, verschwieg aber die Größe des Holzsplitters, der in seinem Knie gesteckt hatte.

»Aha, einen Schiefer«, wiederholte Grünbrecht misstrauisch. »Ich ziehe mir auch hin und wieder einen Schiefer ein, humple dann aber nicht wie Sie durch die Gegend.«

»Lassen Sie uns aufbrechen!«, wechselte Stern das Thema.

Grünbrecht rollte mit den Augen, nahm einen Schluck Kaffee und folgte ihrem Chef in den Flur. Dort standen Sterns neue Kalbslederschuhe. Sie glänzten, als wären sie frisch poliert. Im Gegensatz zu seiner übrigen Kleidung hatten sie den Einsatz im Hotel gut überstanden. Daran konnte man ihre Qualität erkennen, dachte er und schlüpfte erneut in das Paar, obwohl er sich gestern eine ordentliche Blase auf der rechten Ferse geholt hatte.

Zehn Minuten später fuhren die Kriminalbeamten in Richtung Mühlviertel, um den Exmann von Melanie Klotz zu befragen. Grünbrecht saß hinterm Steuer ihres BMW und bombardierte Stern solange mit Fragen, bis der alles vom Feuer im Mauracher Hotel erzählte. Erst als sie Liebenau erreichten und auf einen händeringend auf sie zulaufenden Revierinspektor Plattlbauer blickten, war dieses Thema endlich erledigt.

»Was ist jetzt schon wieder los?«, entfuhr es Stern genervt. Er starrte durch die Windschutzscheibe nach vorne auf den belagerten Parkplatz vor dem Brücklwirt. Menschen mit Kameras und Mikrophonen hantierten dort geschäftig herum. Es sah aus, als würde ein Film gedreht. Grünbrecht hielt den BMW neben Revierinspektor Plattlbauer an, der ihnen einen Parkplatz verschafft hatte.

»Na endlich!«, japste er, als Stern die Beifahrertür gerade einen Spalt aufgemacht hatte.

»Was ist denn los, Plattlbauer? Gibt es etwa wieder einen Toten?« Das dringliche Auftreten des Revierinspektors beunruhigte ihn.

»Hier geht's drunter und drüber! Seit Neuestem haben wir sogar bewaffnete Vampirjäger im Ort und ein Kamerateam, das jeden und alles filmt.« Plattlbauers Stimme überschlug sich. »Ich hab's Ihnen ja gleich gesagt, dass da ein Vampir am Werk ist.« Auf Plattlbauers Stirn glänzten Schweißperlen.

Stern verdrehte ob der grotesken Aussage des Revierinspektors die Augen. »Jetzt drehen S' mir aber nicht durch, gell? Wir brauchen einen vernünftigen Menschen an unserer Seite, wenn wir diesen Fall lösen wollen. Plattlbauer, es gibt keine Vampire! Zumindest keine, die Blut saugen. Die Vampire, die wir in Österreich haben, wollen unser Geld!«

»Sie verdächtigen also den Bankdirektor?« Plattlbauer wurde hellhörig.

»Jede Bank ist verdächtig«, murmelte Grünbrecht und dachte an das Hypobank-Debakel. Daran würde der österreichische Steuerzahler noch lange zu knabbern haben.

»Nein, so ein Schmarrn, Plattlbauer! Das war natürlich nur bildlich gemeint.« Der Chefinspektor stieg aus dem Wagen und schlug ein wenig zu heftig die Tür zu. Echauffiert stapfte er, so gut es mit seiner Verletzung am Knie und der Blase an seiner Ferse halt ging, seinen Kollegen voran ins Pfarramt. Mit was für einem Haufen hatte er es hier eigentlich zu tun, dachte er sich selbst bemitleidend, hoffte aber, dass ihnen die Pfarrersköchin über den Weg liefe und ihnen Kaffee anböte. Jetzt, wo sie quasi arbeitslos war, hatte sie ohnehin nichts anderes zu tun. Mittags wollte er sich einen Schweinsbraten der Brücklwirtin einverleiben und Grünbrecht wahrscheinlich eine halbe Karotte.

»Und noch etwas: Beim Zahnarzt ist eingebrochen worden, und der oder die Täter haben die Röntgenbilder mitgenommen«, rief Plattlbauer ihm hinterher.

Stern blieb augenblicklich stehen. »Wie bitte?«

»Beim Zahnarzt hat jemand die Röntgenbilder gestohlen. Anscheinend will man mittels der Bilder einen möglichen Vampir entlarven. Sie wissen schon, wegen der Eckzähne.«

»Plattlbauer! Sie spinnen ja!«

Grünbrecht grinste, und der Chefinspektor schüttelte ratlos den Kopf. Die Weltordnung in Liebenau war durch diese Vampirgeschichte ganz schön durcheinandergeraten, und die Liebenauer waren von einem ruhigen, ländlichen Völkchen zu einem hysterischen Hühnerstall mutiert. Eine Art Ausnahmezustand herrschte hier, der hoffentlich niemanden dazu veranlasste, weitere verrückte Dinge anzustellen, die die Sache nur noch verkomplizierten.

»Wurde beim Zahnarzt sonst noch etwas gestohlen außer den Röntgenbildern?«

»Nein, das ist es ja gerade, was die Sache so merkwürdig macht. Der Dieb hat nur die Röntgenbilder mitgenommen. Das Geld in der Kasse hat er nicht mal angerührt. Ich bin mir sicher, dass der Einbruch mit dem Mord zusammenhängt, wie gesagt ...«

»Schon gut, Plattlbauer«, versuchte Stern den Revierinspektor in seinen wilden Theorien zu bremsen.

»War die Spurensicherung schon da?«, wollte Grünbrecht wissen.

»Wegen des Einbruchs?« Nun war Plattlbauer verwirrt. Zuerst taten die Inspektoren so, als wäre alles nur Humbug, und jetzt verlangten sie sogar nach der Spurensicherung?

»Natürlich, Plattlbauer. Denken Sie doch mal andersrum: Was, wenn der Mörder nach jemandem sucht, dem er den Mord anhängen kann, weil einer Eckzähne wie ein Vampir hat? Möglicherweise finden wir Fingerabdrücke in der Zahnarztpraxis oder sonst irgendwelche Spuren. Plattlbauer, jetzt schalten S' doch einmal Ihr Gehirn ein!«

»Daran hab ich gar nicht gedacht. Ich werde gleich …«

»Sofort!«, befahl Stern scharf.

»Das erledige ich«, mischte sich Grünbrecht ein, da Plattlbauer ohnehin schon wie ein Schwein schwitzte. Stern begab sich derweilen ins Pfarramt und fragte dann, als Grünbrecht und Plattlbauer nachkamen: »Plattlbauer, wo finden wir den Exmann der Melanie Klotz?«

»Wahrscheinlich dort, wo er immer ist.«

»Und wo ist das?« Stern verlor langsam die Geduld. Das war heute kein sehr angenehmer Tagesbeginn, von der schlaflosen Nacht ganz zu schweigen. Und weder Kaffee noch Schweinsbraten waren in Sichtweite.

»Draußen im Tannermoor. Er wohnt dort in einer Hütte.«

»In einer Hütte?« Stern war nicht klar, was das nun wieder bedeutete. Hunde lebten in Hütten, Schafe und Pferde. Aber Menschen?

»Der Klotz hat es nicht verkraftet, dass sich seine Frau von ihm hat scheiden lassen, und der Landwirt, dem die Hütte gehört, lässt ihn seither dort kostenlos wohnen. Er hat ja ausziehen müssen aus dem gemeinsamen Haus, gleich nach der Scheidung – ist ja ihres gewesen.«

»Haben die beiden Kinder?«

»Nein, Gott sei Dank nicht. Die wären arm dran, mit so einem Säufer wie dem Klotz als Vater.«

»Wissen Sie, wo die Hütte ist?«

Plattlbauer nickte. »Ich war oft als Kind dort spielen, mit anderen Jungs aus dem Ort. Räuber und Gendarm, wissen S'. Damals gab's die ja noch, die Gendarmen. Heute sind wir ja alle Polizisten.« Plattlbauer grinste.

»Na, dann los! Brechen wir auf. Wir haben es eilig.« Stern hielt ein letztes Mal Ausschau nach der Pfarrersköchin, akzeptierte dann aber, dass er heute wohl ohne eine weitere Zufuhr von Koffein sein Auslangen würde finden müssen.

Auf dem Parkplatz steuerte Plattlbauer geradewegs auf seinen Dienstwagen zu. Stern, der lieber in einem Zivilauto unterwegs war, um nicht sofort die Pferde scheu zu machen, rief ihm hinterher: »Wir fahren mit Grünbrechts Wagen.«

»Aber ...« Plattlbauer wollte etwas erwidern, jedoch schnitt ihm der Chefinspektor das Wort ab.

»Kein Aber! Kommen S', Plattlbauer. Es soll ja nicht gleich jeder mitbekommen, was wir vorhaben.«

»Inkognito also«, resümierte der Revierinspektor verwundert, weil dort, wo der Klotz wohnte, nur wilde Vegetation vorherrschte, die keinem sagen konnte, dass die Polizei im Anrücken war. Dennoch fügte er sich. Der Chefinspektor war ohnehin schon grantig genug.

Die Beamten überquerten den Parkplatz und machten vor Grünbrechts BMW halt. Dort starrten alle drei auf die Windschutzscheibe, wo ein seltsames Ding gut sichtbar platziert war.

»Was zum Henker ist denn das?«, entfuhr es Grünbrecht angewidert.

»Knoblauch«, sagte Plattlbauer sich dessen gewiss.

»Was heißt hier Knoblauch? Und warum Knoblauch?« Grünbrecht packte den geflochtenen Zopf zwischen Daumen und Zeigefinger, als wäre er giftig, verwünschte den Scherzkeks, der ihr dieses Ding hinter den Scheibenwischer geklemmt hatte, sonst wo hin und warf den Zopf, begleitet mit einem verächtlichen »Wäh«, in hohem Bogen mitten auf den Ortsplatz.

»Knoblauch hilft gegen Vampire«, erklärte Plattlbauer und lachte, als er das verdutzte Gesicht der Gruppeninspektorin sah. Stern hingegen schüttelte resignierend den Kopf. Auch ihm wurde schon mal ein Knoblauchzopf entgegengehalten, und zwar von Herta Bachmeier, der Pfarrersköchin, weil sie gedacht hatte, er wäre ein Vampir. Nun sollte wohl auch Grünbrecht einer sein. Verärgert stieg die Gruppeninspektorin in den Wagen, Stern setzte sich auf den Beifahrersitz, und Plattlbauer nahm auf der Rücksitzbank Platz. Während der Fahrt bat Stern den Revierinspektor zwei Mal, dass er endlich zu lachen aufhören solle, dennoch dauerte es nahezu bis zum Rand des Tannermoors, bis er sich beruhigte. Zwei Spuren, die Traktoren bei der Landschaftspflege hinterlassen hatten, führten dort in den Moorwald hinein.

»Da lang«, dirigierte Plattlbauer Grünbrecht auf diesen kaum als Pfad zu erkennenden Weg. Die Spuren waren ausgespült und von tiefen Furchen durchzogen. »Haben Sie gewusst, dass das Tannermoor zu den größten Latschenhochmooren Österreichs zählt?«, fragte Plattlbauer die Inspektoren.

»Nein«, antwortete Stern und blickte konzentriert aus dem Wagen, der schaukelte, als säßen sie auf dem Rücken eines Dromedars. Nur der Revierinspektor ließ sich davon nicht beeindrucken und redete weiter: »Das Moor ist nie landwirtschaftlich genutzt worden, nur an den Rändern hat man vor über 100 Jahren Fichten aufgeforstet. Hier wachsen vorwiegend Kiefern, Birken und Erlen, und wie gesagt am Rand des Moors auch Fichten. Auf was wir besonders stolz sind, ist, dass hier nie Torf gestochen wurde. Somit ist das Moor heute noch, wie es vor ungefähr 12.000 Jahren entstanden ist.« Es war Plattlbauer anzuhören, dass er diese Informationen schon mehrmals heruntergespult hatte.

»Sehr schön«, murmelte Stern, der sich mit einer Hand

am Griff über der Beifahrertür festhielt und die Finger der anderen in den Schaumstoff des Sitzes krallte. Plötzlich krachte es unten an der Bodenplatte.

»Scheiße!«, fluchte Grünbrecht. »Wie weit ist es noch?« Eine aufgerissene Ölwanne inmitten des Naturschutzgebietes fehlte ihnen gerade noch.

»Dort vorne ist der Weg zu Ende. Danach müssen wir laufen, gut einen halben Kilometer in den Wald hinein.« Plattlbauer zeigte in die angesprochene Richtung.

Grünbrecht erwiderte nichts. Ihr Blick war nach vorne auf den Weg gerichtet, um jeder Bodenunebenheit, die eine Wiederholung des Geräusches provozieren könnte, rechtzeitig ausweichen zu können.

Stern zog überrascht die Augenbrauen hoch. Hatte Plattlbauer eben etwas von Laufen gesagt? Hier im matschigen Moorboden, wo sich die Erde mit allerlei Vegetationsrückständen zu einer klebrigen Pampe vermengte? Schließlich trug er seine neuen Kalbslederschuhe!

»Können wir nicht noch ein bisschen weiter …«

»Nein, können wir nicht! Hier geht's nicht weiter«, schnitt Grünbrecht ihm das Wort ab. »Außerdem ist das ein Moor.«

Stern schnaubte unwillig und warf einen vernichtenden Blick in Richtung der Rücksitzbank, wo ein achselzuckender Plattlbauer jegliche Schuld von sich wies.

»Ich kann nichts dafür. Wenn wir meinen Dienstwagen genommen hätten, hätten wir dieses Problem nicht. Ich habe erstens Gummistiefel im Kofferraum und zweitens einen Allrad.«

Wieder war ein Schnauben zu hören. Der Chefinspektor erinnerte sich daran, dass Plattlbauer am Parkplatz noch etwas hätte sagen wollen, er ihn aber nicht zu Wort hatte kommen lassen. Nun musste er die Konsequenzen dafür tragen. Wortlos folgten sie dem holprigen Parcours, der gut zehn Meter später vor einer gewaltigen Kiefer endete. Grünbrecht stellte den Motor ab, stieg aus und umrundete den Wagen, um ihn auf seine Unversehrtheit zu überprüfen. Der Lack hatte offenkundig keine gravierenden Schäden abbekommen, nur feine Kratzer von herabhängenden Ästen, was schon ein kleines Wunder war, da der Weg die letzten 50 Meter beinahe zugewachsen war. Grünbrecht bückte sich und warf einen Blick unter den Wagen. Aber auch dort war auf die Schnelle nicht zu erkennen, ob etwas kaputtgegangen war. Die Gruppeninspektorin richtete sich auf und wischte ihre Hände, an denen Kiefernnadeln klebten, an ihren Jeans ab.

Plattlbauer schritt zielstrebig auf einen kaum sichtbaren Pfad neben der Kiefer zu, wie ihn oftmals das Wild bei der Futtersuche hinterließ. Die städtischen Kollegen folgten ihm, jedoch erschwerten Brombeerstauden und Farne ein zügiges Vorankommen.

»Verdammt! Warum muss dieser Klotz ausgerechnet im Tannermoor wohnen?«, stieß Stern wütend aus, als eine Brombeerstaude in Höhe seiner Wade in seinem rechten Hosenbein einen zehn Zentimeter langen Riss hinterließ.

Plattlbauer, der seit der Knoblauchattacke auf den Wagen der Kripobeamten gegen den aggressiven Tonfall des Chefinspektors immun zu sein schien, erklärte: »Das ist ja genau der Grund, warum der Klotz hier lebt. Er möchte niemanden um sich haben, zumindest keinen, der nicht Melanie Klotz heißt. Er hofft ja noch immer, dass sie eines Tages zu ihm zurückkommt. Das sagt er zumindest im Suff. Und solange will er sich hier verkriechen und leiden wie ein verwundetes Tier.« Plattlbauer ging voran und ebnete, so gut es ging, den Pfad für die Städter, die für die Schönheit des Moorwaldes nicht viel übrig hatten. »Die Melanie hat ihn verlassen, weil er so viel gesoffen hat, wissen S'. Aber aufgehört hat er deswegen auch nicht, dieser Depp. Und glauben S', dass so eine schöne Frau wie die Melanie Klotz zu einem Säufer wie dem dann zurückkommt? Nein, sag ich Ihnen. Gewiss nicht! Die hat sich in den Pfarrer verliebt, wie es ausschaut, und der Klotz ist seither Schnee von gestern. So schaut's aus und nicht anders. Aber das will der Sturschädel halt nicht begreifen. Der glaubt, die kommt zu ihm zurück, wenn er nur lange genug durchhält. Aber warum soll sie denn kommen, die Melanie? Wenn sie kommt, dann nur, weil sie Mitleid mit ihm hat.«

»Trauen Sie ihm einen Mord zu?« Stern wollte nun auch dazu die Meinung des Revierinspektors hören, wenn er schon die ganze Geschichte des Ehepaares Klotz vor ihnen ausbreitete.

»Wenn er nüchtern ist, kann ich mir das schon vorstellen, dass er körperlich dazu in der Lage wäre. Ist ja gar nicht so leicht, einen Mann auf einen Altar zu hieven und wie ein Paket zu verschnüren. Da braucht man schon Kraft. Oder eine gewisse Technik. Wenn er aber getrunken hat, dann schafft er das bestimmt nicht. Der trinkt ja nicht wie wir drei hier«, meinte Plattlbauer und deutete in die Runde, »der säuft sich halb zu Tode, dass er dann nicht mehr stehen kann.«

»Wie lange gehen die Klotzes bereits getrennte Wege?«, fragte Grünbrecht dazwischen, da Stern Mühe hatte, in seinen Kalbslederschuhen mit ihnen Schritt zu halten. Er versuchte noch immer, das edle Schuhwerk zu schonen, was angesichts der Brombeerstaude, an der er im Augenblick festhing, absurd anmutete.

»Seit gut zwei Jahren, würde ich meinen. Aber genau weiß ich das nicht. Es wird ja so viel getratscht, da ist Liebenau keine Ausnahme.«

Der Chefinspektor lachte ob des Nachsatzes von Plattlbauer trotz kriegerischer Auseinandersetzung mit dem hiesigen Gestrüpp und meinte: »Tratsch und Klatsch gibt es in Liebenau mehr als anderswo, Plattlbauer, das können Sie mir glauben. Wie sonst erklären Sie sich die jüngste Bevölkerungsexplosion im Ort, die zwar nur kurzfristig ist, aber dafür umso heftiger? Aufgrund von Schaulustigen, Journalisten und Vampirjägern hat sich die Einwohnerzahl in Liebenau mehr als verdoppelt.«

Grünbrecht, die Plattlbauer während seiner Schilderungen des hiesigen Klatsches die Führung abgenommen hatte, blieb unerwartet stehen. »Dort vorne ist eine Lichtung.«

»Wir sind gleich da«, erklärte Plattlbauer zufrieden und blickte auf seine Armbanduhr. »Und wir haben dafür gerade mal zwölf Minuten gebraucht.«

»Dafür sind meine Schuhe völlig hinüber«, brummte Stern. Er konnte die Freude Plattlbauers nicht teilen.

»Wenn wir außen herumgefahren wären, hätten wir 15 Minuten länger gebraucht. Mindestens!« Plattlbauer war sich ganz sicher.

»Soll das etwa heißen, dass es eine Straße hierher gegeben hätte?« Grünbrecht glaubte, sich verhört zu haben.

»Nicht gerade eine Straße, aber einen Weg schon. Er führt um das Moor herum und endet gut 100 Meter dort vorne vor der Hütte.«

»Und Sie lassen uns wie die Trotteln durch den Wald marschieren?« Grünbrecht dachte an ihren BMW und sah rot.

Und Stern sah es auch! Aber aus einem anderen Grund. An seinen Fersen war eben die daumengroße Blase geplatzt, und Stern spürte die Nässe an seinem Fuß. Vor seinem geistigen Auge sah er, wie sich Blut im Inneren des Schuhs verteilte. Außerdem tat sein Knie weh. Dennoch legte er Grünbrecht die Hand auf die Schulter, um sie zur Besonnenheit zu gemahnen, oder weil er Plattlbauer selber erwürgen wollte, das wusste er noch nicht so genau. Er humpelte an beiden die letzten paar Meter durch die Wildnis vorbei bis hinauf zur Waldlichtung, wo besagte Holzhütte im Sonnenschein thronte.

»Endlich!«, schnaufte er, von der Anstrengung des Fußmarsches außer Atem, aber auch froh, das Ende ihrer unfreiwilligen Pilgerreise erreicht zu haben. Eine richtige Pilgerreise war es zwar nicht gewesen, dazu fehlte eindeutig der Wille, dieses Leid aus freien Stücken auf sich zu nehmen, denn eines war gewiss: Die neuen Kalbslederschuhe würden nachher in den Müll wandern, weil sie innen mit Blut verschmiert und außen von den Brombeerstauden völlig zerkratzt waren, ebenso seine zerrissene Hose. Und das alles war keinesfalls freiwillig.

»Wohl ein wenig aus der Übung«, legte Plattlbauer nach und deutete auf Sterns Bauch. Ein paar Kilos zu viel hatten sich in den letzten Jahren dort angesammelt, und die erst jüngst verzehrten Schweinsbraten der Brücklwirtin taten das ihre dazu. Sie waren seiner Figur nicht besonders dienlich gewesen, von seinem Cholesterinspiegel mal ganz zu schweigen.

»Ich werde wohl langsam alt«, japste Stern und begutachtete einen besonders tiefen Kratzer an seinem Schienbein, aus dem Blut quoll, welches der Stoff der Hose bei jedem seiner Schritte verwischte.

»Dann geht es Ihnen wie meinem Wagen«, stichelte Grünbrecht und stellte sich breitbeinig neben ihren Chef. »Auch der ist nicht mehr makellos. Also, wie gehen wir jetzt vor?«

»So nach dem Motto: Guter Cop – böser Cop, was?« Plattlbauer wartete gespannt auf einen Befehl der städtischen Kollegen.

»Sie sehen zu viel fern, Plattlbauer. Ich will lediglich von dem Mann dort drinnen wissen, ob er für die Tatzeit ein Alibi hat. Außerdem will ich mir ein Bild von ihm machen.« Stern richtete sich auf und humpelte hinüber zur Hütte. Seine Zehen und Fersen schmerzten im Takt, die Wunden an Knie und Schienbein brannten. Als er gegen die Tür pochte, war im Innern ein lauter Rumpler zu hören. Kurz überlegte er, ob er nach seiner Waffe greifen sollte.

»Jetzt hat's ihn wohl vom Stuhl gehauen«, witzelte Plattlbauer. Anscheinend fand er das alles auch noch lustig. Doch seine gute Laune verpuffte, als Klotz sturzbesoffen an der Tür erschien, ein Jagdgewehr im Anschlag hatte und damit auf seinen Kopf zielte.

»Hey hey!«, rief Stern beschwichtigend und trat einen Schritt zur Seite, damit seine Nähe nicht bedrohlich auf den Schützen wirkte. »Lassen Sie den Blödsinn, Herr Klotz!«

Der Angesprochene schwenkte den Lauf des Gewehrs um 90 Grad und zielte auf Sterns Haupt. Die Drehung brachte ihn ins Wanken, sodass er sich mit der Schulter am Türrahmen abstützen musste. Das nutzte Grünbrecht, die nahe der Hüttenwand und somit außerhalb Klotz' Sichtfeld stand, machte einen Schritt nach vorne und fasste nach dem Gewehrlauf. Mit einer gezielten Drehung und einem Ruck riss sie die Waffe Klotz aus den Händen.

»Du Depp, du!«, schrie Plattlbauer völlig aufgebracht. »Weißt du nicht, wer die sind?«

Klotz blickte zuerst Stern und dann Grünbrecht mit glasigen Augen an. Der Chefinspektor war sich nicht sicher, ob dieser Blick ihn auch wirklich wahrnahm oder nicht einfach durch ihn hindurch glitt. Aber da sagte Klotz wider Erwarten: »Wahrscheinlich sind das die Vampire, die die Leut' hier überall suchen.« Wankend wandte er sich ab und torkelte zurück in die Hütte. Da er dabei die Tür sperrangelweit offen stehen ließ, betrachteten die Inspektoren dies als Aufforderung, ihm zu folgen.

»Herr Klotz, mein Name ist Oskar Stern. Das hier ist meine Kollegin Mara Grünbrecht. Revierinspektor Plattlbauer kennen Sie ja. Wir sind vom Landeskriminalamt in Linz und untersuchen den Mord an Ihrem Pfarrer«, erklärte Stern laut, weil er befürchtete, sein Gegenüber würde ihn sonst nicht verstehen.

»Das war nicht mein Pfarrer«, erwiderte Klotz jedoch wie aus der Pistole geschossen.

»Wie bitte?«

»Na, der Pfarrer! Das war nicht meiner! Ich hab ihn gehasst, diesen Pfaffen!«, brüllte er.

»Wieso haben Sie den Pfarrer gehasst?«, hakte Grünbrecht sofort ein. Ihr war klar, dass sie in eine offene Wunde stach. Aber der Moment war günstig, und die Zunge des Betroffenen saß durch den Alkohol locker.

»Na, weil er der Pfarrer gewesen ist!« Klotz griff nach einer Bierdose und nahm einen langen Schluck daraus. »Und weil er mich mit dieser Hexe verheiratet hat, die mir all das angetan hat, ohne mich zu warnen, dass man besser die Finger von den Frauen lässt. Ein Pfaffe müsste das doch eigentlich wissen, oder? Warum sonst haben die das Zölibat eingeführt?« Wieder setzte er die Dose an die Lippen und ließ das Bier geräuschvoll die Kehle hinunterfließen. Die ganze Hütte roch nach Alkohol und Ausdünstungen.

»Wie ist denn Ihr Verhältnis zu Ihrer Exfrau?«, fragte Stern den Mann, der sich weiter volllaufen ließ und sich nicht um die Gegenwart der Kriminalbeamten zu scheren schien.

»Da gibt's kein Verhältnis. Da gibt's gar nichts«, lallte Klotz und ließ sich auf einen Stuhl sinken.

»Heißt das, Sie haben keinen Kontakt mehr zu ihr?« Stern wanderte, während er das fragte, durch die Hütte und sah sich um. Er ging zum Fenster, öffnete es und spähte hinaus, ob vielleicht etwaige Spaziergänger die Hütte passierten. Aber da war niemand.

»Genau das heißt es.«

»Und das Verhältnis zwischen Ihnen und dem Pfarrer? Wie ist das gewesen?«

»Ach, lassen Sie mich doch mit diesem Pfaffen in Ruhe! Mit dem hab ich außer bei unserer Hochzeit nichts zu tun gehabt.«

»Sie haben ihn nicht gesehen?« Stern wandte sich vom Fenster ab.

»Natürlich hab ich ihn gesehen, wenn er mir über den Weg gelaufen ist. Beim Einkaufen. Wenn ich ins Wirtshaus gegangen bin. Aber geredet habe ich mit dem nicht. Warum denn auch? Er hat mich immer so seltsam angesehen, dieser Pfaffe – und ich hasse Pfaffen!«

»Er hat Sie also seltsam angesehen.« Stern warf Grünbrecht einen vielsagenden Blick zu.

»Genau«, bestätigte Klotz, nicht ahnend, welcher Keulenschlag ihn gleich treffen würde.

»Und Sie können sich nicht vorstellen, warum er das gemacht hat?«, hakte Stern nach.

Klotz schüttelte den Kopf. »Weil … weil er eben ein Pfaffe ist, sagte ich doch schon.«

»Weil er ein Verhältnis mit Ihrer Frau gehabt hat«, ließ Stern die Bombe platzen und merkte, wie Plattlbauer neben ihm erschrocken die Luft einsog.

»Was? So ein Schwachsinn! Das ist doch ein Pfarrer!« Klotz lachte auf.

»Auch diese Berufsgruppe hat so ihre Bedürfnisse. Lesen Sie denn keine Zeitungen?« Grünbrecht kam ganz nah an Klotz heran, was sie augenblicklich bereute. Der säuerliche Mundgeruch des Mannes, gepaart mit seinen Körperausdünstungen, raubte ihr die Luft zum Atmen. Kein Wunder, dass seine Exfrau nichts mehr mit ihm zu tun haben wollte.

»Das ist jetzt aber nicht Ihr Ernst, oder?« In Klotz' Stimme schwang Unsicherheit mit, ob diese unglaubliche Geschichte nicht vielleicht doch stimmen könnte. Obwohl – glauben wollte er sie nicht.

Stern und Grünbrecht nickten.

»Scheiße!« Klotz hieb mit der Faust auf die Tischplatte und schrie: »Dieses verdammte Luder!«

»Haben Sie irgendwelche Verbindungen nach Linz? Vielleicht Verwandte oder Freunde?«

»So eine Schlampe!« Der Angesprochene überhörte die an ihn gerichtete Frage und schmiss, als er aufstand, einen der Stühle um. Dann nahm er Kurs auf ein Regal und zerrte daran.

»Der Chefinspektor hat dich etwas gefragt!«, fuhr Plattlbauer den randalierenden Mann an, packte ihn an den Schultern und hielt ihn zurück, damit er das Regal nicht auch noch umkippte. Unsanft drückte er ihn auf einen anderen Stuhl und hielt ihn dort fest.

»Linz? Nein, ich kenne dort niemanden«, brauste Klotz auf, sodass seine Spucke in kleinen Tröpfchen im Gesicht des Revierinspektors landete.

»Und Ihre Exfrau?«, übernahm Stern das Verhör.

»Keine Ahnung! Woher soll ich das denn wissen? Ich hatte ja auch keine Ahnung, dass sie …« Klotz verstummte augenblicklich. Bevor er das aussprach, was eben über seine Lippen hätte schlüpfen wollen, biss er sich scheinbar lieber die Zunge ab.

»Sind Sie in jüngster Zeit in Linz gewesen?«

»Nein, das letzte Mal liegt Ewigkeiten zurück.«

»Wo waren Sie Samstagnacht?«

»Na, hier. Wo sonst?«

»Kann das jemand bezeugen?«

»Ha, Sie scherzen! Wer würde hier schon sein wollen außer ein alter Säufer wie ich?«

Stern stimmte Klotz stumm zu und ließ wiederholt den Blick durch die Hütte schweifen. Das hier war kein Ort, an dem man sich freiwillig aufhalten wollte. In der Hütte war es klamm und unordentlich. Der Gestank war kaum auszuhalten und wurde, je länger sie hier waren, unerträglicher. Er öffnete die Tür, damit frische Luft hereinkam.

»Halten Sie sich zu unserer Verfügung, Herr Klotz«, wies er den Mann an. Er hatte sich von ihm ein Bild gemacht, was ja auch der Sinn ihres Kommens gewesen war. Dieses Bild war keinesfalls positiv ausgefallen. Klotz war ein Säufer und nach Sterns Meinung zu allem fähig, auch zu einem Mord. Ob der jedoch so geplant und strukturiert ausgefallen wäre wie im Fall des Liebenauer Pfarrers, bezweifelte der Chefinspektor. Klotz war einer, der jemanden im Suff erschoss, in einem Wutanfall erschlug oder ein Messer in den Bauch rammte. Aber jemandem die Schlagadern zu perforieren, ihn ausbluten zu lassen und wie einen Kokon verknotet auf einer geweihten Stätte abzulegen, passte nicht zu ihm. Dafür bedurfte es Raffinesse, die Klotz in seinem jetzigen Zustand bestimmt nicht besaß. Außerdem gab es nicht den geringsten Anhaltspunkt, der ihn mit dem Toten im Bergschlösslpark in Verbindung brachte. Dieser Klotz schaffte es ja kaum, einen Schritt vor die Hütte zu setzen. Wie sollte er dann nach Linz fahren können? Und überhaupt: mit welchem Wagen? Stern hatte vor der Hütte kein Fahrzeug gesehen, nicht einmal ein Fahrrad. Mit dem Bus wäre es nach Linz eine halbe Weltreise. Und die Morde hätte jemand, der mit einem öffentlichen Verkehrsmittel unterwegs war, nicht ausführen können, denn beim Mord an dem Pfarrer musste das Blut nur so gespritzt haben, dass der Täter bestimmt davon etwas abbekommen hatte. Und den Leichnam vom Köhlinger hatte man vom eigentlichen Tatort in den Bergschlösslpark transportiert. Das wäre mit dem Bus kaum möglich gewesen. Nein, Klotz war nicht der Mörder, nach dem sie suchten, auch wenn er eines Tages jemanden auf dem Gewissen haben würde. Aber dieser Jemand würde wohl er selbst sein, denn er griff zur nächsten Bierdose, öffnete sie und ließ das Bier seine Kehle hinablaufen. Stern nahm dies zum Anlass, um Klotz und seinem Elend den Rücken zu kehren.

»Wie geht's jetzt weiter?«, fragte Plattlbauer draußen vor der Hütte. In seinen Händen hielt er das beschlagnahmte Jagdgewehr. Er schien enttäuscht über den unspektakulären Verlauf des Verhörs zu sein. Im Fernsehen sahen solche Szenen immer so eindrucksvoll aus, waren weitaus spannender.

Stern ging seinen Kollegen in Richtung Moorwald voran und fasste währenddessen das Gespräch mit dem Exmann der Melanie Klotz zusammen: »Klotz ist zwar gewalttätig, aber er ist nicht der, den wir suchen. Unser Mann ist strukturiert, geht genau nach Plan vor und …« Sterns Fuß verfing sich in einer Brombeerstaude, und der Chefinspektor fiel der Länge nach zu Boden. »Mist!«, fluchte er.

Gleichzeitig zerfetzte ein Schuss die Stille im Wald.

»Ah!«, schrie Plattlbauer auf. Stern griff nach dem Arm des Revierinspektors und riss ihn zu Boden. Grünbrecht war gleich neben ihnen. Über ihre Köpfe hinweg donnerten mehrere Schrotladungen. Scheinbar hatten die Inspektoren in Klotz' Hütte ein Gewehr übersehen. »Schaut's, dass weiter kommt's, ihr depperten Bullen!«, grölte Klotz vor seiner Hütte stehend und ballerte wie in einem Wildwestfilm um sich.

»Klotz, du Depp! Du hast mich getroffen!«, brüllte Plattlbauer. Er lag am Boden und krümmte sich vor Schmerzen. Derweilen deutete Stern Grünbrecht an, sie möge ihm helfen, den jammernden Plattlbauer tiefer in den Wald hineinzuziehen, denn ihre augenblickliche Position hätte Klotz mit nur wenigen Schritten erreichen können.

Im muffigen Waldboden robbten die Beamten hinter eine Anhäufung von Granitfindlingen, die im Mühlviertel überall herumlagen. Hinter dem schützenden Steinwall besah sich Grünbrecht Plattlbauers Wunde. Mehrere Schrotkugeln hatten ihn im Gesäß getroffen. Gott sei Dank waren sie nur ins Fleisch eingedrungen und hatten keine wichtigen Blutbahnen verletzt. Dennoch waren die Wunden schmerzhaft.

Stern zog seine Dienstwaffe und schielte hinter dem Versteck hervor. Klotz kam wankend durch den Wald direkt auf sie zu.

»Das ist ja der Sinn der Sache, du schlauer Bulle«, antwortete Klotz auf Plattlbauers zuvor getätigten Ausruf. »Und weißt was? Ich bring jetzt jeden um, der meine Melanie g'vögelt hat! Was hältst du davon?« Wieder donnerten Schüsse durch den Wald. Das Echo hallte unheilvoll zwischen den Bäumen wider.

»Von welchem Teufel wird der denn geritten?«, stieß Stern aus.

»Diesen Teufel nennt man Alkohol«, presste Plattlbauer zwischen zusammengekniffenen Lippen hervor.

Stern erwiderte nichts, denn er bekam gerade noch mit, wie Grünbrecht im Begriff war, eine Dummheit zu begehen. Sie richtete sich auf, und Stern rief: »Grünbrecht! Was machen Sie da?«

Grünbrecht, die ihre Hand auf die Glock 17 gelegt hatte und einen Schritt aus ihrem Versteck machte, ignorierte Stern und rief dem Schützen zu: »Dann werden Sie mir ja nichts tun! Ich hatte bestimmt nichts mit Ihrer Frau!«

»Die spinnt!«, brummte Stern und meinte damit seine scheinbar lebensmüde Kollegin. Eine weitere Schrotladung gab ihm recht. Die verfehlte Grünbrecht nur knapp, was die Gruppeninspektorin sofort in Deckung gehen ließ.

»Der glaubt doch nicht etwa, dass ich seine Frau gevögelt habe«, meinte Grünbrecht daraufhin verständnislos.

»Und Sie glauben doch nicht allen Ernstes, dass Sie mit dem da vernünftig reden und seinen Worten Glauben schenken können? Der hat doch nicht mehr alle Tassen im Schrank«, erwiderte Stern ungehalten. »Der handelt wie ein Irrer, weil er sich im Suff alles Mögliche einbildet.«

»Dieses Arschloch«, hechelte Plattlbauer dazwischen.

»Herr Klotz! Wir haben mit Ihrer Ex nichts zu schaffen!«, startete Stern einen letzten Versuch, die Sache ohne weiteres Blutvergießen zu beenden, wohl wissend, dass es mit einem alkoholisierten Amokläufer – und ja, Klotz mutierte augenblicklich zu einem – ziemlich sinnlos war, vernünftig reden zu wollen. Er wusste auch, dass, wenn einer mal entschieden hatte, dass ein Amoklauf der einzige Ausweg sei, dieser so lange daran festhielt, bis er sein Ziel erreicht hatte. Nicht selten beförderten sich die Betroffenen hernach selbst ins Jenseits. Stern befürchtete das Allerschlimmste.

»Können S' das beweisen?«, bellte Klotz wie ein tollwütiger Hund. Er kam näher, das konnten die Beamten an seiner Stimme hören. Von ihrem Versteck gab es jedoch so gut wie keine Fluchtmöglichkeit, zumindest nicht mit einem

Verletzten. Sie hätten 15 Meter über freie Sicht zurücklegen müssen, um zum nächsten Schutz bietenden Felsen zu gelangen. Aus dieser kurzen Distanz hätte sie Klotz jedoch sofort erledigt, auch wenn er betrunken war. Wider Erwarten zielte er immer noch ganz passabel.

Stern ließ sich seitlich an dem Findling vor und richtete den Lauf seiner Glock auf die Füße des Mannes.

»Wieso hat dieser Klotz überhaupt Gewehre?«, fragte Grünbrecht den Revierinspektor.

»Der hat einen Jagdschein, ist alles legal«, keuchte Plattlbauer.

»Aber den hätte man ihm doch längst abnehmen müssen, so wie der säuft.«

»Ja, hätte man, hat man aber nicht.« Auf Plattlbauers Stirn glänzten Schweißperlen. »Was hilft mir das jetzt?«

»Bleiben S' stehen!«, rief Stern dem Amokläufer zu. »Sonst schieße ich!«

»Das ist mir egal! Machen S' dem Elend halt endlich ein Ende. Ich werd' Ihnen auf ewig dankbar sein!«

»Wieso erschießt er sich dann nicht selbst?«, flüsterte Grünbrecht.

Im selben Augenblick fiel ein weiterer Schuss. Grünbrecht dachte schon, Klotz hätte sich tatsächlich selbst gerichtet, aber als an dem Felsen vor ihnen mehrere Schrotkugeln abprallten, wusste sie, dass der Schütze weiterhin Jagd auf sie machte.

Stern hatte endgültig die Nase voll. Er ließ sich nach vorne fallen, nahe am Boden, sodass der Farn ihn verdeckte. Mit ruhiger Hand zielte er auf den Angreifer. Ein einziger Knall war die Antwort auf Klotz' Schrotkugelhagel. Dem folgte ein dumpfer Aufprall. Dann war es ruhig. Der Wald schien plötzlich geräuschlos zu sein.

»Ist er tot?«, brach Plattlbauer als Erster die Stille. Er war kreidebleich im Gesicht, und es war ihm anzusehen, dass er starke Schmerzen hatte.

»Eigentlich hätte ich nur auf sein Knie gezielt …«, antwortete Stern ausweichend. Er hatte mit einem Schrei gerechnet, mit einem deftigen Fluchen oder wüsten Beschimpfungen. Die plötzlich eingetretene Ruhe verunsicherte ihn. Vorsichtig steckte er den Kopf hinter dem Felsen hervor, aber außer den Farnen, die überall wucherten, und Brombeerstauden und Gras, die den Waldboden wie einen grünen Teppich überzogen, sah er nichts.

»Wo ist er?«, flüsterte Grünbrecht. Auch sie war aufgestanden und suchte die Umgebung nach dem Amokschützen ab.

»Er muss irgendwo dort vorne liegen, dort hab ich ihn zuletzt gesehen«, antwortete Stern.

»Sie haben doch nicht etwa auf ihn geschossen, ohne ein genaues Ziel zu haben?«

»Nein, ich hab ihn genau gesehen«, brummte Stern, doch sicher war er sich nicht mehr. Denn wenn er Klotz ins Bein geschossen hätte, müsste der doch zu sehen oder zumindest zu hören sein, vor Schmerzen jammern wie Plattlbauer oder davonrobben, weil er vor ihnen flüchten wollte. Aber da war nichts. Es war gespenstisch still.

Mit vorgestreckten Waffen verließen die Kriminalbeamten ihr Versteck hinter dem Gestein, der eine links, der andere rechts. Langsam schritten sie auf die Lichtung zu, auf der Klotz' Hütte stand. Im einfallenden Sonnenlicht sah es aus, als zielte Gott mit dem Strahl einer Taschenlampe auf sie. Stern und Grünbrecht waren jederzeit bereit, ihre Waffen einzusetzen. Ihre Sinne waren angespannt. Konzentriert behielten sie die Umgebung im Auge und suchten weiterhin alles nach diesem Klotz ab. Nach gut zehn Metern sah Stern, dass etwas nicht weit vor ihnen am Boden lag.

Bestimmt war das der Säufer. Einerseits war Stern erleichtert, andererseits spürte er Ärger in sich aufsteigen, da dieser Kerl ihnen solche Umstände bereitete. Zwei Schritte später hatte er Gewissheit. Der Amokläufer lag wie ein erlegtes Wild am Waldboden, die Augen geschlossen und sämtliche Gliedmaßen von sich gestreckt. Aus seinem rechten Bein floss Blut. Also hatte er ihn doch ins Bein getroffen, so wie er es beabsichtigt hatte. Neben Klotz lag die Schrotflinte. Sie war ihm bei dem Sturz wohl aus der Hand gerutscht. Warum aber rührte sich der Mann nicht? Ein Schuss ins Bein war doch nicht tödlich.

Stern und Grünbrecht richteten weiterhin ihre Waffen auf die am Boden liegende Gestalt. Grünbrecht trat mit dem Fuß das Gewehr zur Seite. Stern beugte sich zu ihm hinunter. Dann sah er, was los war. Klotz war bei dem Sturz mit dem Kopf gegen einen Stein geschlagen, der halb aus dem Waldboden ragte. Er war ohne Bewusstsein, und eine hässliche Wunde klaffte an seinem Hinterkopf.

Grünbrecht fühlte nach seinem Puls. »Er lebt.«

»Gott sei Dank!« Stern war erleichtert, steckte die Glock in den Brusthalfter und zog stattdessen sein Handy aus der Tasche. »Hoffentlich haben wir hier Empfang«, brummte er und wählte den Notruf 144. Ein Mitarbeiter des Roten Kreuzes meldete sich am anderen Ende der Leitung.

»Hier Chefinspektor Oskar Stern vom LKA Oberösterreich. Wir brauchen ganz schnell einen Rettungswagen und den Notarzt im Tannermoor. Wir haben hier einen bewusstlosen Mann, der sich den Kopf an einem Stein blutig geschlagen hat, und einen Polizisten mit einer Schussverletzung im … Arsch.«

15. KAPITEL

Eine Stunde später machten sich zwei Rettungswagen mit Revierinspektor Plattlbauer und dem Exmann von Melanie Klotz an Board auf den Weg ins Freistädter Krankenhaus. Stern warf einen Blick an sich selbst hinunter und schrieb gerade seine neuen Kalbslederschuhe für immer ab. Auch wenn sie den Einsatz in der Brandhölle im Mauracher Hotel gut überstanden hatten, dem Angriff der wilden Brombeerstauden im Moorwald waren sie nicht gewachsen gewesen. Er selbst fühlte sich im Augenblick eher wie eine Wildsau und nicht wie ein Chefinspektor der Linzer Kriminalpolizei. Beim Schusswechsel im Wald hatte er sich auf den Boden geworfen und war anschließend mit dem verletzten Revierinspektor im Schlepptau auf dem Bauch durch den matschigen Moorboden gekrochen. Zuvor hatten Brombeerstauden mehrere Attentate auf ihn verübt, seine Kleidung zerrissen, das Leder seiner Kalbslederschuhe zerkratzt und manche tiefen Schrammen an seinen Schienbeinen und Waden hinterlassen. Er sah aus, als hätte er sich im Dreck gesuhlt, anstatt in einem Mordfall ermittelt. Dass dies oftmals dasselbe war, verdankte er den dunklen Geheimnissen seiner Mitmenschen.

Seltsamerweise traf das auf Grünbrecht alles nicht zu. Sogar jetzt glänzte sie wie ein Topmodel von einem der Titelblätter irgendeines Modemagazins. Die lockigen braunen Haare flott nach hinten gestrichen, zupfte sie eine einzige Kiefernnadel aus ihren Kleidern und musterte daraufhin ihren Chef von Kopf bis Fuß, ohne ein Wort über seine Erscheinung zu verlieren. Stern wusste dennoch, was diese Musterung für ein Ergebnis brachte. Bestimmt dachte Grünbrecht, dass nur ein männlicher Kollege nach einem polizeilichen Einsatz imstande war, derart verdreckt auszusehen, als läge es im Blute eines jeden Mannes, sich wie in einem Actionfilm im Schlamm zu wälzen. Eine Frau tat so etwas nicht. Niemals! Außer, der Schlamm befand sich in einer Badewanne, war wohltemperiert und lud zu einem Entspannungsbad in irgendeinem sündhaft teuren Wellnesstempel ein.

Als die Kollegen von der Dienststelle in Weitersfelden zur Unterstützung der Kriminalbeamten eintrafen, schmunzelten sie über Sterns Erscheinung und boten ihm eine ihrer Uniformen zum Wechseln an. Bevor Stern sich jedoch eine Uniform eines Streifenpolizisten überzog – denn da wäre er ja bis zu seiner Pensionierung das Gespött seiner Linzer Kollegen am Landeskriminalamt –, lief er lieber nackt durch die Gegend. Dankend lehnte er ab.

Aufgrund des Amoklaufes des Verdächtigen kehrten Stern und Grünbrecht in dessen Hütte zurück und sahen sich dort genauer um. Vielleicht gab es ja außer dem Alkohol noch einen anderen Grund, warum Klotz derart ausgerastet war. Sie fanden genügend spitze und schmale Gegenstände wie Nägel, Eisenstangen oder Kugelschreiberminen, die für die Wundkanäle am Hals der Opfer verantwortlich sein könnten. Sonst aber fanden sie nichts, was darauf schließen ließ, dass er den Mord an dem Pfarrer oder gar jenen an dem Linzer Weinhändler begangen haben könnte. Weder entdeckten sie ein Seil in passender Dimension noch Reste eines Betäubungsmittels, das laut Weber verwendet worden war, um die Opfer ruhigzustellen.

»Die Spurensicherung soll sich das alles hier ansehen. Vielleicht sind trotzdem irgendwo Blutspuren vorhanden«, meinte Stern wenig überzeugt. Doch oftmals musste man auch das Unmögliche in Erwägung ziehen. Grünbrecht informierte umgehend die Kollegen in Linz.

»Und jetzt gehen wir etwas essen. Ich hab Hunger.« Stern rieb sich den Bauch und freute sich auf ein ausgiebiges Mahl bei der Brücklwirtin.

Die Kriminalbeamten nahmen denselben Weg durch den Wald zurück, den sie gekommen waren, da Grünbrechts BMW dort im bewaldeten Niemandsland parkte. Als sie den Wagen erreichten, blieb Grünbrecht wie angewurzelt stehen.

»Was ist denn das?«, stieß sie fassungslos aus und deutete auf die Windschutzscheibe des BMW. Dort waren mittig mehrere weiße Flecken zu sehen, die in etwa so groß waren wie der Unterteller einer Mokkatasse.

»Ich glaube, das kam von oben«, sagte Stern und deutete hinauf in den Himmel. Grünbrechts Blick folgte seinem Fingerzeig.

»Scheiß Vögel!«, fluchte sie, riss die Wagentür auf und setzte sich schmollend auf den Fahrersitz, die Vogelkacke nun von der anderen Seite anstarrend.

Stern schmunzelte. Als er sich der Beifahrertür näherte, erleichtert, weil der Fußmarsch endlich vorüber war, er dem Wald den Rücken kehren konnte und seinem geliebten Schweinsbraten einen Schritt näher war, verriegelte Grünbrecht die Türen von innen. Dann ließ sie das Fenster herunter und sagte: »Oh nein! So wie Sie aussehen, setzen Sie sich sicher nicht herein!« An ihrem Tonfall und ihrem Gesichtsausdruck erkannte Stern, dass sie es ernst meinte.

»Ja, was soll ich denn Ihrer Meinung nach tun? Ich kann mich doch nicht pudelnackt ausziehen?«

»Ihr Problem. Sie haben die Uniform des Kollegen schließlich abgelehnt, nicht ich.«

»Aber da hab ich doch noch nicht gewusst, dass Sie solche Anstalten machen, wenn ich …«

»Anstalten? Ich zeig Ihnen gleich, was Anstalten sind!« Grünbrecht sprang aus dem Wagen und umrundete ihn. Dabei deutete sie auf sämtliche Kratzer im Lack ihres geliebten Wagens, die ihr diese Fahrt in den Wald beschert hatte. »Das … und das … und das hier … das alles wird mir die Dienststelle bezahlen!«, schnaubte sie. »Und von der Vogelscheiße auf der Windschutzscheibe rede ich gar nicht.«

»Und? Kann ich jetzt mitfahren oder nicht?«, fragte Stern.

Grünbrecht verschränkte die Arme vor der Brust und stierte ihren Chef an, als hätte der sie gefragt, wann der nächste Bus zum Mond führe. Der wandte sich daraufhin ab und startete einen Fußmarsch zurück nach Liebenau. Das waren mehrere Kilometer. Dabei verfluchte er sein verdrecktes Äußeres, die musternden Blicke der Passanten, die ihm später auf der Landstraße entweder entgegenkamen oder an ihm vorbeirasten, seine drückenden Kalbslederschuhe, Klotz und diese Mordfälle!

Auf dem Weg fiel ihm sein ländlicher Kollege ein, Plattlbauer. Der war von diesem Irren angeschossen worden. Wie es ihm jetzt wohl ging? Er würde später im Krankenhaus anrufen und sich nach seinem Befinden erkundigen, nahm er sich vor, und lief weiter die Landstraße entlang, die Kalbslederschuhe und die Verletzung im Knie, in der der Holzsplitter gesteckt hatte, bei jedem Schritt schmerzhaft spürend. Dennoch fing er nach ein oder zwei Kilometern an, sich besser zu fühlen. Der Fußmarsch tat ihm wider Erwarten gut.

*

Als Gruppeninspektorin Mara Grünbrecht ihren BMW vorm Gasthaus abstellte, ertönte der erste Schlag der Kirchenglocke zum Mittagsgeläut. Eine Schar Reporter machte es der Kriminalbeamtin jedoch unmöglich, aus dem Wagen zu steigen. Die Menge drängte sich dicht an dicht, sodass Grünbrecht nicht einmal in der Lage war, die Tür aufzudrücken. Sie ließ das Fenster herunter und brüllte hinaus: »Wenn Sie nicht umgehend von hier verschwinden, nehme ich Sie alle wegen Behinderung der Ermittlungen in einem Mordfall fest!« Doch wenn Grünbrecht damit gerechnet hatte, dass die Menschen daraufhin gehorsam zurückwichen, hatte sie sich geirrt. Die Menge kümmerte ihr Begehr nämlich keinen Pfifferling! Sie bestürmte die Inspektorin mit Fragen zum Vampirmord und den jüngsten Vorkommnissen im Wald, die sich in Windeseile herumgesprochen hatten und – man glaube es kaum – ebenfalls sehr mysteriös zu sein schienen. Von einem Werwolf war da die Rede, der die Beamten angefallen habe, meinte ein Journalist. Und läge einer von den Polizisten nicht genau deshalb im Spital, weil besagter Werwolf ihn in den Allerwertesten gebissen hatte?

Grünbrecht traute ihren Ohren nicht. Nicht nur wegen des unerwarteten Auftauchens eines angeblichen Werwolfes, sondern vor allem, weil sie das Gefühl hatte, man hätte sie eben auf Italienisch angesprochen. Und das hier in Liebenau, einem kleinen Ort, den sie vor wenigen Tagen noch gar nicht gekannt hatte. In diesem Augenblick wünschte sie sich, sie hätte Stern trotz seines verdreckten Äußeren in den Wagen steigen lassen, denn dann wäre sie jetzt nicht allein der nach Informationen dürstenden Meute ausgeliefert.

Sie schloss das Fenster und wollte gerade Stern anrufen, als sich die Menge vor ihr zu teilen begann wie einst das Meer vor Moses und den Israeliten. Das Geschnatter wurde leiser. Die Menschen schauten in eine andere Richtung, weg von Grünbrecht. Die Gruppeninspektorin folgte ihren Blicken und wartete gespannt, was sie gleich zu sehen bekäme. Und als es so weit war, erstarrte sie. Zwischen den Menschen tauchte die rothaarige Pfarrersköchin auf, in der Hand ein mindestens ein Meter großes Kreuz und um den Hals mehrere Knoblauchketten gewickelt. Mit einem Aspergill besprengte sie die Umstehenden mit Weihwasser wie ein Pfarrer die Gläubigen bei der Pfingstprozession. Vor Grünbrechts BMW hielt sie an und murmelte etwas leise vor sich hin. Die Menschen wichen zurück, wegen des Affentheaters, das die Pfarrersköchin veranstaltete, oder weil sie befürchteten, das schwere Holzkreuz könnte sie am Kopf treffen, wenn es der Frau aus der Hand glitt, vermochte Grünbrecht nicht zu sagen. Fotografen machten von der ungewöhnlichen Erscheinung Aufnahmen. Reporter hielten ihre Aufnahmegeräte in Richtung der Frau und stellten ihr Fragen, auf die Herta Bachmeier aber nicht antwortete. Sie ging langsam um den BMW herum, öffnete die Fahrertür, zog Grünbrecht aus dem Wagen, drückte ihr das Aspergill in die Hand und zischte: »Bespritzen Sie damit die Leute!«

»Was?« Mara Grünbrecht verstand nicht auf Anhieb, was die Pfarrersköchin von ihr wollte.

»Ich sagte, bespritzen Sie damit die Leute!«, wiederholte die Pfarrersköchin eindringlich und zeigte es vor.

»Was ist das?«, wollte Grünbrecht wissen.

»Weihwasser, Sie Atheistin! Los, machen Sie schon!«

»Aber …« Grünbrechts Protest erlahmte, als sie in die Menge vor ihnen blickte, und sie tat, wie ihr geheißen. Weihwasser spritzend folgte sie Herta Bachmeier ins Pfarrhaus. Hinter ihnen schloss die Pfarrersköchin die Tür und lachte.

»Ich sag's Ihnen, ich werde noch berühmt mit dieser Sache!« Offenbar empfand sie großes Vergnügen an diesem Hokuspokus.

»Wie es ausschaut.« Grünbrecht stimmte der Frau zu und blickte durch ein Fenster nach draußen. Dort telefonierten die Reporter wahrscheinlich gerade mit ihren Zentralen und gaben die jüngsten Ereignisse für die nächste Ausgabe durch.

»Was haben Sie und Ihr Chef denn nun wieder angestellt? Diese Waldgeschichte feuert den ganzen Aberglauben doch nur noch weiter an«, sagte Herta Bachmeier ein wenig tadelnd. »Plötzlich haben wir hier nicht mehr nur Vampire, sondern auch noch einen Werwolf.« Kichernd legte sie das Kruzifix auf den Tisch, dazu die Ketten aus Knoblauch, und bekreuzigte sich.

»Dieser sogenannte Werwolf ist der Exmann der Melanie Klotz«, erklärte Grünbrecht. »Hier in Liebenau kann man offenbar nichts tun, ohne dass gleich eine Fabelgeschichte daraus wird. Wahrscheinlich stammen Hänsel und Gretel auch von hier ab.«

Herta Bachmeier lachte herzlich. »Machen Sie sich ruhig lustig über uns, Frau Gruppeninspektorin. Wir Liebenauer sind ein ordentliches Volk, und den Mörder, den Sie suchen, der stammt nicht von hier, so wahr ich Herta Bachmeier heiße!« Die Frau baute sich vor Grünbrecht auf und stützte die Hände in die Taille. Es war ihr wirklich ernst damit, die Ehre der Liebenauer zu verteidigen.

Der in diesem Augenblick eintretende Chefinspektor konnte sich beim Anblick der Frauen, trotz des eben absolvierten entwürdigenden Fußmarsches, ein Grinsen nicht verkneifen, denn der Anblick hätte skurriler nicht sein können. Die Pfarrersköchin mit ihrer gerade mal 1,50 Meter Körpergröße und den kurzen, roten Haaren stierte kampfeslustig die große, schlanke Mara Grünbrecht an, die ihre lockigen braunen Haare lässig nach hinten warf, als wollte sie ihr Gegenüber zu einem Duell herausfordern. Nebenbei erwähnt besaß Grünbrecht eine Nahkampfausbildung.

»Das mag ja durchaus so sein, aber sollten wir das nicht auch beweisen können?«, sagte er und ließ die Tür hinter sich ins Schloss fallen.

»Chef!«, fuhr Grünbrecht herum.

»Ja, wie sehen Sie denn aus?«, entfuhr es der Pfarrersköchin. Sie deutete auf Stern, als wüsste er nicht, wer gemeint war.

»Er hatte eine Begegnung mit Ihrem Werwolf«, kam Grünbrecht Stern mit einer Erklärung zuvor.

»Sie waren das?« Die Pfarrersköchin schritt neugierig auf Stern zu. »Sie haben auf den Werwolf geschossen?«

»Ich habe auf Klotz geschossen«, stellte Stern richtig, bemüht, sich nicht aus der Ruhe bringen zu lassen. Schließlich tat so ein Spaziergang an der frischen Mühlviertler Luft schon ganz gut und baute Aggressionen ab, die zweifelsohne am Beginn seines Marsches im Überfluss vorhanden gewesen waren. Doch auch die Blasen an seinen Füßen zwangen ihn, Ruhe zu bewahren und sein Ziel, den Stuhl, nicht mehr aus den Augen zu verlieren. Jeder Schritt tat ihm weh, und er war heilfroh, sich auf besagtem Ziel niederlassen zu können.

»Ist mir egal, auf wen Sie geschossen haben, weil ich es nämlich nicht gespürt hab«, antwortete die Pfarrersköchin völlig überraschend.

»Was soll das heißen, dass Sie es nicht gespürt haben?« Stern fragte das so nebenbei, als er seine Schuhe auszog und die Erleichterung in seinen Füßen fühlte. Diese Spüren-Sache der Pfarrersköchin hatte er schon mal nicht ernst genommen und würde es wieder nicht tun, das war gewiss. Fakten waren angesagt, und keine Ich-spür-was-Geschichten!

»Naja, ich hab's Ihnen doch eh schon mal gesagt.« Herta Bachmeier schien nach den richtigen Worten zu suchen.

»Dann sagen Sie es halt noch mal«, verlangte Grünbrecht, weil auch sie nicht den blassesten Schimmer hatte, was die Frau ihnen mitteilen wollte.

»Ich hatte, als der Pfarrer ermordet worden ist, so ein komisches Gefühl«, fing Herta Bachmeier erneut mit diesem Thema an, was Stern ein Augenrollen entlockte, weil Gefühle vor Gericht nun mal nicht zählten. Richter brauchten Fakten, um jemanden verurteilen zu können.

»Als Sie davon erfahren haben, meinen Sie bestimmt«, korrigierte Stern die Frau und bestaunte gleichzeitig die daumengroßen Blasen, die beidseitig seine Fersen gleich zu mehreren bevölkerten.

Herta Bachmeier schüttelte den Kopf. »Nein, nicht als ich es erfahren habe, sondern als es geschehen ist. Ich hab's da drinnen gespürt«, Herta Bachmeier pochte auf ihre Brust, »selbst noch, als es vorüber gewesen ist, ich meine, als der Pfarrer bereits tot gewesen ist.«

»Wenn jemand Nahestehender stirbt, dann bildet man …«

»Ich bilde mir das nicht ein, Herr Chefinspektor! Ich weiß, was ich gefühlt habe. Außerdem …«

»Ja?«

»… hab ich dieses Gefühl schon mal gehabt. Einen Tag, bevor der Pfarrer gestorben ist.«

Stern warf Grünbrecht einen Blick zu. Die nickte, was so viel bedeutete, dass sie die Verbindung ebenfalls bemerkt hatte. Einen Tag, bevor der Liebenauer Pfarrer ermordet worden war, war der Linzer Weinhändler gestorben.

»Wissen S', das ist in etwa so, als hätte ich eine Verbindung zu ihm gehabt, als er gestorben ist. Als hätte ich gespürt, wie seine Seele entwichen ist.«

»Standen Sie einander sehr nahe?«, fragte Grünbrecht.

»Nicht so nahe, wie Sie vielleicht meinen. Ich weiß auch nicht, wie ich Ihnen das erklären soll, aber manchmal hab ich halt das Gefühl, ich bin nicht ich selbst. Als fühle ich die Gefühle eines anderen.«

»Wo waren Sie einen Tag vor dem Tod des Pfarrers, als Sie das auch wieder gefühlt haben?«, wollte Stern ganz unauffällig wissen. Zumindest hoffte er, dass es unauffällig gewesen war, denn irgendwie rückte sich die Pfarrersköchin gerade selbst in den Kreis der Verdächtigen.

»Sie meinen, an dem Tag, an dem dieser andere ermordet worden ist?«, kombinierte die Pfarrersköchin scharfsinnig.

Stern nickte.

»Da war ich nachmittags im Pfarrhaus und abends auf einer Kerzenparty bei der Schörghuberin.«

»Einer was?« Stern hatte noch nie von Derartigem gehört.

»Einer Kerzenparty. Da werden die unterschiedlichsten Kerzen und das ganze Zubehör in einem privaten Wohnzimmer zum Kauf angeboten«, erklärte Grünbrecht ihrem Chef.

»Und dafür gibt es Zeugen?«, hakte er weiter nach.

»Mindestens sieben, naja, sechs. Eine hat zu tief in ihr Sektgläschen geguckt, die kann sich wahrscheinlich an nichts mehr erinnern. Wir haben sie nach Hause gebracht und vor der Tür abgestellt, haben Sturm geläutet und sind dann davongelaufen.« Die Frau kicherte. »Wie Teenager. Aber die anderen können Ihnen das alles bestätigten.«

»Okay, geben Sie Plattlbauer die Namen ...«

»Der liegt doch im Krankenhaus«, erinnerte Grünbrecht den Chefinspektor daran.

»Äh … dann geben Sie sie Grünbrecht. Wir werden das nachprüfen.«

Während Herta Bachmeier die Namen der Kerzenpartybesucherinnen sorgfältig in Schönschrift notierte, erzählte Grünbrecht ihrem Chef von der Show, die die Pfarrersköchin vorhin am Ortsplatz abgezogen hatte. »Wenn Sie mich fragen, hat sie nicht mehr alle Tassen im Schrank«, endete sie mit ihrem Bericht.

»Und wenn Sie mich fragen, ist sie damit nicht allein«, erwiderte Stern und dachte an den Schusswechsel im Wald. Auch Klotz schien nicht ganz bei Trost gewesen zu sein, als er das Feuer gleich auf drei Polizisten eröffnet hatte. Dann fiel Stern Mirscher ein. Der wollte doch gemeinsam mit Kolanski im Internet nach Spuren von etwaigen Kontakten zwischen den Opfern suchen. Er drückte die Kurzwahltaste des Kollegen, um in Erfahrung zu bringen, wie weit die Recherche gediehen war.

»Mirscher!«

»Stern hier. Habt ihr bei eurer Internetrecherche etwas zu Tage gefördert?« Stern kam wie gewohnt ohne Umschweife zur Sache.

»Leider nicht. Wie es aussieht, hatten die beiden keinen Kontakt. Der Pfarrer war kein aktiver Internetuser, er hat gerade mal ein paar Mails bekommen.«

»Von wem?«

»Von Gemeindemitgliedern, der Diözese, dem Bischof.«

»Dem Bischof?«

»Ja, wieso … ah.«

Stern hörte regelrecht, wie am anderen Ende der Leitung der Groschen fiel.

»Was steht in der Mail des Bischofs?« Stern lauschte gespannt Mirschers Worten. Doch außer, dass der Pfarrer wegen einer äußerst prekären Sache, wie sich der Bischof auszudrücken pflegte, in die Bischofsresidenz nach Linz zitiert worden war, stand dort nichts weiter, was zur Aufklärung seines Todes beitragen könnte.

»Kann ja sein, dass der Bischof von der Affäre zwischen dem Pfarrer und der Klotz gewusst hat. Das wäre dann die prekäre Situation, die er angesprochen hat«, mutmaßte Mirscher.

»Das würde aber heißen, dass noch jemand anderer davon gewusst haben muss, und zwar jener, der den Pfarrer beim Bischof verpfiffen hat.«

»Freunde hatte der Pfarrer offenbar nicht«, schlussfolgerte Grünbrecht, die alles mitgehört hatte, weil Stern das Handy auf Lautsprecher gestellt hatte.

»Aber Feinde, schließlich ist der Mann tot. Was ist mit dem anderen Opfer, dem Weinhändler?«

»Ganz normale Internetaktivitäten, nichts Besonderes. Die von ihm am häufigsten aufgerufenen Seiten sind die vom österreichischen Fernsehen und diversen regionalen Zeitungen, und das bereits früh am Morgen. Da hat er sich die Nachrichten reingezogen, bevor die gedruckt gewesen sind. Für die Börse hat er sich auch interessiert. Wir sollten uns seine Finanzen anschauen, wie es darum bestellt ist. Vielleicht hat der Mann Geldsorgen gehabt, und seine Frau hat nichts davon gewusst. Er wäre nicht der Erste, der wegen so einer Sache über die Klinge hat springen müssen. Wein – Italien – Sizilien – Mafia oder was weiß ich denn! Geld ist immer ein gutes Motiv.«

»Hm«, brummte Stern.

»Was ist?«, hakte Mirscher nach.

»Uns fehlt die Verbindung zwischen den Opfern. Aber dass es eine geben muss, davon bin ich überzeugt. Die Morde sind viel zu ungewöhnlich, als dass sie von zwei unterschiedlichen Tätern verübt worden sein könnten.

Sie tragen dieselbe Handschrift. Irgendetwas übersehen wir, ich weiß nur nicht, was es ist, und auch nicht, wo wir danach suchen müssen. Habt ihr schon eine mögliche Geliebte vom Weinhändler ausfindig gemacht?«

»Negativ. Wenn du mich fragst, bildet sich die Ehefrau das nur ein. Der Mann ist viel unterwegs gewesen, aber aus beruflichen Gründen. Schließlich ist er ein bekannter Weinhändler gewesen, und da gibt es Unmengen an Abendterminen. Kunden, die die Weine vorher testen wollen, bevor sie sie kaufen. Kunden, die nur am Abend zu Hause sind und die Lieferungen entgegennehmen können. Da kann es schon sein, dass schnell der Verdacht aufkommt, dass man eine Affäre hat«, sagte Mirscher, und Stern kam es vor, als schwänge darin ein unterschwelliger Tonfall mit. Er sah zu Grünbrecht hinüber, die das Handy anstarrte, als hätte sie vor, es allein durch ihren Blick zum Schweigen zu bringen.

»Hm«, brummte Stern wieder.

»Was ist eigentlich mit dem Exmann der Melanie Klotz?«, redete Mirscher weiter.

»Der liegt im Krankenhaus.«

»Weshalb?«

»Er hat Plattlbauer angeschossen, da hab ich auf ihn geschossen.«

»Ist er tot?«

»Nein. Plattlbauer liegt ebenfalls im Krankenhaus.« Stern tippte sich an die Stirn. Er hatte völlig vergessen, im Krankenhaus anzurufen und sich nach dem Gesundheitszustand des Revierinspektors zu erkundigen. Gleich anschließend wollte er das nachholen.

»Mensch, Stern! Da bin ich ja froh, dass ich den Linzer Fall übernehmen durfte und nicht an deiner Seite ermitteln muss. Wie geht es übrigens Mara? Lebt sie noch oder wurde sie auch angeschossen?« Da war wieder diese Doppelzüngigkeit in Mirschers Stimme.

»Ich muss dich leider enttäuschen, ich lebe noch«, schaltete sich Grünbrecht ein und kehrte anschließend dem Tisch, auf dem das Handy lag, den Rücken.

»Wenn du noch mal so blöd daherredest, erwischt die nächste Kugel dich, Mirscher. Du und Kolanski, ihr schaut euch die Finanzlage der Köhlingers an, und wenn es etwas Neues gibt, rufst du mich sofort an, gell?«, gab Stern einen verbalen Schuss vor Mirschers Bug ab.

»Jawohl, Chef«, kam es devot durchs Telefon.

Stern legte auf und warf Grünbrecht einen prüfenden Blick zu. Was immer zwischen ihr und Mirscher war, er wollte es nicht mehr wissen. Die Fronten waren offenbar verhärtet.

»Danke, Chef«, bedankte sich Grünbrecht bei ihm, weil er Mirscher für die unbedachte Bemerkung zurechtgestutzt hatte. »Und es tut mir leid, dass ich Sie zu Fuß habe gehen lassen.«

Stern nickte und wandte sich der Pfarrersköchin zu. Die hatte natürlich alles mitbekommen.

»Frau Bachmeier, können Sie sich vorstellen, dass jemand von der Affäre des Pfarrers mit der Klotz gewusst hat?«

»Nein, das glaub ich nicht. Ich selbst hab ja auch nichts davon gewusst, und das will was heißen. Schließlich bin ich die Pfarrersköchin!«

Ja, das bedeutete in der Tat etwas, dachte Stern, wandte sich ab und schritt in Richtung der Tür.

»Wollen S' etwa schon wieder gehen?«, rief ihm Herta Bachmeier hinterher. »Und das in Socken? Dachte, Sie hab'n gerade erst einen langen Spaziergang gemacht, der müsste doch reichen?«

»Aber davon habe ich einen Mordshunger gekriegt.«

Stern sah auf seine besockten Füße und dann auf die Pfarrersköchin. »Sie haben nicht zufällig irgendwo Schlapfen in Größe 43?«

Die Pfarrersköchin hob einer Eingebung folgend den Zeigefinger, verschwand für ein paar Minuten und kehrte mit ledernen Pantoffeln zurück. Die stellte sie dem Chefinspektor vor die Füße. Der fragte erst gar nicht, ob die dem Pfarrer gehört hatten, sondern schlüpfte hinein, machte eine paar Schritte, und als er feststellte, dass nichts drückte, öffnete er die Tür, um zum Brücklwirt zu pilgern.

»Ich brauche einen Kaffee und einen ordentlichen Schub Kalorien«, schloss sich Grünbrecht ihm an.

»Was, keinen Salat?« Stern war überrascht.

»Nein, keinen Salat. Wenn Sie wollen, können Sie ja einen nehmen. Der würde Ihnen und Ihrem festgewachsenen Schwimmreifen sicher guttun.«

»Autsch!« Stern hielt seiner Kollegin dennoch die Tür auf.

»Hoffentlich lassen die uns überhaupt rein, so wie Sie aussehen.« Grünbrecht drängte sich an Stern vorbei, bedacht, diesen auf gar keinen Fall zu berühren. Schließlich hatte er nach wie vor die verdreckten Klamotten an.

»Ich habe immer noch meine Glock«, brummte Stern und klopfte gegen seine Jacke, unter der die Dienstwaffe verborgen war. Um einen Schweinsbraten zu bekommen, würde er sie heute auch benutzen.

»Brauchen S' Begleitschutz?«, rief Herta Bachmeier ihnen hinterher und meinte dies durchaus ernst. Sie griff nach dem schweren Holzkreuz und dem Aspergill.

Aber Stern meinte es auch ernst: »Von Ihnen ganz bestimmt nicht!«

16. KAPITEL

Während Stern beim Brücklwirt einen Schweinsbraten verzehrte, verdrückte Mara Grünbrecht eine Sahnecremetorte in Rekordzeit, dass Stern nur so staunte. Niemals hätte er gedacht, dass seine schlanke Kollegin dazu in der Lage war, überhaupt ein ganzes Stück Torte zu essen. Dennoch hatte die schweigsame Völlerei ihre gute Seite, zwar nicht für den Magen, aber fürs Gehirn. Stern erhielt nämlich eine Eingebung. Auf den ersten Blick gab es zwischen den Opfern keine Verbindung. Das eine stammte aus Liebenau und war Priester gewesen, das andere ein Linzer Weinhändler. Die Männer hatten sich weder gekannt, noch waren sie mit ihrer Umgebung oder Lebensweise auf irgendeine Art verbunden gewesen. Was aber, wenn diese Verbindung gar nicht in der Gegenwart, sondern in längst vergangenen Zeiten zu finden war? Irgendetwas, das einmal geschehen war, das den Liebenauer Pfarrer laut der Aussage seiner Geliebten so durcheinandergebracht hatte, dass er ab da an nicht mehr er selbst gewesen war. Und hatte sie nicht auch etwas von einem Menschen erwähnt, der sich mit alten Zeiten beschäftigte? Ein Ahnenforscher vielleicht?

»Ich glaube, wir übersehen etwas. Kolanski soll den Lebenslauf der Toten checken«, sagte Stern nach Beendigung des Mahls und seiner Grübeleien. Mit einer Serviette wischte er seinen Mund ab.

»Das hat er doch längst gemacht«, meinte Grünbrecht,

der wegen der für sie ungewohnten, übermäßigen Kalorienzufuhr nun übel war.

»Nein, ich dachte da an weitaus früher. An die Kindheit der Männer, wo sie mit ihren Familien gelebt haben, wo sie ihre Ferien verbracht haben, solche Dinge. Vielleicht stoßen wir auf etwas, das uns weiterhilft.«

»Gut, ich sag es ihm.«

Während Grünbrecht telefonierte, zahlte Stern die Zeche. Anschließend fuhren sie ins Freistädter Krankenhaus, um Revierinspektor Plattlbauer einen Besuch abzustatten. Als sie eintrafen, wurde dieser gerade aus dem Aufwachzimmer geschoben.

»Wie geht es Ihnen, Plattlbauer?«, fragte Stern neben dem Bett hergehend. Ein bebrillter Pfleger schob den frisch operierten und am Bauch liegenden Revierinspektor in gemächlichem Tempo durch die Gänge.

»Als hätte mich ein Stier in den Arsch getreten«, antwortete der Revierinspektor heiser. Er war eben erst aus der Narkose erwacht, da ließ man nicht so schnell dumme Witze los.

»Das war dann wohl mehr ein Hornochse«, steuerte Grünbrecht ihren Beitrag dazu bei, was ein Lächeln in Plattlbauers Gesicht zauberte.

»Da haben S' recht, Frau Chefinspektorin.«

»Ich bin keine Chefinspektorin, ich bin …«

»Für mich sind Sie eine«, hauchte Plattlbauer. Erschöpft schloss er die Augen. In diesem Augenblick stoppte der Krankentransport. Ein Arzt stellte sich ihnen in den Weg.

»Jetzt ist keine Besuchszeit, und der Patient braucht dringend Ruhe«, sagte er an die Inspektoren gewandt.

Stern zog seinen Dienstausweis aus der Tasche und hielt ihn dem Arzt entgegen. »Wir sind dienstlich hier. Wo ist der zweite Mann, der mit dem Revierinspektor eingeliefert worden ist?« Während er sprach, folgten sie dem Krankenbett, auf dem Plattlbauer durch die Gänge geschoben wurde.

»Sie sehen aus, als hätten Sie selbst ebenso einen Unfall gehabt«, sagte der Arzt, ohne auf Sterns Frage einzugehen. Das war eine klare Anspielung auf das ramponierte Äußere des Chefinspektors und die Lederpantoffeln, die ihm die Pfarrersköchin geliehen hatte und die überhaupt nicht zu der Erscheinung eines Kriminalbeamten im Dienst passten. »Sollen wir uns die Wunde an Ihrem Schienbein mal ansehen?«

»Nein, das ist nur ein Kratzer von einer übereifrigen Brombeerstaude«, wehrte Stern ab. Währenddessen waren sie bei einem freien Krankenzimmer angelangt, in das Plattlbauers Bett geschoben wurde.

»Also, was ist nun mit dem anderen Mann?«, kam Stern zu seiner eigentlichen Frage zurück.

»Dieser andere Mann, ein gewisser Herr Klotz, ist noch im OP. Aber Sie können beruhigt sein, auch er wird es schaffen. Jedoch wird er ein paar Tage gehörige Kopfschmerzen haben. Neben der Schussverletzung am Bein hat er sich durch den Sturz eine Gehirnerschütterung zugezogen.« Der Arzt stellte sich an das Fußende von Plattlbauers Krankenbett, machte ein paar Notizen in dessen Akte und verschwand.

»Ich schäme mich, dass ausgerechnet mir das passiert ist«, jammerte Plattlbauer los, als die Inspektoren unter sich waren.

»So ein Blödsinn, da gibt es nichts zu schämen. Im Dienst verwundet – dafür kriegen Sie einen Orden, Plattlbauer!« Stern versuchte, seinen ländlichen Kollegen aufzumuntern. Er konnte jedoch auch dessen Bedenken verstehen. Bestimmt wurde er durch diese Aktion zum Gespött der hiesigen Kollegenschaft.

»In den Arsch geschossen. Ich hoffe, der krepiert!«, stieß Plattlbauer verärgert hervor.

»Man sollte mit dem, was man sich wünscht, vorsichtig sein. Es könnte nämlich wahr werden«, mahnte Stern den Revierinspektor. »Aber etwas Gutes hat das Ganze dennoch: Ich glaube, wir können den Klotz von unserer Verdächtigenliste streichen. Er wäre gar nicht in der Lage, den Pfarrer zu ermorden, dafür fehlen ihm die dafür notwendige Raffinesse und das Geschick. Außerdem: hat er überhaupt noch seinen Führerschein, dass er nach Linz fahren könnte?«

»Nein, die Kollegen haben den längst einkassiert«, antwortete Plattlbauer hinsichtlich dieser Tatsache ein wenig zufriedener. »Er ist mit 2,8 Promille erwischt worden.«

»Sauber. Da kann man ja froh sein, dass er niemanden überfahren hat.«

»Manche Menschen haben wohl mehr Glück als Verstand.«

»Da ist er nicht der Einzige«, flüsterte Grünbrecht den Kopf abgewandt.

»Was?« Stern hatte seine Kollegin nicht verstanden.

»Ach nichts.« Grünbrecht versuchte, möglichst ausdruckslos dreinzublicken.

»Stimmt es, dass wir immer noch keinen Schritt weitergekommen sind?«, fragte Plattlbauer, während er sich abmühte, sich auf die Seite zu legen, um seinen Allerwertesten zu schonen.

»Ja, das stimmt.« Stern blickte resigniert.

»Vielleicht solltet ihr euch eine Glaskugel kaufen.«

Die Köpfe der Beamten fuhren herum und richteten sich auf die eintretende Pfarrersköchin, heute mal in Giftgrün und Türkis gekleidet. In der Hand hielt sie einen gelben Blumenstrauß und rosa verpackte Pralinen, was zusammen mit ihrer Erscheinung eine Farbexplosion in dem ansonsten eintönig eingerichteten Krankenzimmer ergab, die mal willkommen war.

»Frau Bachmeier, was machen Sie denn hier?«, fragte Stern verwundert. Weniger wegen der angesprochenen Glaskugel, sondern vielmehr, weil die Bachmeier den Revierinspektor offenbar so gut kannte, dass sie ihn sogar im Krankenhaus besuchte.

»Ich will nach unserem lieben Plattlbauer sehen, was sonst?«, antwortete die Pfarrersköchin, als wäre das das Natürlichste auf der ganzen Welt. Sie kam sogleich um das Bett des Verletzten geeilt und drängte die Kriminalbeamten zur Seite. Dabei bemerkte Stern, dass sie um ihren Hals wieder so eine Knoblauchkette trug, deren Geruch ihm augenblicklich in die Nase kroch, als sie auf gleicher Höhe waren.

»Danke«, japste Plattlbauer erfreut und zugleich bemüht, möglichst arm dreinzuschauen.

»Wie meinten Sie das mit der Glaskugel, Frau Bachmeier?«, versuchte Grünbrecht diese mysteriöse Anspielung für sich aufzuklären. Gleichzeitig machte sie einen Schritt zurück, um dem Knoblauchgeruch zu entfliehen.

»In eine Glaskugel guckt man rein, und dort steht dann, wer der Täter ist«, antwortete Herta Bachmeier wie selbstverständlich.

»Für eine Pfarrersköchin sind Sie ganz schön abergläubisch«, brachte Stern es endlich mal auf den Punkt.

Herta Bachmeier sah ihn mit großen Augen an, und Stern dachte, dass er die Frau wohl beleidigt hatte. Er wollte sich gerade bei ihr entschuldigen, als sie lauthals zu lachen anfing.

»Was ist?«, fragte Stern. War ihm etwas entgangen?

»Jetzt habe ich Sie aber ganz schön drangekriegt, was?«, rief die Bachmeier vergnügt. »Wir am Land glauben doch schon lange nicht mehr an so ein Hexenzeugs, auch wenn ihr Städter denkt, wir seien allesamt hinterwäldlerisch. Das tut ihr doch, oder?«

Stern musste zugeben, dass die Pfarrersköchin ihn schon wieder überraschte, dieses Mal mit ihrem Sinn für Humor.

»Aber warum veranstalten Sie dann den ganzen Hokuspokus?«

»Das ist gut fürs Geschäft. Was glauben Sie, wie viele Touristen heuer ihren Urlaub schon bei uns in Liebenau gebucht haben?« Herta Bachmeier grinste.

»Wir lassen Sie jetzt alleine, damit Sie tun können, was immer Sie tun wollen.« Stern deutete auf die Knoblauchkette um den Hals der Frau und hatte beinahe Mitleid mit dem ans Bett gefesselten Revierinspektor. Der musste wahrscheinlich irgend so ein Ritual über sich ergehen lassen, damit die bösen Geister ihm keinen weiteren Schaden zufügen konnten, auch wenn die Bachmeier von sich behauptete, sie wäre nicht abergläubisch. Der Knoblauchzopf um ihren Hals bewies das Gegenteil. Stern schmunzelte, als er die Tür des Krankenzimmers hinter sich und Grünbrecht zuzog.

»Der Arme!« Auch die Gruppeninspektorin lächelte.

»Kommen Sie, lassen Sie uns verschwinden und herausfinden, ob Mirscher und Kolanski etwas Neues wissen.«

*

»Mirscher, wo bist du?«, fragte Stern seinen Kollegen via Handy.

»Immer noch im Landeskriminalamt. Kolanski durchforstet gerade das Internet nach brauchbaren Spuren, die eines der Opfer dort hinterlassen haben könnte, und ich wühle mich durchs Melderegister. Bis jetzt haben wir aber nichts.«

»Wir holen dich in 30 Minuten ab«, unterbrach Stern den Redefluss seines Kollegen und überlegte, ob eine halbe Stunde Fahrzeit zwischen Freistadt und Linz tatsächlich ausreichend waren. Na gut, wenn er führe, wohl nicht, aber wenn Grünbrecht hinterm Steuer saß, würden sie es sogar in 20 Minuten schaffen. »Wir fahren zur Frau Köhlinger und befragen sie nach schicksalsträchtigen Ereignissen in der Kindheit ihres Mannes. Kolanski soll die Eltern des Pfarrers ausfindig machen. Auch über seine Vergangenheit müssen wir mehr wissen.«

»Okay, ich sag es ihm.«

»Dann bis gleich.«

Stern behielt recht. Grünbrecht lenkte den BMW geschickt aus Freistadt hinaus und brauste zuerst auf der S10 und dann auf der A7 der Landeshauptstadt entgegen, sodass Stern Angst bekam, sie könnten in eine Radarfalle der Kollegen der Autobahnpolizei tappen. Endlich rückte der Pöstlingberg in Sichtweite, und Stern stieß ein Dankesgebet aus, dass sie es heil bis hierher geschafft hatten. Mit Tempo 150 jagte Grünbrecht in die Hunderterzone und wurde erst langsamer, als Stern sie auf das fehlende Blaulicht und Folgetonhorn erinnerte.

Vor dem Landeskriminalamt wartete Mirscher auf sie. Er setzte sich auf die Rücksitzbank, und weiter ging es in Richtung Ziegeleistraße. Während der Fahrt musterte Mirscher seinen Chef wegen seines desolaten Äußeren und sagte: »Solltest du dich nicht vorher umziehen?«

»Hast recht«, antwortete Stern, was Grünbrecht zu einem riskanten Spurwechselmanöver und mehrere Autolenker zu einem ausgedehnten Hupkonzert veranlasste. In der Herrenstraße hielten sie vor dem Haus, in dem Sterns Wohnung im zweiten Stock lag, mit quietschenden Reifen an, und Stern fragte sich, ob es nicht besser wäre, wenn Mirscher nachher weiterführe. Er stieg aus, querte die Straße und stieß die Tür ins Wohnhaus auf. Er nahm gleich mehrere Stufen auf einmal und war außer Atem, als er im zweiten Stock anlangte. Er steckte den Schlüssel ins Schloss, sperrte auf und ging in seine Wohnung. Die geliehenen Lederpantoffeln warf er im Flur in eine Ecke und zog im Schlafzimmer frische Sachen an. Er beeilte sich, die Kollegen warteten auf ihn. Als er gehen wollte, fiel ihm ein, dass er seine Kalbslederschuhe im Pfarramt in Liebenau hatte stehen lassen. Wegen der daumengroßen Blasen an seinen Fersen kam auch kein anderes Paar Schuhe infrage, also schlüpfte er wieder in die Pantoffeln des Liebenauer Pfarrers und lief damit, so gut es ging, die Treppe hinunter, trat auf die Herrenstraße hinaus, öffnete die Beifahrertür des BMW und ließ sich auf den Sitz fallen.

»Keine richtigen Schuhe?«, fragte Grünbrecht mit Blick auf die Pantoffeln.

»Das sind richtige Schuhe«, brummte Stern und unterband damit weitere blöde Kommentare seiner Kollegen. Grünbrecht warf Mirscher einen Blick zu. Der zuckte mit den Schultern, sagte aber nichts.

»Zumindest haben Sie wieder ordentliche Klamotten an«, resümierte Grünbrecht, während sie den BMW vom Straßenrand lenkte und in den Verkehr einreihte. Minuten später bogen sie in die Ziegeleistraße ein.

»Wir müssen in Erfahrung bringen, ob der Weinhändler Kontakt mit einem Ahnenforscher gehabt hat«, sagte Stern, bevor sie ausstiegen.

»Das wäre dann aber ein großer Zufall, findest du nicht?«, antwortete Mirscher.

»Zufall? Nein, kein Zufall. Ich glaube, die Verbindung der Mordopfer liegt nicht im Hier und Heute. Sie liegt in der Vergangenheit. Irgendetwas muss passiert sein, was der Grund für das Töten heute ist. Ich weiß nur nicht, was es ist. Aber irgendjemand läuft herum und jagt mit seiner Art, die Menschen umzubringen, allen eine Heidenangst ein.«

»Wie weit willst du bei deiner Suche in die Vergangenheit denn zurückgehen?«

»Keine Ahnung.«

»Bis zum Zweiten Weltkrieg oder gar bis zu den Hexenverbrennungen?«

»Willst du mir damit sagen, dass es aussichtslos ist?«

»Zumindest ist es ohne einen konkreten Anhaltspunkt äußerst schwierig.«

»Wie sind Sie überhaupt darauf gekommen, dass wir in der Vergangenheit suchen müssen?«, wollte nun auch Grünbrecht wissen.

»Die Bachmeier hat mich darauf gebracht. Sie hat doch etwas von einer Glaskugel gesagt, die wir uns kaufen sollen, damit wir darin sehen können, wer der Mörder ist. Hatten Hexen früher nicht auch Glaskugeln, in die sie blickten, um ihren Mitmenschen die Zukunft vorauszusagen?«

»Aber das ist doch nur ein Scherz der Bachmeier gewesen«, wandte Grünbrecht ein.

»Hexen, Vampire – das alles liegt in längst vergangenen Zeiten, und dieser Ahnenforscher, den die Klotz erwähnt hat, der Zettel im Mund des Weinhändlers mit der seltsamen Textzeile – ich spüre es förmlich, dass da etwas ist!« Stern hoffte, dass er mit seinem Gefühl richtig lag, denn wie sehr er es auch drehte und wendete, sie hatten noch immer keine handfeste Spur.

»Ach, Sie spüren das?«, wiederholte Grünbrecht Sterns letzten Satz und grinste. Stern wusste natürlich sofort, was seine Kollegin damit ausdrücken wollte. Er, der auf Fakten getrimmte Ermittler, der immer behauptete, dass Gefühle nicht relevant wären, hatte nun selber welche, denen er nachging.

»Schon gut, Grünbrecht«, brummte er, bevor sie sich weiter über ihn lustig machen konnte.

»Und was tun wir jetzt?«, fragte Mirscher.

»Wir befragen Frau Köhlinger nach der Vergangenheit ihres Mannes. Und wenn uns das nicht weiterbringt, fahren wir zu seinen Eltern. Wir stochern solange herum, bis wir etwas finden.«

17. KAPITEL

Kurz vor 18:00 Uhr erreichten die Kriminalbeamten das Haus der Witwe Köhlinger. Die Inspektoren stiegen aus Grünbrechts Wagen, und Stern schlurfte in den Lederpantoffeln vor seinen Kollegen die Einfahrt hoch. Deshalb sah er nicht, wie sie ihn musterten und sich noch immer über seine legere Schuhbekleidung wunderten. Eigentlich interessierte es ihn auch gar nicht. Schließlich hatten seine Füße in den letzten Tagen eine Tortur durchmachen müssen und nicht ihre. Er drückte auf die Klingel. Bereits nach wenigen Augenblicken wurde die Tür geöffnet.

»Grüß Gott, Frau Köhlinger«, grüßte der Chefinspektor. Es war der Frau jedoch anzusehen, dass sie sich über ihr erneutes Erscheinen wenig freute. Ebenso wanderte ihr Blick zu Sterns Füßen hinab und verweilte dort eine Weile, bis sie die Stimme des Chefinspektors aus dieser Musterung riss. »Haben Sie ein paar Minuten Zeit für uns?«, fragte er.

»Gibt es denn etwas Neues?«, wollte die Witwe wissen.

»Noch nicht. Wir müssen allen Spuren nachgehen, die bislang bei uns eingelangt sind, und das ist sehr zeitaufwendig«, antwortete Stern ausweichend. Dass sie noch immer keine heiße Spur hatten, wollte er nicht verraten.

Elvira Köhlinger ließ die Beamten eintreten und führte sie ins Wohnzimmer. Dort setzte sie sich auf die Ledercouch und deutete auf die übrigen Sitzgelegenheiten, auf denen sich die Beamten niederlassen sollten.

»Frau Köhlinger«, begann Stern mit der Befragung, »hatte Ihr Mann in letzter Zeit mit jemandem, der sich mit alten Texten beschäftigt, mit einem Ahnenforscher vielleicht oder einem Historiker, Kontakt?«

Die Frau überlegte kurz und schüttelte dann den Kopf. »Nicht, dass ich wüsste. Wieso fragen Sie?«

»Sind Sie ganz sicher?« Stern hatte so sehr darauf gehofft, eine Verbindung zwischen den Opfern zu finden, dass er beinahe enttäuscht reagierte.

»Ja, ich bin sicher, aber das will nicht viel heißen. Richard hat mir schon lange nicht mehr alles erzählt, was er so getrieben hat. Ich war seine Ehefrau. Die erfahren bekanntlich alles zuletzt.« Die Frau warf einen leidvollen Blick in die Runde, und Stern erkannte, dass sie mit den Tränen kämpfte.

»Gibt es ein bedeutungsvolles Ereignis im Leben Ihres Mannes, das ihn soweit beeinflusst hat, dass er sein Leben hat ändern müssen? Das kann auch schon viele Jahre zurückliegen.«

»Nein, auch davon ist mir nichts bekannt. Er ist ein Scheißegoist gewesen! Wenn jemand sein Leben hat ändern müssen, dann sind es immer die anderen gewesen, die mit ihm zu tun hatten. Ich bin einmal Krankenschwester gewesen, wissen Sie, aber nach …« Die Frau stockte. Es fiel ihr sichtbar schwer, darüber zu reden. »Nach der Geburt unseres Sohnes habe ich meinen Beruf an den Nagel gehängt und bin nie mehr in meinen Job zurückgekehrt. Mein Mann wollte das nicht. Er hat gemeint, dass seine Frau das nicht nötig habe.« Die Verbitterung der Frau war deutlich zu spüren. Stern war längst klar, dass die Köhlingers eine unglückliche Ehe geführt hatten. Aber reichte das aus, dass die Frau ihren Mann getötet hatte? Als ehemalige Krankenschwester hatte sie gewisse medizinische Kenntnisse und wäre aufgrund erlernter Techniken und Griffen auch körperlich dazu in der Lage, einen Körper in die Position zu bringen, in der die Opfer aufgefunden worden waren. Aber aus irgendeinem Grund traute Stern ihr das nicht zu.

»Vielleicht ist es auch ein Ereignis in seiner Kindheit gewesen. Denken Sie nach, Frau Köhlinger. Hat Ihnen Ihr Mann einmal etwas erzählt, das zu einer entscheidenden Wende in seinem Leben geführt hat?«

Die Frau schüttelte den Kopf.

»Hat sich Ihr Mann für seine Vorfahren interessiert?«, ergriff Grünbrecht das Wort.

Wieder verneinte die Frau und schnäuzte sich geräuschlos.

»Und sein Bruder? Interessiert er sich für die alten Geschichten?«

»Der? Keine Ahnung. Den müssen Sie schon selber fragen.«

»Das werden wir auch. Danke, Frau Köhlinger. Das war es vorerst wieder.«

Die Beamten verabschiedeten sich von der Witwe. Draußen vor der Tür sagte Stern zu seinen Kollegen: »Habt ihr das Alibi von Herbert Köhlinger überprüft?«

»Ja, seine Frau bestätigt, dass er die ganze Nacht bei ihr gewesen ist«, antwortete Mirscher.

»Das Alibi einer Ehefrau ist nicht viel wert – hast du seine Adresse?«

»Nein. Willst du etwa jetzt noch dort aufkreuzen? Es ist bereits nach 21:00 Uhr!«

»Lasst uns das noch machen. Ich spüre, dass wir auf dem richtigen Weg sind.«

»Auf dem richtigen Weg? Ich hoffe, du verrennst dich da nicht auf diesem Weg in deinen Lederpantoffeln.« Mirscher grinste über seinen vermeintlichen Scherz. Aber als er merkte, dass weder Stern noch Grünbrecht seinen Humor teilten, verschwand das Grinsen aus seinem Gesicht.

»Wir haben lediglich die Aussage einer abergläubischen Pfarrersköchin, die meint, dass wir uns eine Glaskugel kaufen sollen«, erinnerte Grünbrecht ihren Chef an diesen mehr als fragwürdigen Hintergrund. Ausnahmsweise waren sie und Mirscher sich mal einig.

»Nicht gerade zuverlässig, wenn ihr mich fragt«, bekräftigte Mirscher die Aussage seiner Kollegin.

»Aber auch die Klotz hat etwas in diese Richtung erwähnt«, fischte Stern in seinem Gedächtnis nach einem Erinnerungsfetzen.

»Sie hat nur gesagt, dass der Pfarrer dem Teufel begegnet ist, mehr nicht. Menschen sagen so etwas, wenn sie eine Erklärung für etwas suchen, das sie sonst nicht begreifen können. Und der Tod ist für viele eine unbegreifliche Sache.« Grünbrecht bekam beinahe Mitleid mit ihrem Chef, weil der sich in einer harmlosen Äußerung verbiss und nicht erkennen wollte, dass es dafür eine ganz simple Erklärung gab.

»Außerdem lügen Menschen und spinnen sich etwas zusammen, wenn sie in Not sind«, wies auch Mirscher auf diese menschliche Eigenschaft hin.

»Ich weiß, Mirscher, aber ich brauche Gewissheit. Lasst uns einfach hinfahren und ihn fragen. Danach – wenn nichts rauskommt – gebe ich möglicherweise Ruhe.«

»Möglicherweise?« Grünbrecht wusste, was das bedeutete.

»Vielleicht«, brummte Stern.

»Was natürlich so viel heißt, dass du es nicht tun wirst«, war sich Mirscher sicher und seufzte.

»Kann sein.«

»Chef!«, rief Grünbrecht laut.

»Ich weiß es halt nicht!« Stern war genervt und wandte sich ab. Er schlurfte in den Lederpantoffeln in Richtung Grünbrechts Wagen. Die Gruppeninspektoren warfen sich vielsagende Blicke zu und folgten ihm. Als sie alle angegurtet waren und Grünbrecht den Motor startete, brummte er noch einmal: »Wartet!« Er löste den Gurt, öffnete die Tür und stieg aus.

»Was macht er denn nun wieder?«, fragte Mirscher auf der Rücksitzbank und lehnte sich zwischen dem Fahrer- und dem Beifahrersitz hindurch.

»Das weiß man bei Stern nie«, sagte Grünbrecht. Gemeinsam sahen sie zu, wie der Chefinspektor die Einfahrt noch einmal hochging, anläutete und ein paar Worte mit der Witwe sprach. Dann kehrte er zurück, in der Hand hielt er einen Zettel.

»Wir müssen in die Pfeifferstraße nach Urfahr«, las er von dort die Adresse vom Bruder des Toten ab.

*

Herbert Köhlinger öffnete nach dem dritten Mal Läuten die Tür. Als er die Beamten erkannte, huschte Überraschung über sein Gesicht.

»Guten Abend, Herr Köhlinger. Wir hätten ein paar Fragen an Sie«, sagte Stern.

»Meine Herren … und Dame«, begrüßte der Angesprochene die Kriminalbeamten und ließ die Tür aufschwingen. Zu Sterns Erstaunen war Köhlinger heute viel freundlicher als bei ihrem letzten Treffen im Haus seiner Schwägerin. Der Hausherr führte sie an der Küche vorbei ins Wohnzimmer, wo der Fernseher lief und Köhlingers Frau mit angezogenen Beinen auf dem Sofa lümmelte. Als die Beamten eintraten, nahm sie die Füße herunter und setzte sich aufrecht hin. Gerade lief ein Krimi im Fernsehen. Wie passend, dachte Stern. Auch fielen ihm die zwei leeren Weingläser auf dem Tisch auf. Wenn er nicht irrte, hatte sich Rotwein darin befunden.

»Schatz, das hier sind die Herren von der Kripo, von denen ich dir erzählt habe. Sie haben noch ein paar Fragen«, stellte Köhlinger die Beamten vor. »Und natürlich die Dame!«

Die Ehefrau schaltete mit der Fernbedienung den Fernseher ab, stand auf und ging auf die Beamten zu. Sie war eine echte Schönheit, erkannte Stern, selbst in der legeren Kleidung, die sie zu dieser späten Abendstunde trug. Ihre langen blonden Haare fielen ihr seidig über die Schultern. Ihr Mund war saftig rot wie eine Erdbeere, auch ohne Lippenstift. Ihre Augen glichen denen einer Katze auf der Jagd, groß und grün. Sie reichte Stern die Hand und ging weiter zu Mirscher. Der starrte die Frau mit offenem Mund an und hielt ihre Hand viel zu lang, was Grünbrecht ein Schnauben entriss. Nachdem sie auch der Gruppeninspektorin die Hand gereicht hatte, stellte sie sich selbstbewusst neben ihren Mann.

»Was wollen Sie von uns wissen?«, fragte sie.

»Herr Köhlinger, haben Sie eine Ahnung, ob Ihr Bruder vor seinem Tod Kontakt mit einem Historiker oder einem Ahnenforscher gehabt hat?«, begann Stern mit jener Frage, die ihn am meisten interessierte.

»Das kann ich mir nicht vorstellen. Richard hat sich nie für unseren Stammbaum interessiert«, war Herbert Köhlinger sich sicher.

»Vielleicht hat es auch gar nichts mit Ihrem Stammbaum zu tun gehabt, sondern mit etwas ganz anderem.«

»Denken Sie an etwas Bestimmtes?«

»Nein, nichts Bestimmtes. Es ist mehr ein Gefühl. Wir

haben bei Ihrem Bruder eine seltsame Nachricht gefunden.« Stern holte das von der Spurensicherung bereits untersuchte Schriftstück aus der Brusttasche, welches sie im Mund des Weinhändlers gefunden hatten, und hielt es Köhlinger hin. »*Der wahre Erbe der Sünde hüllt sich in den Mantel der undurchdringbaren Zeit*«, las Herbert Köhlinger laut. »Was bedeutet das?«

»Wir hatten gehofft, dass Sie uns das sagen könnten.«

»Hängt der Tod meines Bruders mit jenem des Pfarrers aus Lieb… äh … zusammen? Wenn man den Medien Glauben schenken darf, gibt es da gewisse Ähnlichkeiten. Diese …« Herbert Köhlinger deutete auf den Hals und meinte damit wohl die Einstichwunden, ohne sie aussprechen zu wollen.

»Die Medien machen daraus eine Vampirjagd. In Liebenau, wo der Pfarrer ermordet worden ist, hat man bereits beim dortigen Zahnarzt eingebrochen und sämtliche Röntgenbilder gestohlen, um einen möglicherweise unter uns weilenden Vampir ausfindig zu machen«, erklärte Stern. Er wollte sehen, wie Köhlinger auf diese Informationen reagierte. Doch es war nicht der Bruder, der daraufhin die Aufmerksamkeit der Beamten auf sich zog.

»Das ist nicht Ihr Ernst?« Frau Köhlinger lachte ob dieser Vorstellung laut auf und schüttelte amüsiert über so viel Aberglauben den Kopf.

»Doch, das ist unser Ernst«, brachte nun endlich Mirscher den Mund auf. Es war nicht zu übersehen, dass er schwer auf die blonde Schönheit abfuhr.

»Vielleicht kann Ihnen der Alfons weiterhelfen, der beschäftigt sich doch ständig mit solchem Zeug, oder?« Herbert Köhlinger sah seine Frau an, die bestätigend nickte.

»Wer ist Alfons?«, wollte Stern wissen.

»Der Sohn meines Bruders. Er ist Lehrer in Leonding in der Neuen Mittelschule. Er unterrichtet dort Geografie und Geschichte. Wenn jemand damit etwas anfangen kann«, Köhlinger deutete auf das Stück Papier, »dann er. Er kennt sich mit so altem Zeug aus, und diese kryptische Textzeile ist in einer Ausdrucksform verfasst, die heute nur noch selten verwendet wird, vielleicht von Lyrikern, aber wie gesagt, ich weiß es nicht.«

In diesem Augenblick fiel Stern die Sache mit dem Sohn der Köhlingers wieder ein. Mirscher hatte ihn schon mal erwähnt und er sich fest vorgenommen, mit ihm zu reden. Aber irgendwie hatte er es immer wieder hinausgeschoben. Na gut, das würde er nachholen. »Sie meinen also, unser Täter könnte ein Dichter sein?«

»So hab ich das nicht gesagt, nein. Aber ich glaube, dass diese gewählte Ausdrucksform doch eine ganz besondere ist. Fragen Sie Alfons, der beschäftigt sich mit solchen Dingen.«

»Wo finden wir ihn?«

»Er unterrichtet und wohnt in Leonding. Warten Sie, ich suche Ihnen die Adresse raus.« Köhlinger verschwand und kehrte mit der gewünschten Information auf einem Zettel wieder. Den überreichte er dem Chefinspektor.

»Danke, dass Sie sich Zeit genommen haben«, bedankte sich Stern für das Gespräch zu so fortgeschrittener Stunde.

»Sie machen ja nur Ihre Arbeit«, erwiderte Herbert Köhlinger. »Und wenn mich das als Verdächtigen ausschließt, ist mir jede Tages- und Nachtzeit recht.«

»Dann gute Nacht!« Die Kriminalbeamten verabschiedeten sich und schritten die Stiege vom zweiten Stock hinunter ins Erdgeschoss. Vor Grünbrechts Wagen sagte Mirscher: »Als Verdächtigen ausgeschlossen haben wir den aber hoffentlich nicht. Er hat ein Motiv, seinen Bruder zu töten, und zwar Geld, das sein Bruder besaß und er nicht. Geld ist immer ein gutes Motiv!«

»Ja, und für den Mord an dem Liebenauer Pfarrer kommt immer noch der Klotz infrage. Wenn die Morde nicht zusammenhängen, tippe ich auf ihn.« Wieder waren Grünbrecht und Mirscher sich einig.

»Schon gut. Morgen reden wir mit diesem Alfons. Lasst uns nach Hause fahren. Besser gesagt, ich gehe zu Fuß.« Die Lederpantoffeln des Pfarrers waren wirklich gemütlich.

»Sind Sie sicher, Chef?«, hakte Grünbrecht nach, weil sie nicht wieder für einen Fußmarsch ihres Vorgesetzten verantwortlich sein wollte. Oder wollte sie nur nicht mit Mirscher allein im Wagen durch Linz fahren?

»Ja, ich bin sicher. Bis morgen, Leute!« Stern hob die Hand zum Gruß und wanderte Richtung Hauptstraße. Nach einer Dreiviertelstunde, die einerseits sein Gehirn durchlüftet hatte, andererseits seine geplagten Füße noch müder hatte werden lassen, sperrte er zu Hause die Haustür auf und starrte auf drei Paar Schuhe im Flur. Durch deren Schuhgrößen wusste er, dass seine Tochter Barbara mit den Kindern zugegen war. Rasch durchforstete er sein Gedächtnis nach etwaigen Versprechen, die er erneut leichtfertig gegeben und doch wieder vergessen hatte, kam aber nicht darauf.

Im Wohnzimmer lief der Fernseher. Stern steckte den Kopf durch die Tür und sah, dass Tobias auf dem Sofa schlief und Melanie auf ihrem Handy herumtippte.

»Ich dachte, du kämest mal früher nach Hause«, begrüßte ihn Barbara vorwurfsvoll.

»Wenn ich gewusst hätte, dass ihr hier seid, wäre ich …«

»Dann wärst du auch nicht früher gekommen«, beendete Barbara den Satz für ihren Vater. Beide wussten, dass sie damit recht hatte.

»Was gibt es denn?«, fragte er, um von diesem leidigen Thema wegzukommen.

»Die Vampirmorde!«, antwortete der mittlerweile wache Tobias, der sich streckte und seinen Großvater verschlafen anlächelte.

Stern war über die Aussage seines Enkels erstaunt. »Nennt man das bei euch in der Schule so, Vampirmorde?«

»Ja, alle reden davon! Melanie ist schon ganz verrückt, deshalb will Mama auch, dass du mit ihr redest. Sie schminkt sich sogar schon wie ein Vampir und will so zur Schule gehen. Dabei ist doch noch gar nicht Fasching«, sprudelte es aus Tobias heraus.

Melanie verdrehte genervt die Augen, ohne ihren Blick vom Display des Handys zu nehmen.

Stern setzte sich zu seinem Enkel auf das Sofa und zog ihn auf den Schoß. »So schlimm ist es?«

»Ja, so schlimm. Sag, wirst du den Vampir fangen und darf ich ihn dann sehen?« In der Stimme des Neunjährigen schwang Aufregung mit.

»Wenn es denn überhaupt ein Vampir ist, den wir suchen«, antwortete Stern zurückhaltend, entsann sich dann eines Besseren und ergänzte: »Ich glaube, ich habe ihn schon gefunden!« Tobias und Stern sahen zu Melanie hinüber, die ununterbrochen auf ihrem Handy herumtippte. Tobias lachte. Er hatte zuvor nicht übertrieben. Melanie sah tatsächlich ein wenig wie ein Vampir aus. Blasse Haut, dunkle Ränder unter den Augen und viel zu rote Lippen. »Melanie, schminkt man sich heutzutage so?«, wollte Stern von seiner Enkelin wissen.

Ein kurzes Zischen war alles, was er als Antwort bekam. Offenbar war die Nachricht, deren ganze Aufmerksamkeit Melanie gerade schenkte, von äußerster Dringlichkeit. Oder ihr Großvater besaß diese Dringlichkeit eben nicht.

Stern hob Tobias von seinem Schoß, stand auf und griff nach Melanies Smartphone.

»Hey!«, begehrte Melanie sofort auf. »Das ist meines!«

»Ich hab dich etwas gefragt«, verlangte Stern nach einer Antwort.

»Das ist ja mal wieder ganz toll!«, brauste Melanie auf. »Selber Scheiße bauen, aber auf anderen herumhacken!«

»Was? Was meinst du damit?« Stern fühlte sich von diesem pubertären Gegenschlag völlig überrumpelt.

»Frag Mama! Sie gibt dir die Schuld, dass ich jetzt so aussehe.«

Stern warf einen Blick zu seiner Tochter hinüber, die Melanies Anschuldigung nicht widersprach.

»Aber was kann ich denn dafür, dass die Medien diese Fälle als Vampirmorde hochstilisieren?«, versuchte sich Stern zu verteidigen.

»Tu einfach was dagegen!«, sagte Barbara endlich auch einmal etwas, was Stern als Erleichterung empfand. Ihr Schweigen war sehr anklagend gewesen.

»Das tu ich doch längst. Ich laufe mir die Füße wund für diesen Fall. Hier!« Stern zog seine Socken aus und ließ die versammelte Runde als Beweis für seine Aussage einen Blick auf seine Ansammlung von Blasen an seinen Fersen werfen.

»Wie ekelig!«, kommentierte Melanie diese unerwartete Fleischbeschau.

»Echt cool! Was hast du gemacht?«, wollte hingegen Tobias wissen.

Barbara stand auf und holte aus dem Medizinschrank Desinfektionsspray, Heilsalbe und Pflaster.

»Wir haben nach dem Täter gesucht.«

»Darf ich mal mitkommen?« Tobias interessierte sich sehr für den Job seines Großvaters.

»Nein!«, riefen Barbara und Stern wie aus einem Mund, was Tobias' Begeisterung ins Gegenteil verwandelte.

»Menno!«, maulte er und verschränkte die Arme vor der Brust. »Nie darf ich etwas! Und du fährst mich auch nie mit Blaulicht in die Schule!«, warf er seinem Opa vor.

»Das werde ich. Nur eben nicht, wenn ich gerade an einem Fall arbeite«, erwiderte Stern.

»Versprochen?« Tobias setzte den treuherzigsten Blick auf, den er zustande brachte.

»Versprochen.« Stern fuhr seinem Enkelsohn durch die Haare. Damit war der Pakt besiegelt. »Und nun zu dir.« Der Chefinspektor wandte sich Melanie zu.

»Gib mir mein Handy zurück!«, maulte die Zwölfjährige.

»Wenn du mir versprichst, dass du dich wieder vernünftig anziehst und dich normal schminkst«, verlangte Stern.

»Das nennt man stylen«, erwiderte Melanie trotzig und noch nicht bereit, auf diese Forderung einzugehen. Um zu verdeutlichen, was sie mit *stylen* meinte, strich sie ihre Haare hinter die Ohren und betrachtete anschließend ihre schwarz lackierten Fingernägeln.

»Na gut, dann wirst du dich ab nun an wieder normal stylen, so wie sich das für eine Zwölfjährige geziemt. Ansonsten binde ich dich an den Beifahrersitz von jenem Einsatzwagen, der Tobias mit Blaulicht in die Schule fährt, und geleite dich Händchen haltend in dein Klassenzimmer.«

Melanie bekam große Augen. »Das ist Erpressung!«

»Das nennt man Erziehung«, widersprach Stern. »Und es erspart dir eine Woche Handy-Entzug.«

»Das ist nicht fair!«, protestierte Melanie immer noch.

»Was hältst du dann davon?« Stern kam dicht an Melanies Ohr heran und flüsterte: »Wenn du tust, was ich dir sage, dann verrate ich deiner Mutter nicht, dass du dich bereits auf Facebook herumtreibst.«

Der Gesichtsausdruck der Zwölfjährigen erstarrte. Unter ihrer bleichen Schminke wurde sie nun tatsächlich blass. Sie nickte kaum merklich. Stern hielt ihr das Handy entgegen, zögerte aber, es ihr auszuhändigen.

»Versprich es mir!«, verlangte er.

»Ich verspreche es«, wisperte Melanie leise.

»Was habt ihre beide da zu tuscheln?«, wollte Barbara wissen.

»Äh, nichts!«, beeilte sich Melanie mit einer Antwort. »Wir sollten jetzt aber wirklich gehen, Mama, ich bin todmüde.« Melanie streckte die Arme in die Höhe und täuschte ein Gähnen vor. Stern schmunzelte. Die Zwölfjährige hatte es faustdick hinter den Ohren.

»Du hast recht, Schätzchen«, antwortete Barbara. »Es ist schon spät.« Sie machte den Fernseher aus, damit Tobias von der Couch aufstand. Auch für ihn war es längst überfällig, ins Bett zu gehen.

»Und, Papa, wie geht es dir?«, fragte sie, als sich die Kinder Schuhe und Jacken anzogen.

»Danke, mir geht es gut.«

»Wirklich?« Barbara sah ihren Vater eindringlich an.

»Der Fall macht mir zu schaffen, aber sonst ist alles in Ordnung. Du brauchst dir also keine Sorgen zu machen. Und wenn das alles vorüber ist, dann gehst du mit Stefan abends fein aus, und ich nehme die Kinder. Versprochen!«

»Papa, versprich nichts …«

»… was ich nicht halten kann. Jaja, ich weiß.« Stern steckte die Hände in die Hosentaschen. Es schmerzte ihn, dass seine Tochter sich nicht auf ihn verlassen konnte. Aber wenn er erst mal im Ruhestand war, würde sich das ändern.

»Ich hab dich lieb, Papa«, sagte Barbara und drückte ihm einen Kuss auf die Wange.

»Ich dich auch«, erwiderte Stern.

»Tschüss, Opa!«, sagte Tobias und schritt an Stern vorbei hinaus ins Stiegenhaus. Dabei klatschte er in seine Hand.

»Ich verlass mich auf dich«, sagte Stern an Melanie gewandt und deutete mit dem Zeigefinger auf sie. Ein unwilliges Murren folgte, was eine Zustimmung, aber auch ein Widerspruch sein konnte. Stern verkniff sich eine Reaktion, winkte Barbara und den Kindern hinterher und schloss dann die Tür.

18. KAPITEL

Stern erwachte am nächsten Morgen schweißgebadet. Er hatte einen Albtraum durchlebt und sah sich um. Es dauerte einen Augenblick, bis er wusste, dass er in seinem Schlafzimmer war. Er wunderte sich, wie real so ein Traum wirken konnte und immer noch wirkte, als wäre er eine echte Erinnerung. Doch wusste er, dass Träume nur Humbug waren und nichts zu bedeuten hatten. Er stieß die Luft aus, als er an den Vampir dachte, der eben noch an seinem Hals gehangen und versucht hatte, ihm den letzten Tropfen Blut aus den Adern zu saugen. Es hatte sich angefühlt, als würde ihm zunehmend kälter werden. Und der Vampir hatte ausgesehen, wie er sich den Teufel vorstellte. Pelzig, mit einem Pferdefuß, gezwirbelten Hörnern, kantigen Eckzähnen, tiefen Furchen im Gesicht und einem schwarzen Umhang. Klein war er gewesen, dieser Vampir, gerade mal so groß wie die Pfarrersköchin. Seltsamer Traum.

Stern rieb sich den Kopf, stieg aus dem Bett und ging ins Badezimmer. Dort wusch er sich den Traum aus den Augen, putzte seine Zähne und glättete seine Haare. Nach einer Tasse schwarzen Kaffees war der Traum nur mehr eine flüchtige Erinnerung, und nach der Fahrt ins Landeskriminalamt hatte er ihn sogar gänzlich vergessen – wie es bei Träumen nun mal so war.

In Sterns Büro im Landeskriminalamt wartete Dominik Weber auf ihn.

»Weber, was gibt es denn?«, fragte er beim Betreten des Büros den Gerichtsmediziner, der auf einem Stuhl saß und in einer Zeitung blätterte.

»Dir auch einen schönen guten Morgen«, erwiderte Weber in gewohnt ruhiger Weise.

»Guten Morgen. Also, was ist los?« Stern schlüpfte aus seiner Jacke, hängte sie auf einen Haken gleich neben der Tür und platzierte seinen Hintern auf seinem Stuhl hinter dem Schreibtisch.

Webers Blick folgte ihm. »Du hast vergessen, deine Hauspantoffeln auszuziehen«, wies Weber den Chefinspektor darauf hin, dass seine Füße nicht in Straßenschuhen steckten.

»Das ist volle Absicht«, erklärte Stern. Mehr wollte er dazu nicht sagen, aber die Blasen an seinen Fersen mussten erst einmal abheilen, bevor er wieder normale Schuhe anziehen konnte.

»Na gut. Ich habe mir den Toten von Liebenau genauer angesehen. Im Augenblick ist so viel los, deshalb bin ich nicht eher dazu gekommen.«

»Das soll aber nicht heißen, dass er erschossen oder gar erstochen worden ist«, witzelte Stern.

»Nein, die Todesursache ist eindeutig. Aber …« Weber machte eine kunstvolle Pause, die ihre Wirkung nicht verfehlte.

»Lass dir nicht alles aus der Nase ziehen, Weber. Sonst bin ich noch eher im Ruhestand, als du ausgeredet hast.« Stern ließ sich in seinem Stuhl nach hinten und wartete gespannt auf das, was den Gerichtsmediziner zu ihm geführt hatte.

»Ich habe den Mageninhalt des Pfarrers überprüft und das hier gefunden.« Weber legte ein in einer Plastiktüte steckendes Stück Papier auf Sterns Schreibtisch. Der beugte sich nach vorne, um es besser ansehen zu können. »Der

Zettel ist gefaltet gewesen. Der Mörder hat ihn dem Pfarrer wahrscheinlich in den Mund gesteckt und der hat ihn, vermutlich während seines Todeskampfes, verschluckt.«

»War das so gewollt?«, fragte Stern.

»Das kann ich nicht sagen. Aber wenn ich es mir überlege, kann es möglicherweise so abgelaufen sein: Der Mörder hat dem auf dem Altar liegenden Priester diesen Zettel in den Mund gesteckt, in der Erwartung, wir würden die Nachricht auch dort finden. Da er den Priester aber in der Kirche öffentlich positioniert hat, hat er nicht warten können, bis er tot gewesen ist. Zu leicht hätte man ihn entdeckt. Also hat er sich davongemacht und der Priester, der, wie wir ja wissen, nicht sofort gestorben, sondern langsam verblutet ist, hat den Zettel während seines Todeskampfes verschluckt. Die Speiseröhre ist ein Muskel, der das Verschluckte weitertransportiert, egal in welcher Lage man sich befindet. Man kann nämlich auch schlucken, wenn man kopfüber hängt.«

»Was steht drauf?«, unterbrach Stern den Gerichtsmediziner, bevor der sich zu ausführlich über die Funktion der Speiseröhre auslassen konnte.

Weber las vor: »*… und stellt sich gegen den tosenden Sturm, der zur Gewalt ist bereit …*«

»Hm.« Stern grübelte.

»Was zum Kuckuck soll das denn heißen?« Weber blickte Stern verwirrt an. »Ist unser Mörder etwa Lyriker?«

Stern fischte aus den Akten den Zettel, den man im Mund des Weinhändlers gefunden hatte, und legte ihn neben jenen aus dem Magen des Priesters.

»*Der wahre Erbe der Sünde hüllt sich in den Mantel der undurchdringbaren Zeit und stellt sich gegen den tosenden Sturm, der zur Gewalt ist bereit*«, las er die beiden Textzeilen zusammenhängend vor.

»Klingt ja irgendwie mystisch«, gab Mara Grünbrecht ihren Kommentar dazu ab. Sie stand an der Tür und hielt in ihrer Hand ein weiteres Blatt Papier.

»Was ist das?«, fragte Stern und deutete auf den Zettel. Er befürchtete, dass sie ein drittes Opfer hatten und Grünbrecht ihm die nächste lyrische Botschaft des Mörders überbrachte.

»Das hier ist die Rechnung von der Werkstätte für die Reparatur meines Wagens. Eine neue Ölwanne, Entfernen der Kratzer – nichts Mystisches demnach, sondern reine Fakten.« Grünbrecht legte die Rechnung auf Sterns Schreibtisch und setzte sich mit einer Pobacke auf die Kante. Dann nahm auch sie die Botschaften, die man bei den Leichen gefunden hatte, genauer in Augenschein. »Könnte ein Gedicht sein. Kolanski soll diese Zeilen ins Internet eingeben, vielleicht gibt es diesen Text schon irgendwo.«

»Gute Idee«, lobte Stern die Kollegin und ließ sie gewähren. Grünbrecht knipste mit ihrem Handy Fotos von den Nachrichten und ging damit zu Hermann Kolanski.

Auch Dominik Weber wandte sich zum Gehen. »Einen wunderschönen Tag wünsche ich«, sagte er gut gelaunt.

»Pfiat di, Weber! Und danke fürs Vorbeibringen!«, rief Stern ihm hinterher. Er war über Webers Beharrlichkeit froh, die Dinge nicht auf sich beruhen zu lassen. Durch den Fund der zweiten Nachricht hatten sie endlich die Gewissheit, dass die beiden Fälle zusammenhingen und sie nicht von einem Nachahmungstäter aufs Glatteis geführt werden sollten. Er griff nach der Jacke und verließ sein Büro. In jenes der Kollegen steckte er den Kopf hinein und sagte: »Während Kolanski im Internet nach Hinweisen sucht, fahren wir zum Sohn der Köhlingers, diesem Alfons. Auf geht's!« Als ihm niemand folgte, was Stern erst auf dem Flur bemerkte, kam er zurück und fragte: »Was ist?«

»Äh, wer ist wir?«, wollte Grünbrecht wissen.

»Mir wurscht! Entweder Sie oder Mirscher. Keinesfalls beide!«, antwortete Stern und murmelte: »Das ist ja wie im Kindergarten.« Gespannt, wer von den zwei ihm folgen würde, verließ er das Landeskriminalamt. Beide zusammen waren im Augenblick nicht auszuhalten. Für ihre offenkundige Antipathie, warum auch immer, hatte er nicht die Nerven. Nicht jetzt. Später würde er wohl ein ernstes Wort mit einem von ihnen reden müssen.

Augenblicke später trat Grünbrecht aus der Pforte des Landeskriminalamtes und suchte die Straße nach Stern ab. Der lehnte an ihrem BMW und erwartete sie.

»Wieso haben Sie gewusst, dass ich komme?«, fragte Grünbrecht, während sie auf den Knopf am Schaft des Autoschlüssels drückte und die Blinker des BMW Lichtsignale ausschickten, dass die Türen geöffnet waren.

»Was immer zwischen Ihnen und Mirscher vorgefallen ist, Sie können es nicht zulassen, dass er gewinnt. Deshalb!«, antwortete Stern sich dessen gewiss.

Grünbrecht erwiderte nichts, sondern pflanzte ihren wohlgeformten Hintern auf den Fahrersitz. Stern tat es ihr gleich, zwar weniger mit einem wohlgeformten Gesäß, dafür mit einem Grinsen im Gesicht, weil er voll ins Schwarze getroffen hatte.

»Was hat er denn angestellt?«, wollte er entgegen seiner zuvor gefassten Meinung nun doch wissen.

Grünbrecht warf einen Seitenblick hinüber zu ihrem Chef. Sie schien zu prüfen, ob sie es riskieren sollte, ihm ihr Geheimnis anzuvertrauen.

»Raus mit der Sprache! Ich weiß ohnehin, dass zwischen euch beiden was läuft.« Anhand Grünbrechts Gesichtsausdruck wusste Stern, dass er erneut einen Treffer gelandet hatte.

»Seit wann wissen Sie es?«, fragte Grünbrecht.

»Seit ihr euch nur noch angiftet. Das war bei mir ähnlich, bevor ich mich hab scheiden lassen.« Stern dachte mit Wehmut an seinen letzten Almurlaub mit seiner Exfrau zurück. Wenige Wochen später hatte sie das Aus ihrer Ehe verkündet und war mit einem anderen Mann nach Graz abgehauen. Wenigstens lebten Barbara und die Kinder in seiner Nähe.

»Er hat mich einfach vergessen!«, stieß Grünbrecht aus, als hätte sie etwas Ekeliges im Mund, das sie auf der Stelle ausspucken wollte.

»Wann?«

»Ach, irgendwann.« Scheinbar zweifelte Grünbrecht daran, ob es wirklich so klug war, ihren Vorgesetzten in ihre Beziehungsprobleme einzuweihen.

»Vielleicht hat es einen Grund dafür gegeben?«

»Einen Grund, dass er mich vergisst? Das glauben Sie doch selber nicht!«, brauste Grünbrecht auf und fuhr viel zu schnell aus der Parklücke, dass Stern Angst bekam, sie würden ein anderes Fahrzeug touchieren. Aber sie hatten Glück, und der BMW reihte sich unversehrt in den Verkehr ein.

»Okay.« Auch wenn Stern nicht den blassesten Schimmer hatte, wovon Grünbrecht sprach, erschien es ihm klug, so zu tun, als wüsste er es.

»Nichts ist okay! Wir waren verabredet, und er ist einfach nicht erschienen«, rief sie entrüstet.

»Weil er vielleicht durch einen triftigen Grund verhindert gewesen ist?«

»Weil er mich vergessen hat!« Grünbrechts Fuß klebte am Gaspedal, und Stern hielt sich am Griff der Tür fest. Seine Kollegin fuhr viel zu schnell und schlängelte sich durch die anderen Autos auf der Unionstraße hindurch Richtung Leonding.

»Seit wann geht das schon so, zwischen euch beiden, meine ich?«, fragte Stern, der nur zu gern gesagt hätte, dass Grünbrecht etwas langsamer fahren sollte. Doch irgendwie erschien es ihm als nicht klug, sie auf die Geschwindigkeit anzusprechen.

»Seit ein paar Monaten«, gestand Grünbrecht. »Ich weiß, wir hätten nicht …«

»Mara, das geht schon in Ordnung«, unterbrach Stern seine Kollegin. »Solange es die Arbeit nicht beeinflusst.«

»Aber es beeinflusst die Arbeit ja!« Grünbrecht war innerlich total aufgewühlt.

»Dann bringen Sie es in Ordnung.«

»Wieso ich? *Er* muss es in Ordnung bringen.«

»Weil er der Mann ist?«, fragte Stern etwas naiv.

»Nein, weil er mich vergessen hat, deshalb«, antwortete Grünbrecht verächtlich.

»Vielleicht hat er Sie gar nicht vergessen. Vielleicht war er tatsächlich verhindert. Haben Sie ihn schon gefragt?«

»Nein.«

»Warum nicht?«

»Ich wollte ihn an diesem Abend mit einem Kurzurlaub nach Kroatien überraschen, so als Sommerstart. Ein romantisches verlängertes Wochenende. Als er nicht erschienen ist, bin ich allein gefahren.«

»Oh.«

»Was oh?«

»Demnach habt ihr noch gar nicht darüber geredet?«

»Nein, haben wir nicht. Will ich auch nicht, schließlich hat er …«

»Sie vergessen, ich weiß.« Für wenige Augenblicke war Stern froh, solche Beziehungsdiskussionen selbst nicht mehr am Hals zu haben, denn mit Logik hatten die ständigen Meinungsverschiedenheiten zwischen Mann und Frau oftmals nichts zu tun. Dann aber gesellte sich dennoch Wehmut dazu, denn während Grünbrecht jemanden hatte, auf den sie sauer sein konnte, war er stets allein. Rasch verdrängte er diesen Anflug von Wehmut und fragte: »Würde es helfen, wenn er mit einer Rose daherkäme?«

»Das wird nicht reichen.« Grünbrecht schüttelte den Kopf, während Stern überrascht nach vorne durch die Windschutzscheibe starrte, wo sie gerade im Kreisverkehr Richtung Leonding abbogen.

»Nicht?« Sterns Gehirn begann nach Erklärungen zu suchen, was Grünbrecht sonst noch haben wollte. Für was gab es denn diese einzeln verpackten Rosen an der Tankstelle? Doch sicher für leidgeplagte Männer, die wieder einmal um Vergebung bitten mussten.

»Niemals!«, erwiderte Grünbrecht entschieden und stieg erneut aufs Gaspedal.

»Was sonst? Ich dachte, Frauen lieben Rosen.« Stern wusste, dass sich Grünbrechts Frust in ihrer Fahrgeschwindigkeit ausdrückte. Wenn sie so weiterrasten, würden sie am nächsten Baum kleben.

»Sie meinen, so schier nach dem Motto: Wenn schon Scheiße bauen, dann richtig? Eine einzelne Rose – pah!« Grünbrecht war entrüstet, Stern seufzte. Offenbar hatte er keine Ahnung, was Frauen wollten. Rosen von der Tankstelle scheinbar nicht.

»War Ihnen Ihre Frau denn keinen ganzen Blumenstrauß wert?« Nun klang Grünbrecht zynisch, und Stern gab sich geschlagen.

»Okay, was dann?«

Grünbrecht nahm ihre Hand vom Lenkrad und winkte mit den Fingern. »Juwelier«, sagte sie als einziges Wort.

»Okay, dann halt ein Juwelier.« Stern seufzte, nun aber wieder froh, keine derartigen Ausgaben mehr tätigen zu müssen. Die Frau, wegen der er zu einem Juwelier pilgern würde, musste erst noch geboren werden.

Da fiel ihm die Brücklwirtin ein. Ob sie diese Frau war?

Mit quietschenden Reifen hielt der BMW in Leonding vor der Neuen Mittelschule an. Stern war erleichtert, dass sie heil angekommen waren, und nahm sich vor, demnächst wieder selber mit dem Auto zu fahren, auch wenn es dann länger dauerte.

»Ich hasse Schulen!«, stieß Grünbrecht aus. Sie schlug die Tür des Wagens zu und ging die wenigen Stufen neben ihrem Chef zum Eingang des Gebäudes hinauf.

»Ich glaube, im Augenblick hassen Sie alles«, erwiderte Stern und deutete auf den Eingang des Schulgebäudes. »Ich bin immer gerne zur Schule gegangen.«

Grünbrecht sah ihren Chef von der Seite an und meinte: »Ich wusste, dass Sie ein Streber gewesen sind. Das sind Sie irgendwie immer noch.«

Die Inspektoren schritten auf das Gebäude zu, und Stern hielt seiner Kollegin die Eingangstür auf. In den Gängen war es ruhig, es war gerade Unterricht. Niemand lief ihnen über den Weg, den sie nach Alfons Köhlinger hätten fragen können. Deshalb machten sie sich auf die Suche nach dem Lehrerzimmer.

»Das ist ja beinahe wie damals«, sagte Grünbrecht mit gedämpfter Stimme, als sie davorstanden und an die Tür pochten.

»Nur, dass wir heute die hier haben.« Stern klopfte an seine Seite, wo unter der Jacke seine Dienstwaffe in einem Holster steckte. »Heute sind wir denen überlegen und nicht umgekehrt.«

Die Tür ging auf, und ein Mann mittleren Alters, mit schütteren Haaren und kariertem Sakko, trat heraus. Er musterte die Beamten von den Haarwurzeln bis zu den

Zehennägeln. An Sterns Pantoffeln blieb sein Blick etwas länger haften, als überlegte er, warum ein erwachsener Mann mit Hausschuhen vor ihm stand. Als Stern seinen Dienstausweis aus der Tasche zog und dem Mann vor die Nase hielt, war das Mysterium um Sterns Fußbekleidung komplett.

»Kriminalpolizei Linz, Chefinspektor Oskar Stern. Das ist meine Kollegin Gruppeninspektorin Mara Grünbrecht. Wir suchen einen Alfons Köhlinger. Angeblich unterrichtet er an dieser Schule.«

Der Mann begutachtete die Dienstmarke akribisch, als lernte er die Inschrift auswendig, und sagte dann ohne einen Muskel im Gesicht zu verziehen: »Der ist hier drinnen. Warten Sie, ich hole ihn.« Vor den Nasen der Kriminalbeamten zog er die Tür zu.

»Ich sagte doch, dass ich Schulen hasse«, erinnerte Grünbrecht Stern an ihre zuvor getätigte Aussage. Wie es aussah, hatte sich seit ihrer Schulzeit nicht viel verändert. Das Lehrerzimmer war für Schüler immer noch tabu, und wie brave Schüler standen die Kriminalbeamten jetzt davor und warteten, bis sich die Pforte – oder das Tor zur Hölle, je nachdem, ob man etwas ausgefressen hatte oder nicht – erneut öffnete.

»Hat uns der gerade die Tür vor der Nase zugeschlagen?«, brummte Stern ungläubig.

Grünbrecht nickte.

»Das kann es jetzt aber nicht sein.« Stern wollte gerade die Klinke nach unten drücken, als die Tür von innen geöffnet wurde. Ein Mann mit Brille, weißem T-Shirt und Jeans stand vor ihnen und stellte sich als Alfons Köhlinger vor. Er war Mitte 30, mittelgroß und hatte mittelbraune Haare. Alles an ihm war irgendwie mittel, schoss es Stern durch den Kopf, außer seinem wachsamen Blick. Und noch etwas fiel Stern auf: Dieser Mann erinnerte ihn an jemanden. Er vermochte nur nicht zu sagen, an wen. So sehr Stern darüber nachgrübelte, er kam nicht dahinter.

»Ja?«, sagte der Lehrer ungeduldig, da Stern einen Moment zu lange brauchte, um zu reagieren.

»Ich bin Chefinspektor Oskar Stern, und das ist meine Kollegin Gruppeninspektorin Mara Grünbrecht. Wir sind vom Landeskriminalamt Oberösterreich. Herr Köhlinger, unser aufrichtiges Beileid zum Tod Ihres Vaters«, sagte er dann. »Dürfen wir Ihnen ein paar Fragen stellen?«

Alfons Köhlinger zögerte. »Äh, ja. Natürlich.« Statt, wie Stern es erwartet hatte, sie ins Konferenzzimmer zu bitten, trat er zu ihnen heraus auf den Flur und schloss hinter sich die Tür. Wahrscheinlich damit die Kollegen nicht mithören konnten. Stern kam umgehend zur Sache.

»Herr Köhlinger, wir haben gehört, dass Sie Lehrer für Geschichte sind und sich in Ihrer Freizeit mit der Vergangenheit beschäftigen, mit alten Texten und dergleichen.«

»Ja, das tue ich«, bestätigte Köhlinger. »Wer hat Ihnen das erzählt?«

»Ihr Onkel. Würden Sie sich für uns etwas ansehen, das mit dem Tod Ihres Vaters zusammenhängt?«, fragte Stern und zog aus seiner Tasche Kopien der Papierstücke, welche bei den Toten gefunden worden waren. Das erste hielt er Köhlinger entgegen.

»*Der wahre Erbe der Sünde hüllt sich in den Mantel der undurchdringbaren Zeit* – Woher stammt das?«, wollte der Lehrer wissen.

»Das hat der Täter bei seinem ersten Opfer zurückgelassen«, antwortete Stern und reichte dem Mann das zweite Blatt Papier.

»Dem ersten Opfer«, wiederholte Köhlinger.

»Es tut mir leid. Ihrem Vater natürlich«, korrigierte Stern

seine unsensible Aussage. »Und das hier haben wir beim zweiten Opfer, dem Priester, gefunden.«

Alfons Köhlinger las die zweite Nachricht. »… *und stellt sich gegen den tosenden Sturm, der zur Gewalt ist bereit* – Was bedeutet das?« Köhlinger sah die Beamten fragend an.

»Wir haben gehofft, dass Sie uns das erklären könnten«, sagte Grünbrecht.

»Diese Art zu schreiben ist tatsächlich alt. Ohne jetzt genau zu wissen, wie alt, würde ich meinen, dass es mindestens 100 bis 200 Jahre zurückliegt, als man derartige Formulierungen verwendet hat. Oder der Schreiber ist Lyriker, der sich diese Sprache für seine Texte zunutze macht. In den heutigen Ausdrucksweisen sagen die Verfasser meist immer das, was sie tatsächlich meinen. Das war früher nicht der Fall. Da hat man gerne mit Rätseln oder Vergleichen die wahre Absicht umschrieben, die man eigentlich hatte ausdrücken wollen.«

»Sie meinen, diese Textzeilen könnten tatsächlich alt sein?«

»Durchaus. Aber es kann auch jemand geschrieben haben, der sich damit auskennt und dem diese Art der Ausdrucksweise vertraut ist. *Der wahre Erbe der Sünde* muss nicht zwangsläufig heißen, dass der Täter damit gemeint ist. Nehmen wir mal an, Ihr Vater hat Schuld auf sich geladen, dann sind Sie der Erbe seiner Sünde, je nachdem, um welches Vergehen es sich handelt und ob Sie die Möglichkeit hätten, dieses Unrecht wiedergutzumachen. Tun Sie es nicht, sind Sie eben *dieser Erbe der Sünde*, wie hier steht, und sündigen weiter, falls Sie nichts tun, um die Sache richtigzustellen.«

»Was bedeutet der Rest?«

Köhlinger las die Zeilen noch einmal. »Mit *dem Mantel der undurchdringbaren Zeit* ist mit Sicherheit tatsächlich die Zeit und nicht ein Bekleidungsstück gemeint. Wenn die

Jahre ins Land ziehen, erinnert sich bald niemand mehr an ein geschehenes Unrecht. Man sagt doch auch im Volksmund, man solle Gras über die Sache wachsen lassen. Und stellen Sie sich vor, es vergingen Jahrzehnte oder gar ein Jahrhundert. Wer wäre dann noch in der Lage, ein Delikt aufzuklären?« Köhlinger sah die Inspektoren an, die wussten, dass mit dieser Anspielung ihr Berufsstand gemeint war.

»Sie haben recht, Herr Köhlinger. In unserem Beruf ist die Zeit nicht besonders dienlich. Je mehr vergeht, umso weniger erinnern sich Zeugen an einen Vorfall, umso kälter wird die Spur.«

»Aber den Tätern ist die Zeit eine Verbündete«, schloss Köhlinger an.

»Was bedeutet die zweite Textzeile?«

»*… und stellt sich gegen den tosenden Sturm, der zur Gewalt ist bereit* … Jemand will vielleicht etwas aufhalten, etwas verhindern, und das mit allen Mitteln«, schlussfolgerte Köhlinger.

»Hm. Sie könnten tatsächlich recht haben«, sagte Stern, als er Köhlingers Deutungen mit den Textzeilen verglich.

»Haben Sie oder Ihr Vater solche Textzeilen erhalten, ich meine, bevor Ihr Vater ermordet worden ist? Vielleicht mit der Post, per E-Mail oder SMS?«, bohrte Grünbrecht nach.

»Nein, nicht, dass ich wüsste.«

»Können Sie sich erklären, warum der Täter diese Nachricht bei Ihrem Vater zurückgelassen hat? War er dieser Erbe der Sünde? Hat er Schuld auf sich geladen? Oder war es gar sein Vater?«

»Tut mir leid, da kann ich Ihnen nicht weiterhelfen. Mein Vater und ich, wir haben uns nicht besonders nahegestanden.« Köhlinger machte eine Pause, bevor er weiterredete. »Und laden wir nicht alle mehr oder weniger Schuld auf uns? Es gibt immer jemanden, dem nicht gefällt, was wir tun. Nehmen Sie mich, wenn ich in der Klasse stehe. Selten gelingt es mir, allen Schülern gerecht zu werden, und wenn ein paar wenige unartig sind, treffen die Sanktionen dennoch alle. So ist es doch, oder?«

Grünbrecht wollte sich nicht mit der Schulpsychologie der Lehrer, und wie sie ihre Handlungen sich selbst gegenüber rechtfertigten, auseinandersetzen. Ihr saßen die Erinnerungen an so manche Schulstunden noch immer unangenehm im Nacken. Deshalb wechselte sie das Thema und fragte: »Wieso kennen Sie sich mit der Deutung von alten Sprachweisen so gut aus?«

»Geschichte ist meine Leidenschaft, ein Hobby, wenn Sie es so nennen wollen.«

»Kann der Mord an Ihrem Vater und jener an dem Priester, jetzt, wo Sie von diesen Texten wissen, Ihrer Meinung nach einen geschichtlichen Hintergrund haben?«

»Geschichtlich würde ich es nicht gerade nennen, aber es wäre gut denkbar, dass der Grund für diese Taten in der Vergangenheit liegt.«

»Gibt es im Umfeld Ihres Vaters ein historisch belegtes Unrecht, das der Grund für diese Tat sein könnte?«

»Herr Chefinspektor, ein Unrecht wird doch selten belegt. Die Täter agieren im Verborgenen und hoffen, dass ihre Tat unentdeckt bleibt. Das müssten Sie doch am besten wissen.« Das Läuten der Schulglocke unterbrach Alfons Köhlinger. Umgehend gingen die Klassentüren auf, und lachende und lärmende Kinder stürmten in den Flur. »Es tut mir leid, nun fängt die Pause an und meine Freistunde ist zu Ende. Ich muss mich auf die nächste Stunde vorbereiten. Ich hoffe, ich habe Ihnen weiterhelfen können.«

»Ja, danke. Falls Ihnen noch etwas einfällt, rufen Sie uns bitte an.« Stern reichte dem Lehrer eine Visitenkarte. Anschließend verschwand Alfons Köhlinger im Konferenzraum, und die Kriminalbeamten schlängelten sich durch die herumtobenden Kinder aus dem Schulgebäude.

»Sie hatten offenbar recht: Unsere Suche nach dem Täter führt uns in die Vergangenheit«, vernetzte Mara Grünbrecht das eben Gehörte mit den Fakten, die sie bereits kannten.

Stern erwiderte nichts, sondern ging schweigend bis zu Grünbrechts Wagen. Er war ganz in Gedanken versunken.

»Was ist? Freuen Sie sich nicht, dass ich Ihnen gerade recht gegeben habe? Genießen Sie es, denn es wird so schnell nicht wieder vorkommen«, witzelte Grünbrecht.

»Das ist es nicht«, grübelte Stern noch immer.

»Was dann?«

»Finden Sie nicht auch, dass der Alfons Köhlinger jemandem ähnlich sieht?«

»Aber klar doch! Stellen Sie sich den Köhlinger ohne Brille und mit grell rot gefärbten Haaren vor und voilà: Wen haben wir dann?«

»Herta Bachmeier, die Pfarrersköchin!«

»Wow! Wie kann das eigentlich sein?«

»Gute Frage. Ich glaube, wir müssen nach Liebenau. Da hat uns wer einiges zu erklären.«

In diesem Augenblick läutete Sterns Handy. Stern blickte auf das Display und ging ran. »Ja, Kolanski. Was gibt es?«

»Ich weiß, woher die beiden Textzeilen stammen, die man bei den Toten gefunden hat«, machte Kolanski den Chefinspektor neugierig.

»Ja, woher denn?«, hakte Stern ungeduldig nach, weil Kolanski scheinbar Freude daran hatte, die Verkündung der Botschaft hinauszuschieben. Er stellte auf Lautsprecher, damit Grünbrecht mithören konnte.

»Aus einem alten Theaterstück, der Autor ist unbekannt, und man weiß auch nicht genau, wann es geschrieben worden ist«, warf Kolanski einen weiteren Brocken Information seinen Kollegen vor die Füße.

»Und? Was heißt das jetzt?«, fragte Grünbrecht.

»Dort heißt es – und jetzt haltet euch fest – *Der wahre Erbe der Sünde hüllt sich in den Mantel der undurchdringbaren Zeit – und stellt sich gegen den tosenden Sturm, der zur Gewalt ist bereit – der Rächer kehrt an den Ort der Geburt zurück und vernichtet den Erben, den Sturm und das ureigene Glück.* Na, was sagt ihr?«

»Dass ich rein gar nichts verstanden habe«, drückte Stern seinen augenblicklichen Zustand aus. »Ich glaube, wir müssen da noch mal rein«, fügte er an und deutete auf das Schulgebäude.

»Nicht doch!«, ächzte Grünbrecht, die scheinbar glaubte, wenn sie die Schule noch einmal betrat, sie wieder ihre Pubertätsakne bekäme.

»Köhlinger junior ist im Augenblick der einzige schnell Verfügbare, der uns diesen Stuss richtig deuten kann«, erklärte Stern seine Entscheidung.

»Das nennt man Lyrik und nicht Stuss«, beschwerte sich Hermann Kolanski aus dem Mikro des Smartphones.

»Danke, Kolanski!«, sagte Stern und beendete das Gespräch.

»Na, dann.« Grünbrecht versperrte den BMW erneut und ging neben ihrem Chef das zweite Mal an diesem Tag die Stufen empor ins Schulgebäude. Die Pause war vorüber, und im Foyer herrschte wieder Ruhe. Stern klopfte abermals an die Tür des Konferenzraumes, und als der Direktor den Kopf heraussteckte, fragte er nach dem Verbleib des Geschichtslehrers.

»Der hat sich für heute krankgemeldet«, erwiderte der Direktor leicht pikiert, »und zwar gleich, nachdem Sie mit ihm gesprochen haben.« Dieser Satz klang vorwurfsvoll, fand Stern, beließ es aber dabei und fragte: »Können Sie uns die private Adresse von Herrn Köhlinger geben?«

»Nein, das kann ich nicht. Das unterliegt dem Daten…«

Grünbrecht zückte ihr Handy und rief danebenstehend Kolanski an. Sie bat ihn um die gewünschte Information. Nach einer halben Minute hatte sie die Adresse und tat dies auch kund, was dem Direktor eine leidende Miene ins Gesicht zauberte.

»Ich danke Ihnen für Ihre Unterstützung«, sagte sie mit einem Schuss Zynismus, wandte sich hüftschwingend ab und eilte Stern hinterher, der nach der Verkündung der Adresse in seinen Lederpantoffeln davongestürmt war, so gut es eben gegangen war, hinaus auf den Parkplatz.

»Idiot!«, brummte Stern wütend.

»Ach, vergessen Sie ihn! Kommen Sie, wir fahren jetzt zu diesem Alfons Köhlinger. Irgendetwas stimmt mit dem nicht.«

*

Stern und Grünbrecht standen vor der Wohnungstür von Alfons Köhlinger. Stern zog seine Dienstwaffe und entsicherte sie. Grünbrecht tat es ihm gleich und verbarg sich neben der Tür. Stern drückte auf die Klingel. Ein Gong ertönte im Inneren der Wohnung. Sonst war nichts zu hören. Stern läutete erneut. Wieder Stille.

»Er ist nicht da«, flüsterte Grünbrecht.

»Oder er versteckt sich vor uns«, brachte Stern diese Möglichkeit ins Spiel und betätigte noch einmal die Klingel. Vergebens. »Auf drei!«

»Aber wir können doch nicht ohne …«, wollte Grünbrecht protestieren, aber da trat Stern die Tür schon ein. Mit vorgestreckter Glock betrat er das Vorhaus.

»Gesichert!«

Grünbrecht folgte ihm, ebenso bereit, von ihrer Dienstwaffe Gebrauch zu machen.

»Das nennen Sie auf drei? Das war nicht mal eins!«, beschwerte sie sich bei ihrem Chef.

»Gefahr in Verzug«, rechtfertige Stern sein Handeln. »Herr Köhlinger? Sind Sie hier?«, rief er, bevor sie weiter in die Wohnung eindrangen. Vielleicht hatte Köhlinger ja geschlafen oder Kopfhörer auf, weil er Musik hörte. »Hier ist die Polizei!«

Niemand antwortete.

Der Chefinspektor deutete Grünbrecht, dass sie die Wohnung weiter durchsuchen würden. Er schritt voran, die Glock immer auf Kopfhöhe im Anschlag. Der nächste Raum war die Küche. Sie war leer, nur das Geschirr vom Frühstück stand auf dem Tisch. Dann folgten Wohnzimmer, Bad und Schlafzimmer. Anscheinend lebte Alfons Köhlinger allein, stellte Stern fest. Im Bad war nur eine Zahnbürste vorhanden und von einer weiblichen Note fehlte in der gesamten Wohnung jegliche Spur, von Spielsachen für Kinder ganz zu schweigen.

»Er ist nicht hier«, stellte er fest. »Und wenn ich mich nicht irre, ist er von der Schule auch nicht hierhergefahren.« Der Chefinspektor steckte die Glock zurück in den Holster. »Die Spurensicherung soll sich die Wohnung ansehen, und wir beide fahren aufs LKA, aber in einem gemäßigten Tempo, wenn ich bitten darf. Ich will dort heil ankommen.«

»Wir sind noch überall heil angekommen«, erwiderte Grünbrecht leicht gekränkt, während sie Stern zum Wagen folgte. Der Chefinspektor verdrehte die Augen und hoffte, dass seine Kollegin seinem Wunsch entspräche. Schließlich war er ihr Vorgesetzter. Aber Gott sei Dank war der Linzer Stadtverkehr derart dicht, dass Grünbrecht von ihrem Bleifuß keinerlei Gebrauch machen konnte.

Am Landeskriminalamt beauftragte Stern Hermann Kolanski und Edwin Mirscher, der Grünbrecht misstrauisch beim Betreten der Dienststelle beäugte, damit, alle Informationen über Herta Bachmeier und Alfons Köhlinger heranzuschaffen. Und zwar alles von Kindesbeinen an. Nach einer Stunde hingen auf einer Magnetwand die Fotos der beiden, und auf einer gesonderten Liste standen all jene Informationen, die Kolanski aufgrund der Durchforstung von Melderegister, Internet und Polizeicomputer über die betreffenden Personen gefunden hatte. Das war im Fall von Herta Bachmeier nicht viel. Jedoch eine Information schien vielversprechend zu sein.

»Herta Bachmeier ist bei der Geburt von ihrer Mutter zur Adoption freigegeben worden. Ihre Adoptiveltern sind jedoch bei einem Autounfall gestorben, da ist sie erst acht Jahre alt gewesen. Sie ist in ein Kinderheim gekommen, wo sie immer wieder ausgebüxt und von der Polizei eingefangen worden ist. Als sie mit 15 die Schule verlassen hat, hat sie eine Lehre als Köchin begonnen, aber es hat immer wieder Schwierigkeiten mit ihr gegeben. Erst als sie mit beinahe 22 Jahren nach Liebenau zum Pfarrer gekommen ist, weil er eine Küchenhilfe gesucht hat, ist es besser geworden. Der Pfarrer hat ihr Halt gegeben. Seither ist sie bei ihm – oder war sie bei ihm«, erklärte Kolanski seine Ergebnisse der versammelten Runde, die aus Stern, Grünbrecht und Mirscher bestand.

»Was ist mit diesem Alfons Köhlinger?«, wollte Stern wissen. »Habt ihr über ihn etwas rausgefunden?«

»Der ist der Sohn von Richard und Elvira Köhlinger. Er ist ins Bundesrealgymnasium in der Fadingerstraße gegangen und nach der Matura weiter auf die Pädagogische Hochschule fürs Lehramt. Gleich nach seinem Abschluss ist er in die vormalige Hauptschule nach Leonding gekommen, die nach der Reform sämtlicher Hauptschulen zu einer Neuen Mittelschule geworden ist. Er lebt allein und hat keine Kinder.«

»Aber das Auffälligste ist, dass sich die beiden wirklich sehr ähnlich sehen«, warf Grünbrecht ein und starrte auf die Fotos auf der Magnetwand.

»Du hast recht. Wenn man die roten Haare der Bachmeier mal weglässt und Köhlingers Brille entfernt, haben die beiden hohe Übereinstimmungsmerkmale«, bestätigte Mirscher, was Grünbrecht hörbar einatmen ließ. Stern nahm sich vor, mit Mirscher in einer ruhigen Minute ein ernstes Wort zu reden, damit die Zusammenarbeit in der Gruppe wieder reibungslos funktionieren konnte, auch wenn Hermann Kolanski nichts von den Spannungen zwischen den Kollegen mitzubekommen schien.

»Wir sollten noch mal mit der Pfarrersköchin reden«, fasste Stern zusammen und stand auf. Als Grünbrecht ihm folgen wollte, sagte er rasch: »Ich fahre mit Mirscher!«

*

Stern saß am Beifahrersitz von Mirschers Volvo und tastete sich während der Fahrt nach Liebenau vorsichtig auf das eigentliche Thema vor, das er mit seinem Kollegen besprechen wollte.

»Und, was treibst du nach der Arbeit immer so?«, fragte er unauffällig und blickte aus dem Seitenfenster auf die vorbeiziehende Landschaft hinaus.

»Nicht viel. Im Augenblick bleibt auch nicht genügend Zeit, damit man etwas treiben könnte, wegen dieser Mordfälle«, konterte Mirscher, der noch nicht wusste, wohin dieses Gespräch sie gleich führen würde.

»Ich habe mit Mara gesprochen«, redete Stern weiter, was Mirscher sofort nach Luft schnappen ließ.

»Aber …«

»Kein Aber, Edwin. Was immer zwischen dir und Mara läuft, ich will es gar nicht so genau wissen. Aber bring es in Ordnung. Das geht doch nicht, dass du sie einfach bei einer Verabredung sitzen lässt, ohne auch nur anzurufen.«

Mirscher verschlug es daraufhin die Sprache. Er sprang auf die Bremse, was ein nervöses Hupkonzert der nachfolgenden Wagen mit sich brachte. Dann lenkte er seinen Volvo an den Straßenrand.

»Hat sie dir das erzählt?«, fragte er schrill.

Stern nickte und wartete, bis der Kollege sich beruhigt hatte. So ein Gespräch zwischen Männern war nicht einfach. Das männliche Geschlecht sprach nicht gern über Beziehungsprobleme, schon gar nicht ein Untergebener mit seinem Chef.

»Ich habe sie nicht vergessen«, antwortete Mirscher mit zusammengekniffenen Lippen. »Ich war krank und hab ihr das auch gesagt. Aber sie wirft mir vor, dass ich meine Mutter angerufen habe und sie nicht.«

»Hast du wirklich deine Mutter angerufen, während sie auf dich in dem Restaurant gewartet hat?«

Mirscher nickte. »Was hätte ich denn tun sollen? Du kennst meine Mutter nicht.«

»Und du kennst offenbar die Frauen nicht gut genug, um zu wissen, dass du niemals deine Mutter vor ihnen anrufen darfst.«

»Das weiß ich jetzt auch«, gab Mirscher zerknirscht zu.

»Dieser Anruf kostet dich eine Stange Geld«, redete Stern weiter.

»War doch nur ein Ortsgespräch«, winkte Mirscher ab.

»Das meinte ich nicht«, brummte Stern.

»Was meintest du dann?«, hakte Mirscher nach, während er sich wieder in den Verkehr einreihte und weiter in Richtung Mühlviertel fuhr.

»Grünbrecht hat anklingen lassen, dass es mit ein paar Blümchen nicht getan ist.« Ein wissendes Lächeln breitete sich in Sterns Gesicht aus.

»Sondern?« Mirscher hatte nicht den blassesten Schimmer, wovon Stern sprach.

»Etwas Glitzerndes müsste es schon sein, etwas vom Juwelier.«

»Ein Verlobungsring!«, platzte Mirscher heraus.

Stern versetzte die unerwartete Absicht seines Kollegen, Grünbrecht einen Heiratsantrag machen zu wollen, in Angst und Schrecken, wurden doch Erinnerungen an seine eigene Ehe wachgerufen.

»Das habe ich nicht gesagt«, verteidigte er sich sogleich und wusch damit seine Hände in Unschuld.

»Aber du wolltest, gib es zu!« Mirscher ließ sich nicht abbringen.

»Nein, das wollte ich nicht, ganz im Gegenteil! Du musst dich nicht gleich verloben. Denk erst mal darüber nach.«

»Hab ich doch längst. Und wenn du nichts dagegen hast, würde ich Mara liebend gerne heiraten.« Mirscher sah Stern mit treuherzigem Blick an, als säße ein Hund hinterm Lenkrad.

»Ich bin doch nicht deine Mutter, die ihren Segen dazu geben muss«, wehrte sich Stern immer noch, mit dieser Sache etwas zu tun zu haben.

»Gott bewahre! Ich weiß, dass du nicht meine Mutter bist. Und das ist auch gut so. Also, was sagst du?«

»Dass du noch einmal darüber nachdenken sollst.«

»Hab ich schon!«

»Dass *ich* noch einmal darüber nachdenken soll?«

»Na gut, aber warte nicht zu lange. Schließlich hast du mir gesagt, dass ich die Sache in Ordnung bringen soll, und damit wäre sie wieder in Ordnung.«

Die Inspektoren hatten Liebenau erreicht, ohne dass es Stern aufgefallen war. Er war erleichtert, als sie die Ortstafel passierten. Gleich würden sie am Parkplatz angelangt sein und sich wieder ganz den Ermittlungen widmen können. Männer sollten nicht über solche Dinge wie Beziehungsprobleme, Verlobung und Hochzeit reden. Das waren die Angelegenheiten der Frauen. Fehlte nur noch, dass er …

»Und du wirst mein Trauzeuge!«, wurden Sterns Befürchtungen augenblicklich Realität.

»Äh …«

»Wir sind da.« Mirscher parkte den Wagen vorm Pfarramt und stieg aus. Dabei fiel sein Blick auf die seltsam gekleideten Menschen. Schwarz, mit langen Mänteln. Sie hofften noch immer auf die Erscheinung eines Vampirs. Die Reporter waren indessen von ihren Zentralen abkommandiert und zu anderen Schauplätzen beordert worden. Die Vampirjäger aber waren geblieben.

Die Kriminalbeamten läuteten an der Tür des Pfarrhauses. Sie wollten schon gehen, weil niemand öffnete, da rief ihnen von Weitem jemand etwas zu.

»Die ist nicht da, die Bachmeier!«

Stern wandte sich um. Auf sie kam ein Mann zu, mit dem er schon mal gesprochen hatte, sich aber nicht an dessen Namen erinnerte.

»Der Ecklbauer, Erinnern S' Ihna net?«, stellte sich der Mann erneut vor.

»Ja, doch, der Ecklbauer, der mir den Tipp mit dem Fleischer gegeben hat«, erinnerte sich Stern nun doch an die Begegnung. Damals hatte er ihr keine Bedeutung beigemessen.

»Wo ist denn die Pfarrersköchin?«, fragte er.

»Der Fleischer hat mir g'sagt, sie wär mit dem Bus nach Linz g'fahrn.«

»Der Fleischer.«

»Nach Linz.«

»Wieso nach Linz?«, fragte Mirscher.

»Des hat der Fleischer net g'wusst«, erklärte der Ecklbauer. »Aber g'fragt hab ich ihn!«

Sterns Gehirn begann zu rasen. »Nur mal angenommen, die Bachmeier und der Köhlinger sind Geschwister, die irgendwann in ihrer Kindheit getrennt worden sind. Wie heißt noch mal die dritte Textzeile?«

Mirscher kramte in seinen Taschen nach einer Ablichtung der Beweisstücke, faltete sie auseinander und las laut vor: »*... der Rächer kehrt an den Ort der Geburt zurück und vernichtet den Erben, den Sturm und das ureigene Glück.*«

»Was immer das genau bedeutet, die Geburt ist der Anfang von allem und jedem. Und das Wort vernichten steht für den Tod. Unser Täter ist noch nicht fertig. Er vernichtet alles, was ihm in seinen Augen sein Unglück beschert hat, was immer das ist. Und wie Herta Bachmeier da drinhängt, wissen wir auch nicht. Aber ich denke, sie und Alfons Köhlinger haben irgendetwas mit dieser Sache zu tun. Wir müssen sofort zurück nach Linz!«

»Ja, und was erzähl ich jetzt dem Fleischer?«, fragte der Ecklbauer, da er so gut wie gar nichts von Sterns Erklärungen verstanden hatte.

»Richten Sie ihm einen schönen Gruß von mir aus!«, rief Stern, während er in den Wagen zu Mirscher sprang, der bereits hinterm Steuer saß und nur darauf wartete, aufs Gaspedal zu drücken.

Mit Blaulicht jagten die Kriminalbeamten zuerst auf der

S10 und anschließend auf der A7 in Richtung der oberösterreichischen Landeshauptstadt. Stern veranlasste telefonisch eine Fahndung nach Herta Bachmeier und Alfons Köhlinger. Hermann Kolanski studierte indessen am LKA das gesamte Theaterstück, aus dem diese Textzeilen stammten. Dadurch erhofften sie sich, den Täter besser verstehen und einen weiteren Mord verhindern zu können.

»Wir fahren zuerst zu der Witwe und fragen sie, ob sie weiß, wo sich ihr Sohn aufhalten könnte. Vielleicht hat er so etwas wie ein Versteck, einen geheimen Zufluchtsort«, dirigierte Stern seinen Kollegen erneut in die Ziegeleistraße. »Und wir fragen sie, ob sie Herta Bachmeier kennt. Nach unserer neuesten Theorie müsste sie ja ihre Mutter sein.« Die Fahrt dorthin dauerte eine Ewigkeit, da der Stadtverkehr so dicht war. Vor dem Haus der Witwe hielten sie an, sprangen aus dem Wagen und liefen die Einfahrt hoch, was in den Lederpantoffeln von Stern gar nicht so einfach war. An der Tür läuteten sie Sturm.

Die Tür ging auf, und Köhlingers Witwe sah die Männer verwundert an. »Herr Chefinspektor. Gibt es etwas Neues?« Anscheinend hatte sie nicht mit einem so raschen Wiedersehen gerechnet.

»Grüß Gott, Frau Köhlinger. Wissen Sie, wo sich Ihr Sohn im Augenblick aufhält?«, fragte Stern ohne Umschweife.

»Und kennen Sie eine Herta Bachmeier?«, platzte Mirscher heraus.

»Weder das eine noch das andere«, sagte die Frau ruhig. »Aber ich glaube, ich muss Ihnen etwas sagen. Alfons ist nicht mein richtiger Sohn. Er ist mein Stiefsohn.« Elvira Köhlinger machte einen Schritt zur Seite, damit die Männer das Haus betreten konnten. Doch Stern blieb bei dieser Richtigstellung wie angewurzelt stehen.

»Stiefsohn?«

»Ja. Er ist lediglich der Sohn meines Mannes. Es ... es gab da eine dunkle Zeit ... eine sehr dunkle Zeit. Aus dieser stammt Alfons, mit einer anderen Frau.« Die Witwe wandte sich beschämt ab.

»Frau Köhlinger, ich kann mir gut vorstellen, wie schwer das für Sie sein muss, aber wir müssen alles darüber wissen, verstehen Sie?« Stern legte der Frau die Hand auf die Schulter, um sie zum Reden zu bewegen.

»Aber warum denn? Mein Mann ist tot, und diese Dinge gehören längst der Vergangenheit an.«

»Jedoch ist diese Vergangenheit gerade dabei, Sie und uns alle einzuholen«, übte Stern Druck auf die Frau aus.

»Ich bin sie niemals losgeworden ... diese Vergangenheit.« Elvira Köhlinger lächelte gequält. »Jedes Mal, wenn mir der kleine Alfons über den Weg gelaufen ist, hat er mich daran erinnert. Jedes Mal, wenn er sich einen Gutenachtkuss von mir gewünscht hat, den ich ihm aber nicht geben konnte, bin ich daran erinnert worden. Ich habe mich dafür gehasst!«, schrie sie, und Tränen liefen ihr übers Gesicht. »Dass mir dieser Mistkerl selbst nach seinem Tod das noch antun muss!« Ihre Hände ballten sich zu Fäusten, und ihr Gesicht verzerrte sich zu einer leidenden Grimasse.

»Frau Köhlinger, weiß Ihr Sohn, dass Sie nicht seine Mutter sind?«, hakte Mirscher nach.

»Nein. Mein Mann hat das nicht gewollt«, sagte die Frau entschieden.

»Und die echte Mutter? Wer ist sie?«

»Ich kenne sie nicht und wollte auch nie etwas über sie wissen.«

»Hat die Frau ein weiteres Kind gehabt?«

»Wie gesagt, ich kenne sie nicht. Deshalb kann ich Ihnen diese Frage nicht beantworten.«

»Frau Köhlinger, ich frage Sie noch einmal: Wissen Sie,

wo sich Ihr Stiefsohn im Augenblick aufhält?« Stern sah die Frau beinahe flehend an.

»Tut mir leid, ich weiß es nicht«, antwortete sie und senkte den Blick. »Ich hasse ihn, wissen Sie? Er ist mir unheimlich.«

»Warum ist er Ihnen unheimlich? Hat er Ihnen etwas angetan?«

»Außer dem, was ich Ihnen gerade erzählt habe? Nein. Vielleicht liegt es auch daran, dass er nicht mein Sohn ist, sondern die fleischgewordene Sünde meines Mannes. Nicht, dass Sie jetzt denken, ich sei gläubig. Dieser Gott, der hat mich längst verlassen. Bevor ich an ihn glaube, glaube ich an den Teufel. Diese Ausgeburt der Hölle lebt doch in uns allen, oder? Sie müssten es ja noch besser wissen als ich. Sie haben jeden Tag damit zu tun.« Die Verbitterung der Frau war deutlich zu spüren. Stern wünschte ihr, dass sie, wenn das alles vorüber war, endlich Frieden finden möge. Im selben Augenblick läutete sein Handy.

»Stern!«, meldete er sich, ohne auf das Display zu blicken.

»Ich hab jetzt das ganze Theaterstück gelesen«, offenbarte Kolanski ihm freudig.

»Spuck es gleich aus, Kolanski. Ich habe jetzt nicht den Nerv für Rätselraten«, kam Stern ihm scharf.

»Ja, Chef. Also, in dem Stück geht es um einen Ritter, der als Baby gleich nach der Geburt aus der Burg verbannt worden ist, weil seine Mutter ihren Mann betrogen hat. Die Frau hat man geköpft und die Kinder zu einer Amme ins Dorf gebracht …«

»Sagtest du Kinder? Waren es mehrere?«, unterbrach Stern seinen Kollegen.

»Ja, Zwillinge. Ein Mädchen und ein Junge. Also, man brachte die Babys ins Dorf, weil es in den Augen des Herrschers für die Bastarde schon Strafe genug war, in Armut aufzuwachsen. Als das Mädchen zwölf war, wurde es in die

Obhut eines Priesters gegeben. Sie musste ihm den Haushalt führen und sich abends in sein Bett legen, so steht es geschrieben.«

»Was ist mit dem Jungen?«, wollte Stern wissen, obwohl er eigentlich genug gehört hatte.

»Der kämpfte, als er im Mannesalter war, mit dem Vater um die Ehre der Tochter und tötete ihn. Er holte die Schwester auf die Burg, und von diesem Tag an herrschten sie gemeinsam über das Volk, das nichts zu befürchten hatte, solange sie einander treu waren.«

»Danke, Kolanski, das hilft uns, klarer zu sehen.« Stern beendete das Telefonat und wandte sich Mirscher und der Witwe zu.

»Wir müssen Ihren Stiefsohn finden, Frau Köhlinger. Er führt gerade einen Rachefeldzug gegen alle Beteiligten, die in seinen Augen schuld an seinem Unglück sind.«

»Schuld an seinem Unglück? Und wer ist schuld an meinem Unglück?« Die Frau blickte fragend von Stern zu Mirscher.

»Ich weiß, dass Sie unglücklich sind, Frau Köhlinger, aber wir müssen Ihren Stiefsohn aufhalten, sonst sterben weitere Menschen. Wie es aussieht, hat er doch Kenntnis davon, dass Sie nicht seine Mutter sind und was damals vorgefallen ist. Und jetzt rächt er sich dafür, dass er von seiner Schwester getrennt wurde.«

»Hat er … hat er … meinen Mann …?« Die Witwe sprach nicht aus, was ihr auf der Zunge lag.

»Wir können es nicht mit Gewissheit sagen, aber die Möglichkeit besteht.«

Die Frau sank wie ein Häufchen Elend auf den Fußboden. Sie hielt sich die Hände vors Gesicht und schluchzte. »Ich wusste, dass er ein Scheusal ist. Ich wusste es, seit ich ihn das erste Mal gesehen habe.«

Die Männer ließen sie am Boden sitzend zurück. Aus ihr war im Augenblick ohnehin nichts Vernünftiges herauszubekommen, und anscheinend wusste sie auch nicht, wo sich ihr Stiefsohn im Moment aufhielt. Draußen am Wagen sagte Stern: »Ich rufe den Schwager an. Der soll herkommen und sich um sie kümmern.«

Während er telefonierte, lenkte Mirscher den Wagen zurück zur Dienststelle. Dort beratschlagten die Kripobeamten, wo sie nach Alfons Köhlinger suchen sollten, wer das dritte Opfer sein könnte und wohin Herta Bachmeier so urplötzlich verschwunden war.

19. KAPITEL

»Was haben wir alles?«, fragte Stern in die versammelte Runde. Grünbrecht, Mirscher und der Chefinspektor standen vor der Magnettafel, auf der sie alle Informationen den Fall betreffend sammelten, und starrten sie an. Nur Kolanski saß auf seinem Stuhl und lagerte sein Gipsbein hoch. Mittlerweile hatte die ganze Dienststelle darauf unterschrieben. Nur Sterns Name fehlte noch.

»Einen verschwundenen Verdächtigen, und zwar Alfons Köhlinger, den Sohn des ersten Opfers«, begann Mara Grünbrecht mit der Aufzählung. »So viel wir wissen, ist Köhlingers Ehefrau nicht seine Mutter. Sie hat den Seitensprung ihres Mannes quasi für ihn zugegeben. Die echte Mutter kennen wir nicht. Köhlinger hat es irgendwie geschafft, dass seine Frau trotz heftigen Widerstandes seinen unehelichen Sohn als den ihren großgezogen hat. Ob der Sohn davon weiß, dass sie nicht seine Mutter ist, wissen wir nicht. Die Mutter meint, dass dem nicht so ist, aber den Taten nach zu urteilen ist es eher wahrscheinlich, dass Köhlinger junior Kenntnis darüber hat. Wie es aussieht, will er sich an allen rächen, die etwas mit der Trennung von ihm und seiner Schwester, die höchstwahrscheinlich Herta Bachmeier ist, zu tun haben.«

»Das führt uns gleich zur vermissten Pfarrersköchin, die bereits angesprochene Herta Bachmeier, die beim zweiten Opfer den Haushalt geführt hat und unter Umständen die Schwester des Verdächtigen ist. Wo sie sich zurzeit aufhält, ist uns nicht bekannt, lediglich, dass sie nach Linz gefahren sein soll«, schloss Mirscher an Grünbrechts Ausführungen an.

»Die beiden sehen sich wirklich sehr ähnlich. Sie könnten tatsächlich Geschwister sein«, machte es Kolanski spannend. »Und wisst ihr was? Ich habe recherchiert, die beiden haben doch glatt am selben Tag Geburtstag und sind im selben Jahr geboren – 15. Oktober 1980!«

»Zwillinge?« Stern wollte nun endlich Gewissheit.

»Zwillinge«, bestätigte Kolanski.

»Die Bachmeier, die hat doch mal erwähnt, dass sie es gespürt hat, wie etwas Schlimmes geschehen ist«, erinnerte sich Mara Grünbrecht an die Worte der Pfarrersköchin.

»Sie haben recht«, bestätigte Stern. »Das hat sie sogar mehrmals behauptet.«

»Die Verbindung zwischen Zwillingen ist oftmals so stark, dass sie es spüren, wenn es dem anderen nicht gut geht – das habe ich mal im Internet gelesen«, erzählte Kolanski.

»Kolanski, unser wandelndes Wikipedia.« Mirscher lächelte, durchaus anerkennend.

»Demnach kann sie tatsächlich die Wahrheit gesagt haben, und ich hab es als Spinnerei abgetan«, ärgerte sich Stern über sich selbst. Niemand erwiderte darauf etwas.

»Also, was tun wir jetzt?«, fragte Mirscher.

»Wie lautet die dritte Textzeile?«, wollte Stern wissen.

»*… der Rächer kehrt an den Ort der Geburt zurück und vernichtet den Erben, den Sturm und das ureigene Glück*«, spulte Grünbrecht auswendig herunter.

»Angenommen, der Alfons Köhlinger ist der Rächer und kehrt an den Ort seiner Geburt zurück – müssten wir dann nicht wissen, wo das ist?«, rätselte Mirscher.

»Laut Geburtsurkunde ist er im Krankenhaus der Barmherzigen Mönche in Linz zur Welt gekommen«, hatte Hermann Kolanski eilends recherchiert.

»Okay, der Ort der Geburt ist also das Krankenhaus, und der Erbe – wer soll das dann sein? Die Herta Bachmeier oder sein Vater, der ja die eigentliche Schuld auf sich geladen hat?« Grünbrecht war nicht ganz klar, auf wen dieser Text tatsächlich abzielte.

»Kolanski, erzähl uns noch einmal die Geschichte des Theaterstückes, aus dem dieser Text stammt«, forderte Stern seinen Kollegen auf. Er spürte, dass sie auf dem besten Weg waren, das Geheimnis des Falls zu lüften. Das schenkte ihm frische Energie.

»Also, ein Mädchen und ein Junge – ebenso wie in unserem Fall Zwillinge – werden gleich nach ihrer Geburt aus der Burg ihres vermeintlichen Vaters verbannt, da behauptet wird, dass seine Ehefrau ihn betrogen hätte. Die Frau wird geköpft und die Babys zu einer Amme ins Dorf gebracht, wo sie in Armut aufwachsen. Als der Junge im Mannesalter ist, rächt er den Tod seiner Mutter, indem er den Burgherrn tötet. Anschließend beansprucht er den Titel und die Besitztümer und zieht mit seiner Schwester auf die Burg«, erzählte Kolanski im Stakkato-Stil.

»Demnach ist mit dem Erben der Vater gemeint, den er tatsächlich hingerichtet hat«, schlussfolgerte Grünbrecht.

»Und mit dem Sturm, der sich ihm in den Weg stellt und mit dem einst die Ritter des Burgherrn gemeint waren, identifizierte er den Pfarrer, der vermutlich verhindern wollte, dass er Kontakt zu Herta Bachmeier aufnimmt«, sagte Stern.

»Deshalb hat der Pfarrer auch gemeint, er habe den Teufel höchstpersönlich gesehen.«

»Ja, das würde passen«, war sich Stern beinahe sicher.

»Fehlt uns noch das ureigene Glück. Was könnte damit gemeint sein?«

»Was sucht er denn, unser Verdächtiger?«, führte Stern die Kollegen zum eigentlichen Punkt.

»Seine Schwester. Nach ihr sucht er möglicherweise schon sein ganzes Leben lang, weil er sich nicht vollständig gefühlt hat. Er war ja nur ein Teil der Zwillinge, eine Hälfte. Und nun, wo er sie gefunden hat, will er auch sie töten, um was zu erreichen?« Grünbrecht fehlte der logische Schluss der Sache.

»Vielleicht will er sich anschließend selber richten oder gemeinsam mit ihr in den Tod gehen«, riet Mirscher achselzuckend. »Denn so eine Burg gibt es heute nicht mehr, wo er sich niederlassen könnte. Heute landet so einer im Gefängnis, und da der Alfons Köhlinger nicht dumm ist, wird er das wissen.«

»Und warum erschießt er seine Opfer nicht einfach, sondern lässt sie ausbluten? Warum treibt er so einen Aufwand?«

»Ich bin mir sicher, dass das Blut eine Rolle in seinem Motiv spielt.«

»Aber es hat nichts mit Vampiren zu tun!«, zeigte Stern energisch auf, was er schon immer behauptet hatte.

»Das Blut ist in seinen Augen unrein, weil sein Vater einen Seitensprung begangen hat«, spekulierte Grünbrecht und verschränkte die Arme vor der Brust. »Dennoch: Was will er uns damit sagen? Das unreine Blut fließt doch auch in seinen Adern, genauso wie in jenen seiner Schwester. Hätte er da nicht ihr und sich selbst das Blut entnehmen müssen?«

»Vielleicht ist das Ganze gar nicht so logisch nachvollziehbar, wie wir denken, schließlich stammt das alles aus dem kranken Gehirn eines Psychopathen, der andere Menschen umbringt«, versuchte Mirscher die Suche nach dem roten Faden zu relativieren.

»Es ist im Grunde egal, warum er das macht. Wir müssen ihn nur finden und aufhalten. Wo könnte er sein? Wo will er sich mit Herta Bachmeier treffen?«

»Im Krankenhaus der Barmherzigen Mönche, dort, wo das Ganze vor 35 Jahren begonnen hat. Laut den Adoptionspapieren hat die Mutter die Kinder unmittelbar nach der Geburt zur Adoption freigegeben. Ihr Name ist übrigens Michaela Preyer«, las Hermann Kolanski von seinem Bildschirm ab.

»Dann los!«, gab Stern das Kommando zum Aufbruch.

Die Beamten sprangen auf und eilten zu ihren Wagen, außer Kolanski natürlich. Der blieb mit seinem gebrochenen Bein in der Dienststelle zurück und unterstützte die Kollegen vom Computer aus. Stern fuhr mit Grünbrecht und Mirscher mit seinem eigenen Wagen. Minuten später parkten sie vor dem Krankenhaus und eilten auf die Geburtenstation, wo sie mit großem Staunen empfangen wurden.

»Ist etwas passiert?«, fragte eine Krankenschwester, der Stern seinen Dienstausweis unter die Nase hielt.

»Das kann ich noch nicht sagen. Ist Ihnen in den letzten Stunden oder Tagen jemand aufgefallen, der nicht hierher gehört, hier herumschleicht oder sich auf andere Weise seltsam benommen hat?«, fragte der Chefinspektor.

»Nein, eigentlich nicht«, verneinte die Krankenschwester.

Stern wollte schon weitergehen, da rief ihm die Frau hinterher: »Warten Sie! Eine Kollegin hat mir erzählt, dass sich ein Mann nach unserem ehemaligen Primarius erkundigt hat. Der ist aber schon seit fünf Jahren tot, und Doktor Sultaner leitet jetzt die Station.«

»Wollte der Mann auch zu diesem Arzt, diesem Doktor Sultaner?«, hakte Stern nach.

»Nein. Als er gehört hat, dass der alte Primarius nicht mehr am Leben ist, ist er gegangen.«

»Wir müssen Ihre Kollegin sprechen. Sie muss für uns diesen Mann identifizieren.«

»Sie hat heute keinen Dienst.«

»Dann wird mein Kollege zu ihr nach Hause fahren. Bitte geben Sie uns die Adresse.« Stern deutete Mirscher an, er möge mit der Frau mitgehen und anschließend die Kollegin der Krankenschwester mit einem Foto von Alfons Köhlinger zu Hause aufsuchen, um Gewissheit zu erlangen. Er und Grünbrecht wollten derweilen das Krankenhaus durchsuchen. Stern war sich ziemlich sicher, dass Köhlinger hier auftauchen würde. Doch dann änderte er seine Meinung. Er wusste, dass die Sache noch nicht zu Ende war und sie bald ein neues Mordopfer fänden, wenn sie nicht rasch handelten. Ihnen blieb nicht viel Zeit.

»Grünbrecht, Sie fahren zu der Krankenschwester, und Mirscher, du suchst die echte Mutter vom Köhlinger auf, diese Michaela Preyer. Wissen wir, wo sie wohnt?«

»Noch nicht, aber gleich«, erwiderte Mirscher. Umgehend rief er Kolanski auf der Dienststelle an, der ihm die gewünschten Daten in wenigen Augenblicken durchgab. Stern wusste, dass sie ohne Kolanski im Außendienst ein Problem hatten, wenn die Zeit so wie jetzt drängte. Dann musste er die Kollegen nämlich ohne Partner losschicken, was ein gewisses Risiko barg. In zwei Wochen würde Kolanski den Gips abbekommen, dann waren sie wieder voll einsatzfähig. Solange hoffte er auf ein wenig Glück.

Die Inspektoren stoben in unterschiedliche Richtungen auseinander. Während Grünbrecht zur Krankenschwester fuhr, um den Hauptverdächtigen zu identifizieren, brach Mirscher zur leiblichen Mutter von Alfons Köhlinger – und auch von Herta Bachmeier – auf. Stern nahm sich das Krankenhaus vor, falls Alfons Köhlinger und Herta Bachmeier vor ihnen eingetroffen waren und hier irgendwo steckten. Mit entsicherter Glock, die er unter seiner Jacke verbarg, schritt er durch das Krankenhaus.

*

Mara Grünbrecht betätigte die Klingel der Wohnung im ersten Stock in der Franckstraße. Silvia Fauna stand auf dem Türschild. Die Krankenschwester öffnete nach dem dritten Läuten. Sie sah müde aus, offenbar hatte sie geschlafen. Wahrscheinlich hatte sie eine Nachtschicht absolviert.

»Es tut mir leid, dass ich Sie stören muss. Mein Name ist Mara Grünbrecht, ich bin Gruppeninspektorin bei der Linzer Kriminalpolizei und muss Ihnen ein paar Fragen stellen«, fiel Grünbrecht mit der Tür ins Haus.

Die Frau bekam große Augen. »Ist etwas passiert? Ist etwas mit meinem Bruder?«

»Nein, nichts dergleichen ist der Fall. Aber ich hab ein paar Fragen zu einem Vorfall, den es vor ein paar Tagen im Krankenhaus gegeben hat. Kann ich reinkommen?«

Silvia Fauna trat zur Seite und ließ Mara Grünbrecht eintreten. Die Gruppeninspektorin fühlte sich in der engen Zweizimmerwohnung unwohl. Auch wenn sie wusste, dass die Frau nicht zum Kreis der Verdächtigen gehörte, sah sie sich dennoch nach eventuellen Fluchtmöglichkeiten um.

»Eine Ihrer Kolleginnen hat uns gesagt, dass vor ein paar Tagen ein Mann im Krankenhaus aufgetaucht ist und sich nach dem alten Primarius erkundigt hat.« Grünbrechts Blick wanderte zu der Tür, die auf den Balkon hinausführte. Sie war nur angelehnt.

»Das ist kein Mann gewesen, sondern eine Frau«, stellte die Krankenschwester richtig, zündete sich eine Zigarette an und stellte sich zu der Balkontür, damit der Rauch abziehen konnte.

»Oh!« Mara Grünbrecht war überrascht. Sie hatte so fest damit gerechnet, dass die Zeugin Alfons Köhlinger identifizieren würde, dass sie es gar nicht in Erwägung gezogen hatte, dass jemand anderes es gewesen sein könnte, der sich nach dem Primar erkundigt hatte. Vielleicht sogar in einer ganz anderen Angelegenheit. »Sind Sie sicher?«, hakte sie nach, vielleicht auch, um ihre Enttäuschung zu verbergen.

»Sie können mir glauben, ich halte einen Mann und eine Frau schon auseinander«, erwiderte Silvia Fauna schmunzelnd. Ihr Blick glitt dabei über Grünbrechts Körper, was die Gruppeninspektorin als unangenehm empfand.

»Äh ja, so habe ich das nicht gemeint«, sagte sie und steckte das Foto von Alfons Köhlinger, das sie eben der Zeugin hätte zeigen wollen, in die Tasche zurück. Dann fragte sie: »Und wie hat diese Frau ausgesehen?«

»Ich schätze, sie ist so um die 60 Jahre alt gewesen, hatte aber für ihr Alter eine erstaunlich gute Figur. Kräftig und durchtrainiert. Sie ist eine, die etwas auf sich hält, das hab ich gleich gesehen, so wie die sich angezogen hat und geschminkt gewesen ist. Vielleicht ist sie mal die Geliebte des alten Primarius gewesen und wollte diese Liebelei erneut aufflammen lassen«, spekulierte Silvia Fauna, zog an der Zigarette und blies den Rauch durch die Balkontür hinaus ins Freie. Dabei schielte sie zu Grünbrecht hinüber, und als ihre Blicke sich trafen, lächelte sie.

»Möglich«, antwortete Grünbrecht verwirrt. »Sonst noch etwas?«

»Ja, wollen Sie einen Kaffee oder ein Gläschen Wein?« Silvia Fauna dämpfte die Zigarette aus, schloss die Balkontür und kam auf Grünbrecht zu, die sich plötzlich nicht mehr an die zuvor ausgekundschafteten Fluchtwege erinnern konnte. Täuschte es sie oder machte die Krankenschwester sie gerade an?

*

Edwin Mirscher fand Michaela Preyer, die leibliche Mutter von Alfons Köhlinger, in einem Linzer Bordell. Als er sich in dem Etablissement als Polizist auswies, brach unter den Frauen umgehend Hektik aus.

»Keine Bange, ich will mich nur mit Michaela Preyer unterhalten«, beruhigte er die Prostituierten und steckte seinen Dienstausweis ein. »Ist sie hier?«

Die Frauen wiesen ihm den Weg in ein Zimmer im oberen Stockwerk, und Mirscher platzte mitten in eine lustvolle Begegnung, wobei das lustvoll lediglich auf den Freier zutraf. Michaela Preyer sah eher gelangweilt aus und nicht minder froh über die überraschende Unterbrechung. Nachdem Mirscher sich vorgestellt und den Mann angewiesen hatte, möglichst rasch das Weite zu suchen, zog Michaela Preyer sich gemächlich an und setzte sich auf einen Stuhl, der mit Fell überzogen war, wohl wissend, wie sie sich positionieren musste, um bestmöglich auszusehen. Keine Frage, Michaela Preyer war schon lange im Geschäft. Mirscher ließ sich seine Überraschung nicht anmerken. Die Frau, die gekonnt die Beine übereinanderwarf und die spärliche Bekleidung so drapierte, dass sie ihre Figur zur Geltung brachte, war an die 50, sah aber immer noch attraktiv aus. Mirscher überschlug im Kopf, wenn die Frau nun tatsächlich Alfons Köhlingers Mutter war, wie alt sie zum Zeitpunkt seiner Geburt gewesen sein mochte, und kam zu dem Schluss, dass er das gar nicht wissen wollte.

»Was kann ich für Sie tun, Herr Inspektor«, fragte Michaela Preyer mit rauchiger Stimme und zündete sich einen dieser Glimmstängel an.

»Frau Preyer, es geht um Ihren Sohn«, kam Mirscher gleich zur Sache, was der Frau jedoch keine Gefühlsregung entlockte.

»Das ist vor langer Zeit gewesen.«

»Dennoch ist er Ihr Sohn, auch heute noch. Ich will wissen, wie das damals gelaufen ist, warum Sie ihn weggegeben haben und …« Mirscher machte eine bedeutungsvolle Pause.

»Und?« Michaela Preyer sah ihn erwartungsvoll an.

»Ob er eine Schwester hat.«

»Ich sehe, Sie sind gut informiert, Herr Inspektor.« Wenn die Frau überrascht war, ließ sie es sich nicht anmerken. »Und wenn Sie mich zu einem Gläschen Champagner einladen, erzähle ich Ihnen die ganze Geschichte.«

Mirscher überlegte, ob er denn überhaupt so viel Bargeld bei sich trug, um den Champagner in diesem Bordell bezahlen zu können, da kam ihm die Frau zuvor. »Wir nehmen auch Kreditkarte.«

An der Bar im Erdgeschoss erzählte Michaela Preyer dem Gruppeninspektor die Geschichte, die er hatte hören wollen, neben sich ein sprudelndes Glas Champagner auf dem Tresen, welches Mirscher sich von seinem Beamtengehalt niemals würde leisten können. Er würde später eine Rechnung verlangen und das Geld von der Dienststelle zurückfordern.

»Ich bin gerade mal 13 Jahre alt gewesen, als ich auf die schiefe Bahn geriet. Die falschen Freunde haben mich auf den falschen Weg gebracht. Drogen, Schulden und dass meine Eltern nichts mehr von mir wissen wollten, haben mich bald in das erste Bordell geführt. Aber so schlimm, wie sich das für Sie vielleicht anhört, ist es nicht gewesen, denn ich musste nicht mehr unter einer Brücke schlafen und hatte plötzlich wieder eine Familie. Und Freunde, die mir zuhörten, die mich unterstützten, von diesen Scheißdrogen wegzukommen. Und sehen Sie, ich bin bis heute hiergeblieben.« Michaela Preyer lächelte. Sie sah in der Tat zufrieden aus, was Mirscher angesichts ihres Betätigungsfeldes ein wenig verwunderte.

»Wie ist das mit den Kindern gewesen? Erzählen Sie mir davon«, forderte er die Frau auf.

»Mit 15 Jahren bin ich schwanger geworden und habe mit 16 Zwillinge zur Welt gebracht. Ein Mädchen und einen Jungen. Mein damaliger Boss hat den Vater der Kinder kontaktiert, aber der wollte nichts damit zu tun haben, weil er angeblich verheiratet gewesen ist. Das hat ihn aber nicht davon abgehalten, sich trotzdem Huren ins Haus zu holen. Ja, so sind die Männer.« Michaela Preyer sah Mirscher an, als prüfte sie, ob er auch so einer war.

»Der Vater Ihrer Kinder hat den Sohn adoptiert, die Tochter aber nicht«, begann Mirscher mit seiner Version der Geschichte. »Ihre Tochter ist zu Pflegeeltern gekommen, die tödlich verunglückten, als das Mädchen gerade mal acht Jahre alt gewesen ist. Daraufhin hat man sie in ein Kinderheim gesteckt, wo sie immer wieder davongelaufen ist und von der Polizei eingefangen werden musste. Mit 22 Jahren ist sie zum Pfarrer nach Liebenau gekommen. Er hat sie als Pfarrersköchin eingestellt und ihr ein neues Zuhause gegeben.«

»Armes Mädchen«, sagte die Frau und drückte die Zigarette aus. »Aber was geht mich das an?«

»Sie sind die leibliche Mutter, ob Sie das nun wollen oder nicht.«

»Und was haben die beiden verbrochen, dass Sie nun so plötzlich bei mir auftauchen und mein Leben durcheinanderbringen?«

»Wir vermuten, dass Ihr Sohn all jene Leute, die damals darin verwickelt gewesen sind, dass er und seine Schwester getrennt wurden, aufspürt und tötet.«

»Mein Gott!« Von der Frau fiel die bis dato zur Schau gestellte Gelassenheit ab. Entsetzen breitete sich in ihrem Gesicht aus. Das ließ ihre Haut faltig aussehen.

»Ich bin mir sicher, dass Gott damit nichts zu tun haben will«, sagte Mirscher schroff und fragte: »Wann hatten Sie das letzte Mal Kontakt zu Ihrem Sohn?«

»Vor 35 Jahren, als ich ihn zur Welt gebracht habe«, erklärte Michaela Preyer.

»Demnach werden Sie wahrscheinlich nicht wissen, wo er sich jetzt aufhalten könnte?«

Die Frau schüttelte den Kopf. »Bin ich denn in Gefahr?«

»Ich weiß es nicht, Frau Preyer. Und ehrlich gesagt, so wie Ihnen das Schicksal Ihrer Tochter egal ist, ist mir egal, ob Sie in Gefahr sind. Ich würde Ihnen aber trotzdem empfehlen, aufzupassen, und wenn möglich, nicht alleine unterwegs zu sein. Da Sie nicht wissen, wie Ihr Sohn heute aussieht, könnte er glatt Ihr nächster Freier sein. Und was das heißt, brauche ich Ihnen ja wohl nicht zu sagen.« Mit diesen Worten verließ Mirscher das Bordell. Er war verärgert über das Verhalten der Frau, die ihm klar zu verstehen gegeben hatte, dass sie mit ihrem eigenen Fleisch und Blut nichts zu tun haben wollte.

Draußen am Bürgersteig rief er umgehend seinen Chef an und sagte ihm, dass Michaela Preyer für die Auffindung von Alfons Köhlinger keine Hilfe gewesen war.

»Grünbrecht hat sich noch nicht gemeldet. Hoffen wir, dass sie mehr Erfolg hat«, erwiderte Stern und beorderte den Kollegen zurück ins Krankenhaus, wo sich weder Alfons Köhlinger noch Herta Bachmeier bis dato hatten blicken lassen. Mirscher sollte die Geburtenstation übernehmen und in regelmäßigen Abständen die Kreißsäle kontrollieren.

Eine halbe Stunde später kehrte Mara Grünbrecht ins Krankenhaus der Barmherzigen Mönche zurück.

»Und?«, fragte Stern ungeduldig, weil es so lange gedauert hatte, die Krankenschwester zu befragen.

»Silvia Fauna sagt, dass es kein Mann gewesen ist, der sich nach dem Primar erkundigt hat, sondern eine Frau. Sie meint, dass sie möglicherweise eine alte Flamme des Arztes gewesen sein könnte, die ihre Liaison wieder aufflammen hätte lassen wollen«, erzählte Grünbrecht.

»Das bringt uns nicht weiter«, brummte Stern. »Vielleicht haben wir uns mit dem Krankenhaus geirrt.«

»Aber in der letzten Textzeile heißt es doch, dass *der Rächer an den Ort der Geburt zurückkehrt und den Erben, den Sturm und das ureigene Glück vernichtet*«, warf Grünbrecht ein.

»Der Ort der Geburt ist doch bestimmt das Krankenhaus der Barmherzigen Mönche, dort sind die Zwillinge schließlich zur Welt gekommen, oder?« Eigentlich sah Stern gar keine andere Möglichkeit als diese. Dennoch mussten sie sich irren.

Da fiel bei Mirscher der Groschen. »Wartet! Die Preyer, also die leibliche Mutter vom Alfons Köhlinger, hat mir erzählt, dass der Richard Köhlinger, trotzdem er verheiratet gewesen ist, Prostituierte zu sich nach Hause geholt hat. Vielleicht ist mit dem Ort der Geburt nicht der Geburtsort der Kinder gemeint, sondern der Geburtsort der Sünde, nämlich allen Unglücks, wo das Dilemma für Elvira Köhlinger begonnen hat.«

»Der hat doch nicht wirklich eine Hure mit zu sich nach Hause genommen und es dann in seinem Ehebett mit ihr getrieben?« Grünbrecht wollte es nicht glauben.

»Und sie geschwängert!«, setzte Mirscher noch eins drauf, was Grünbrechts Ekel weiter ansteigen ließ.

»Dann will Alfons Köhlinger zu seiner Stiefmutter! Sie ist in seinen Augen genauso schuld an seiner Situation, wahrscheinlich, weil sie nicht beide Kinder großgezogen hat. Sie ist sein nächstes Opfer!«

20. KAPITEL

Die Ermittler der Linzer Kriminalpolizei rasten mit Blaulicht und Folgetonhorn in die Ziegeleistraße.

»Scheiße! Ich hoffe, wir kommen nicht zu spät«, fluchte Stern.

»Wir wissen doch noch gar nicht, ob sie überhaupt zu Hause ist. Vielleicht ist sie ja einkaufen gegangen«, versuchte Grünbrecht aufzuzeigen, dass noch immer alles möglich war, selbst das Unmögliche. »Und ob Alfons Köhlinger wirklich unser Täter ist, können wir auch nicht mit Gewissheit sagen.«

»Nein, aber es ist die einzige Spur, die wir haben. Uns läuft die Zeit davon. Ich spüre, dass wieder etwas passiert.«

»Sie spüren das?«, hakte Grünbrecht nach, nicht ohne sich ein wenig darüber zu freuen, da Stern es immer als nichtssagend abgetan hatte, wenn ihm jemand mit Gefühlen in einem Fall gekommen war.

»Ja, ich spüre es«, wiederholte Stern, wohl wissend, was das bedeutete. Dass er ab nun Gefühle bei den Mordermittlungen ernst nehmen musste, gerade dann, wenn seine Kollegin Mara Grünbrecht sie äußerte. Vielleicht konnte er von ihr diesbezüglich sogar etwas lernen, er, der alte Hase, von diesem Grünspund. Dieses Eingeständnis schmerzte zugegeben weniger, als er befürchtet hatte.

Nach wenigen Minuten hielten sie mit quietschenden Reifen vor dem Haus der Witwe Köhlinger an. Von außen sah das Gebäude ganz normal aus. Nichts ließ darauf schließen, dass im Inneren eine Straftat verübt wurde. Auch stand kein Wagen in der Einfahrt, der Alfons Köhlinger gehören könnte. Aber vielleicht war es ja der weiße VW, der gleich neben der Zufahrt am Straßenrand parkte. Jetzt hatten sie nicht die Zeit, um zu überprüfen, welchen Wagen Alfons Köhlinger fuhr.

Die Beamten stiegen aus und liefen geduckt die Einfahrt hoch. Stern positionierte sich vor der Tür. Die Kollegen verharrten beidseitig an die Wand gedrückt mit gezogenen Glocks. Dann drückte Stern die Klingel. Niemand öffnete. Erneutes Klingeln. Wieder Stille.

Stern drehte sich um und zog einen Metallstab mit einer Eule obenauf aus dem Blumenbeet gleich neben dem Eingang.

»Stern! Sie können doch nicht …«, versuchte Grünbrecht, ihren Chef davon abzuhalten, auch in dieses Heim unbefugt einzudringen. Doch da splitterte bereits Glas und fiel klirrend zu Boden. Der Chefinspektor hatte das Dekostück durch das Fenster gleich neben der Tür gerammt, fasste durch die Öffnung und machte das Fenster von innen auf. Dann deutete er Mirscher, er sollte hindurchklettern und die Haustür von innen öffnen. Der Kollege kam seiner Aufforderung umgehend nach und verschwand lautlos im Gebäude. Augenblicke später ging die Tür auf.

»Frau Köhlinger? Polizei!«, rief Stern, als alle im Vorhaus standen, obwohl er keine Reaktion erwartete. Aber irgendwie hoffte er immer noch, dass sie dem Täter rechtzeitig auf die Spur gekommen waren und eine weitere Bluttat verhindern konnten. Leider hatte er schon viel zu oft Situationen, wo ihnen das nicht gelungen war, erleben müssen.

Die Beamten sicherten zuerst das Wohnzimmer, dann das Schlafzimmer, Bad, WC und Küche. Am Küchentisch entdeckten sie ein altes Buch, daneben lagen mehrere Blätter Papier. Den Text auf zwei davon kannte Stern.

»Seht!« Der Chefinspektor deutete auf die neuen Beweisstücke. Auf einem Blatt stand *der Rächer kehrt an den Ort der Geburt zurück* und auf einem weiteren *und vernichtet den Erben, den Sturm und das ureigene Glück*.

»Die sind bestimmt für Elvira Köhlinger gedacht«, war Grünbrecht sich sicher.

»Warum hat er die Textzeile auf zwei Zettel geschrieben?«, überlegte Stern laut. Niemand antwortete. Alle befürchteten das Schlimmste.

»Herta Bachmeier!«, beantwortete Stern sich selbst diese Frage. »Alfons Köhlinger will nicht nur seine Stiefmutter ermorden, sondern offensichtlich auch seine Schwester.«

»Wie krank ist das denn?«, zischte Grünbrecht. Mit gezogenen Waffen schlichen die Beamten weiter.

»Im Keller« flüsterte Mirscher, der glaubte, dort etwas gehört zu haben.

Stern zog daraufhin die Kellertür auf. Tatsächlich drangen von unten Stimmen zu ihnen herauf. Mehrere Stimmen. Anscheinend hielten sich dort etliche Personen auf. Dann aber erklang Musik. Die Kriminalbeamten waren darüber erstaunt, erwarteten sie doch etwas ganz anderes als ein harmonisches Zusammentreffen von Musikliebhabern.

»Folgt mir!«, flüsterte Stern. Er nahm die erste Stufe und beugte sich nach vorne, um zu sehen, was sie dort unten erwartete. Aber erst auf halbem Weg erkannte er, dass sie noch einmal einen Flur queren mussten. Leise schlich er den Kollegen voran die Treppe hinab. Vom Kellerflur aus führten mehrere Türen in die dahinterliegenden Räume. Die Beamten lauschten. Stern wies mit der Glock auf die Pforte ganz rechts. Hinter ihr war die Musik am lautesten. Langsam drückte er die Klinke nach unten und stieß die Tür mit Schwung auf.

»Polizei!«, rief er und machte mehrere Schritte in den hell erleuchteten Raum. Die Kollegen folgten ihm mit nach vorn gestreckten Pistolen. Ihre erfahrenen Augen nahmen ein schreckliches Szenario auf. Stern brauchte einen Augenblick, um zu verstehen, was vor sich ging. Elvira Köhlinger stand vornübergebeugt über einem nackten Körper, richtete sich auf und sah die Eindringlinge ausdruckslos an. Auf einer Pritsche daneben lag eine weitere Gestalt, ebenfalls nackt und mit von sich gestreckten Armen. Elvira Köhlinger machte nicht den geringsten Versuch zu fliehen. Es waren auch drei Läufe auf sie gerichtet. Aber warum stand sie aufrecht neben den Pritschen? Und warum lagen dort überhaupt zwei nackte Gestalten? Müsste sie es nicht sein, die dort zur Ader gelassen wurde?

»Sie kommen zu spät«, sagte sie leise und setzte sich auf einen Stuhl, der neben einem CD-Player stand, um der Musik, welche die Beamten im Erdgeschoss vernommen hatten, zu lauschen. Aus dem Gerät waren zuvor auch die Stimmen gekommen.

Stern stürzte auf die zwei auf der Pritsche liegenden Personen zu – Herta Bachmeier und Alfons Köhlinger. Er hatte sich geirrt! Nicht Alfons Köhlinger war der Mörder, sondern seine Mutter, Elvira Köhlinger. Natürlich! Wie hatte er nur so blind sein können? Es war pure Eifersucht, die sie antrieb. Eines der ältesten Mordmotive in der Menschheitsgeschichte überhaupt.

»Grünbrecht! Rufen Sie einen Krankenwagen!«, stieß Stern aus. Ohnmächtig sah er auf die leblosen Gestalten, in deren Hälsen in den Schlagadern jeweils eine Kanüle samt Schlauch steckte, durch die das Blut in danebenliegende Blutbeutel gepumpt wurde.

»Frau Bachmeier! Hören Sie mich!«, rief er und tätschelte das bleiche Gesicht der Pfarrersköchin, die ohne ihre bunten Klamotten so verletzlich aussah. Aber die Frau reagierte nicht. Ihre Augen waren fest geschlossen. Lediglich der Brustkorb senkte und hob sich kaum merklich, sodass Stern wusste, dass es noch nicht gänzlich zu spät war.

»Was müssen wir tun, um das zu stoppen?«, schrie er Elvira Köhlinger an. Doch die Witwe schwieg. Und während Grünbrecht telefonisch Hilfe holte, sprang Mirscher auf Elvira Köhlinger zu und setzte ihr seine Glock an die Stirn.

»Sie haben gehört, was mein Chef wissen will«, sagte er gepresst, da er am liebsten gleich abgedrückt hätte.

»Es ist zu spät«, flüsterte die Frau wie in Trance.

»Es ist nie zu spät, in die Hölle hinabzusteigen.« Mirscher drückte den Lauf seiner Waffe in Köhlingers Gesicht, bis sie auf diese schmerzvolle Berührung endlich reagierte.

»Mein Leben ist die Hölle! Mit so einer Schmach leben zu müssen ist die Hölle! Wenn Sie mir jetzt eine Kugel durch den Kopf jagen, ist das die Erlösung für mich«, sagte sie seltsam gefasst.

»Warum haben Sie sich dann nicht selbst eine Kugel durch den Kopf gejagt, sondern zwei Menschen umgebracht und nun auch noch diese beiden hier?«

»Weil in ihren Adern schändliches Blut fließt.«

»Aber in den Adern des Priesters ist doch kein schändliches Blut geflossen!«, schrie Mirscher.

»Er hat sich mir in den Weg gestellt und wollte diesen Bastard vor mir beschützen«, erzählte Elvira Köhlinger und deutete auf Herta Bachmeier.

»Und Ihr Mann?«

»Es ist sein Blut, das schändlich ist. Er hat dieses Unglück über uns alle heraufbeschworen.«

Stern drängte Mirscher zur Seite und packte die Frau beidseitig an den Schultern. »Ich verspreche Ihnen, wenn

Sie uns nicht sofort sagen, wie ich das stoppen kann, wird mein Kollege Ihnen keine Kugel in den Kopf jagen, das wäre nämlich viel zu einfach. Mörder, wie Sie einer sind, sollen den Rest ihres Lebens Zeit haben, über ihre Gräueltaten nachzudenken. In Ihrem Fall sind das locker noch 20 Jahre. Der Teufel wird also noch auf Ihre Seele warten müssen.«

Die Witwe schaute Stern in die Augen. Es war ihm, als sähe er darin einen Funken Mitleid. Ob für sich selbst oder die Opfer, konnte er nicht sagen.

»Dort am Tisch liegen Verschlusskappen. Mit denen können Sie die Kanülen verschließen«, sagte Elvira Köhlinger. »Und jetzt: Erschießen Sie mich!« Furchtlos starrte sie in den Lauf von Mirschers Glock.

Stern wandte sich ab und lief zu Herta Bachmeier hinüber. Grünbrecht reichte ihm die angesprochenen Kappen, zwei an der Zahl. Stern zog den Schlauch aus der Kanüle. Sofort spritzte Blut. Davon überrascht brauchte Stern etwas länger, bis es ihm gelang, die Öffnung zu schließen. Nun waren er und Grünbrecht mit Blut besudelt. Dessen ungeachtet wandten sie sich Alfons Köhlinger zu, dem zweiten Opfer. Stern spürte kaum noch Puls. Rasch zog er den Schlauch heraus. Wieder spritzte Blut. Dieses Mal gelang es ihm eher, die Kanüle mit dem Stöpsel zu verschließen.

»Mist! Silvia Fauna hat mir die Frau, die im Krankenhaus gewesen ist und sich nach dem Primar erkundigt hat, beschrieben. Es ist Elvira Köhlinger gewesen«, fiel es Grünbrecht wie Schuppen von den Augen. »Und ich hab den Zusammenhang nicht herstellen können! Wenn es mir gelungen wäre, dann hätten wir das Ganze vielleicht verhindert.« Es war der Gruppeninspektorin anzusehen, dass sie sich große Vorwürfe machte.

Im selben Moment waren in der Ferne die Sirenen der Einsatzkräfte zu hören. Augenblicke später stürmten Rettungssanitäter und ein Notarztteam in den Keller und drängten die Kriminalbeamten zur Seite. Hektisch, aber mit gezielten Griffen erhielten die Opfer noch vor Ort ihr eigenes Blut als Bluttransfusionen.

»Sie sind bestimmt betäubt worden«, erklärte Stern dem Notarzt, damit der die richtigen Schlüsse aus dem Zustand der Opfer ziehen konnte. »Das wissen wir von den beiden Toten, die einen ähnlichen Anschlag auf ihr Leben nicht überlebt haben. Unser Gerichtsmediziner hat bei der Obduktion Betäubungsmittel festgestellt.«

»Wissen Sie auch, welches Betäubungsmittel verwendet worden ist?«, hakte der Mediziner nach.

»Ja, Ketamin«, las Mirscher von der Etikette eines Fläschchens ab.

»Werden Sie es schaffen?«, fragte Grünbrecht.

»Das kann ich Ihnen nicht sagen. Ihre Körpertemperatur ist bereits weit abgesunken, und die Menge Blut, die sich in den Blutbeuteln dort befindet, spricht für einen hohen Verlust.«

»Möglicherweise hat die Köhlinger nicht nur deren Blut dort gesammelt, sondern auch das ihres eigenen Mannes und jenes des Priesters«, stellte Grünbrecht diese These in den Raum.

»Das hoffe ich nicht, denn wenn die eine andere Blutgruppe hatten, dann gute Nacht!« Der Notarzt wandte sich wieder den Opfern zu.

21. KAPITEL

Chefinspektor Oskar Stern und Gruppeninspektorin Mara Grünbrecht saßen im Verhörraum Elvira Köhlinger gegenüber. Stern starrte die Frau finster an. Schon allein bei der Erinnerung, was sie alles getan hatte, wurde ihm schlecht. Es waren genau solche Fälle, die es ihm zunehmend leichter machten, sich mit dem Gedanken an den Ruhestand anzufreunden. Er fragte sich, wie in Gottes Namen ein Mensch nur zu so etwas Grauenhaftem fähig sein konnte, und so, als hätte die Frau seine Gedanken gelesen, sagte sie: »Sie verstehen das nicht, Herr Chefinspektor.«

»Da haben Sie ausnahmsweise recht, Frau Köhlinger. Das verstehe ich in der Tat nicht. Aber Sie können versuchen, es mir zu erklären.«

»Mein Mann ist ein Scheusal gewesen. Bereits im ersten Jahr unserer Ehe hat er mich betrogen. Ich bin damals Krankenschwester gewesen, und wenn ich Nachtdienst gehabt habe, hat er sich blutjunge Mädchen zu uns nach Hause in unser Ehebett geholt.« Die Frau stockte.

»Sie hätten ihn doch verlassen können«, warf Mara Grünbrecht ein.

»Das konnte ich eben nicht«, erklärte Elvira Köhlinger. »Ich, ein einfaches Mädchen vom Land, das sich einen aufstrebenden Weinhändler geangelt hat, der die Linzer High Society beliefert – wie hätte ich meiner Familie und meinen Freunden je wieder in die Augen sehen können?«

»Ganz einfach: Indem Sie ihnen erklärt hätten, was für ein Hallodri Ihr Mann gewesen ist.«

»So einfach ist es leider nicht. Für mich kam zum damaligen Zeitpunkt eine Trennung nicht infrage. Nach jeder Affäre meines Mannes habe ich die irrationale Hoffnung gehegt, dass es die letzte gewesen sein könnte. Aber nach jedem Seitensprung war gleichzeitig vor dem Seitensprung. Er hat es regelrecht genossen, mich zu demütigen, dieses einfache Mädchen vom Land. Und dann hat er mich gezwungen, seinen Sohn, den er mit einer dieser Huren gezeugt hatte, als den meinen aufzuziehen. Zu allem Überfluss hat sich herausgestellt, dass ich nicht schwanger werden konnte, also hat er diesen Strohhalm ergriffen, um einen Erben für sein Weinimperium, welches er zu erschaffen gedachte, zu haben, und hat diesen Bastard zu uns gebracht. Wider Erwarten wollte Alfons aber nichts von den Geschäften meines Mannes wissen.« Elvira Köhlinger sah die Beamten an, ob sie den Irrwitz ihres Leidensweges erkannt hatten. »Mein ganzes Leben lang hat mich dieses Kind an die Demütigungen meines Mannes erinnert. Wissen Sie, ich habe es einfach nicht mehr ausgehalten«, sagte sie, und eine einsame Träne suchte den Weg über ihre Wange. »Und als ich dieses Buch gelesen habe, dieses Theaterstück, in dem der Burgherr seine Gemahlin hat hinrichten lassen, weil er gedacht hat, dass sie ihn betrogen hätte, und die Zwillinge, die sie geboren hat, nicht von ihm seien, da ist in mir dieser Gedanke, diese Angst, gewachsen …« Elvira Köhlingers Blick ging ins Leere. Ihr Geist schwelgte offenbar in Erinnerungen.

»Dass es Ihnen nicht genauso ergeht wie dem Burgherrn in diesem Theaterstück.« Das Wort »Theaterstück« betonte Stern ganz besonders. »Dass eines Tages eines dieser unehelichen Kinder zu Ihnen kommt und Sie tötet? Haben Sie das ernsthaft gedacht?« Stern konnte nicht glauben, dass Elvira Köhlinger tatsächlich angenommen hatte, dass eines der Kinder sie hätte töten wollen. Aber Elvira Köhlinger nickte.

»Deshalb haben Sie als Erste gehandelt«, resümierte Stern und fand, dass die Reaktion der Frau völlig irrrational war.

»Seit wann haben Sie denn gewusst, dass Alfons eine Schwester hat?«, fragte Grünbrecht.

»Bereits vor Monaten habe ich unter den Dokumenten meines Mannes die Adoptionspapiere gefunden. Darunter hat sich eine handschriftliche Notiz befunden, dass diese Hure zwei Babys zur Welt gebracht hat, ein Mädchen und einen Jungen. Typisch mein Mann, dass er nur den Jungen haben wollte.« Elvira Köhlinger lachte verächtlich. »Das Mädchen ist nach dem Unfalltod ihrer Zieheltern in ein Kinderheim gekommen. Ich hab dort angerufen, und die haben mir das bestätigt. Sie haben mir auch gesagt, wo ich sie finden kann.«

»Was Sie auch getan haben«, schlussfolgerte Stern.

»Wo haben Sie eigentlich Ihren Ehemann getötet? Der Bergschlösslpark ist ja nicht wirklich der Tatort, oder?«, bohrte Grünbrecht nach. Diese Ungereimtheit wollte sie geklärt haben.

»In unserem Keller«, antwortete die Frau, ohne eine Gefühlsregung zu zeigen.

»Was hat es mit dem alten Gebäude in der Waldeggstraße auf sich? Wir haben dort das Blut Ihres Mannes sichergestellt.«

»Da hab ich Sie wohl reingelegt. Es wäre für mich viel zu weit gewesen, meinen Mann von der Waldeggstraße in den Bergschlösslpark zu zerren. Ich habe ihm das Blut entnommen und es in diesem Gebäude für Sie platziert.«

»Somit hatten Sie einen sauberen Tatort ohne jegliche Spuren von Ihnen«, schlussfolgerte Grünbrecht. »Clever!«

»Und der Pfarrer? Warum hat er sterben müssen?«, stieß Stern nach.

»Als ich Nachforschungen angestellt habe, wer diese Schwester von Alfons ist, hat mich die handschriftliche Notiz meines Mannes in das Kinderheim geführt. Ich habe dort angerufen, und die verständigten den Pfarrer, dass da jemand ist, der sich für Herta interessiere. Das machen die immer noch, selbst nach so vielen Jahren. Er hat mich durchschaut, dieser Pfaffe, und versucht, mich von meinem Vorhaben abzubringen. Er ist der Ansicht gewesen, dass, wenn ich Herta erst mal kennenlernen würde, ich meine Meinung ändern könnte. Aber da hat er sich geirrt, der werte Herr Pfarrer.« Elvira Köhlinger gab dies von sich, als ginge sie das Ganze nichts an. Als erzählte sie bloß eine Geschichte, von der sie gehört hatte.

»Sie als ehemalige Krankenschwester kennen sich natürlich damit aus, wie man einem Körper das Blut entnimmt. Warum haben Sie gerade diese Art des Tötens gewählt? Das alles wäre doch auch viel einfacher gegangen.«

»Ich habe meinen Beruf aufgegeben, um für das Kind meines Mannes zu sorgen, dem dieses abtrünnige Blut durch die Adern fließt. Ich weiß nicht, aber es ist einfach über mich gekommen, dieses Bedürfnis, die Körper dieser Menschen von diesem Gift zu befreien. Sie zu reinigen. Nur so können sie in den Himmel auffahren, oder etwa nicht? Das ist doch das Ziel allen Lebens: absolute Reinheit, um in den Himmel eingelassen zu werden. Durch mich können Sie das jetzt.« Scheinbar dachte die Frau, dass Herta Bachmeier und Alfons Köhlinger den Mordversuch nicht überlebt hatten.

»Und Sie? Sind Sie etwa rein von Sünde, nach all den schrecklichen Dingen, die Sie getan haben?« Grünbrecht konnte der Logik der Frau nicht folgen.

»Natürlich! Ich habe nur alles wieder geradegebogen,

mehr nicht. Den Ursprungszustand hergestellt.« Die Frau sah drein, als läge das klar auf der Hand. Als freute sie sich darüber.

»Warum haben wir bei den Opfern zwei Einstichmale am Hals gefunden? Für die Blutentnahme war doch nur eine Kanüle notwendig«, erinnerte sich Stern, wie Herta Bachmeier und Alfons Köhlinger auf den Pritschen im Keller des Hauses gelegen hatten und ihr Blut durch lediglich einen Schlauch in einen Blutbeutel geronnen war.

»Beim ersten Mal habe ich mich verstochen«, erzählte Elvira Köhlinger bereitwillig. »Es ist lange her, dass ich als Krankenschwester gearbeitet habe. Und dann habe ich es irgendwie unterhaltsam gefunden, diesen versteckten Hinweis auf Vampire. Außerdem habe ich Sie damit in die Irre geführt.«

»Unterhaltsam?« Grünbrecht schüttelte den Kopf. Sie hatte genug gehört und wollte nur noch aus diesem Verhörraum raus. Stern tat es ihr gleich und erhob sich. Da fasste Köhlinger nach seinem Arm und hielt ihn fest.

»Stern, Sie haben mir einen schnellen Tod versprochen. Wenn ich Ihnen sage, wie Sie die Blutentnahme stoppen können, werden Sie Ihren Kollegen nicht aufhalten, mich zu töten. Das haben Sie gesagt!«

»Sie haben mich tatsächlich getäuscht, Frau Köhlinger. Sie haben eine perfekt trauernde Witwe gespielt. Den Schock, als ich Ihnen die Todesnachricht überbracht habe, haben Sie nur vorgetäuscht. Sie als Krankenschwester kennen ja die Symptome. Und die Momente, in denen ich gezweifelt habe, dass es vielleicht doch nicht so sein könnte, habe ich mir dann so erklärt, dass Sie es in Ihrer Ehe nicht leicht gehabt und Erleichterung und Wut Ihre Gefühle beeinflusst haben«, erklärte Stern den langen Weg von Täuschungen und Irrglauben.

»Pah! Nicht leicht gehabt haben. Welche Untertreibung!«, stieß Elvira Köhlinger verächtlich aus.

»Sie haben mich getäuscht, und ich habe Sie getäuscht.« Stern entriss der Frau seinen Arm. »Jetzt sind wir quitt!«

»Soll das heißen, dass Sie mich nicht …«

»Ja, das heißt es!«, sagte Stern mit einer Bestimmtheit, die keine Zweifel offenließ. »Und noch etwas: Ihr Stiefsohn und seine Schwester sind nicht tot. Es ist zwar knapp gewesen, aber die beiden werden überleben.« Vor einer Stunde hatte man ihm mitgeteilt, dass in den beiden Blutbeuteln lediglich das Blut von Herta Bachmeier und Alfons Köhlinger gewesen war. Der Pfarrer war laut Weber in der Kirche ausgeblutet, und den Lebenssaft ihres Ehemannes hatte Elvira Köhlinger zur Gänze in dem Abbruchhaus in der Waldeggstraße verteilt, um die Beamten in die Irre zu führen. Stern wandte sich ab, mit einer gewissen Genugtuung, wie er feststellte, und folgte Grünbrecht nach draußen. Hinter ihm fiel die Tür des Vernehmungsraumes ins Schloss.

»Chef, ein Revierinspektor Plattlbauer hat gerade angerufen«, empfing Mirscher ihn im Flur.

»Und? Was will er?« Stern musste einmal durchatmen. Die Vernehmung von Elvira Köhlinger und ihre Motive hatten ihn doch sehr angestrengt.

»Er hat gesagt, er wüsste, wer in die Zahnarztpraxis eingebrochen ist«, gab Mirscher den Wortlaut des Revierinspektors mit einem fragenden Unterton wieder. »Seit wann bearbeiten wir Einbrüche? Noch dazu in Liebenau?«

»Ja und? Wer ist es denn nun gewesen?«, hakte Stern ungeduldig nach.

»Zwei so Scherzkekse, die sich als Vampire verkleidet haben. Sie wollten angeblich aufgrund der Röntgenbilder herausfinden, wer ihr großes Vorbild, also auch so ein Vampir, ist. Sollten wir darüber etwas wissen?« Mirscher wartete gespannt auf eine Erklärung seines Chefs.

»Und? Sind die Einbrecher fündig geworden?«, wich der jedoch einer Antwort aus.

»Wie meinst du das?«

»Haben Sie einen Vampir anhand der Röntgenbilder ausfindig machen können?«, formulierte Stern seine Frage neu.

»Laut diesem Revierinspektor Plattlbauer nicht.«

Stern wandte sich ab und lächelte. Er wollte die Dienststelle verlassen, da die Fälle nun endlich aufgeklärt waren. Doch Mirschers Stimme gebot ihm Einhalt.

»Chef, da ist noch etwas.«

Stern blieb stehen und wandte sich zu seinem Kollegen um. »Ja, Edwin. Was ist denn?«

»Hier!« Mirscher streckte dem Chefinspektor ein Stück Papier entgegen.

»Was ist das?«, fragte Stern. »Doch nicht etwa noch so eine Botschaft der Vampirmörderin?«

»Die Rechnung von dem Champagner, den ich im Bordell Alfons Köhlingers Mutter hab spendieren müssen, damit sie überhaupt mit mir geredet hat«, erklärte Mirscher und drückte besagtes Stück Papier in Sterns Hand. »Und übrigens: In deinem Büro wartet eine gewisse Eleonore Winkler auf dich. Sie meint, du wüsstest, was sie von dir will.«

Stern seufzte. Eleonore Winkler hatte er völlig vergessen. Aber er wollte mit ihr reden. Schließlich hatte er noch ein Hühnchen mit ihr zu rupfen.

Als Stern sein Büro betrat, saß die Reporterin der OÖ. News in seinem Drehstuhl und erwartete ihn mit einem verführerischen Lächeln. »Na, Stern, wie ich gehört habe, hatten Sie Glück bei der Jagd.« Dabei ließ sie den Drehstuhl noch eine halbe Drehung machen und erhob sich dann beschwingt aus dem Leder.

»Frau Winkler, ich hab Ihnen doch bereits gesagt, dass es verboten ist, den Polizeifunk abzuhören«, maßregelte der Chefinspektor sein reizendes Gegenüber. Dass ihm die Dame nicht gefiel, konnte er nicht sagen, aber er wusste, dass sie nur mit ihm flirtete, weil sie Informationen für eine Titel-Story von ihm haben wollte. Außerdem hätte sie seine Tochter sein können. Da hielt er sich doch lieber an die Brücklwirtin und verspürte auch schon wieder einen Gusto auf einen saftigen Schweinsbraten.

Winkler ignorierte den Einwand des Chefinspektors und wartete, bis er auf seinem Stuhl hinterm Schreibtisch Platz genommen hatte. Dann setzte sie sich auf die Schreibtischkante und schlug die Beine übereinander, sodass ihr Rock gefährlich weit hochrutschte.

»Da der Fall nun so gut wie abgeschlossen ist, bekomme ich doch die Exklusiv-Story. Das haben Sie mir versprochen, Stern!«, sagte sie mit einem Schmollmund à la Marilyn Monroe.

»Ich hab gesagt, wenn Sie mir helfen, die Morde aufzuklären, und sachdienliche Hinweise liefern, dann bekommen Sie die Exklusiv-Story«, erinnerte Stern die Reporterin an den korrekten Wortlaut ihrer Vereinbarung.

»Ich habe Ihnen den Tipp mit der Liste des Bischofs gegeben.«

»Der nirgendwohin geführt hat. Wahrscheinlich war der Pfarrer wegen einer ganz anderen Sache beim Bischof und nicht wegen Herta Bachmeier.«

»Sie haben recht. Es war bestimmt wegen seiner Affäre mit dieser … dieser …« Eleonore Winkler suchte offenbar nach einem Namen, den Stern ihr aber nicht geben wollte.

»Auf diesen Trick falle ich nicht rein, Frau Winkler«, sagte er amüsiert und musterte die Reporterin. Da fiel ihm ein, dass er noch eine Rechnung mit ihr zu begleichen hatte.

»Und noch etwas: Sie haben in Liebenau die Pfarrersköchin schamlos ausgehorcht und aus ihren wirren Erzählungen einen Bericht in Ihrer Zeitung abgedruckt, der die ganzen Ermittlungen hätte gefährden können. Mein Chef hat mir deswegen den Arsch aufgerissen!«

»Das tut mir leid«, sagte Winkler reumütig. Jedoch wusste Stern, dass in ihr eine waschechte Journalistin steckte, die niemals Reue für etwas empfand, wenn sie dafür eine gute Story bekam. »Aber Sie wissen doch, die braven Mädchen kommen in den Himmel und die bösen …«

»… zu uns aufs Landeskriminalamt!«, führte Stern Winklers Ausspruch zu Ende. Eleonore Winkler kicherte, und unter ihren Wangen bildeten sich Grübchen.

»Bekomme ich jetzt die Exklusiv-Story?«, hakte sie erneut nach.

»Nur, wenn Sie heute Abend mit mir essen gehen«, antwortete Stern und dachte, dass er zu der Verabredung wohl nicht in den Lederpantoffeln des Liebenauer Pfarrers gehen konnte und sich vorher neue Schuhe kaufen musste.

*

»Wow!«, staunte der Chefinspektor, als Eleonore Winkler Stunden später zu ihm in den Wagen stieg. Sie trug ein elegantes dunkelblaues Kostüm, das ihren Teint gut zur Geltung brachte, hatte ihre Haare kunstvoll hochgesteckt und war dezent geschminkt. Ihre Füße steckten in High Heels. Er hatte sie auf einen Schweinsbraten bei der Brücklwirtin eingeladen, ihr aber verschwiegen, wo sich dieser Brücklwirt befand. Er bezweifelte, dass sie dafür richtig gekleidet war. Dennoch würde sie auf der Fahrt ins hügelige Mühlviertel genügend Zeit haben, ihr Interview zu führen.

In gemächlichem Tempo rollte Sterns Audi A6 auf der S10 in Richtung Freistadt. Von dort ging es weiter nach Liebenau. Vor der Ortseinfahrt stellte Eleonore Winkler ihre vorletzte Frage: »Wieso hat die Pfarrersköchin behauptet, dass sie die Morde gespürt hat, wenn ihr Zwillingsbruder doch gar nicht der Täter gewesen ist? Wie konnte sie trotzdem etwas gespürt haben?«

»Wenn Sie mich fragen, ist das mit den Gefühlen nur Gewäsch. Die Herta Bachmeier spürt bei jedem Anlass etwas. Einmal ist sie himmelhochjauchzend gut gelaunt und ein anderes Mal zu Tode betrübt. Sie ist ein richtiges Gefühls-Jo-Jo. Das ist auch der Grund, warum wir bei der Aufklärung von Mordfällen Fakten brauchen und uns nicht auf Gefühle verlassen können. Man muss aber zur Entlastung von Herta Bachmeier sagen, dass sie es als Kind nicht leicht gehabt hat. Vielleicht stecken verborgene Ängste in ihr, die von dem tragischen Autounfall herrühren, bei dem ihre Zieheltern ums Leben gekommen sind. Wahrscheinlich hat niemand dieses Trauma mit der damals Achtjährigen aufgearbeitet. Fest steht aber, dass uns diese Gefühlsduselei eine ganze Weile in eine falsche Richtung geführt hat. Denn Herta Bachmeier und Alfons Köhlinger sind zweieiige Zwillinge. Und zweieiige Zwillinge sind normalerweise nicht so eng miteinander verbunden, dass der eine spürt, wenn es dem anderen nicht gut geht oder solchen Quark. Das Ganze war Zufall, dass das, was Herta Bachmeier gefühlt haben will, zeitlich mit den Mordfällen zusammengepasst hat«, erklärte Stern, der hoffte, dass damit diese Gefühlsangelegenheit für zukünftige Ermittlungen endgültig vom Tisch war.

»Und Alfons Köhlinger? Warum ist er von der Schule geflohen, als Sie und Ihre Kollegin ihn dort befragt haben?«, sprach Eleonore Winkler in ihr Diktiergerät. Anschließend hielt sie es Stern hin.

»Als wir ihm die Textzeilen gezeigt haben, hat er sofort gewusst, woher sie stammen, und zwar aus einem Buch, das im Wohnzimmer der Köhlingers steht. Er hat den Text quasi wiedererkannt. Sie müssen wissen, dass das ganze Wohnzimmer der Köhlingers mit alten Büchern und Theaterstücken nur so vollgestopft ist. Der kleine Alfons hat sie wahrscheinlich alle irgendwann in seinem Leben mal gelesen. Und als wir bei ihm waren und ihm die Textzeilen gezeigt haben, hat er natürlich sofort gewusst, dass nur jemand aus seiner Familie etwas mit dem Tod seines Vaters zu tun haben konnte. Alles andere wäre ein zu großer Zufall gewesen. Er ist sofort zu seiner Mutter gefahren und hat sie zur Rede gestellt. Ein großer Fehler, denn genau zu diesem Zeitpunkt lag Herta Bachmeier bereits betäubt auf einer Pritsche im Keller. Elvira Köhlinger hat sie eingeladen und vorgegeben, sie würde sie gerne kennenlernen und alles wiedergutmachen wollen.«

Eleonore Winkler schaltete das Diktiergerät ab und lächelte. »Danke, Stern. Das wird eine Hammer-Story!«

Als sie den Ortsplatz erreichten, stellte der Chefinspektor fest, dass Liebenau wieder sein gewohntes Erscheinungsbild zurückgewonnen hatte. Keine Massen an Reportern waren mehr zugegen, und es tummelten sich auch keine als Vampire verkleideten Menschen mehr herum. Er freute sich auf das Abendessen mit Eleonore Winkler, aber vor allem freute er sich auf die Brücklwirtin. Doch das alles musste noch ein wenig warten. Er fuhr weiter bis ans Ortsende von Liebenau. An einem etwas abseits gelegenen Haus blieb er stehen und kramte in der Mittelkonsole seines Wagens nach einer Packung Pfefferminzbonbons. Drei der Bonbons drückte er auf seine Hand und steckte sie in den Mund. Als er Eleonore Winkler welche anbot, schüttelte sie den Kopf.

»Was tun wir hier?«, fragte die Reporterin.

»Das hat nichts mit der Story zu tun. Ich bin gleich wieder da.« Stern stieg aus dem Wagen und stand in seinen neuen braunen Kalbslederschuhen vor dem Haus von Melanie Klotz. Er ließ seinen Blick über die Fassade des Hauses schweifen, in dem sich der Pfarrer heimlich mit seiner Geliebten getroffen hatte. Er wollte der Frau die Kette mit dem silbernen Kreuz zurückgeben, da der vermeintliche Vampirmörder nun gefasst war und er die Kette nicht mehr benötigte. Außerdem nahm er an, dass die Kette ein Geschenk des Priesters gewesen war. Er hatte sie ohnehin nur genommen, weil Melanie Klotz im Pfarrsaal darauf bestanden hatte. An den Schutz der Kette hatte er nie geglaubt.

22. KAPITEL

Mara Grünbrecht raste wie eine Wilde durch Linz. An ihrer linken Hand funkelte ein wunderschöner, goldener Ring mit einem Diamanten in einer schmucken Krappenfassung. Sie hatte ihren geliebten BMW gegen einen Einsatzwagen der uniformierten Kollegen eingetauscht. Das Blaulicht am Dach rotierte und signalisierte allen, dass Gefahr in Verzug war. Die Sirene schreckte Passanten hoch, scheuchte andere Verkehrsteilnehmer an den Straßenrand und machten Grünbrecht und ihrem Begleiter den Weg frei.

Mit quietschenden Reifen hielt sie vor der Karlhofschule. Erwartungsvoll blickte sie auf ihren Fahrgast, ob ihm die Fahrt gefallen hatte.

Tobias' Augen leuchteten. Er konnte es nicht fassen, dass sein Großvater sein Versprechen doch noch eingelöst hatte, auch wenn er nicht selber hinterm Steuer saß. Das war wahrscheinlich auch besser so, denn selbst seinem Enkel war bekannt, wie Stern Auto fuhr. Da war es Tobias doch viel lieber, von einer rasanten Fahrerin wie Mara Grünbrecht zur Schule gebracht zu werden, um auch noch mit ihr anzugeben. Schließlich war Grünbrecht mit ihren braunen schulterlangen Locken und den Rehaugen bildhübsch. Das sah sogar ein Neunjähriger.

»Danke, Mara!«, jauchzte Tobias mit glänzenden Augen. Dann griff er nach seiner Schultasche und stieg aus. Die Aufmerksamkeit der vor der Schule anwesenden Kinder war ihm gewiss. Er ließ sich Zeit, damit ja alle mitbekamen, dass er aus einem Polizeiwagen stieg. Er fühlte sich groß, schon sehr viel größer als ein Neunjähriger. Die Schultasche lässig über die rechte Schulter geworfen schritt er auf das Schulgebäude zu, drehte sich dort um und winkte Mara Grünbrecht, die seinen Gruß erwiderte. Tobias wusste genau, was er einmal werden wollte: Chefinspektor bei der Mordgruppe im Landeskriminalamt Oberösterreich in Linz, wie sein Großvater Oskar Stern.

DANKSAGUNG

»Mühlviertler Blut« ist ein rein fiktives Werk. Ich hoffe, die Liebenauerinnen und Liebenauer werden mir verzeihen, dass ich so manches Detail, Liebenau und die Umgebung betreffend, meinen Zwecken angepasst habe. Doch eines stimmt: Liebenau ist eine Gemeinde, in der jeder herzlich aufgenommen wird – ich durfte das bereits erfahren –, ein wunderbarer Erholungsort und eine Quelle der Inspiration. Das Tannermoor ist wunderschön. Vampire und Werwölfe gibt es dort nicht. Bedanken möchte ich mich beim Gmeiner Verlag, der Oskar Stern und seinem Team eine Heimat gegeben hat, besonders bei meiner Lektorin Claudia Senghaas, ohne die »Mühlviertler Blut« nicht in dieser Form erschienen wäre. Mit sicherem Auge hat sie die Stellen ausfindig gemacht, an denen das Buch noch verbessert werden konnte. Mein ganz besonderer Dank gilt meiner Familie. Franz, Lisa und Sarah, die manchmal auf mich verzichten müssen, wenn ich in die fiktive Welt abtauche, und mit Engelsgeduld warten, bis ich von dort zurückkehre. Ich liebe euch.